古典詩歌研究彙刊

第十五輯

龔鵬程　主編

第 1 冊

先秦漢魏晉南北朝詩歌的狂歡化色彩

李　琨　著

國家圖書館出版品預行編目資料

先秦漢魏晉南北朝詩歌的狂歡化色彩／李琨 著 — 初版 — 新
北市：花木蘭文化出版社，2014〔民 103〕
目 4+288 面：17×24 公分
（古典詩歌研究彙刊 第十五輯；第 1 冊）
ISBN 978-986-322-587-4（精裝）
1. 詩歌 2. 詩評 3. 秦漢 4. 魏晉南北朝
820.91   103001107

ISBN-978-986-322-587-4

古典詩歌研究彙刊
第十五輯 第一冊   ISBN：978-986-322-587-4

先秦漢魏晉南北朝詩歌的狂歡化色彩

作 者 李琨
主 編 龔鵬程
總 編 輯 杜潔祥
副總編輯 楊嘉樂
編 輯 許郁翎
出 版 花木蘭文化出版社
社 長 高小娟
聯絡地址 235 新北市中和區中安街七二號十三樓
電話：02-2923-1455／傳眞：02-2923-1452
網 址 http://www.huamulan.tw 信箱 hml810518@gmail.com
印 刷 普羅文化出版廣告事業
初 版 2014 年 3 月
定 價 第十五輯 20 冊（精裝）新台幣 30,000 元

先秦漢魏晉南北朝詩歌的狂歡化色彩

李琨 著

作者簡介

李琨（1978～），女，吉林人，漢族，1996～2006年在東北師範大學學習，博士畢業。現爲北京師範大學珠海分校文學院教師，副教授。主要從事先秦兩漢文學研究、古典小說研究。

提　　要

　　詩歌研究一直是中國古代文學研究領域一個歷久彌新的工作。中國古代的詩歌博大精深，內容豐富而且龐雜，先秦漢魏晉南北朝時期的詩歌作爲中國古代詩歌的濫觴更是展現出了獨特的魅力，我們選擇了巴赫金的狂歡化理論對先秦漢魏晉南北朝時期詩歌所體現的內涵進行深層次的挖掘與分析。

　　巴赫金的狂歡化理論近些年來也是學術界研究的一個熱門話題。這個理論與以往的一些文藝理論有所區別，就是它涵蓋了眾多的研究領域，將文本研究置入文化學、倫理學、歷史學、哲學、民俗學等範疇之中，使文學作品的內在張力得以擴大。巴赫金認爲民間的狂歡文化對於高級的精神領域有著巨大的衝擊作用，他在思想意識領域反對思想獨白，反對教條、封閉和僵化，同時提倡思想的對話，張揚開放、變化和創新。在他看來，對話的思想才更有活力，獨白的思想只能導致僵化。作爲一種民間化的理論，其提倡的根本內涵是自由、平等、個性的張揚與不受束縛的笑。這與先秦漢魏晉南北朝時期的詩歌內容存在著一定的偶合，當時的人們沒有過多地經受封建倫理道德的約束，沒有過多的儒家經典的牽絆，因此自由、平等的思想體現得較爲明顯。這些自由、平等的思想在先秦漢魏晉南北朝時期的詩歌中主要表現在四個方面：話語狂歡、形象狂歡、精神狂歡和民俗狂歡。這些狂歡向我們展現了先秦漢魏晉南北朝時期獨特的世界觀。狂歡的形式是複雜多樣的，它不可能定型與定性，我們僅僅是根據先秦漢魏晉南北朝詩歌的內容將其總結出以上特徵，從而使其能從一個獨特的角度傳遞思想意義。

　　將巴赫金的狂歡化理論與中國先秦漢魏晉南北朝時期的詩歌相結合，從而挖掘出詩歌中的狂歡化色彩，這在文藝學層面上來看，是將民間文化、美學、民俗學、哲學、文學都包含在一個統一的系統中。在這個系統中，先秦漢魏晉南北朝時期的詩歌就像是一跟細鏈，將其他各個環節串連起來，形成一串美麗的珍珠，奕奕生輝。

目

次

引　言

　　《尚書·堯典》曰：「詩言志，歌永言，聲依永，律和聲。」詩是表達意志的，歌把表達的意志詠唱出來，聲調隨著詠唱而抑揚頓挫，韻律使聲調和諧統一。這是中國文學藝術發展初期給詩歌下的最早的一個定義，朱自清稱之為「開山的綱領」。

　　從先秦諸子到《毛詩序》普遍繼承了這個觀點，如：

　　　　詩以道志。〔註1〕

　　　　詩言是其志也。〔註2〕

　　　　詩以言志。〔註3〕

　　「詩言志」是上古人們對詩的特徵的認識。什麼是「志」，聞一多先生在《歌與詩》一文中曾經對此進行過考證：「志與詩原來是一個字」，最初，「志有三個意義：一、記憶，二、記錄，三、懷抱。」朱自清考證：「志」原來與「意」、「情」是同義詞。後來，隨著語言的發展，詞彙逐漸豐富，這三個詞才各自有了獨立的意義。因此，在先秦文獻中所說的「言志」，其含義就是表達思想、抒發懷抱。後來「志」這個字的意義就主要指志向、理想，偏重於理性。晉朝的陸機

〔註1〕《莊子·天下篇》。
〔註2〕《荀子·儒效篇》。
〔註3〕《左傳·襄公二十七年》。

在《文賦》中又特別提出「詩緣情」，「緣情」與「言志」並不相矛盾，而是將這個定義更加豐富。「志」和「情」都是心靈世界的東西，詩歌就是將內心的思想感情表達出來，這和高爾基稱詩是「心的歌」的說法是一致的。

正是這樣一個簡單的定義抓住了詩的本質：詩歌是用來表達人們內心的思想感情的。

在我國的古代文學史上，出現了豐富的詩歌作品，從上古先秦一直到明清，這期間有無數位詩人，寫出了無數首精彩的詩歌作品，他們都將自己的「志」和「情」融入詩歌之中，通過生動的語言形式進行表達。或「美」或「刺」，歌頌其內心所愛、所希望、所贊同的美好事物；揭露和批判其所憎、所反對、所不願爲的醜惡事物。

今天，當我們站在二十一世紀的舞臺上來重新審視幾千年以前的這些詩歌時，我們不禁會問，這些離我們這個時代如此遙遠的精神產品，我們應該以什麼角度、什麼方法、什麼視野來進行研究？千年流傳下來的固然是經典，但是這個經典已經被無數人咀嚼過，輪到我們這輩人的時候是否會有如同「嚼蠟」的感覺？事實當然並非如此，時代在變遷、在發展，新的觀念和理論也在迅速地進行著更新，詩歌也是如此。當文學理論發展到 20 世紀的時候，出現了米哈伊爾‧巴赫金這個響當當的人物，他被國際人文學界尊爲 20 世紀的大思想家。他創立了一套研究人文學科的新穎的思想體系，而且擁有一整套獨特的研究方法。這些方法對於中國古典文學的研究也具有一定的指導意義。

首先，狂歡化理論將文學本體和外在客體緊密結合，爲中國古典文學的研究提供了方法論上的借鑒。中國的古典文學研究到現在出現了兩個誤區，一是僅從文本出發，將文學的歸宿定格爲文本本身。從這個方面出發的確沒有偏離古典文學的方向，但是也應該考慮到古典文學在被古人研究了幾千年之後，又被現當代的學者研究了近百年，在沒有新的出土材料問世之前，已經很難找到契合點來

挖掘古典文學的價值。也正是因爲如此，使得一些學者開始「西天取經」，單純地引用一些外國的文藝理論來罩在古典文學的作品之外，試圖以此來研究古典文學作品的外部表現形式，成爲「請君入甕」的模式，他們之間不是交融的關係，只是包圍與被包圍的關係，這種「洋爲中用」的理論構思是不適應我國古典文學研究的。德國哲學家卡西爾說：「每一種理論都成了一張普羅克拉斯蒂的鐵床，在這張床上，經驗事實被削足適履地塞進某一事先想好的模式之中。」〔註4〕這句話部分地反映了當今古典文學研究的另一個誤區。這兩個誤區使得文學研究走入了單純的「外部理論研究」和「內部文本研究」，無論是從外部出發作整體宏大的觀照，還是向內作微觀精神的審視，都在展示其理論的嚴謹深刻時又表現出其狹隘與片面。

　　但是巴赫金的狂歡化理論告訴我們，「內」與「外」不是截然對立的，而是可以交流互變的。他提倡用一種綜合的、整體的、全面的思維方式來進行文學研究。從內部文本研究來看，狂歡化理論並沒有離開文學自身的特性，他是從文學自身內部結構出發進行考察，通過深入作品結構內部來把握文學，他尊重文學自身的體裁、技巧等形式因素。巴赫金創立狂歡化這一理論主要是從研究小說理論開始的。在研究的過程中，他從小說體裁追溯到狂歡體、狂歡節，總結了民間笑文化的各種表現形式，並闡釋了這些形式怎樣滲透到文學中，逐漸內化爲文學性因素。由此可以看出，巴赫金的理論不僅僅停留於文學自身，而是將高於文本的理論研究也含入文學研究中。巴赫金認爲，任何一種形式都不是中性的，不可能不關涉意義，體裁作爲一種文學形式，也不可能不傳達某種意義。因此，巴赫金在研究小說體裁形式時，並不是共時靜態地研究，而是做縱向地梳理。他發現民間狂歡節這一文化現象對小說體裁形式產生了重要的影響，於是他考察了狂歡節產生的由來、興衰特徵以及與此相關的民間笑文化的表現形式，通過這

〔註4〕　〔德〕卡西爾，《人論》〔M〕，上海：上海譯文出版社，1985年版，第28頁。

樣的深入挖掘，巴赫金得出了結論：狂歡節不是一般意義上的節日，它是一種「特殊形式的生活」，是「第二種生活」，是一種衝擊現實的完美生活。而狂歡體或者是後來的小說體裁則是完美生活的記憶形式，巴赫金稱之為「體裁本身的客觀記憶」。

這種研究方法對中國古典文學的研究形成了一定的思維衝擊，我們一方面不能脫離文本，本著文學本位的態度來挖掘文學的深層內涵，同時也應該跳出固有的思維模式和方法，大膽創新，在古典文學之外發現與之相聯繫的方面，比如文化學、哲學、心理學等等。就像巴赫金從文化的角度來探討拉伯雷的小說一樣。巴赫金的狂歡化理論給古典文學的研究提供了一個方法論上的借鑒。

其次，狂歡化理論使廟堂文學走入民間，創立了全新的研究理念。在中國古典文學中，正統思想一直佔有絕對的統治地位，很多民間文學是無法走入統治階級視野的，它們只能遊走於文學的邊緣，在民間以民間的方式流傳。就算是登上了大雅之堂的《詩經》，也要被那些所謂的正統思想規範起來，把美好的愛情詩《關雎》說成什麼「后妃之德」，就怕位於《詩經》之首的《關雎》不這樣附會就失去了其「正始之道，王化之基」的重要地位，對於無法附會的「鄭風」則烙上了「鄭風淫」的印記。也就是說，在中國古典文學中，很多民間的東西失去了其存在的自由，如果已經存在，那麼它必定是以為統治階級服務的理由存在的，真正的民間文學被擠到了邊緣地帶，甚至被擠出文學殿堂。

而狂歡化理論表現出強烈的反權威、反傳統、反主流意識和爭取平等、自由的傾向。巴赫金著重分析了文藝復興時期的狂歡節：「在狂歡節中，人與人之間形成了一種新型的人際關係，通過具體感性的形式、半現實半遊戲的形式表現了出來。這種關係同非狂歡式生活中強大的社會等級關係恰恰相反。人的行為、姿態、語言，從在非狂歡式生活裏完全左右著人們一切的種種等級地位（階層、

官銜、年齡、財產狀況）中解放出來⋯⋯」〔註5〕像大多數的烏托邦向往者一樣，巴赫金希望「現實地和完全地回到農神黃金時代的大地」。他利用民間的一切詼諧形式來批判當時的教會和官方的片面嚴肅和僵化，「所有這些儀式和演出形式，作爲取樂爲目的的活動形式，同嚴肅的官方的——教會和封建國家的——祭祀形式和慶典都有明顯的區別，可以說是原則性的區別，他們顯示了看待世界、人和人的關係的另一個角度，絕對非官方、非教會和非國家的角度。」〔註6〕當然，巴赫金的狂歡化理論不是說一定要恢復人類歡樂的節日傳統，其目的是要傳達一種意識形態的意義，即對等級制度、神學、官方的顛覆與瓦解，詛咒一切妨礙生命力的僵化、保守力量，將一切高貴的、精神的、理想的、抽象的東西降低。狂歡化是民間文化的靈魂和核心，這種理論提倡相對性精神，摧毀絕對眞理，因此，這一理論否定中心，瓦解權威，主張平等對話，無論是官方的主流的思想意識，還是民間的思想意識，都能平等共存，並相互影響交流。

巴赫金的這種否定權威、反對專制的思想意識對於我們研究古典文學作品是很重要的。文學是來源於生活的，那些潛在於民間的文學與廟堂文學一樣具有文學的價值。我們應該多從民間的角度來研讀那些文學作品，力圖還那些民間文學以本來的面目。

另外，狂歡化理論也使古典文學的研究視野擴大開來。很多古典文學作品都是來自於豐富而具體的社會生活，作家的創作思想與實際的生活觀念和行爲方式密切相關。正是基於這個事實，巴赫金在《弗洛伊德主義批判》這部專著中提出了「日常的思想觀念」的術語，他的基本內涵是：這個「日常的思想觀念」在某些方面較之定型了的、「正宗的」思想觀念更敏感、更富情感、更神經質和更活躍。〔註7〕

〔註5〕〔俄〕巴赫金，《陀思妥耶夫斯基詩學問題》〔M〕，上海：三聯書店，1998 年版，第 176 頁。

〔註6〕《巴赫金文論選》〔M〕，北京：中國社會科學出版社，1996 年版，第 100 頁。

〔註7〕〔俄〕巴赫金，《弗洛伊德主義批判》〔M〕，北京：中國文聯出版公司 1987 年版，第 107 頁。

巴赫金的論斷無疑揭示了這樣一個實際過程：審美的意識形態生成於生動的豐富的日常生活。影響作家思維的首先不是系統的意識形態，而是「日常的思想觀念」。因此，巴赫金更加注重對日常的、民間的、生動的精神現象和活動的研究。生活雜語如俏皮話、挖苦話、病態囈語、方言、行話等非正統的精神現象被納入他的研究視野。影響文學創作的因素是多種多樣的。而在這些因素中哪些又是最直接和最廣泛的？不同的文論家有不同的回答。而巴赫金則提出「日常的思想觀念」這一觀點，側重強調大眾意識的生動性和雜多性。巴赫金從極為平常的話語中開掘出複雜多樣的社會意義。他尤其重視不被傳統觀念認可的話語結構和形態。於是，拉伯雷的話語「狂歡節」就理所當然地成為巴赫金文學研究的重點，他的「日常的思想觀念」說更貼近文學創作過程的實際，也更能體現古典文學作品的活力與張力。反之，一切從概念和公式出發而杜撰的人物或情節則顯得蒼白無力。

　　將「日常的思想觀念」推入文學研究視野的中心就意味著巴赫金發現了生活雜語對正統話語的對抗和解構作用。我們不能小看這種作用，歷代的文學中有影響的有突破意義的創新往往憑藉的是生活雜語的實力。比如古典詩詞中「無意不可入，無事不可言」的觀點就可以視為生活雜語對正統話語勝利的標誌。而元雜劇和明清時期的市井小說之所以獲得空前繁榮的原因，也正是因為其突破了志怪小說的束縛和宮廷戲曲的樊籬。文學語言的變化不僅是一個形式的變異，它通常意味著整個文學觀念的更新。反映著「日常的思想觀念」的生活雜語是非常積極和活躍的因素，它們總是在不斷地解構著既定的話語系統，而文學一旦彙入這個過程，便會從中獲得新的生命。巴赫金的話語分析導致了文學研究視野的擴大和更新。

　　在這裡，我們並不是要讓所有的人都放下傳統的話語結構，去研究那些非主流的、民間的話語結構和形態，我們只是要讓大家知道，除了現有的研究領域之外，還存在著這樣一個值得大家開掘和深入研究的非主流領域。我們應該有這樣一種意識，一種擴展意識，主流領

域與非主流領域應該同時被研究者關注。所謂傳統的「文以載道」的觀念太注意作品思想的本身，太「形而上」了，我們似乎應該多注重從文本自身所體現的內涵進行挖掘。

　　對於中國古典文學的研究領域，巴赫金的狂歡化理論提供了方法論上的借鑒，創立了全新的研究理念，並擴大了古典文學的研究視野，巴赫金的狂歡化理論雖然研究的重點是小說體裁，涉及的只是詩學領域，但這一理論所提出的問題以及所產生的影響卻超越了詩學的範圍。可以毫不誇張地說，這一理論在人類的意識領域中掀起了一場偉大的革命。

第一章　狂歡化詩學

　　巴赫金（1895～1975）是 20 世紀最重要的思想家之一，他的思想對 20 世紀的思想文化領域有著巨大的震撼作用。如果說 20 世紀是一個文學批評的世紀，形形色色的批評流派和批評學者紛至沓來，組成了一個奪目絢麗的舞臺，那麼巴赫金就是整個舞臺的中心。

　　他作爲文藝學家、語言學家、美學家、符號學家、思想家、倫理學家、哲學家、歷史文化學家、人類學家，其聲望和地位遠遠超出了俄羅斯的範圍，在世界多種學術研究的領域都能發現他的身影。巴赫金一生的著述非常豐富，其理論涵蓋了文學、語言學、美學、哲學、精神分析學、神話學、社會學、歷史詩學、人類學、民俗學等眾多的學科，並在各個學科都有建樹。他也是一位想像力和創造力都非常豐富的思想家，他被稱爲 20 世紀思想文化領域裏的奇才，他大膽突破舊的傳統，敢於創新，敢於開拓新領域、新視野、新思路，他的思想體系中彙入了西方的文學批評流派，如西方馬克思主義、結構主義、符號學、敘述學、文本主義、解構主義、新歷史主義、後現代主義等等，對當代世界的人文科學產生了巨大的影響。

第一節　狂歡概念的闡釋

　　既然要在狂歡化詩學的觀照下研究先秦漢魏晉南北朝詩歌，就

應該弄清狂歡化的來龍去脈，到底什麼是狂歡化，跟它相關的一些概念比如狂歡節、狂歡式、狂歡化文學究竟又有什麼含義和特徵？

一、狂歡節與狂歡式

　　歐洲狂歡節的民俗可以追溯到古希臘羅馬或者更早的時期。在奧林匹斯神系中，酒神狄俄尼索斯主管豐收，所以每年豐收季節來臨的時候，人們都要進行大型的祭祀活動。殺豬宰羊，來到神廟中獻給狄俄尼索斯，並且在祈禱的過程中載歌載舞。然後是集體大餐，雅典的公民們共同享用牛肉和美酒。當祭祀活動結束後，人們還要戴上面具，穿上奇裝異服，到大街上狂歡遊行。傍晚的時候，狂歡開始了，人們點起火把，在城裏游蕩，並唱著歌跳著舞。弗洛伊德在《圖騰與禁忌》中這樣解釋獻祭和狂歡的矛盾關係：「在哀悼過後接著即為狂歡……慶典，即代表著將禁制的破壞加以神聖和合法化；慶典的狂歡正是由於破壞禁制所得到的快感。」〔註1〕在狂歡節期間，所有人都盡情地歡樂、舉杯暢飲，放縱著自己的原始本能。因此「狂歡活動充分體現了狄俄尼索斯崇拜的神聖與世俗、莊嚴與滑稽相結合的特點。」〔註2〕

　　酒神狄俄尼索斯原本是色雷斯——弗里幾亞的神。他出生過兩次。第一次他是宙斯與塞墨勒的私生子，年幼的時候就被泰坦巨人撕成碎塊吞掉了，後來又從宙斯的大腿裏再生出來。酒神狄俄尼索斯是個天性敏感、極易衝動的歡樂之神。他穿戴富麗堂皇，身上穿著披風長衫，手裏拿著一個高腳杯，還有繁茂的葡萄藤纏繞著全身。在傳說中，酒神往往扮演兩個性格迥然不同，而卻又密切相關的角色：一方面他讓人們陶醉在美酒中，如癡如狂。由於酒氣正酣，歌舞激昂，使得他的崇拜者們極度興奮，暫時失去了人性而擁有了狄俄尼索斯的神

〔註1〕 〔奧〕弗洛伊德，《圖騰與禁忌》〔M〕，楊庸一譯，北京：中國民間文藝出版社，1986年版，第174頁。

〔註2〕 魏鳳蓮，《略論希臘戲劇的宗教性》〔J〕，《齊魯學刊》，2004年第1期。

性；另一方面，他又可以將這些崇拜者從那種癡狂的狀態中解脫出來，恢復人性狀態，他同時也是「解救者」。因此說酒神善於創造極端的意志，他既是死亡之神，又是再生之神；誰要是妄自尊大，不肯向他獻祭，他就給予嚴厲的懲罰；誰要是對他萬分尊重、頂禮膜拜，他就賜之以極樂和狂喜。因此，對酒神崇拜具有「神聖與世俗」、「莊嚴與滑稽」的兩重性結構。他將莊嚴的殺牲祭祀與世俗的舞蹈和狂歡結合起來；將對神的敬畏與心靈的宣泄結合起來，這樣就使得人們在莊嚴與敬畏之後，能夠在超越自我、淨化非理性欲望方面得到一種特殊的宣泄渠道。而這種酒醉之後的狂歡以及兩重性就是狂歡的世界觀。因此，「酒神精神完全可以視為狂歡節、狂歡化的精神根源和心理基礎。」〔註3〕

在古羅馬，酒神的節日也得到了繼承。狄俄尼索斯被改名為巴科斯，作為飲酒和尋歡作樂之神來崇拜。而希臘神話中的宙斯之父被羅馬人稱為薩圖恩，是農神，是播種和收穫之神。為了紀念薩圖恩讓大地出現了物質豐富、精神自由的「黃金時代」，古羅馬人在每年的12月17日起舉行「農神節」，即古羅馬的另一個狂歡節。每逢節日到來，一切勞作都停止，到處都是歡樂的節慶氣氛，奴隸可以和主人同席而坐、自由交談和狂歡。公元2世紀，基督教順應時勢地將古希臘羅馬的哲學溶入自己的體系中。因此，希臘羅馬神話和狂歡民俗也浸染到基督教的節日中，逐漸形成了歐洲中古時期的狂歡文化，很多民間節日都被狂歡色彩所浸染，例如：謝肉節、聖誕節、復活節等等。

正因為這些民間慶典的狂歡化，酒神節與農神節和基督教民間節日的融合，「由與農業生產相聯繫的經濟和信仰民俗，發展為滿足社會交往所需要的社會民俗和滿足審美娛樂需要的審美民俗的民俗復合體，構成與官方封建教會文化相對峙的強大亞文化潮流，通過狂歡活動、狂歡儀式、狂歡節世界感受和狂歡體文學，給歐洲人的

〔註3〕　夏忠憲，《巴赫金狂歡化詩學研究》〔M〕，北京：北京師範大學出版社，2000年11月版，第64～65頁。

觀念和行爲以巨大影響。」〔註 4〕狂歡節的慶典在中世紀的歐洲佔據著重要地位。

所謂狂歡式，巴赫金認爲「意指一切狂歡節式的慶賀、儀禮、形式的總和」。〔註 5〕是「儀式性的混合的遊藝形式」。〔註 6〕也就是說狂歡節式的慶賀活動的總和就是狂歡式。

二、狂歡化與「狂歡化文學」

狂歡節的問題構成了人類文化史上一個非常複雜的問題，它的實質，它的蓬勃的生命力和經久不衰的藝術魅力，「可以追溯到人類原始制度和原始思維的深刻根源。」〔註 7〕不過巴赫金更感興趣的是文學的「狂歡化」問題。

巴赫金指出：

> 狂歡節上形成了一套表示象徵意義的具體感性形式的語言，從大型複雜的群眾性戲劇到個別的狂歡節表演。這一語言分別地，可以說是分解地（任何語言都如此）表現了統一的（但複雜的）狂歡節世界觀，這一世界觀滲透了狂歡節的所有形式。這個語言無法充分地準確地譯成文字的語言，更不用說譯成抽象概念的語言。不過它在一定程度上轉化爲同他相近的（也具有具體感性的性質）藝術形象的語言，也就是說轉化爲文學的語言。狂歡式轉爲文學的語言，這就是我們所謂的狂歡化。〔註 8〕

簡而言之，將狂歡式內容轉化爲文學語言的表達，就是狂歡化。

〔註 4〕 蔣世傑，《〈浮士德〉：充滿生命狂歡的複調史詩》〔J〕，《外國文學評論》1994 年第 2 期，82 頁。

〔註 5〕 〔俄〕巴赫金，《陀思妥耶夫斯基詩學問題》〔M〕，白春仁、顧亞鈴譯，上海：三聯書店，1998 年版，第 175 頁。

〔註 6〕 〔俄〕巴赫金，《陀思妥耶夫斯基詩學問題》〔M〕，白春仁、顧亞鈴譯，上海：三聯書店，1998 年版，第 175 頁。

〔註 7〕 夏忠憲，《巴赫金狂歡化詩學研究》〔M〕，北京：北京師範大學出版社，2000 年 11 月版，第 71 頁。

〔註 8〕 〔俄〕巴赫金，《陀思妥耶夫斯基詩學問題》〔M〕，白春仁、顧亞鈴譯，上海：三聯書店，1998 年版，第 175 頁。

　　狂歡精神使得人們把一切看起來荒誕的東西變得莊嚴，同時也使得莊嚴的東西變得荒誕，從中創造他們內在的藝術眞實。這種狂歡精神滲透到文學作品中，就能使得作品中相應的場景和情節具有深刻的象徵意義，或者具有令人發笑的內涵。這種狂歡精神也讓文學作品的語言風格發生了本質上的變化，重要的是讓語言的藝術功能發生了改變，它使各種語言材料平等地、交叉地組織在一部作品中。那麼這種受到狂歡精神滲透的文學作品，我們可以稱之爲「狂歡化文學」。簡單說，「受狂歡節民間文學影響的文學就是狂歡化文學。」〔註 9〕狂歡化文學的一個首要特徵就是其文學體裁和語言形式是自由無羈、豐富多彩的，因此我們在領略狂歡化文學的時候，其外在的狂歡形式會首先在視覺上給我們一個很大的衝擊，這種衝擊可以讓人耳目一新。

　　我們從巴赫金對狂歡節、狂歡式和狂歡化的概念界定來看，狂歡應該具有兩個層面上的含義，「它既是指人類社會生活的狂歡現象，又指狂歡化的文學現象。前者是人類學、民俗學和社會學的研究對象，後者是文藝學研究的對象。」〔註 10〕巴赫金作爲文藝學家、美學家、哲學家、歷史文化學家、人類學家，很顯然他不會單單從文學的角度來討論狂歡化問題。而是將狂歡化作爲一個切入點，把隱藏在作品背後的和文學體裁背後的人類的狂歡精神、人類對生活的一種獨特的世界感受統統挖掘出來。因此說，這種對「狂歡」的研究就不能等同於傳統的文藝學研究，就作品分析作品，就文學談論文學，而是要把文學研究同文化學、人類學、民俗學等研究結合起來。只有瞭解了這一點，我們才能理解巴赫金的狂歡化理論的精神實質，眞正理解「狂歡」的意義。

〔註 9〕 程正民，《巴赫金的文化詩學》〔M〕，北京：北京師範大學出版社，2001 年 10 月版，第 77 頁。
〔註 10〕 程正民，《巴赫金的文化詩學》〔M〕，北京：北京師範大學出版社，2001 年 10 月版，第 78 頁。

三、狂歡化詩學

那麼既然要用巴氏的狂歡化理論來研究先秦漢魏晉南北朝詩歌，我們首先應該弄清的就是狂歡化理論。這個理論的理解和界定在東西方有些不同。當代很多西方的學者對巴赫金的狂歡化理論偏重於理解爲一種哲學，意識形態論，文化理論，甚至認爲它是一種關於「文學後的文學」、「哲學後的哲學」的理論。但「巴赫金不僅僅是一個文藝學家，他同時還是一位思想家和哲學家。巴赫金哲學思想的發展，不僅僅是通過抽象邏輯性質的理論體系來實現的。他的哲學是同文學、藝術、文化等領域的具體研究緊密地聯繫在一起的。巴赫金的理論觀念大都是從一些偉大的藝術家的創作研究中獲得靈感和啓示的。」〔註11〕從這段論述來看，巴赫金的狂歡化理論不應該僅僅屬於哲學領域，他更應該和藝術、文學、文化相聯繫，因此我們認爲巴赫金的學術研究的出發點是文學，我們應該更多地從文學、文藝的角度來探討他的狂歡化理論，或者可以稱爲「狂歡化詩學」。

這裡又出現了一個概念，就是「詩學」。詩學的意義有廣義和狹義之分。在西方，「詩學」這個詞最早是由亞里士多德提出來的，他曾寫過《詩學》這本書，專門論述文學體裁、特徵、人物性格、寫作原則等等，所以「詩學」最早的意義也就是「一般文學理論」。在亞里士多德之後，古希臘的很多哲學家在探討文學的一般理論時，所使用的也是「詩學」這個詞。例如德謨克利特和品特關於靈感的討論，畢達哥拉斯學派關於均衡、和諧的一般美學原則的討論……從羅馬時期開始，詩學一詞漸漸只用於狹義，即文學批評中關於詩歌的部分。詩在文學體裁中被視爲文學的正宗。17世紀布瓦洛所作《詩的藝術》，18世紀席勒談論兩種文學的特徵，篇名爲《論素樸的詩與感傷的詩》，談的雖然是別的體裁，也冠以「詩」的名號。19世紀的別林斯基論「現實的詩」和「理想的詩」實際上談的已經是小說了。隨後，由於

〔註11〕 夏忠憲，《巴赫金狂歡化詩學研究》〔M〕，北京：北京師範大學出版
社，2000年11月版，第48頁。

文學體裁的急劇變化，小說成爲主導體裁，文學理論中談詩學的漸漸少了起來。直到 19 世紀末，詩學這一術語才又流行起來：例如，俄羅斯女學者 O.M.弗賴登堡的博士論文，題目爲《情節和體裁詩學》。而到了現代形式文論流行文藝界的時候，特別是結構主義與符號學派，就已經正式把「詩學」恢復爲文學理論的最一般術語。比如俄國形式主義理論家探討文學形式問題，就將之冠名爲形式主義詩學。

　　在前蘇聯，從 60 年代巴赫金的《陀思妥耶夫斯基詩學問題》一書出版之後，學者們就都開始從廣義上來理解「詩學」這一術語了。巴赫金在《陀思妥耶夫斯基詩學問題》一書中，把詩學的研究範圍大體上規定爲「藝術形式的獨特性」。〔註 12〕因此，我們在這裡所理解的「詩學」是廣義上的詩學，是「一般文學理論」，我們也是將先秦漢魏晉南北朝詩歌放在狂歡化詩學下進行觀照，從中發現其狂歡化的色彩。

第二節　狂歡式的特徵

　　巴赫金將狂歡節型慶典活動的禮儀、儀式等總和稱爲「狂歡式」。狂歡式具有豐富繁雜的象徵意義，並且形式也是多種多樣的，但也有著獨特的外在特點和深刻的內在特點。

一、狂歡式的外在特點

（一）全民性

　　狂歡節是全民參加的。歐洲中世和文藝復興時期的狂歡節，不是由某個特權階級組織的，這是民間性的活動，是完全獨立於教會和國家的管轄範疇的，是眞正的全民廣場節日的象徵和體現。狂歡節期間的人們不是旁觀式的游離於狂歡節之外，而是眞正地參與其中。所有的政治、階級、宗教的局限和束縛都被擱置在一邊，人與人之間的

〔註 12〕〔俄〕巴赫金，《陀思妥耶夫斯基詩學問題》〔M〕，白春仁、顧亞鈴譯，上海：三聯書店，1998 年版，第 80 頁。

關係是隨便的、親昵的關係，是自由平等的關係。在狂歡節期間，人們不再像往常一樣保持嚴肅的面孔、謹慎的言行，思想中充滿著敬畏和虔誠，而是過著一種不受束縛的自由自在的生活，人們打打鬧鬧、喜笑顏開，充滿著自由的快樂和生命的激情，這種生活是一種「翻了個的生活」，是脫離了現實的「第二種」生活。所有人都是狂歡節的參與者，巴赫金對狂歡節的全民性特徵是這樣描述的：

> 在狂歡節上，人們不是袖手旁觀，而是生活在其中，而且是所有的人都生活在其中，因爲從其觀念上說，它是全民的。在狂歡節進行當中，除了狂歡節的生活以外誰也沒有另一種生活。人們無從迴避它，因爲狂歡節沒有空間界限。在狂歡節期間，人們只能按照它的規律，即按照狂歡節自由的規律生活。狂歡節具有宇宙的性質，展示整個世界的一種特殊狀態，這是人人參加的世界的再生和更新。〔註13〕

這是一個全民性的節日，無論平民與貴族，下層與上層，江湖與廟堂，一切人都是平等的，都有參與這個節日的權利。

（二）儀式性

狂歡節有一定的儀式和禮儀，具有一種慶典性。狂歡節上最主要的禮儀是「笑謔地給國王加冕和隨後脫冕」，這種儀式以各種不同的形式出現在狂歡式的慶典中。在西方的狂歡節中，國王被脫冕，帝王服裝和王冠也被脫掉，還奪走象徵他權力的所有物品，而且還要譏笑他，毆打他。而受加冕的人卻是同國王的身份有著天壤之別的人，可能是奴隸，也可能是小丑。

這種情況在中國的民間節日裏也存在，如華北某些地方在民間社火期間要「鬧春官」，他們選一個老百姓來當官，這個老百姓要穿上官服，由他來充當縣長，實施縣官的權力，受理百姓的申訴。

狂歡節的儀式除了加冕脫冕儀式之外，還存在著換裝儀式。這是

〔註13〕〔俄〕巴赫金，《巴赫金全集》〔M〕，第 6 卷，石家莊：河北教育出版社，1998 年版，第 8 頁。

狂歡節輔助性的禮儀。人們都化裝，戴上面具，暫時性地、象徵性地實現自己改變地位和命運，擁有財富、權力、自由的幻想，以及不流血的打鬥等等，這些都是狂歡節烏托邦理想的一個組成部分。

狂歡節從儀式上看，沒有神秘主義和虔誠的行為，「他們既不逼迫也不企求……所有這些形式無一例外地處在教會和宗教信仰之外。他們屬於一個完全不同的生活領域。」〔註14〕因此說，祈禱和巫術功能在狂歡的過程中逐漸喪失其地位。「狂歡儀式具有諷刺模擬的性質，他們對等級制起著顛覆作用。」〔註15〕因而，狂歡節又是反儀式的，它是充滿節日氣氛的慶典。

（三）等級消失

在狂歡節中，所有的人都暫時從現實的關係中解脫出來，相互之間不存在等級差異，因而制度打亂、距離消失，從而產生了烏托邦式的人際關係。在日常生活中，人們受到等級制度的束縛，行為、思想都被等級觀念牽絆著，但是卻可以在狂歡節的廣場上隨便地發生相互間的親昵接觸。因此巴赫金說：

> 在狂歡中，人與人之間形成了一種新型的相互關係，通過具體感性的形式，半現實半遊戲的形式表現了出來。這種關係同非狂歡節生活中強大的社會等級關係恰恰相反，人的行為、姿態、語言，從在非狂歡節生活裏完全左右著人們一切的種種等級地位（階層、官銜、年齡、財產狀況）中解放出來……〔註16〕

這種等級消失雖然是暫時性的，但是卻能對人的思想產生巨大的影響，一種從未有過的嶄新的生活方式出現在人們面前，儘管這種生活可能非常短暫，但卻能讓人產生出一種平等、自由的意識，正是這種

〔註14〕〔俄〕巴赫金，《弗郎索瓦‧拉伯雷的創作與中世紀和文藝復興時期的民間文化》〔M〕，莫斯科：文藝出版社，1990 年版，第 11 頁。

〔註15〕夏忠憲，《巴赫金狂歡化詩學研究》〔M〕，北京：北京師範大學出版社，2000 年 11 月版，第 67 頁。

〔註16〕〔俄〕巴赫金，《陀思妥耶夫斯基詩學問題》〔M〕，白春仁、顧亞鈴譯，上海：三聯書店，1988 年版，第 176 頁。

意識的產生使得人們的思想發生了轉變，才能去追求更快樂的生活方式。

（四）插科打諢

狂歡節是離不開笑聲的。無論是歡樂的笑、諷刺的笑、尖酸的笑、痛斥的笑還是自我解嘲的笑、機智幽默的笑，都可以通過插科打諢的形式來獲得。表現在行為動作上「典型的是物品反用，如反穿衣服（裏朝外）、褲子套到頭上、器具當頭飾、家庭炊具當作武器，如此等等。這是狂歡式反常規反通例的插科打諢範疇的一種特殊的表現形式，是脫離了自己常軌的生活。」〔註17〕表現在語言行為上就是：嬉笑怒罵、諷刺模擬、滑稽改編等等。

插科打諢，從普通的非狂歡的生活邏輯來看，是不得體的，但是在狂歡節中，他「使人的本質的潛在方面，得以通過具體感性的形式揭示並表現出來。」〔註18〕除此以外，還起著調節氣氛的娛樂作用。狂歡節「將意識從官方世界觀的控制下解放出來，使得有可能按新的方式去看世界；沒有恐懼，沒有虔誠，徹底批判地，同時也沒有虛無主義，而是積極的，因為它揭示了世界的豐富的物質開端、形成和交替，新事物的不可戰勝及其永遠的勝利，人民的不朽。」〔註19〕因此，插科打諢是狂歡節中一個必不可少的內容，缺少了插科打諢，狂歡節就失去了一部分狂歡的意義。

二、狂歡式的內在特點

巴赫金在分析了狂歡式的外在特徵之後，更重視通過狂歡的外在形式和一系列範疇所體現出來的內在精神，他把這種內在的精神稱之

〔註17〕 〔俄〕巴赫金，《陀思妥耶夫斯基詩學問題》〔M〕，白春仁、顧亞鈴譯，上海：三聯書店，1988 年版，第 180 頁。

〔註18〕 〔俄〕巴赫金，《陀思妥耶夫斯基詩學問題》〔M〕，白春仁、顧亞鈴譯，上海：三聯書店，1988 年版，第 176 頁。

〔註19〕 〔俄〕巴赫金，《弗郎索瓦‧拉伯雷的創作與中世紀和文藝復興時期的民間文化》〔M〕，莫斯科：文藝出版社，1990 年版，第 301 頁。

為狂歡式的世界感受，正是這種狂歡式的世界感受，對狂歡體文學產生了重大而深刻的影響。

那麼，究竟什麼是狂歡式的世界感受呢？巴赫金認為，不能把狂歡式簡單地理解成類似現在的假面舞會中的狂歡，或者理解成大家名士的浪漫生活，也就是說不能從表面形式上來理解狂歡式，而是要透過狂歡式來瞭解廣大民眾千百年來對世界的獨特感受和獨特見解。現實的生活對他們來說可能是艱難的、不如意的、痛苦的，所以他們要通過狂歡的形式來表達他們對理想生活的向往和追求。巴赫金指出：

> 狂歡式——這是幾千年來全體民眾的一種偉大的世界感受。這種世界感知使人解除了恐懼，使世界接近了人，也使人接近了人（一切全捲入自由而親昵的交往）；它為更替演變而歡呼，為一切變得相對而愉快，並以此反對那種片面的嚴屬的循規蹈矩的官腔；而後者起因於恐懼，起因於仇恨新生與更替的教條，總企圖把生活現狀和社會制度現狀絕對化起來。狂歡式世界感受正是從這種鄭重其事的官腔中把人們解放出來。〔註20〕

在這段話中，巴赫金指出了狂歡式所體現的民眾的世界感受。這種感受的主要精神就是：顛覆等級制，主張平等、民主的對話精神，堅持開放性，強調未完成性、交易性，反對孤立自足的封閉性，反對僵化和教條。在狂歡節上，人們之間親昵地自由交往，彷彿為了新型的、純潔的人類關係而再生，烏托邦的理想與現實在狂歡節的世界感受中融為一體。同時，巴赫金也指出了狂歡式的世界感受包括兩個方面，一是自由平等的對話精神，一是交替和變更的精神。

（一）自由平等的對話精神

在巴赫金看來，在狂歡節期間取消一切等級關係具有特別重要的意義。平日裏，由於不可逾越的等級、制度、財產、職位、家庭

〔註20〕〔俄〕巴赫金，《陀思妥耶夫斯基詩學問題》〔M〕，白春仁、顧亞鈴譯，上海：三聯書店，1988 年版，第 223～224 頁。

和年齡的差異限制，人們是不自由的，人們之間也是不平等的。即便是在官方的節日裏，也必須嚴格按照相應的級別按部就班地各就各位，總是無法脫離等級的束縛。但是在民間的狂歡節就大不一樣了，所有的人──不分等級、不分大小、不分職位、不分家庭，人們從森嚴的等級制度下解放出來，因此大家是自由平等的。巴赫金認爲人的自由和人與人之間的平等「成爲整個狂歡節世界感受的本質部分」。一方面，人在狂歡中成爲了眞正的人，不再受到等級制度的壓抑，「人回歸到了自己，並在人們之中感覺到自己是人」。〔註 21〕另一方面，在狂歡中「人與人之間形成了一種新型的相互關係……這種關係同非狂歡式生活中強大的等級關係恰恰相反。」〔註 22〕

與此同時，巴赫金指出這種對於人與人關係富有眞正人性的理解「不只想像和抽象思考的對象，而是爲現實所實現，並在活生生的感性物質接觸中體驗到。烏托邦理想的東西與現實的東西，在這種絕無僅有的狂歡節世界感受中暫時融爲一體」。〔註 23〕也就是說，在狂歡節上，這種自由平等的世界感受是通過一系列的形式和範疇表現出來的，是能讓人具體感受到它的存在的，比如說「人們之間隨便而親昵的接觸」、「插科打諢」、「俯就」、「粗鄙」等等。

（二）交替和變更的精神

巴赫金指出，在現實社會中，一切等級、特權、規範、制度都是絕對固定的、不變的、永恒的和僵化的，並且將現有的制度和秩序神聖化、固定化和合法化，他是皇帝那麼就永遠是皇帝，他的權威性沒有絲毫動搖的可能。可是在狂歡節中不是這樣，一切都具有相對性和兩重性，一切都是絕對變化的、未完成的，都是不斷交替和更新的。

〔註 21〕 〔俄〕巴赫金，《巴赫金全集》〔M〕，第 6 卷，石家莊：河北教育出版社，1998 年版，第 12 頁。

〔註 22〕 〔俄〕巴赫金，《陀思妥耶夫斯基詩學問題》〔M〕，白春仁、顧亞鈴譯，上海：三聯書店，1988 年版，第 176 頁。

〔註 23〕 〔俄〕巴赫金，《巴赫金全集》〔M〕，第 6 卷，石家莊：河北教育出版社，1998 年版，第 12 頁。

1、兩重性

狂歡式中包含著多個二律背反，他們不是相互割裂的，而是在相互作用中形成一個完整的有機體，他們之間相互對立，又彼此轉化，表現出新陳代謝、新舊交替的創造性意義。

巴赫金指出，「狂歡式所有的形象都是合二而一的，他們身上結合了嬗變和危機兩個極端：誕生與死亡（妊娠死亡的形象），祝福與詛咒（狂歡節上祝福性的詛咒語，其中同時含有對死亡和新生的祝願），誇獎和責罵，青年和老年，上與下，當面與背後，愚蠢與聰明。對於狂歡式的思維來說，非常典型的是成對的形象，或是相互對立（高與低、粗與細等等）、或是相近相似（同貌與孿生）……」〔註24〕例如，加冕從一開始就具有兩重性，加冕本身便蘊涵著脫冕。加冕和脫冕是不可分離的，他們是可以互相轉化的。一旦把他們絕對分割開來，他們就會喪失狂歡的意義；狂歡節上的火的形象是具有雙重性的，它既是毀滅世界又是更新世界的火焰；狂歡節上的笑也具有深刻的兩重性，它有死亡和再生的結合，有譏笑和歡呼之笑的結合。

2、相對性

巴赫金說：「狂歡節不妨說是一種功用，而不是一種實體。他不把任何東西看成是絕對的，卻主張一切都具有令人發笑的相對性。」〔註25〕

狂歡節期間的生活是脫離了常軌的「第二種生活」，決定著「非狂歡節生活的規矩和秩序的那些法令、禁令和限制，在狂歡節一段時間裏被暫時『取消』了。因此，在狂歡節的世界中，現存的權威和真理成了相對性的。」〔註26〕任何制度和秩序、任何權勢和等級

〔註24〕〔俄〕巴赫金，《陀思妥耶夫斯基詩學問題》〔M〕，白春仁、顧亞鈴譯，上海：三聯書店，1988 年版，第 180 頁。

〔註25〕〔俄〕巴赫金，《陀思妥耶夫斯基詩學問題》〔M〕，白春仁、顧亞鈴譯，上海：三聯書店，1988 年版，第 179～179 頁。

〔註26〕夏忠憲，《巴赫金狂歡化詩學研究》〔M〕，北京：北京師範大學出版社，2000 年 11 月版，第 69 頁。

地位，都具有令人發笑的相對性。狂歡節的這種「令人發笑的相對性」精神對於社會的意識形態、等級制度是一種巨大的顛覆，並使統治著一切、完全佔據著人們思想空間的教會的力量大大地削弱了。狂歡節的這種「令人發笑的相對性」精神不讓人們的思想停滯，陷入片面的呆板、嚴肅和單調之中，而是不斷地更新、交替。他把一切教條的、表面上似乎穩定的、現成的、已然成型的東西，全部相對化了。同時又以他自己那種除舊布新的精神，讓人們發現新東西、新認識、新力量。

巴赫金強調指出：「各種不同的民間節日形式，在衰亡和蛻化的同時將自身的一系列因素如儀式、道具、形象、面具都賦予了狂歡節。狂歡節實際上已成爲容納那些不復存在的民間節日形式的貯藏器。」〔註27〕狂歡節具有強烈的遊戲成分，他的一切形式和象徵都洋溢著交替和更新的激情，充滿著令人發笑的相對性。他是一種特殊的雙重世界關係。在狂歡節上，生活本身在表演，表演暫時又變成了生活。他體現了人們對待世界和人類生活的雙重認識角度。

狂歡節，這是人民大眾的節慶生活，即「以詼諧因素組成的第二種生活」。在巴赫金看來，「節慶活動（任何節慶活動）都是人類文化極其重要的第一性形式……節慶活動永遠具有重要的和深刻的思想內涵，世界觀內涵。」〔註28〕

節慶活動在人類的發展歷史上具有重要意義，它以實際可見的形式記載了人類每一個歷史階段的文化。「節慶活動在其歷史發展的所有階段上，都是與自然、社會和人生的危機、轉折關頭相聯繫的。死亡和再生、交替和更新的因素永遠是節慶世界感受的主導因素。正是這些因素通過一定節日的具體形式形成了節日特有的節慶性，即民眾暫時進入全民共享、自由、平等和富足的烏托邦王國的第二

〔註27〕〔俄〕巴赫金，《弗朗索瓦‧拉伯雷的創作與中世紀和文藝復興時期的民間文化》〔M〕，莫斯科：文藝出版社，1990 年版，第 242 頁。
〔註28〕〔俄〕巴赫金，《弗朗索瓦‧拉伯雷的創作與中世紀和文藝復興時期的民間文化》〔M〕，莫斯科：文藝出版社，1990 年版，第 13 頁。

種生活形式。這種節慶性是與人類生存的最高目的、與再生和更新緊密相連的。離開這一點，就不可能有任何節慶性。」〔註29〕這種節慶性的狂歡化生活貫穿於人類歷史長河之中，特別是階級社會的歷史長河之中，它構成了人類生活的一個方面。

第三節　中西狂歡精神的根源

巴赫金的「狂歡化」理論的確給世界文化帶來了很多新思考，但也存在著一定的局限。巴赫金的理論主要是對西方中世紀民間文化的思考，但是巴赫金本人並沒有走到源頭——原始文化中去探尋。而且，有別於西方的文化系統，中國文化有著自己獨有的特色，存在著與西方不一樣的精神內涵。

一、中西方狂歡文化的源起

西方最具狂歡色彩的節日可追溯到古希臘的「酒神節」以及古羅馬的「農神節」。節日期間，人們狂歡縱欲，發泄著本能的欲望。感受著最原始、最感性的精神。與之相比，中國文化則不如西方文化那麼瘋狂，中國的文化具有更多的理性精神和禮教色彩。從表面上似乎完全看不到非理性的狂歡，但是仔細考察上古文化和民俗文化就可以看到「狂歡」其實是處處可見的。中西方文化之所以共同具有「狂歡」精神，是由人類文化的發展軌迹所決定的。正如文化人類學認為：人類早期的發展，雖然所在地域有極大的不同，但是卻有相似的生活和思維方式。只是在後來的發展過程中，各個國家和地區所側重的風俗、習慣、文明等等朝著不同的方向和重心發展，從而在經歷了相同的發生之後走向了不同的發展道路。其實狂歡文化的發展也經歷了上述過程，現代中西方文化中的狂歡精神雖然以不同的面貌表現出來，但其根源都在於原始文化中的巫術思想。

〔註29〕夏忠憲，《巴赫金狂歡化詩學研究》〔M〕，北京：北京師範大學出版社，2000年11月版，第70頁。

原始人一直奉行萬物有靈論，這個靈與人類生活在同一個區域，並且可以通過某種特殊的方式相互影響、相互作用。關於這一點，弗雷澤在《金枝》中總結爲兩條巫術原則——接觸巫術和模擬巫術。在「模擬巫術」中，人們認爲自己有什麼樣的行爲即可促使外界自然物也有同樣的行爲。人類的兩性結合可以繁殖後代，植物也必然是通過雌雄兩性的結合來繁殖的，因此「兩性關係對於植物具有感應影響，從而有些人把性行爲作爲促進土地豐產的手段。〔註30〕「爪哇的一些地方，在稻秧孕穗開花結實的季節，農民總要帶著自己的妻子到田間去看望，並且就在地頭進行性交。這樣做的目的是爲了促進作物成長」〔註31〕。

古希臘的「酒神節」的另一名稱是「豐產節」，人們在這個節日中縱情狂歡，表達著自己的原始欲望，其實並不是完全爲了感官欲望的發泄，而是出於巫術思維，即要以此方式保證豐收。關於這一點，弗雷澤也有類似的觀點：「如果把這些狂歡節日活動看作純粹是縱情尋歡作樂，那是不公平的。他們確實認眞、莊嚴地組織這些活動，認爲是大地富饒和人類福利所必需的。」〔註32〕

狂歡節中有給小丑加冕成爲國王的情節，巴赫金的狂歡理論將這種情境總結爲對等級制的顚覆和嘲弄，但其實在遠古時代，這種行爲卻有著嚴肅的宗教目的。弗雷澤在《金枝》中對古羅馬的農神節有詳細描述：

在節日期間，人們縱情狂歡，自由民階級與奴隸階級之間的區別被暫時廢除，「農神節期間，自由民也可以拈鬮，假充國王……中鬮的人暫時擁有國王的稱號，對他的臨時臣民發出的號令具有玩笑取鬧

〔註30〕〔英〕詹・喬・弗雷澤，《金枝》〔M〕，徐育新，汪培基，張澤石譯，
　　　　北京：大眾文藝出版社，1998 年版，第 209 頁。

〔註31〕〔英〕詹・喬・弗雷澤，《金枝》〔M〕，徐育新，汪培基，張澤石譯，
　　　　北京：大眾文藝出版社，1998 年版，第 207 頁。

〔註32〕〔英〕詹・喬・弗雷澤，《金枝》〔M〕，徐育新，汪培基，張澤石譯，
　　　　北京：大眾文藝出版社，1998 年版，第 208 頁。

的性質」〔註33〕。不過，這個假國王「經過短短一段榮華放蕩的生活，便被當眾槍斃、焚燒，或用其他方法處死，大家假裝悲悼，或眞正高興一番。」〔註34〕。弗雷澤認爲：這種行爲的一個根本原因在於原始人認爲萬物皆有靈，精靈們會暫時寄居在脆弱的、有形的媒介物上，一旦媒介物開始衰弱，精靈也會隨之衰弱，「如果要挽救它，那就必須在……衰退迹象表現時立即離開，以便把它轉給強壯的繼承者」。挽救的做法就是「殺神，也就是說，殺他的人體的化身……這決不是神靈的消滅，不過是神靈的更純潔更強壯的體現的開端。」〔註35〕。

　　這裡的「神」往往是指最能體現神意的祭司或國王。所以，狂歡就是神的死亡和重生，這在巴赫金的狂歡理論中有詳細的論述。「殺神」活動多在播種和收穫的時候舉行，此時人們就以人類的兩性繁殖力作爲促進農業豐產的巫術目的，拋棄了素日裏的道德和法律約束，投入到了縱情的尋歡作樂之中。

　　我們的上古詩歌中也有類似的記載，《詩經・鄘風・桑中》：

　　　爰采唐矣？沫之鄉矣。云誰之思？美孟姜矣。期我乎桑中，要我乎上宮，送我乎淇之上矣。

　　　爰采麥矣？沫之北矣。云誰之思？美孟弋矣。期我乎桑中，要我乎上宮，送我乎淇之上矣。

　　　爰采葑矣？沫之東矣。云誰之思？美孟庸矣。期我乎桑中，要我乎上宮，送我乎淇之上矣。

從「期我乎桑中，要我乎上宮」這個句子可以看出「這是一首男子抒寫和情人幽期密約的詩。」〔註36〕《說文解字》中解釋說：「期，

〔註33〕〔英〕詹・喬・弗雷澤，《金枝》〔M〕，徐育新，汪培基，張澤石譯，北京：大眾文藝出版社，1998年版，第830頁。
〔註34〕〔英〕詹・喬・弗雷澤，《金枝》〔M〕，徐育新，汪培基，張澤石譯，北京：大眾文藝出版社，1998年版，第834頁。
〔註35〕〔英〕詹・喬・弗雷澤，《金枝》〔M〕，徐育新，汪培基，張澤石譯，北京：大眾文藝出版社，1998年版，第439頁。
〔註36〕程俊英，《詩經注析》〔M〕，北京：中華書局，1991年10月版，第131頁。

會也。」詩中的女子曾經約詩人在「桑中」、「上宮」相會。《漢書·地理志》更明白指出：「土陋而險，山居谷汲，男女亟聚會，故其俗淫。衛地有桑間濮上之阻，男女亦亟聚會，聲色生焉，故俗稱鄭、衛之音。」祭祀之所——桑中成為了男女歡會的場所。《墨子·明鬼》篇也說：「燕之有祖，當齊之社稷、宋之有桑林、楚之有云夢也，此男女之所屬而觀也！」可見，上古時期，祭祀儀式中常會有大規模的男女歡會，也就是祭祀與狂歡縱情相結合。殷人是把桑樹當作神樹，將其遍植於「社」的前後左右，因此他們的「社」叫做「桑林」，後世在殷故地建立的國家也大多沿襲殷人的說法。在桑林裏舉行男女歡會的時候，一般會跳桑林之舞。桑林之舞也與儺舞有些相像，有驅鬼除災之意。《左傳》魯襄公十年記載：

> 宋公享晉侯於楚丘，請以《桑林》。荀罃辭。荀偃、士
> 匄曰：「諸侯宋、魯，於是觀禮。魯有禘樂，賓祭用之。宋
> 以《桑林》享君，不亦可乎？」舞，師題以旌夏，晉侯懼
> 而退入于房。去旌，卒享而還。及著雍，疾。卜，桑林見。
> 荀偃、士匄欲奔請禱焉。荀罃不可，曰：「我辭禮矣，彼則
> 以之。猶有鬼神，於彼加之。」

舞師舉著用五色稚羽裝飾在竿首的族旗令人望而生畏，致使晉侯懼怕。這些怪物面具、生殖孕育的人體母體，它們的狂歡節性質是顯而易見的，男女交合、恐怖的面具能使土地肥沃多產，生殖繁衍。通過身體使死亡與再生相連，人的身體在這裡獲得了具體的現實性，表現出人體和生命的複雜性和深刻性。

《禮記·郊特牲》曰：「社祭土而主陰氣也，……社所以神地之道也。」「神地之道」的土神表現出的正是農耕時代的土地崇拜觀念。中國是以宗法血緣關係為主的農業之國，重視農業生產，因此祭祀活動中「社祭」是非常重要的。但令現代人沒有想到的是：本應莊重、潔淨的祭祀活動在早期社會卻是另一番景象。支配這種歡會的正是巫術思維，「在儀式上放任性欲，並不止是縱欲，乃是表現人與自然的

繁殖力量的虔敬態度。這種繁殖力量，是社會與文化的生存所繫，所以要被宗教所注意。」〔註37〕正是因爲有了原始巫術，中西方的傳統文化在狂歡這一點上才有了共通之處。這也成爲了巴赫金的狂歡理論可以用來闡釋中國傳統文化的一個基石。

　　但是，中西方文化畢竟是根植於不同的文化土壤，發展的脈絡和方向也不盡相同，所以在狂歡文化上，中西方還是有一定區別的。

二、中西方狂歡文化的特點

（一）中國狂歡文化的特點

1、官方色彩濃厚

　　中國文化受儒家文化影響，因此擁有強烈的倫理、道德意識，這也決定了中國的節日習俗具有許多獨特的地方，其中最重要的一大特點就是「講究禮儀，禮俗和風俗緊密結合……早期的許多節日風俗就載入儒家的經典，」〔註38〕甚至成了上層統治者「禮樂教化」的一種方式。在宋代之前，我國的城市是實行宵禁的，暮鼓響後，居民就不能夜行，所以許多夜間舉行的活動，就需要國家以法典的形式正式規定開禁的時間或日期才可能進行。所以「中國節日風俗發展往往受到統治階級的干預，這是一些風俗的變異原因，也是中國節俗的一個發展特點。」〔註39〕

　　而且，由於中國社會長期處於一種較爲穩定的中央集權的模式，也使得官方能有效地掌控習俗文化的意識走向和表現形態，即「隨君上之情欲，故謂之俗」（《漢書・地理志》）。因此中國節日風俗集中反映了官方所提倡的倫理和道德觀念。其中的政教色彩掩蓋了原始的狂

〔註37〕〔英〕馬林諾夫斯基，《巫術科學宗教與神話》〔M〕，李安宅編譯，
　　　　上海：上海文藝出版社，1987 年版，第 167 頁。
〔註38〕韓養吾、郭興文，《中國古代節日風俗》〔M〕，西安：陝西人民出版
　　　　社，1987 年版，第 32 頁。
〔註39〕韓養吾、郭興文，《中國古代節日風俗》〔M〕，西安：陝西人民出版
　　　　社，1987 年版，第 30 頁。

熱激情和宗教信仰，很多儀式被固定化、政治化、模式化。歐陽修就說過：「禮樂爲虛名……用之郊廟朝廷，自縉紳大夫從事其間者，皆莫能曉習，而天下之人至於老死未嘗見也。」〔註40〕

所以，中國文化處於「原始時期的狂歡在巫術思維的核心下，外現出一種本能、非理性的激情，而進入文明時代的狂歡在歡鬧的外表之下卻飽含了禮樂教化的理性精神。」〔註41〕

2、以農業生活為基礎

中國的封建社會綿延上千年，「男耕女織」的農耕生活方式源遠流長，農業生產狀況、農作物生長情況一直是老百姓心理情緒的「晴雨錶」。因此，中國傳統節慶活動都是依照農曆上的節令產生的，人們通過這些歡慶活動祈求來年風調雨順。「歲時節令由來已久，歲時源於古代曆法，節令源於古代氣候，簡單地說是由年月日和氣候變化相結合排定的節氣時令。早在殷墟甲骨文中已看到古代完備的曆法紀年。」〔註42〕

「長期以來中國以農為本，在生產力和科學技術不發達的情況下，農作物的耕種與收穫有著強烈的季節特徵，於是十分重視季節氣候對農作物的影響，在春種、夏長、秋收、冬藏的過程中認識到了自然時序變化的規律，總結出四時、二十四節氣學說，形成了以歲時節日為主的傳統節日體系。」〔註43〕中國主要的傳統節日都是歲時節日，即是受天候、物候、氣候的周期性轉換所影響，在人們的社會生活中約定俗成、具有某些特定風俗活動內容的節日。中國長期以來就

〔註40〕李斌城，《唐代文化》（中）〔M〕，北京：中國社會科學出版社，2002年版，第1189頁。

〔註41〕鄔慧玲，《巫術思維：狂歡化精神的起源——兼論中西狂歡文化之比較》〔J〕，《河南師範大學學報》（哲學社會科學版），2009年第5期，第182～185頁。

〔註42〕李成，《中國民俗學》〔M〕，瀋陽：遼寧大學出版社，2002年版，第322頁。

〔註43〕王心潔，《中美傳統節日之比較》〔J〕，《東南亞研究》，2005年2期，第87～90頁。

是一個以農業耕種作為主要生產生活方式的社會，而農事活動的直接決定因素就是歲時節令的變化。「據信史記載，中國春節可以追溯到上古時期。由於遠古時期生產力低下，人們無法正確認識和理解自然界的現象和規律，對天、地、神、祖先及其相關圖騰等存在著程度不等的崇拜，逐漸產生一系列與農業息息相關的郊祭、祈年、祭祖、謝神和迎春等農祀活動。」〔註 44〕農業社會時期，「年終歲首」正處於農作物已經收穫的清閒時期，舉行這些祭祀活動不僅可以表達人們報答農神，乞求新的一年繼續豐收的主觀願望，而且也使得舉行這些活動有了客觀條件。由於這些祭祀活動集中在正月初一左右舉行，久而久之，就逐漸把農曆正月初一法定為一個重要的節日，專門舉行一系列祭祀活動。

中國主要傳統節日具有農業色彩是因為中國距今 4000 餘年就已建立國家，長期處於封建統治的自給自足的農業社會和自然經濟之中，所以其傳統節日當然不可避免地保持其農業色彩。由此可見，中國的主要傳統節日都跟中國作為農業社會的曆法和曆法中所規定的節氣密切相關，具有濃厚的農業色彩。

3、自上而下的參與方式

儒家文化強調社會中的每一個人都有自己特定的身份、地位，在不同的場合其身份、地位會有所不同，但至少應當把握一個原則：言行舉止要符合其身份和地位。這種「身份」制度之森嚴就使得不同等級、不同身份的人們之間很難真正平等地交融在一起。上層階級限於自己的身份和地位，往往只能以主動參與、「與民同樂」的方式，以紆尊降貴、恩澤百姓的心態參與民間活動。他們在節日的狂歡之中也基本保持著理性和冷靜。

《東京夢華錄》記載：「正月十五日元宵，大內前自歲前多至後，開封府絞縛山棚，立木正對宣德樓，遊人已集御街兩廊下。奇術異

〔註 44〕王心潔，《中美傳統節日之比較》〔J〕，《東南亞研究》，2005 年第 2 期，第 87～90 頁。

能，歌舞百戲，鱗鱗相切，樂聲嘈雜十餘里……宣德樓上，皆垂黃緣簾，中一位乃御座。用黃羅設一彩棚，御龍直執黃蓋掌扇，列於簾外。……簾內亦作樂。宮嬪嬉笑之聲，不聞於外。樓下用枋木壘成露臺一所……萬姓皆在露臺下觀看，樂人時引萬姓山呼。」〔註45〕從這段記載，我們可以明顯地體會到在正月十五元宵節這樣一個狂歡的節日中，民眾是如何從中體味狂歡的感覺。與此同時，卻也看到了當時的上層階級並非是直接參與這一狂歡活動的，他們是以觀賞的態度去領略民間風情。有了關於身份地位的種種限制，古代中國很難真正實現放縱性情、泯滅身份差異的純粹的狂歡。

（二）西方狂歡文化的特點

1、個性色彩濃厚

　　西方的傳統節日習俗體現了西方人的個性主義色彩，以自我為中心，崇尚張揚的個性。他們追求獨立、自由、享樂，這源於西方文藝復興運動的積極影響。狂歡節已成為人們抒發情懷、歌唱幸福和向往自由的重要節日。在這一年一度可以自由快樂、無拘無束、任意放縱的節日裏，無論是政府官員還是平民百姓，都沉浸在狂熱的娛樂之中。人們穿著各式的奇裝異服，帶著稀奇古怪的面具，參加遊行聚會、化裝舞會，做著惡作劇。在聚會上，人們不僅可以縱情歌舞，還可以酗酒、狂喊亂叫。在愚人節裏，人們盡情地戲弄別人或被人戲弄，隨意地互相說謊和搞惡作劇，享受著節日的快樂。

　　這種節日特徵的形成主要是由於西方長期實行領主制，因此「自從古典時代末期，整個西部歐洲到處是屬於享有元老院議員稱號的貴族的大片領地」〔註46〕，此後，雖然有些領地轉移到教會的手中，但管理制度卻沒有改變。領主雖然要效忠同一君主，但他們在各自的領

〔註45〕〔宋〕孟元老，《東京夢華錄》〔M〕，濟南：山東友誼出版社，2001年版，第59～60頁。

〔註46〕〔比利時〕亨利‧皮雷納，《中世紀的城市》〔M〕，陳國梁譯，北京：商務印書館，1985年版，第27頁。

地有著相當大的獨立權：他們執行司法、征集賦稅，甚至可以發動戰爭，這就使得大規模的、統一意識的節日文化很難成型。相比於中國，西方的民間集會就失去了許多政治上的束縛，呈現出更加活潑、無忌的味道。

2、以宗教色彩為基礎

在西方，人類社會早期的節慶活動也具有企盼豐收的性質。後來，由於基督教等宗教的興起和普及，由於工業社會商品經濟取代了農業經濟，敬奉土地乞求豐收的傳統節慶習俗逐漸被人們淡忘，取而代之的是各種宗教意識衍生出來的節日。西方國家最初多以畜牧業為主，儘管後來農、工、商都有較大發展，但農業大多沒有成為立國之本，因此人們對季節氣候的重視程度不及中國，他們最注重的是基督教。「西方國家大部分都是先形成一種宗教、一個民族，然後才各自形成傳統意義上的國家，這使得西方國家的傳統節日在起源時期就帶有宗教色彩並在後來的發展過程中不斷得以強化。」〔註47〕

3、自下而上的參與方式

西方狂歡文化在民間以地方性集會的方式傳承下來，其中保留了更多的民間意識，形成了自下而上的組織方式。各個民族、王朝之間展開豐富的文化交流，同時王朝內部的不同階級之間也有著各自的文化需求。主教、國王、擁有大量土地的領主之間由於各自的利益而互相制衡，民間文化就在多方力量的牽制之下獲得了生存、發展的機遇。民間文化保存了更多的原始文化精神，這樣一來，即使是莊重的官方節日、慶典也無法壓制來自底層的欲望衝擊。狂熱的感性力量以其強大的感染力將上層社會捲入狂歡中，使得參與其中的人們完全沉浸於本能激情的宣洩中，拋棄了身份和地位的差異。

目前，尤以巴西的狂歡節著稱於世，被人們讚為「地球上最偉大的表演」。大家要「狂樂」三天，盡情地吃喝、歌舞、惡作劇，不分

〔註47〕周增文，《現代禮儀》〔M〕，濟南：濟南出版社，2004年版，第101～106頁。

種族膚色，不分富貧貴賤，全都彙入了歡騰的海洋。「巴西狂歡節最早由葡萄牙傳入，屬羅馬天主教的節日，但現在宗教色彩已經很淡薄。節日期間，大街小巷和廣場披著節日盛裝，滿城彩旗飄揚，彩燈閃爍，人們如癡如醉地跳著巴西最流行的傳統桑巴舞，並組成舞蹈隊伍遊行，簇擁著節日『國王』、『王后』以及紅影星、紅歌星的彩車。人民通宵達旦地狂歌勁舞，整個國家沉浸在歡樂的海洋裏。」〔註48〕人類本身的情感、欲望和激情成了絕對的支配力量，由此開啓了一場自下而上並最終涵括全民的狂歡盛宴。

　　中西方文化的不同也造成了其狂歡特點的不同。但無論是哪一種狂歡，在本質上體現的都是人們對常規生活的消解，對自由、平等生活的企盼，中西方文化在這種精神上始終保持著高度的一致。也正是因爲這種根源上的一致性，狂歡化理論才能與中國先秦漢魏晉南北朝時期的詩歌存在一定的契合，也爲二者的結合提供了理論基礎。

〔註48〕周增文，《現代禮儀》〔M〕，濟南：濟南出版社，2004 年版，第 101～106 頁。

第二章　先秦漢魏晉南北朝詩歌的話語狂歡

狂歡節（包括一切狂歡節型的慶賀、儀禮、形式、象徵等）的問題，構成了文化史上一個非常複雜而有趣的現象。我們已然瞭解了狂歡式，那麼需要更深一步探討的是文學的「狂歡化」問題。

第一節　話語狂歡的完成語境

一、文學語言和文學話語

我們知道將狂歡式內容轉化爲文學語言的表達，就是狂歡化。那麼「文學的語言」在這裡成爲一個重要的媒介，將「狂歡式內容」與「狂歡化」相互連接起來。「文學語言」簡單說來就是具有文學性的語言，在文學作品中佔有相當重要的地位，它既可以涵蓋文學語言，也可以包括文學作品中的人物的語言。「文學語言」甚至可以成爲文學作品風格的「代言人」，一般的文學作品都會在其語言中顯示出其本眞，因此，我們可以從「文學語言」的角度來考察文學作品。不過，近幾年來，「文學語言」有逐漸向「文學話語」轉變的趨勢。

G・庫克在他的《語言與文學》一文中認爲：「現實中存在著與精神感受相互作用的特殊文學話語類型，這種話語對人的頭腦起著

特殊的作用，復現並改變著人們對世界的主觀感受。這樣一種話語類型起源於某種文學作品形式對於讀者業已存在的精神感受所起的作用。」〔註1〕他還認爲：「儘管文學作品有時會提供信息或反映社會關係，但這並不是作者寫作品和讀者讀作品的主要意圖。」〔註2〕

於是，「文學話語」便成了一個全新的學術概念，一個充滿著某種「玄妙」和「特權」的概念術語，它與其他形式的語言相比具有某種獨特的功能，所以，「文學話語」可以將「文學語言」這一概念從具體的語言環境中──也就是社會語言環境──獨立、抽象出來，爲了避免人們混淆「文學語言」到底是社會現象還是語言自身所固有的一種屬性，語言學家開始使用「文學話語」這一術語。「話語」從「語言」中抽象了出來、分離了出來，但是，「話語」要比「語言」具有更確切的「所指」。一方面「話語」是「語言」的一個層面，另一方面它又不是「語言」的一個組成部分。因爲它比「文學語言」具有更強的獨立性與專業性，更適合從文學的角度進行討論和考察。

文學作品中主體與客體、作者與主人公（人物）之間是有著密切聯繫的，作品必定會對所展示的人物、事件有一定的評價態度。「文學，正是一種意識形態話語」，其主體──即「說話人，是體現在本書（即文本）中的敘述者或抒情者角色和作家因素上的。」〔註3〕文學作品在敘述本質上是藝術家的話語，他對藝術境界有自己獨特的思想和立場，並滲透在字裏行間。同時，文學作品中的人物形象對這一藝術現實中的人與事，同樣有自己的評價態度；作品中的人物語言自然也代表著人物各自的思想立場，並貫穿於作品的對白、思想、心理活動、表情、動作等之中。作者敘述和人物語言恰好體現了主體和客

〔註1〕 Guy Cook，《話語與文學》〔M〕，上海：上海外語教育出版社，1994年版，第 231 頁。

〔註2〕 Guy Cook，《話語與文學》〔M〕，上海：上海外語教育出版社，1994年版，第 235 頁。

〔註3〕 童慶炳，《文學理論教程》〔M〕，北京：高等教育出版社，1998 年版，第 59 頁。

體的關係，正是不同的評價立場、不同的聲音對話成爲了作者建構主人公的一條最基本的原則。因此，我們絕不能忽略文本中的當事人、敘述者和作者的因素。

二、話語及其對話關係

對話關係其實只存在於人與人之間在用語言來表達思想、立場或者情感等方面的時候所發生的關係中，也就是話語領域之中。作爲現代語言學研究對象的語言符號，也像其他的各種符號那樣，爲對話交際提供了物質上的保證，爲話語的對話關係的實現提供了最有利的物質保證。

在現實的日常生活中，我們常常會聽到這樣的句子：「你說的根本不對」，「事情就是這樣的」，「我看你一定是糊塗了」等等諸如此類帶有評價和描述內容的語句。人們在說話的過程中，總是遵循著描述或評價某一事物的原則，或是倫理的、或是政治的、或是認識的等等，這些原則賦予了話語一定的內涵，與構成話語的語言學成分中的內涵相比，要更多、更複雜、更難以研究。

比如我們用日常生活中不大常見的一種南方水果「楊桃」來舉例。楊桃作爲一種水果來說，是一個非常普通的物體，作爲一個孤立的詞彙，意義也是非常清楚的，可是如果是不同的作者來使用它，其表現出來的含義就會有很大的不同，就算是同一個作者使用它，若是面對不同的交際場合、交際對象，也會發生改變。我們不妨假設一些情境和用法：（一）如果語境是有人指著水果盤裏的楊桃，問身邊的朋友「這是什麼」，他可能會得到類似於詞典中所解釋的那種回答。假如這是一個初次來南方的北方人在詢問，那麼他已經得到了自己想要達到的目的。（二）如果此時是一個男人看到賣楊桃的女售貨員非常可愛漂亮，假裝不知道這種水果是什麼，那麼這個男人的詢問也許就是爲了和女售貨員套近乎，進而多聊聊天。（三）如果這是一個五六歲的孩子在問你「這是什麼」，那麼或許是這個孩子非常想嘗嘗這

種水果的味道,但是由於家庭教育告訴他不可以要別人的東西吃,於是他採用了這種迂迴的方式來達到自己想嘗嘗水果的目的。(四)如果是一個媽媽拿著楊桃問剛剛會說話的女兒「這是什麼」,那麼媽媽詢問的目的很顯然是在教女兒說話。只要你的想像力足夠豐富,你能設計出多少語境,「楊桃」就能展現給我們多少含義。如果再加上說者不同的情感語調,情景就會更加複雜。因此說,這裡的「楊桃」已經不是作爲詞典裏的一個詞或語言學規定的詞彙單位在發揮自己的功能了,它的意義既表達了說者的意圖,也獲得了與聽者、與現實生活的聯繫,同時還引出了聽者的回答。它變成了「言語交際的單位」,成了巴赫金所說的「獨一無二的話語」。不僅僅是實詞,而且語氣詞也同樣能夠獲得這種特質。任何詞彙都能成爲話語,作爲更高一級的語言單位的句子,也同樣能夠變成話語。

巴赫金曾經分析過一個俄語句子:太陽升起來了。如果翻譯成漢語也一樣可以說明問題。單獨地看「太陽升起來了」這個句子,不知道它出自誰之口、說給誰聽,我們無法判斷說者的意圖,當然更無法判斷聽者的反應。在這種條件下,句義是根據詞義和邏輯關係推理出來的,與現實的語言環境並不相關。但這個句子一旦與現實發生聯繫,以對話或獨白的方式賦予說者和聽者,即灌注說者具體的想法,聽者就會做出適當的反應,那麼它便能轉化爲語言交際中的現實語句,成爲話語。此時此刻,這個句子才能表現出它的真實意思,用巴赫金的話說,是「參與了生活」。

那麼我們分析「太陽升起來了」這句話的時候就可以假設多種語境。(一)如果語境是「太陽升起來了,不過時間來得及,你可以再睡一會兒」,這裡「日出」的含義就是勸說對方不要著急,慢慢來,那麼回應自然是較爲淡定的表現。(二)如果語境是「太陽升起來了,你該起床了!」或者是「太陽升起來了,快到時間了,你應該離開了!」那麼回應自然就發生改變,可能就是:哎呀,我真的該走了!(三)當然,這句話的語境也有可能是一個人早上起來,打開窗簾

時說的話，回應的人可能會高興（因爲經歷了幾天的陰霾），也可能會憂鬱（因爲太陽出來了就意味著要離開這裡，而他並不想這樣做）。（四）也可以把這句話想像成最簡單的情景，有個人說「太陽升起來了」，純粹是爲了告之對方這樣一個信息，得到聽者的回應便已經達到說者的目的。（五）當然，如果這句話是出自一篇文學美文，那麼得到的回應很可能是讀者在腦海中喚出日出時間的一系列美好的想像和情感。

三、話語的特徵

基於以上的事例，我們可以發現話語的一些特徵：首先是話語具有完成性。「完成性是指話語主題的相對窮盡性和說話人意圖的終結性。」〔註 4〕也就是說，要想理解話語的主旨和意圖，就必須聯繫這個話語所處的環境氛圍，比如話語所描述的內容、交談的地點、時間，交談者的身份等等。比如之前的例子，北方人詢問南方人「楊桃」是什麼的話語體系中，北方人只是想知道擺在他面前的是什麼具體的物質，除此之外，再無其他意圖。那麼，正是在這樣的完整語境中，我們才能看到說者已經講完自己所要表達的內容和意向了，接下來應該由聽者做出反應了，如同在提示聽者：「我已經說完了，接下來你該做出回應了。」所以，話語完成性的邊界就是說者與聽者之間的更替點。當然，這種更替性對於說者來講也可能是虛擬的，比如在演講、詩歌創作、獨幕話劇中，說者就必須在自己完整的話語內部虛擬出交談者。

話語的完成性是個非常複雜的問題，雖然話語涉及到日常的交談、話語內部的對話關係，文本間的對話等等，但其中最複雜的話語就是文學話語，因爲文學作品牽涉到幾個層次的問題，文學作品既是作家的話語，但又不完全是作家的話語，而是人物的話語，一

〔註 4〕　凌建侯，《巴赫金哲學思想與文本分析法》〔M〕，北京：北京大學出版社，2007 年 10 月版，第 81 頁。

部文學作品是作爲一個整體與其他作品發生對話關係。但作家的這種對話依靠的是作品內部人物的各種話語，而人物話語之間的對話既可以是主人公與作者之間的，也可以是主人公與主人公之間的。

其次，話語還具有回應性。也就是說話語必須要在雙方的互動狀態下才能最終完結，即使互動的一方是虛擬的，也要在假設的狀態下將這種互動完成。語言的社會性決定了它只能在交際的過程中獲得生命和意義。「一切話語的共同屬性就在於它們都是語言在一切領域裏言語交際條件下的實現與具體化。把單個的句子當作相對完結的思想來分析時，人們常得想像，它可能出現在怎樣的語境（上下文或非語言的情景）中。這個想像中的語境是使句子完結化、整體化的最低條件，即它能夠把句子變成潛在的話語。」〔註 5〕比如「太陽升起來了」這句話，單獨來看的話，它顯然還不具有真正意義的交際，因爲交際的含義就要求我們必須有一定的回答，哪怕是無言的回答，哪怕是虛擬的聽者。「任何交際反映的，不只是構成交際內容的實際事實，它也考慮後者能夠促使說話人帶著自己的情感態度提及該事實，所以對與該事實相關的他人話語的評價，就不能在說者的話語中有所反映。」〔註 6〕

最後，話語還具有情感表達的特性。詩歌的話語中必定包含著說者獨一無二的立場態度，這是他情感意志的流露，通過話語的情態來展現。對指物內容和對他人話語的態度，是決定說者的感情意向的重要因素，因而決定了他話語的整個情態。「話語情態其實就是價值評價的立場，包括對話題的評價立場和對他人話語的回應立場，後者表現爲同意或反對、承認或批駁、讚賞或批評、默許或冷淡、真誠坦率或虛與委蛇、直截了當或旁敲側擊、溫和謙恭或針鋒

〔註 5〕 凌建侯，《巴赫金哲學思想與文本分析法》〔M〕，北京：北京大學出版社，2007 年 10 月版，第 82 頁。
〔註 6〕 凌建侯，《巴赫金哲學思想與文本分析法》〔M〕，北京：北京大學出版社，2007 年 10 月版，第 82 頁。

相對等等。」〔註7〕

　　話語的評價立場或情感態度會直接地反映在言說者的表情語調上，而話語正是「在語調中直接與生活相關聯」，使「說者直接與聽者相接觸」，「語調總是處於語言和非語言、言說與非言說的邊界上」。〔註8〕因此說，採用不同的言說方式，所表達出來的內容被受眾所接受的感受也是有很大不同的。

　　我們不難體會到，巴赫金的話語理論是一種獨特的語義理論。他始終圍繞著言語交際者在考察語言，他關注的是人如何通過話語來實現自己對生活的參與，表達自己說事論人的立場，體現對他人話語的態度。

　　話語中所指代的事物，如同語言單位所指的事實，是人們在頭腦中反映的客觀世界。用符號學的觀點來說，這裡呈現的是語言符號與現實事物之間的關係。基於以上的理論觀點，我們在分析先秦漢魏晉南北朝時期的詩歌時，會將文學作品中的語言分為主體性語言和客體性語言來做具體分析。

第二節　主體性語言的話語狂歡

　　話語在巴赫金的論著中是口頭與書面言語的統稱，同時又是語言交際的單位。他認為句子只是語言體系的單位，本質上屬於語言學的一種假設或抽象，並不具備活語言的特性。只有當它與具體的實境相聯繫，進入具體的語境，比如對話或獨白，獲得特定的說者和聽者，當說者灌注了具體的意向，聽者也做出相應的反應，這個語法句才轉換為語言交際中的現實句，即話語，此刻它才會表達出真實的意義和思想。巴赫金認為只有話語才是語言交際的單位，而

〔註7〕　凌建侯，《巴赫金哲學思想與文本分析法》〔M〕，北京：北京大學出版社，2007 年 10 月版，第 82～83 頁。

〔註8〕　〔俄〕巴赫金，《巴赫金全集》〔M〕，第 2 卷，石家莊：河北教育出版社，1998 年版，第 88 頁。

話語的確鑿無誤的邊界，只能是講話主體（當事人）的更替。話語主體的更替處，便是一個話語的結束和另一話語的開端。

　　既然如此，話語則是話語主體的個人意識，是他思想的直接表現，話語的含義與話語主體的思想是二而一、一而二的。構成話語思想內涵的要素必然要包括話語主體意向和立場，即說者的意圖與對所指事物的評價態度。不過這個考慮是從話語主體或作者的單一角度著眼的，可稱作獨白的考慮。

　　在先秦漢魏晉南北朝的詩歌中，這些主體性語言顯示了話語主體的內心感受，他們堅貞果敢的愛情話語、尋求出仕的自由話語、渴望成就功名的豪放話語、尋求解脫的狂放話語彰顯了那個時代的人們對於生活的狂歡態度。

一、堅貞果敢的愛情話語

　　在先秦漢魏晉南北朝的詩歌中有很多情詩，這些情詩的主題不僅表現了對愛情的大膽追求，而且詩歌中所使用的語言也是果敢、堅定的，如：

　　　　汎彼柏舟，在彼中河。髧彼兩髦，實維我儀。之死矢
靡它。母也天只，不諒人只！
　　　　汎彼柏舟，在彼河側。髧彼兩髦，實維我特。之死矢
靡慝。母也天只，不諒人只！（《詩經・鄘風・柏舟》）

程俊英在《詩經注析》中評價這首詩說：「這是一位少女要求婚姻自由，向家庭表示違抗的詩，表現了愛情專一，堅決反抗封建禮教的精神。……此詩作於熱戀之時，故詩中突出了憤怒的抗爭。……其情如衝天之火那樣熱烈……此詩全是直陳，將毫無隱瞞的情感，迸裂到字句之中……表現激烈，能很快激起人們的共鳴……語言一瀉無餘，如大河奔流。」〔註9〕這樣的詩歌不僅在當時，就是在此後的幾百年間也很少見。她的話語極其大膽，她坦白地告訴父母：那個垂著兩綹短

〔註9〕 程俊英，《詩經注析》〔M〕，北京：中華書局，1991 年 10 月版，第121～122 頁。

發的就是自己的情郎，我不會改變自己的心意，懇求父母的體諒。

還有《王風‧大車》中那個更爲大膽熱烈的女子：

> 大車檻檻，毳衣如菼。豈不爾思？畏子不敢。
> 大車啍啍，毳衣如璊。豈不爾思？畏子不奔。
> 穀則異室，死則同穴。謂予不信，有如皦日。

她很想和情人同居，但是不知道對方心裏究竟如何打算，所以還有
些畏懼而不敢找他私奔。最後，她對自己的情人盟誓，表白了她矢
志不渝的愛情。

> 此詩末章結以誓詞，別開生面。曹雪芹言歷來才子佳
> 人之書，滿紙子建、文君，千部共出一套，盧張其詞，令
> 人生厭。在這類作品中，又必然插入一段海誓山盟，幾乎
> 成爲表白愛情的公式。此詩末章，可說是這類誓詞的濫觴，
> 但它絕無後來作品中輕浮、誇誕之弊，而堅定、熾熱之情，
> 盡在誓中，令人讀之不覺動容。〔註10〕

似乎民間的女子更能勇敢地表明自己內心的想法，因而在話語
的表達中更加大膽和直露，在南北朝樂府民歌中就有這樣一群女
子，她們大膽地說出懷春之情：

> 朱光照綠苑，丹華粲羅星。
> 那能閨中繡，獨無懷春情！（《子夜春歌》）
> 門前一株棗，歲歲不知老。
> 阿婆不嫁汝，那得孫兒抱！（《折楊柳枝》）

她們追求自由戀愛，自由結合：

> 含桃已中食，郎贈合歡扇。
> 感同心意，蘭室期相見。（《子夜夏歌》）
> 暫出白門前，楊柳可藏烏。
> 歡作沉水香，儂作博山爐。（《楊叛兒》）

她們唯願互相愛悅，兩心如一：

〔註10〕程俊英，《詩經注析》〔M〕，北京：中華書局，1991 年 10 月版，第
214 頁。

　　　　思歡久。不愛獨枝蓮，只惜同心藕。(《讀曲歌》)

　　　　獨柯不成樹，獨樹不成林。

　　　　念郎錦褘襠，恒長不忘心。(北歌《紫榴馬歌》)

她們與愛人同憂同喜，相依爲命：

　　　　歡愁儂亦慘，郎笑我便喜。

　　　　不見連理樹，異根同條起？(《子夜歌》)

　　　　腹中愁不樂，願作郎馬鞭。

　　　　出入攬郎臂，蹀座郎膝邊。(北歌《折楊柳歌辭》)

她們爲了愛情，甚至可以不惜自己的性命：

　　　　女蘿自微薄，寄託長松表。

　　　　何惜負霜死，貴得相纏繞。(《襄陽樂》)

　　南朝樂府中還有一首《讀曲歌》，讀起來也很親切、動人，寫出了多少愛戀中人們的心聲：「打殺長鳴雞，彈去烏臼鳥。願得連冥不復曙，一年都一曉！」寫既得愛情的甜蜜，感情上固然是認眞的，而且發下了「一年都一曉」的宏願，這樣的主體性語言展現出了作品主人公對於愛情的熱忱，也表現了狂歡化的愛情話語。南朝樂府詩中甚至出現了比較露骨地詠歡、讚美男女性愛的短歌，如《碧玉歌》:「碧玉破瓜時，郎爲情顛倒。感郎不羞郎，回身就郎抱。」《子夜四時歌》:「開窗秋月光，滅燭解羅裙。含笑帷幌裏，舉體蘭蕙香。」這些詩歌體現了當時質樸的民風，體現了時人對於愛情熱烈而大膽的追求。他們單純、天眞的眞性情也許會爲那些後世的所謂道學家們所不齒，但是卻爲世間千千萬萬個有眞性情的戀人們所追捧和讚頌著。

　　屈原在《九歌·少司命》中描寫了一位愛戀少司命的女子，少司命降臨到人間，步入了爲他精心布置的香草環繞的殿堂裏：

　　　　滿堂兮美人，忽獨與余兮目成。

在眾多的女子中間，他只對其中的一個人表現了特別的鍾情。這是由被愛的女子一方表達出來的。「滿堂都是迎神的美女，而少司命卻只對我一個人專注」，這短短的一句話就表明了少女內心的驚喜與難

言的情意。「目成，謂以目而通其情好之私也。」〔註11〕兩心相悅，
他們便用目光互相傳遞感情，這個「目成」生動地描繪出男女之間
深情蜜意、心靈交會的愛情場景。所以前人曾經評論這兩句說：「曲
盡麗情，深入冶態。裴鉶《傳奇》，元氏《會眞》，又瞠乎其後矣。」
〔註12〕

接下來的部分，詩歌又描寫了少司命的匆匆別離：

　　　　入不言兮出不辭，乘回風兮載雲旗。
　　　　悲莫悲兮生別離，樂莫樂兮新相知。

少司命在降臨之後不久，又匆匆地離開了，而且是悄然離開，沒有任
何言談。也許是他莊嚴的使命才讓他的行爲也頗爲莊嚴。但是無論如
何，他悄悄地來然後又默默地走了，這對於一位愛戀他的女子來說是
一個相當大的打擊。她遺憾，她難過，因此，她對人生的悲歡離合發
出了這樣的慨歎：「悲莫悲兮生別離，樂莫樂兮新相知。」這兩句詩
雖然簡練，但是卻極爲深刻、動人，從而被古人推舉爲「千古情語之
祖」〔註13〕，周拱辰的《離騷草木史》曰：「『悲莫悲』二語，千古言
情都向此中索摸。」正是這兩句動人心魄的表白，使得《少司命》之
中的這個女子的形象頓時生動起來。她不是只當作擺設的花瓶，而是
一個有血有肉、有情有意的女子。她面對著愛戀的人離她遠去，說出
了發自肺腑的悲痛話語，人在面對這種生而別離的苦痛之時，其話語
往往更爲眞切動人。

這樣的話語在《古詩十九首》中也有出現，如《冉冉孤生竹》裏
那個慨歎「遲暮」的女主人公就大膽表露自己的心迹：

　　　　……
　　　　千里遠結婚，悠悠隔山陂。
　　　　思君令人老，軒車來何遲！
　　　　傷彼蕙蘭花，含英揚光輝。

〔註11〕〔明〕汪瑗，《楚辭集解》。
〔註12〕〔明〕楊慎，《升庵詩話》。
〔註13〕《楚辭評林》引王世貞語。

　　　　　過時而不採，將隨秋草萎。

　　　　　……

這首詩寫的是「新婚後久別之怨。」〔註14〕司馬遷在《史記‧呂不韋列傳》中說：「以色事人者，色衰而愛弛。」因此，「以色事人」就成爲封建社會以男權爲中心的必然產物。女子面對著即將逝去的青春容顏，當然要發出「美人遲暮」的哀歎，她把自己比喻成含苞待放的花朵，希望久遊不歸的丈夫早日回來。她使用的話語也是直接陳述的表白：我正值青春貌美的時候，如果你再不回來陪伴我，那我的容顏很快就會衰老了。這樣的表白與《詩經‧摽有梅》中的：「摽有梅，其實三兮。求我庶士，迨其今兮。」也是很相似的。

　　而《漢樂府‧上邪》中的這個女子的話語，堪稱絕唱：

　　　　上邪！我欲與君相知，長命無絕衰。山無陵，江水爲
　　竭，冬雷震震，夏雨雪，天地合，乃敢與君絕！

主人公設想了三組奇特的自然變異，作爲「與君絕」的條件：「山無陵，江水爲竭」——山河消失了；「冬雷震震，夏雨雪」——四季顛倒了；「天地合」——再度回到混沌世界。這些設想一件比一件荒謬，一件比一件離奇，根本不可能發生。這就把主人公生死不渝的愛情強調得無以復加，以至於把「與君絕」的可能從根本上排除了。她堅貞的愛情話語表現了自己堅貞的決心：我要生生世世都和你在一起。

　　梁啓超《中國韻文裏頭所表現的情感》一文認爲：「……有一類的情感，是要忽然奔迸一瀉無餘的，我們可以給這類文學起一個名，叫做『奔迸的表情法』，例如碰著意外的過度的刺激，大叫一聲或大哭一場或大跳一陣，在這種時候，含蓄蘊藉，是一點用不著。……都是情感突變，一燒燒到白熱度，便一毫不隱瞞，一毫不修飾，照那情感的原樣子，迸裂到字句上。我們既承認情感越發眞，越發神聖；講眞，沒有眞得過這一類了。這類文學，眞是和那作者的生命分劈不開！」我們剛剛看到的這些詩歌中的話語所表達的情感眞個是傾瀉而

〔註14〕馬茂元，《古詩十九首》〔M〕，西安：陝西人民出版社，1981年6月版，第119頁。

出，沒有絲毫的修飾，因而我們可以從中捕捉到先秦漢魏晉南北朝詩歌中狂歡化的愛情話語。

巴赫金認為我們每個人都降生在一個特定文化的雜語環境裏，他的思想形成於雜語的對話之中，但是我們每個人又都會憑著獨特的一面來獲得生活中獨一無二的價值，在社會活動中實現自己的使命和責任，用巴赫金的語言來表述，就是要「在雜語氛圍中建立自己負責的話語。」在這個時候，最重要的就是要保持住獨立的自由人格，不使自己消解在強制的、權威的、時髦的、因循的話語聲浪中。那麼，在這些追求愛情的女子眼中，她們本身都是獨一無二的，她們對於愛情有著自己獨到的見解和想法，狂歡化的理念在她們這裡沒有得到消解，對純真愛情的想往和堅貞的態度讓這些人充滿了可敬可愛之處，她們通過對愛情積極大膽的狂歡話語來表現自己的個性，張揚自己的風采。

二、尋求出仕的自由話語

在漢朝，從漢武帝開始就已經惟「儒家思想」馬首是瞻，儒家講求的是「修身、齊家、治國、平天下」，主張「入仕」，希望有才華的人都能出來做事，為國家、社會、人民貢獻自己的一份力量。在那個「罷黜百家，獨尊儒術」的時代，卻有這麼一批文人看透了官場上的種種黑暗和弊端，以一種「出仕」的態度面對人生。比如《古詩十九首‧驅車上東門》：

> 驅車上東門，遙望郭北墓。
> 白楊何蕭蕭，松柏夾廣路。
> 下有陳死人，杳杳即長暮。
> 潛寐黃泉下，千載永不寤。
> …………

這首詩是流浪在洛陽的游子看到北邙山墳墓而觸發的關於生命的慨歎。「生命無常，及時行樂，是《十九首》裏最常見的思想，而表現在這首詩裏最為深透；這是因為作者把墟墓間的蕭瑟的情景，長眠地

下的『陳死人』和『年命如朝露』的現實人生直接聯繫起來，因而詩的情緒也就顯得更加感慨悲涼。」〔註15〕

從先秦一直到魏晉六朝時期，儘管後期的統治者已經打破了士族和庶族的界限，允許底層人也參與到考取功名的隊伍中，但那也只是曇花一現。這段時期的詩歌中所描述的男女主人公大都是沒有受過教育的底層人，就算是受過教育，也沒有什麼機會去攀爬仕途、改變出身，那麼他們就只能在「謀食」的路上做一個為生存而操勞的「賤民」。既然如此，他們索性就利用自己短暫的一生去追求快樂。

> 浩浩陰陽移，年命如朝露。
> 人生忽如寄，壽無金石固。
> 萬歲更相叠，聖賢莫能度。
> 服食求神仙，多為藥所誤。
> 不如飲美酒，被服紈與素。

整首詩給我們的感覺是詩人對於人生無常的感觸，對此，詩人沒有做絲毫的掩飾，所有的思想和感情都是噴薄而出的、一針見血的。王國維在《人間詞話》中說：「『生年不滿百，常懷千歲憂。晝短苦夜長，何不秉燭遊！』『服食求神仙，多為藥所誤。不如飲美酒，被服紈與素。』寫情如此，方為不隔。」〔註16〕馬茂元先生對於這段話是這樣解釋的：

> 所謂「隔」與「不隔」，是就作者和讀者而言的。詩人真正能夠寫出自己從經驗感覺中所產生出來的東西，它必然是一針見血，能深深地吸引住讀者；而這類的詩句，經常是眼前極為平常的而又是高度概括的語言，是人人所能理解的。反之，缺乏真實感受的詩篇，它就不得不在文字技巧上做功夫；儘管語言雕琢得再精美，但轉彎抹角，讀

〔註15〕馬茂元，《古詩十九首初探》〔M〕，西安：陝西人民出版社，1981年6月版，第91頁。

〔註16〕《王國維文學論著三種》〔M〕，北京：商務印書館，2001年3月版，第39頁。

起來總是像霧裏看花，終於隔了一層。〔註17〕

因此說，詩人在這首詩中採用了直接抒情的方式，讓我們深切地感受到詩人對於人生無常的慨歎。這種慨歎源自於時人對社會現實的不滿，早在先秦時代，這種不滿的態度就已經出現，當時就有著名的「不食周粟」的伯夷、叔齊以及《論語》中提到的長沮、桀溺、荷蓧丈人等都是這類人物。這些隱逸的人表面上看來是在逃避兇險的世道，是一種消極的出仕方式，但是我們完全可以從另外一個角度來考慮他們的行為方式。隱逸者之所以隱逸，也是在堅持自己的信念，他們恪守著或是忠君、或是愛國、或是堅守氣節的理念，故而難以妥協，並且忍受著精神上的寂寞和生活上的苦難，這在文化心態上可謂是一種無聲的抗議，一種對世俗的默默宣戰。漢代有所謂「大隱隱於朝，中隱隱於市，小隱隱於野」的說法，逃避者不是去寂寞自守，而是用另外一種直接宣泄的方式來彰顯對世俗的不滿情緒，如《西門行》：

> 出西門，步念之。今日不作樂，當待何時。夫為樂，為樂當及時，何能坐愁怫鬱，當復待來茲。飲醇酒，炙肥牛，請呼心所歡，可用解憂愁。人生不滿百，常懷千歲憂。晝短而夜長，何不秉燭遊。自非仙人王子喬，計會壽命難與期。自非仙人王子喬。計會壽命難與期。人壽非金石，年命安可期，貪財愛惜費，但為後世嗤。

這首詩的基調在後世的詩壇上久久迴蕩著，從漢末的《古詩十九首》到李白的《將進酒》。有人說這是一種頹唐和墮落，但是我們卻認為這是一種生命意識的覺醒。在那樣的社會中，單憑個人的力量是無法改變現狀的，比起那些隨波逐流的人，這些渴望出仕的人反而是更加直接地表明自己的內心意願：既然個人進取無路可走，那便只能在感官享樂之中來解除精神上的愁苦。

這種慨歎生命的出仕話語，在《古詩十九首》中還有一些：

〔註17〕馬茂元，《古詩十九首初探》〔M〕，西安：陝西人民出版社，1981年6月版，第93頁。

人生天地間，忽如遠行客。(《青青陵上柏》)

人生非金石，豈能長壽考？

奄忽隨物化，榮名以爲寶。(《回車駕言邁》)

四時更變化，歲暮一何速！

晨風懷苦心，蟋蟀傷局促。

蕩滌放情志，何爲自結束！(《東城高且長》)

再來看曹操的一首《秋胡行》(其一)：

晨上散關山，此道當何難！牛頓不起，車墮谷間。坐
磐石之上，彈五弦之琴。作爲清角韻，意中迷煩。歌以言
志，晨上散關山。

有何三老公，卒來在我旁。負揜被裘，似非恒人。謂
卿云何困苦以自怨，徨徨所欲，來到此間？歌以言志，有
何三老公。

我居崑崙山，所謂者眞人。道深有可得。名山歷觀，
邀遊八極，枕石漱流飲泉。沉吟不決，遂上昇天。歌以言
志，我居崑崙山。

去去不可追，長恨相牽攀。夜夜安得寐，惆悵以自憐。
正而不譎，辭賦依因。經傳所過，西來所傳。歌以言志，
去去不可追。

這首詩表面上看來是一首遊仙詩，但是我們卻發現詩歌的敘述過程
與其他的遊仙詩有所不同，主人公在聽了「眞人」的話之後，並未
立即跟隨「眞人」仙去，而是「沉吟不決」；而正在他猶豫之間，「眞
人」已棄他而去，「遂上昇天」。「這也許意味著，所謂永恒自由是
一個抓不住的幻影，它只是擾人心煩而已；也許還意味著：所謂從
現實中解脫，也只是一種幻想，事實上不可能做出這樣的抉擇。」
〔註18〕在很多人看來，曹操是個野心家，是個叱吒風雲、不可一世
的英雄。他從漢末的動亂中突拔而起時，並沒有預料到後來的成功。
只是在與各方政治和軍事力量的激烈衝突中，有進無退，不擊潰敵

〔註18〕《漢魏六朝詩鑒賞辭典》〔M〕，上海：上海辭書出版社，1992 年 9
月版，第 196～200 頁。

手便無以自存，才漸漸成爲北方的實際統治者。曹操的人生充滿了
挑戰和冒險，就在曹操寫這詩前不久，還發生過漢獻帝伏皇后與父
親伏完謀殺他的事件，皇帝本人恐怕也牽涉在內。這種危機四伏、
如履薄冰的環境難免令他憂慮。主人公正「沉吟不決」的時候，「眞
人」已「遂上昇天」，他忽然驚覺，想要追上前去，卻已經根本追趕
不上。失去這樣一個機緣，從此抱恨不已，惆悵自憐。「理想永遠高
於現實，任何已經得到的東西都不能滿足人的心理需要。甚至，愈
是功業輝煌的人物，愈是容易感覺到個人不過是歷史實現其自身目
的的工具，感覺到個人本質上的渺小。」〔註19〕詩人正是借遊仙抒
發自己以制禮作樂的儒家社會理想爲目標，慨歎人壽不永的惆悵。

　　生命的短暫在漢代人的眼中是一個殘酷的現實，他們認爲人生
的有限在宇宙的無限面前顯得如此渺小，因此，不要把生命浪費在
追求功名利祿上，還是趁現在盡情地享受美好的時光吧。他們的這
種超脫於世人追求的思想之外的意識是一種意識形態上的狂歡，當
所有人都在按照儒家的「知其不可爲而爲之」的思想來積極入仕的
時候，這些文人卻早已看透了這些林林總總，他們站在宇宙的高度
來審視人世間的這些變遷，這似乎可以稱得上是一種「超脫的狂
歡」。

　　對於個人來說，一個人的話語貫穿著他的自覺意向，是他的一
種社會行爲，獲得了個人社會存在的意義。因此往往個人行爲能夠
代表當時的社會行爲，同樣，個人的話語也能在一定程度上代表當
時的社會話語。話語既然是人的意識、人的思想，必然體現著是與
非、眞與假、善與惡等倫理立場，因此「話語具有價值屬性，話語
的生命正在於自身的倫理價值，離開價值便沒有話語。」〔註20〕在
先秦漢魏晉南北朝詩人的心中，這些話語恰恰體現了他們的個性——

〔註19〕《漢魏六朝詩鑒賞辭典》〔M〕，上海：上海辭書出版社，1992 年 9
　　　　月版，第 196～200 頁。

〔註20〕白春仁，《邊緣上的話語——巴赫金話語理論辨析》〔J〕，《外語教學
　　　　與研究》，2000 年第 3 期，第 163 頁。

張揚的個性。儘管社會的束縛、階級的壓迫讓更多的世人選擇了歸隱山林，但是他們的話語卻依然體現出那個時代的特徵，代表了那個時代最強有力的江湖之音，區別於廟堂之上的靡靡之音。這種民間意識也更能彈奏出先秦漢魏晉南北朝時期的時代交響曲，更能體現當時的狂歡化色彩。

三、渴望成就功名的豪放話語

漢魏之際，是我國歷史上一個動亂的時代。一方面，在中原地區，農民階級與地主階級的鬥爭，統治階層中的皇室、外戚、宦官、權臣的互相傾軋，加速了東漢政權的解體，形成了諸多割據政權。與此同時，匈奴等邊疆民族紛紛內遷，並受到漢族官吏的壓迫。及至中原混戰，邊陲諸多民族紛紛趁亂入侵中原，他們內遷並與漢族統治者展開壓迫與反壓迫的鬥爭，進一步加劇了中原人民的悲慘命運。建安時期的最突出特徵就是戰國時代的重演。與漢代詩歌相比，這一時期的文學與政治的聯繫更為緊密。建安文人們親歷諸多生死離別、生靈塗炭的悲慘之景，將文學與政治結合起來。正如《文心雕龍·時序》篇所說：「良由世積亂離，風衰俗怨，並志深而筆長，故梗概而多氣也。」

動亂的社會現實摧毀了儒家思想一統天下的地位，代之而起的是各種思想的蓬勃發展以及建安詩壇的「彬彬之盛」。魯迅對魏晉時期文學的評價就是「文學自覺的時代」。在這個時代風氣的影響之下，漢魏時期的詩人們敢於在作品之中表達自己渴望成就功名的想法，抒發內心的豪情壯志。

曹操是一個很早就有著明確的政治理想的人。他在青年時期就表示：「欲濟天下，為百姓請命。」《苦寒行》是曹操在建安十一年征高幹時所作，其中「悲彼東山詩，悠悠使我哀」兩句中的「東山」是《詩經》中描寫遠征軍人還鄉的一首詩，舊說是周公所作。這裡提到《東山》，一則用來比喻當前行役的苦況，二則以周公自喻。

〔註21〕希望自己排除反叛勢力，掃除統一天下的障礙。在曹操的《讓縣自鳴本志令》（又稱《述志令》）中，他還說了這樣一段話：「設使天下無有孤，不知當幾人稱帝，幾人稱王」。這篇作品爲曹操於公元210年所作，當時正值曹操赤壁大敗而歸，士人階層皆藉此嘲諷曹操的不可一世、妄自尊大，曹操爲堵眾人之口遂作此文。文中曹操談到自己如何從一個普通的官宦子弟成長爲一人之下萬人之上的丞相。我們不難發現，曹操的這句話表達的思想相當大膽和直接，話語中所流露出來的是高度的自信和狂妄。這在儒家思想看來簡直是「大逆不道」的表達方式。曹操擁有這樣的狂歡話語一方面是由於其出身，他並非像當時其他的學者那樣深受儒家思想影響，因而思想通脫率眞。另一方面也是受到當時建安時期社會風氣的影響，從而使得霸氣外露的曹操說出了這樣一番驚天地泣鬼神的狂歡話語。

　　「借古樂府寫時事，始於曹公」。〔註22〕酒能觸動詩人心靈最柔軟的部分，打開心扉引發創作靈感，蘇軾曾將酒比作「釣詩鉤」（宋·蘇軾《洞庭春色》）。「有美酒便有佳詩，詩亦乞靈於酒」〔註23〕，曹操在飲酒之後，也會以歌唱的方式以宣洩情感。《短歌行》是最能代表詩人思想感情和藝術風格的詩作之一。詩人慷慨悲歌，慨歎人生無常時光易逝，抒發了自己思賢若渴、統一天下的雄心。

> 對酒當歌，人生幾何？譬如朝露，去日苦多。
> 慨當以慷，憂思難忘。何以解憂？唯有杜康。
> 青青子衿，悠悠我心。但爲君故，沉吟至今。
> 呦呦鹿鳴，食野之蘋。我有嘉賓，鼓瑟吹笙。
> 明明如月，何時可掇？憂從中來，不可斷絕。
> 越陌度阡，枉用相存。契闊談讌，心念舊恩。

〔註21〕余冠英，《三曹詩選》〔M〕，北京：人民文學出版社，1956年版，第10頁。

〔註22〕〔清〕沈德潛，《古詩源》〔M〕，北京：中華書局，1977年版，第106頁。

〔註23〕〔清〕張潮，《幽夢影——名賢勸世書》〔M〕，北京：中華書局，2008年版，第50頁。

月明星稀，烏鵲南飛。繞樹三匝，何枝可依？
山不厭高，海不厭深。周公吐哺，天下歸心。

詩歌開篇「對酒當歌，人生幾何」一句低沉感傷，發人深省。詩人對月把酒，思緒萬千，憶起自己半生戎馬，毀譽榮辱，均不堪縈懷，唯有以酒解憂：時光流逝，功業未成。詩人以微吟的形式，傾吐了自己慷慨激昂的心曲。「青青子衿，悠悠我心」之句則表達了詩人對賢才的渴望，婉轉而清晰地吐露了自己深摯的情感。接著詩人筆鋒陡轉，借《詩經》中「呦呦鹿鳴，食野之蘋」來寫故舊嘉賓，並未相忘，「越陌度阡，枉用相存」。隨後，詩人感情高揚，聯想到許多賢士還在擇木而棲、不為己用而又轉入沉鬱：「月明星稀，烏鵲南飛。繞樹三匝，何枝可依？」最後以「山不厭高，水不厭深」這一典故作結，表示要以高山的氣魄、大海的胸懷來招納賢士。全詩跌宕蒼涼、筆墨酣暢，構成了一曲典型的慷慨之音，正如劉熙載所說：「曹公氣雄力堅，足以籠罩一切，建安諸子未有其匹也。」陳祚明評論說：「孟德所傳諸篇，雖並屬擬古，然皆以寫己懷來……本無泛語，根在性情，故其跌宕悲涼，獨臻超越。細揣格調，孟德全是漢音……」（清‧陳祚明《採菽堂古詩》卷五）

此外，在曹操其他類型的詩篇中也能看到其狂歡的話語，如《龜雖壽》中：「神龜雖壽，猶有竟時。騰蛇乘霧，終為土灰。老驥伏櫪，志在千里；烈士暮年，壯心不已」的雄心壯志；曹操以天下為己任，以濟世為目標，他的奮鬥才有不竭的動力，他的詩歌也才有雄厚的底氣。

建安時代是一個意氣風發的時代，所有的文人都渴望著能夠成就自己的理想，受時代風氣的影響，這些文人的詩歌中也都充滿著霸氣、自信，充滿著對建功立業的向往。除了曹操之外，建安七子中的陳琳在《遊覽》（其一）中寫道：「騁哉日月逝，年命將西傾。建功不及時，鍾鼎何所銘。」很直白地描寫了作者眼看「年命將西傾」，從而引發進一步的思考：「建功不及時，鍾鼎何所銘。」表達了作者希

望在生命將盡之前能夠建功興業的主題思想。王粲的《從軍詩》也多體現詩人感時興業、激發奮進之志，其中一首在表現對謀臣們羨慕的同時轉而「恨我無時謀」，希望「庶幾奮薄身」以及「被羽在先登，甘心除國疾」，表達了作者「夫才者，能也。其心敏，其筆快，能道人不易道之情，狀人不易狀之景，左馳右騁，一縱一橫，暢達淋漓，俯仰自得，是謂之才。」（清·陳祚明《採菽堂古詩選》卷六）

曹植的內心更是擁有建功立業施展抱負的雄心壯志。當年，他幾乎成為曹魏政權的繼承者，因此他具有一種與生俱來的使命感，也希望像謀士、戰士一樣建功立業。曹植是那個時代的標誌，他以其卓越的才華、身居高位的地位向人們展示出建安時期的時代風采，成為當時具有狂歡話語的典範之一。比如他的《白馬篇》：

> 白馬飾金羈，連翩西北馳。借問誰家子，幽并游俠兒。
> 少小去鄉邑，揚聲沙漠垂。宿昔秉良弓，楛矢何參差。
> 控弦破左的，右發摧月支。仰手接飛猱，俯身散馬蹄。
> 狡捷過猴猿，勇剽若豹螭。邊城多警急，胡虜數遷移。
> 羽檄從北來，厲馬登高堤。長驅蹈匈奴，左顧陵鮮卑。
> 棄身鋒刃端，性命安可懷。父母且不顧，何言子與妻。
> 名編壯士籍，不得中顧私。捐軀赴國難，視死忽如歸。

作者用一個武藝高強、視死如歸的「幽并游俠兒」來指代自己的形象，塑造了一個願意為了建功立業、實現自己理想抱負而放棄所有一切的硬漢代表。他武藝高強、視死如歸，有堅定的決心和毅力，在「游俠兒」這一形象身上，我們看到的是建安時期的曹植那顆悸動的心。

主體性語言是詩人通過其作品表達自己主觀想法的話語。這些建安時期渴望成就功名的詩人們站在時代的風口浪尖上，直面浩蕩的政治時局，正視自己的社會責任，用激蕩的內心、狂歡的話語表達出他們真實的想法。

四、尋求解脫的狂放話語

在巴赫金的狂歡化詩學中，自由、開放的狂歡節是對於嚴肅、壓

抑的日常生活的超越，在「狂歡化」的文學創作中往往表現出兩個特徵：一是顛覆了對現實意義、價值、秩序的認識論立場，以生活形式來張揚生命的感性生存原則；〔註24〕二是存在一種「加冕—脫冕型結構」，也就是官方世界的「降格」。讓平日裏高高在上的「官方」、「規則」、「秩序」在一定時間和一定範圍內消失，成為與普通民眾平等的內容，以體現大眾範圍內的狂歡化特徵。我國古代的遊仙詩就鮮明地體現出這種「顛覆」和「降格」。

遊仙詩是古代詩歌中一個非常重要的題材。它的創作根源可以追溯到先秦時期南方楚文化的「楚辭」和在荊楚文化孕育下出現的《莊子》，這些作品中間保留了大量的神話故事，夾雜著一些神仙思想，成為遊仙詩創作的思想源頭。其實神仙詩之所以會成為古代詩歌的重要題材之一是不難理解的：人們在現實的世界中無法得到滿足，自然就會到另外一個世界中去尋求滿足，這是人類心理的正常反映。因而，越是黑暗的時代、昏庸的政治，遊仙詩就越興旺發達，因為有性格有骨氣的文人們面對著無法改變的事實，只能在神仙的世界中尋找解脫。

第一，遊仙詩中擺脫了現實價值評判的感性生存體驗

在巴赫金看來，「狂歡化」是一種帶有烏托邦色彩的理想精神，人們在日常生活中得不到滿足的東西將在狂歡式生活中得到滿足，而這種滿足又往往是通過感性經驗、生活形式而得到的滿足。狂歡不是藝術演出的形式，而是生活本身的現實形式，故而巴赫金認為「在狂歡節上是生活本身在表演……在這裡，現實的生活形式同時也就是它的再生的理想形式」〔註25〕。遊仙詩中離不開「仙人」和「仙境」的描寫，這些現實生活中不存在的內容卻可以通過狂歡的方式表達出來，成為人們疏解現實痛苦的方式。

〔註24〕 陳浩，《論巴赫金「狂歡化」詩學中的「原型」觀念》〔J〕，《俄羅斯文藝》，2003 年第 6 期，第 25 頁。
〔註25〕 〔俄〕巴赫金，《陀思妥耶夫斯基詩學問題》〔M〕，白春仁、顧亞鈴譯，上海：三聯書店，1998 年版，第 9～10 頁。

　　《離騷‧遠遊》這首詩就是借助仙遊幻境的具體描寫，表達了詩人迫於現實的困厄，內心受到無比煎熬，因而尋覓一條避世遠遁的道路，仙界無比逍遙快樂的生活與詩人現實世界的痛苦形成強烈的對比。詩人憤世嫉俗的憂患意識與輕舉高蹈的傲世情懷矛盾地統一在一起，詩歌中出現了超越塵俗、神遊天際的詩人自我形象：「悲時俗之迫阨兮，願輕舉而遠遊」，詩人在現實的世界中無法達到自己所追求的境界，只能發憤輕舉，最後達到虛靜：「神倏忽而不反兮，形枯槁而獨留。」「漠虛靜以恬愉兮，澹無為而自得。」詩人在無為的思想指導下，與大道融合為一，獲得了處世的根本態度。

　　曹植也非常善於借助於遊仙詩的題材來表達對現世生活的不滿，例如他的《遊仙》：

> 人生不滿百，戚戚少歡娛。意欲奮六翮，排霧陵紫虛。
> 蟬蛻同松喬，翻迹登鼎湖。翱翔九天上，騁轡遠行遊。
> 東觀扶桑曜，西臨弱水流，北極玄天渚，南翔陟丹丘。

這是詩歌史上第一次以《遊仙》為題的文人遊仙詩作品。「人生不滿百」二句，極盡了不過百年的人生的淒苦悲愁。人世既然如此，那麼只有成仙遨遊才能消除人生的苦悶，才能得到徹底的解脫，在自己的精神世界裏尋找狂歡化的生活。

　　屈原的悲慘遭遇和詩歌內容對曹植的影響非常大，以至於曹植利用一首《遠遊篇》來表達自己與屈原同樣的遭遇。篇名本身就沿用了《楚辭‧遠遊》的篇名，余冠英先生在《三曹詩選‧遠遊篇》注中說：「《遠遊》本是《楚辭》的篇名，相傳是屈原所作，王逸道：『（屈原）不容於世，困於讒佞，無所告訴，乃思與仙人俱遊戲，周歷天地，無所不至焉。』曹植被文帝和明帝所忌，被灌均等人所讒，惴惴不安，因而有如屈原《遠遊》『悲時俗之迫阨兮，願輕舉而遠遊』的思想。」〔註26〕

〔註26〕余冠英注，《三曹詩選》〔M〕，北京：人民文學出版社，1979年版，第65頁。

> 九州不足步，願得淩雲翔。（曹植《五遊詠》）
>
> 崑崙本吾宅，中州非我家。（曹植《遠遊篇》）
>
> 四海一何局，九州安所如？（曹植《仙人篇》）

「曹植遊仙詩往往表現自己在現實生活中局促、狹小的生存空間，以寫局促而欲逃避現實，以寫狹小而自慰孤獨的心靈。」〔註27〕這些詩中所描寫的意境都是詩人從現實的苦悶中激發而出，也能更好地抒發憂憤的情感。

　　曹植存詩90多首，其中遊仙詩有12首，這些遊仙詩開拓了雄奇壯麗的仙境，表達的是詩人「慷慨獨不群」（曹植《燕露行》）的超越情懷。曹植用明顯的「自我性」來抒發自己的經歷與懷抱，刻畫內心世界。他在現實面前遭困，生命在無謂地流逝，友朋在莫名地慘死，於是這位「閒居非吾志，甘心赴國憂」（曹植《雜詩·僕夫早嚴駕》）的志士也幻想在神仙世界裏尋求身心的安頓。在《遠遊篇》中他把仙界描寫得格外誘人：洪波之上「大魚」乘浪前行，「靈鼇戴方丈，神嶽儼嵯峨」，仙人翩翩飛翔，玉女自由嬉戲，吸朝露，食瓊蕊，一片祥和明淨、無憂無慮的世界，他希望能在這樣的仙界中「日月同光華」，「齊年與天地」。

　　遊仙詩雖然在曹魏以前已經存在，但是作爲一種特殊的抒懷詩，應該始於曹操與曹植。事實上曹植是不相信神仙之說的。他在《辯道論》中就明確地否定神仙思想，「世虛然有仙人之說。」他甚至認爲神仙的生活不如帝王：「夫帝者，位殊萬國，富有天下，威尊彰明，齊光日月，宮殿闕庭，焜耀紫薇，何顧乎王母之宮，崑崙之域哉！」由此他得出自己的養生之論：「然壽命長短，骨體強劣，各有人焉。善養者終之，勞擾者半之，虛用者夭之，其斯之謂歟。」因此我們可以得出曹植遊仙詩中對仙界的描述是只能算是想像的眞實而不是眞實的想像，他們都屬於藝術的創造而不是虛妄的宣傳。他只是將自己對於現實生活的無奈轉移到對於神仙世界的向往，意

〔註27〕彭建華，《論漢魏六朝遊仙詩》〔D〕，西南大學，2006年。

圖擺脫現實世界的這種感官體驗。

　　郭璞的《遊仙詩》亦可成為尋求解脫的狂放話語中的代表詩作。郭璞的遊仙詩今存 19 首，其中有 9 首為殘篇。鍾嶸《詩品》評曰：「辭多慷慨，乖遠玄宗」、「坎壈詠懷。」當代學者袁行霈也說：「他的《遊仙詩》寫隱居高蹈，乃是仕宦失意的反映，而非如道家之鄙棄仕途；他所抒發的不是莊子的那種逍遙精神，而是儒家『達則兼濟天下，窮則獨善其身』的精神。他的遊仙是抒發其苦悶情懷的一種特殊方式。」〔註28〕

　　郭璞雖然胸懷憂世之心與匡國之志，現實中的他卻是才高位卑。《遊仙詩》其五：

　　　　逸翮思拂霄，迅足羨遠遊。
　　　　清源無增瀾，安得運吞舟？
　　　　圭璋雖特達，明月難暗投。
　　　　潛穎怨青陽，陵苕哀素秋。
　　　　悲來惻丹心，零淚緣纓流。

這首名為「遊仙」之詩，實際上可作為討論人才的政論詩來讀，它對研究中國古代知識分子的地位、心態頗有啓迪。「窮則獨善其身，達則兼濟天下」，這本是古代中國正統士子學人接受的教誨，修身的規範，行動的準則，但在現實生活中，這些卻屢屢碰壁，大多行不通。賢者知遇難以預期，能者未必能施展才幹，窮也好，達也罷，都各有其可悲。這是郭璞在經受人生的坎坷和磨難之後寫在詩中的結論。「潛穎怨青陽，陵苕哀素秋」，作為一個頗有作為的學者和詩人，這聲音可以說是驚世駭俗、警世醒人的。郭璞是按自己的生活和生命願望塑造的神仙世界，也是借助神仙世界抒寫自己的情懷。明人何悼的《義門讀書記》中說：「景純《遊仙》，當與屈子《遠遊》同旨。旨自傷坎壈，不成匡濟，寓旨懷生，用以寫鬱。」

〔註28〕袁行霈主編，《中國文學史》〔M〕，第二卷，北京：高等教育出版社，2004 年版，第 60 頁。

再如其《遊仙詩》其九：

> 採藥遊名山，將以救年頹。
> 呼吸玉滋液，妙氣盈胸懷。
> 登仙撫龍駟，迅駕乘奔雷。
> 鱗裳逐電曜，雲蓋隨風回。
> 手頓羲和轡，足蹈閶闔開。
> 東海猶蹄涔，崑崙螻蟻堆。
> 遐邈冥茫中，俯視令人哀。

詩人在開頭用了大量筆墨描寫了仙境生活的自由自在，卻在最後兩句中筆鋒陡然一轉，感慨人世間的悲哀。鮮明的對比向我們展現出現實社會令人憂鬱的生存體驗。

在這些遊仙詩中，作者在文學創作中將自身對於現實的不滿之情融入了對仙境的向往，對這種感性生活形式的想像性體驗正是他們在精神世界中的自我狂歡，是在現實生活中得不到滿足的種種欲望以一種想像性的形式在自我精神世界中得到的滿足，是作者對日常壓抑生活的一種自我解脫，這也正是狂歡化的價值所在。在這種精神狂歡中，詩歌的題旨已經擺脫了現實性的認識論立場，他們所宣泄的只是一種感性生存體驗。

第二，神仙世界的「降格」

漢樂府遊仙詩中通過人的神仙化、神仙的世俗化，將神仙「降格」，降格爲人間中的一員。詩人在這些詩中有時會描寫神界的精靈來到人間，和詩人生活在同一世界。如郊祀歌中《練時日》和《華燁燁》二首，在描寫神靈降臨的時候作者充分發揮想像力，如《練時日》：

> 練時日，侯有望，爇膋蕭，延四方。
> 九重開，靈之斿，垂惠恩，鴻祐休。
> 靈之車，結玄雲，駕飛龍，羽旄紛。
> 靈之下，若風馬，左倉龍，右白虎。
> 靈之來，神哉沛，先以雨，般裔裔。

靈之至，慶陰陰，相放怫，震澹心。
靈已坐，五音飭，虞至旦，承靈億。
牲繭栗，粢盛香，尊桂酒，賓八鄉。
靈安留，吟青黃，遍觀此，眺瑤堂。
眾嫭並，綽奇麗，顏如荼，兆逐靡。
被華文，廁霧縠，曳阿錫，佩珠玉。
俠嘉夜，芭蘭芳，澹容與，獻嘉觴。

詩人通過對靈之遊、靈之車、靈之下、靈之來、靈之至、靈已坐、靈安留等多層次的描寫，展示出神靈從天上來到人間，慢慢地向詩人趨近的過程，也突出了凡人與天上的神靈交接的喜悅心情。《華燁燁》在寫法上與《練時日》很相似。這些作品表面是寫神靈來到人間，神靈與人們交接，實際上也是暗示詩人借助神靈的力量獲得長生的屬性，成爲神仙世界的一員。繼續深入分析詩歌的內容，我們會發現：無論是寫舉體飛陞進入神國仙鄉，還是寫神靈來到人間，詩人都把人和神置於同一層面：神靈不再是高高在上的，而是「降格」到人間，人神同遊，彼此親近。

東晉時期虔誠的道士楊羲筆下的遊仙詩多是以人神戀愛、人神締結完美婚姻等奇事爲主題的，更是將高高在上的仙女形象推入凡間，形成了「加冕脫冕」的結構。

首先，楊羲筆下的仙女形象多爲浪漫、溫柔多情、光彩照人。如《眞誥‧運象篇》所載楊羲在通靈的夢幻中描寫九華安妃的文字：

神女著雲錦褶，上丹下青，文采光鮮：腰中有綠繡帶，帶繫十餘小玲……左帶玉佩……衣服倏倏有光，照朗室內……雲髮鬢鬢，整頓絕倫，作髻乃在頂中……指著金環，白珠約臂……神女及侍者顏容瑩朗，鮮徹如玉，五香馥芬，如燒香嬰氣者也。

這裡的描寫突顯仙女的極美極純形象。仙女形象的美好，在於她所食所用的高貴不俗，在於她生活的愜意逍遙。《九華安妃見降口授作詩》一詩中描寫了仙女生活的高貴，爲仙女實施加冕：

……

> 琅軒朱房內，上德煥絳霞。俯漱雲瓶津，仰掇碧柰花。
> 濯足玉女池，鼓枻牽牛河。遂策景雲駕，落龍轡玄阿。
> ……

作者在前四句寫仙女所食所用都是「琅軒、絳霞、雲津瓶、碧柰花」等長生不老之物，後四句則寫她盡情地在天河裏划船、在玄山上駕著神騎遊樂，享受著人世間難以想像的閒適生活。再如《十二月一日方丈左臺昭靈夫人作與許玉斧》一詩：

> 飛輪高晨臺，控轡玄矗隅。手攜紫皇袂，倏忽八風驅。
> 玉華翼綠幰，青裾扇翠裙。冠軒煥崔嵬，佩玲帶月珠。

詩中極寫仙女服飾的華貴豔麗，所用之物的清爽香潔，成為了最美好、最純粹的形象化身。她們高高在上、華貴美麗，是人間難以企及的高貴。

不過，在一些遊仙詩中，仙女的形象又被作者實施了「脫冕」。仙女作為神仙的形象不再遙不可及，她如同凡間沒有任何法力的普通女子一樣，她也有失戀的苦悶、悵惘和失意。如《右英吟》：「停駕望舒移，回輪返滄浪。未睹若人遊，偶想安得康。良因俟青春，以敘中懷忘。」全詩寫美麗的仙女雲林夫人從萬里之遙的仙境來到茅山，等待心上人，但她望穿秋水卻始終不見「若人」。在這裡，傳統文學作品中法力無邊、無所不能的仙女表現出了與凡間女子一樣的多情，一樣失戀的煩躁。當她依依不捨地離開時，讀者便自然而然地產生了與她一起傷心、一起痛苦惶惑的情緒。無所不能的仙女倏然間被脫冕，降格到人間，顯得那麼真實可愛。再如《四月十四日夕右英夫人吟歌此曲》一詩：

> 玄波振滄濤，洪津鼓萬流。駕景晛六虛，思與佳人遊。
> 妙唱不我對，清音與誰投？雲中騁瓊輪，何為塵中趨。

美麗的仙女不辭辛苦地奔波而來，一心盼望能與「佳人」神會而修夫妻之道，可當自己受到佳偶的冷遇時，她發出了「清音與誰投？」的無措無策的感歎。最後二句表面上是說「到我那美好的仙境自在馳騁去吧，我為什麼還在世間苦苦追求？」而仙女內心的實際情感

卻是萬種悲歡無奈。美麗的仙女分明在歎息：佳人多麼難求啊！在
這種苦悶與悵惘中，仙女已然落入凡間。

　　南朝時期還有一種民間祭神歌曲叫「神絃歌」。「神絃歌」起於
東吳，現存十八首。曲中歌詠的神靈往往具有人的姿容和情感，男
女都有，姿態豔麗，心意纏綿。如《白石郎曲》：「積石如玉，列松
如翠。郎豔獨絕，世無其二。」《青溪小姑曲》：「開門白水，側近橋
梁。小姑所居，獨處無郎。」這裡的男女主人公和凡間戀愛中的普
通人一樣，若不是出現在祭神歌曲中，哪裏有人會認爲這是天上神
仙的生活呢？

　　而南北朝時期「豔情遊仙詩」更是爲神女脫冕。這類作品繼承
了漢樂府遊仙詩、曹操遊仙詩的酒宴娛樂傳統，也吸收了楊羲道教
遊仙詩對神女美貌的描繪。如梁武帝蕭衍的《遊女曲》：

　　　　氛氳蘭麝體芳滑，容色玉耀眉如月。珠佩婐㛇戲金闕，
　　戲金闕，遊紫庭，舞飛閣，歌長生。

此詩描繪了神女的肌膚滑嫩，容貌嬌美，裝扮精緻，歌舞銷魂。作者
把人間歡宴的場面幻想成天庭中歌舞歡笑的場面，這是對一直聖潔無
比的天庭、仙女等意象的全面脫冕。

　　巴赫金認爲，怪誕現實主義的主要特點就是降格，即把一切高級
的、精神性的、理想的和抽象的東西貶低化、世俗化，其途徑是轉移
到作爲不可分割的整體的物質——肉體的層面、大地和身體的層面。
在怪誕現實主義中宇宙、社會、肉體構成了一個活生生的、歡快安樂
的、幻想的整體，因此物質——肉體因素在這裡就有了全民性、節慶
性、烏托邦性，用通俗的話說，就是個人的肉體有生有死，但全民的
肉體代代相傳、繁衍不絕。在南北朝時期創作出來的遊仙詩正是具有
這樣的特性。「梁蕭以及後來陳代宮廷貴族們所特別重視的是色情享
受。」〔註29〕在這個時期，神秘美麗的仙女形象在齊梁文學中走向市

〔註29〕李澤厚、劉綱紀，《中國美學史》〔M〕，合肥：安徽文藝出版社，1999
　　　年版，第 526 頁。

俗化，「於是本來是從市井之中進入宮廷的倡女、歌女、舞女，也被比之爲『神女』、『洛神』了」〔註30〕。齊梁的「俗」文學「使魏晉那種對超形色的絕對的美的追求完全下降到了日常世俗的生活之中。」〔註31〕

第三節　客體性語言的話語狂歡

　　客體性語言通常來說指的是在文學作品中的人物語言。作者通過作品中的人物之口來傳達其內心的想法、傾向、感受等等。因此客體性語言通常具有一種趨向——一種表現作者主觀情感的趨向，因此我們可以通過客體性語言來探求文學作品的深層內涵。那麼在先秦漢魏晉南北朝詩歌中存在的狂歡化色彩，我們也可以通過「言說方式的狂歡」、「言說語言的狂歡」等方面來考察，這是從作品的內部來進一步體味作者的內心世界，進而瞭解先秦漢魏晉南北朝時期的狂歡化色彩。

一、言說方式的狂歡

（一）賦

　　賦是我國詩歌最常使用的一種方法。朱自清《詩言志辨·比興》中說：「漢樂府賦體就很多，陶謝也以賦體爲主，杜、韓更是如此。」〔註32〕其實不光是朱自清列出的陶淵明、謝朓、杜甫、韓愈曾寫過很多賦體，像李白、白居易也有很多賦體詩，宋詩更是以賦體居多。連毛澤東的很多詩都是全篇用賦體的，因此賦在詩歌中的確相當普遍。賦體的特點就是「敷陳」、「直言」，即直接敘述事物、鋪陳情節、

〔註30〕李澤厚、劉綱紀，《中國美學史》〔M〕，合肥：安徽文藝出版社，1999年版，第 530 頁。

〔註31〕李澤厚、劉綱紀，《中國美學史》〔M〕，合肥：安徽文藝出版社，1999年版，第 532 頁。

〔註32〕朱自清，《詩言志辨》〔M〕，桂林：廣西師範大學出版社，2004 年12 月版，第 69 頁。

抒發感情。在詩歌創作中，「賦」是直陳事物和情感的藝術。唐代的
孔穎達疏《毛詩序》中說：「詩文直陳其事，不譬喻者，皆賦辭也」；
「言事之道，直陳爲正，故《詩經》多賦，在比、興之先。」〔註33〕

　　在先秦漢魏晉南北朝詩歌中，有很多詩歌成功地運用了賦體，將
抒情、寫景、敘事緊湊地融爲一體，將文章的內容加之自己的感情傾
瀉而出，非常有感染力。如《詩經・小雅・十月之交》，開篇兩章比
較細緻地鋪敘事實，描寫了一些造成人民苦難的各種自然的災異，並
說明自然災異的頻繁發生是由於政治黑暗，昏君和姦佞當道，隨後詩
人則生動地寫道：

　　　　抑此皇父，豈曰不時？胡爲我作，不即我謀？徹我牆
　　屋，田卒汙萊。曰予不戕，禮則然矣。

　　　　皇父孔聖，作都于向。擇三有事，亶侯多藏。不憖遺
　　一老，俾守我王。擇有車馬，以居徂向。

　　　　黽勉從事，不敢告勞。無罪無辜，讒口囂囂。下民之
　　孽，匪降自天。噂沓背憎，職競由人。

　　　　悠悠我里，亦孔之痗。四方有羨，我獨居憂。民莫不
　　逸，我獨不敢休。天命不徹，我不敢傚我友自逸。

這一部分的鋪敘，運用了「賦」的形式，對「皇父」的形象進行了直
接性的描繪，我們可以從直白的「賦體」敘述感受到詩人強烈的愛憎
情感。鍾嶸《詩品序》說：「直書其事，寓言寫物，賦也。」詩人將
自己的感情融入對「皇父」形象的描繪中，從而表明了自己對當時政
治的立場和觀點。

　　再如《詩經・大雅・靈臺》鋪敘了文王建築靈臺的興盛情況：

　　　　經始靈臺，經之營之。庶民攻之，不日成之。經始勿
　　亟，庶民子來。

　　　　王在靈囿，麀鹿攸伏。麀鹿濯濯，白鳥翯翯。王在靈
　　沼，於牣魚躍。

　　　　虡業維樅，賁鼓維鏞。於論鼓鐘，於樂辟廱。

〔註33〕《毛詩正義・關雎傳・疏》。

於論鼓鐘，於樂辟廱。鼉鼓逢逢，矇瞍奏公。

詩人採用了正面著筆和側面映襯兩種寫法，按照事物的方位，對靈臺、靈囿、靈沼景象，以及鼓樂齊鳴的景象逐一敷陳，極力描繪和渲染，每一章都洋溢著一股歡歡喜喜的氣氛，將「與民偕樂」的景象明白地展現出來，讓我們可以從中感受到文王統治時代的和平與繁榮。

在《楚辭·九章》裏，詩人對於自己一直無法得到世人的理解而發出感歎，他使用的是大段的「賦」來表達自己的心情：

紛逢尤以離謗兮，謇不可釋。

情沉抑而不達兮，又蔽而莫之白。

心鬱邑余侘傺兮，又莫察余之中情。

固煩言不可結詒兮，願陳志而無路。

退靜默而莫余知兮，進號呼又莫吾聞。

申侘傺之煩惑兮，中悶瞀之忳忳。（《九章·惜誦》）

心純龐而不泄兮，遭讒人而嫉之。

君含怒而待臣兮，不清澂其然否。

蔽晦君之聰明兮，虛惑誤又以欺。

弗參驗以考實兮，遠遷臣而弗思。

信讒諛之溷濁兮，盛氣志而過之。

何貞臣之無辠兮，被離謗而見尤。

慙光景之誠信兮，身幽隱而備之。（《九章·惜往日》）

詩人面對誹謗、責怪無法解脫，他心情抑鬱又無處辯解，沒有人能瞭解詩人的苦衷，沒有人願意聆聽詩人的呼號，他只能一遍又一遍地大聲疾呼，抒發自己滿腔的憤懣。「《九章》各篇主要是用直接傾瀉的方法來表達其複雜的心曲和凄苦的忠怨之情，……以其內容的悲劇性和感情的真實性，讀之每裂人肺腑，催人淚落。」〔註34〕

詩人在其《九章》中一直都採用「賦」的手法來表達內心強烈的感情。清代的陳本禮在分析《九章》這組詩時有過非常精彩的一段論

〔註34〕褚斌傑，《詩經與楚辭》〔M〕，北京：北京大學出版社，2002 年 11 月版，第 223 頁。

述：「屈子之文如《離騷》、《九歌》章法奇特，辭旨幽深，讀者已目迷五色，而《九章》徯徑更幽，非《離騷》、《九歌》比。蓋《離騷》、《九歌》猶然比興體，《九章》則直賦其事，而淒音苦節，動天地而泣鬼神，豈尋常筆墨能測？朱子淺視，譏其直致無潤色，而不知其由蠶叢鳥道巉巖絕壁而出，耳邊但聞聲聲杜宇啼血於空山夜月間也。」〔註35〕陳本禮將《九章》中詩人表達的感情詮釋得非常到位，正所謂「直而激，明而無諱。」〔註36〕

從這些「賦」的表現手法中，我們都可以看出詩人對於自身感情的直接宣泄和自由言說，他大膽，他直接，他毫不保留地抒發著內心的抑鬱之情，這些自由的話語彰顯著那個特定時代的狂歡化色彩。

（二）重章複唱

《詩經》的章法，保存著濃厚的民歌特色，特別是在《國風》以及接近《國風》的《小雅》部分，比較普遍地使用了重章複唱的方法。

重章複唱，就是全篇各章的結構和語言幾乎完全相同，中間只替換幾個字，有時甚至只改動一兩個字，反覆詠歎。這種藝術形式也是《詩經》語言藝術的一大特色。使用這種方法一唱三歎，不但加強了詩歌的藝術感染力，也增強了其感情色彩。

《詩經·陳風·月出》就是運用複沓的形式，強化了詩的意境。

> 月出皎兮，佼人僚兮。舒窈糾兮，勞心悄兮。
> 月出皓兮，佼人懰兮。舒憂受兮，勞心慅兮。
> 月出照兮，佼人燎兮。舒夭紹兮，勞心慘兮。

這首詩描寫了一個月光下的美女，每章第一句寫月光美，第二句寫美人的容貌美，第三句寫美人的姿態美，第四句寫詩人對她的愛慕之情。每章之中，一、二、四句各換一個字，第三句換了兩個字，所換的字都是近義詞，文章的基本含義沒有改變，只是韻腳發生了變化。用這樣不同的韻腳反覆詠歎，用一連串意義相近的詞彙層層加深印

〔註35〕〔清〕陳本禮《屈賦精義》。
〔註36〕〔宋〕洪興祖《楚辭補注》。

象，突出了月光下美人的瑰麗形象，傳達了抒情主人公的愛慕之心。
如果不是這樣的重章複唱，反覆詠歎，就難以構成深邃的意境，難以
體會出詩人強烈的感情。

　　再如《詩經・鄭風・風雨》：

　　　　風雨淒淒，雞鳴喈喈，既見君子。云胡不夷？
　　　　風雨瀟瀟，雞鳴膠膠。既見君子，云胡不瘳？
　　　　風雨如晦，雞鳴不已。既見君子，云胡不喜？

這是一首描寫妻子和丈夫久別重逢的詩歌。它和其他民歌一樣，都
因爲在民間的廣泛流傳而得以保存。詩歌的三個章節，每章都以風
雨、雞鳴起興，反覆吟唱，極力渲染出一幅寒涼陰暗、雞聲四起的
背景，這種時候也是最容易勾起離情別緒的，而詩歌中的女子竟然
能在這樣一個時刻重逢久別了的丈夫，其內心的欣喜之情自然是可
想而知的，眼前的那些淒風苦雨則全都被置之腦後了。王夫之在《薑
齋詩話》裏有一段精警的名言來評價這種寫法：「以樂景寫哀，以
哀景寫樂，一倍增其哀樂。」其中的重章複沓形式更是增添了這首
詩的感情。

　　複沓這種方式是對創作藝術的反覆推敲，複沓能使文學創作回
歸本體，複沓也會使創作更像藝術。用複沓的作品之所以看上去渾
然天成，不可分割，就在於它內部結構的重章形式，這種形式既是
對情感的切割、生成和轉換，同時也使得作品展現的情感由多元達
到全面。

　　另外，《詩經・秦風・無衣》也採用了重章複沓的形式：

　　　　豈曰無衣？與子同袍。王于興師，修我戈矛。與子同
　　仇！
　　　　豈曰無衣？與子同澤。王于興師，修我矛戟。與子偕
　　作！
　　　　豈曰無衣？與子同裳。王于興師，修我甲兵。與子偕
　　行！

詩中的「袍」、「澤」、「裳」都是指衣著，「戈矛」、「矛戟」、「甲兵」

都是指兵器，「同仇」、「偕作」、「偕行」也都是近義詞，它們之間的
調換並不改變詩意，只是運用不同的詞彙及其韻調，一而再、再而三
地強調主題，使主題思想得到加強。到現在，此詩中的「澤袍」一詞
已經成爲中國軍人形容戰友友愛互助的典故。此外，像《魏風‧十畝
之間》、《檜風‧隰有萇楚》、《鄭風‧遵大路》等等，都是通過重章複
唱的形式來表現強烈的感情，強化詩歌的主題。

　　這種藝術形式也被後世的詩人所繼承，如張衡的《四愁詩》：

　　　　我所思兮在太山，欲往從之梁父艱；側身東望涕沾翰。
美人贈我金錯刀，何以報之英瓊瑤？路遠莫致倚逍遙，何
爲懷憂心煩勞？

　　　　我所思兮在桂林，欲往從之湘水深。側身南望涕沾襟。
美人贈我琴琅玕，何以報之雙玉盤？路遠莫致倚惆悵，何
爲懷憂心煩快？

　　　　我所思兮在漢陽，欲往從之隴阪長，側身西望涕沾裳。
美人贈我貂襜褕，何以報之明月珠？路遠莫致倚踟躕，何
爲懷憂心煩紆？

　　　　我所思兮在雁門，欲往從之雪紛紛，側身北望涕沾巾。
美人贈我錦繡段，何以報之青玉案？路遠莫致倚增歎，何
爲懷憂心煩惋？

作者在四章的詩歌中反覆詠歎，以重章複唱的形式強調「美人」的難
求，使讀者也陷入了深深地悵惘之中，這就是重章複唱的魅力所在。
褚斌傑在其主編的《詩經與楚辭》中指出：

　　　　在重章複唱的過程中，由於套語本身有一定的固定形
　　式而不能就變化，那些中心詞語的變換與錘鍊就起著尤爲
　　重要的作用。作者只有在那種重章複唱和章法中抓住中心
　　詞語進行錘鍊，靠中心詞語的變換來敘事狀物，寫景抒情，
　　從而取得突出鮮明的藝術效果。〔註37〕

〔註37〕褚斌傑，《詩經與楚辭》〔M〕，北京：北京大學出版社，2002 年 11
　　　月版，第 149 頁。

（三）興

「興」是中國古代詩歌常常使用的一種言說方式，似乎可以成為中國最早的一種審美形式。在原始社會，人們生活在漁獵和採集勞動中，與自然界的關係非常密切，他們向周圍的環境索取食物和禦寒的器物，以此來養活自己，繁衍生息。因此，遠古先民們在勞動之餘就對自然界的天地萬物和飛禽走獸懷有一種親切之感，但與此同時，對於這些自然之物，他們也保存著恐懼和敬畏的心理。

原始人就是由於生產力水平的低下和認識水平的局限，因此無法對外界事物進行清晰的判斷和區分，只能依靠宗教與藝術對那些神秘的主觀感受進行宣泄。因此也才會有「興」，「興者，起也；興者，有感之辭也。」〔註38〕當「興」這種審美方式產生以後，先民們的生命活動被昇華了，作為最早生命活動的詩歌與音樂舞蹈等藝術，開始獲得了獨立的表現形式。其實，生命與情感要想轉化為藝術與審美，除了必要的內容之外，還必須能夠將內在的情感與外在的物象結合在一起，「興」的出現使得遠古先民們的生命活力找到了昇華的渠道，他們「將內心積鬱的情感與耳濡目染的物象結合起來，欲先言情而必先詠物，將客觀景物主客情感化，從而凝縮了豐厚深摯的人生意蘊，使生命得到昇華，最終使先民的詩歌創作脫離了單一重複的情緒宣泄與宗教意念，獲得了長足的進化與發展。」〔註39〕因此說，「興」這種言說方式確是原始先民們用來直接傾訴情感的，朱熹說「興者，先言他物以引所詠之詞也。」（朱熹《詩集傳》）儘管人們對此觀點有所懷疑，但是這句話的確概括了「興」這種形式使人類的情感通過對他物的詠歎而生發的審美轉化過程。鍾嶸在《詩品序》中指出：

〔註38〕袁濟喜，《興：藝術生命的激活》〔M〕，南昌：百花洲文藝出版社，2001年9月版，第138頁。

〔註39〕袁濟喜，《興：藝術生命的激活》〔M〕，南昌：百花洲文藝出版社，2001年9月版，第139～140頁。

> 氣之動物，物之感人，故搖蕩性情，行諸舞詠。……
> 若乃春風春鳥，秋月秋蟬，夏雲暑雨，冬月祁寒，斯四候
> 之感諸詩者也。嘉會寄詩以親，離群託詩以怨。至於楚臣
> 去境，漢妾辭宮；或骨橫朔野，或魂逐飛蓬；或負戈外戍，
> 殺氣雄邊；塞客衣單，孀閨淚盡；或士有解佩出朝，一去
> 忘返；女有揚蛾入寵，再盼傾國。凡斯種種，感蕩心靈，
> 非陳詩何以展其義；非長歌何以騁其情。

鍾嶸的這段議論明確指出：在自然外物的感召與刺激下，詩歌成為人們表達自己感情的載體，油然興感，這種審美衝動是不能自己的。

在我國最古老的詩歌總集《詩經》中，我們可以很容易地捕捉到「興」的例證，有以鳥起興的，如《周南・關雎》：「關關雎鳩，在河之洲」，《王風・兔爰》：「有兔爰爰，雉離于羅」，《邶風・凱風》：「睍睆黃鳥，載好其音」；有以獸起興的，《衛風・有狐》：「有狐綏綏，在彼淇梁」；還有以草木起興的，如《鄭風・野有蔓草》：「野有蔓草，零露漙兮」，《唐風・杕杜》：「有杕之杜，其葉湑湑」等等，這些詩歌所表現出來的「興象」都有一種睹物思情、以物興懷之感。詩人正是借助這些「興象」來抒發自己的內心感受和情懷，例如《小雅・小宛》：

> 宛彼鳴鳩，翰飛戾天。
> 我心憂傷，念昔先人。
> 明發不寐，有懷二人。

朱熹《詩集傳》認為這首詩中的「二人」指的是父母，詩人見到高飛的小鳥起興傷情，他想到小小的鳥兒都可以飛向天空，尋找歸宿，不由地想到自己的先人，深深地懷念亡故的父母。在這首詩裏，高飛的小鳥是作為與詩人興懷感物的對象。再如《小雅・鴻雁》中的「鴻雁于飛，哀鳴嗷嗷」，描寫的是周代使臣四處召集流民回歸故土的事情。《毛詩序》云：「《鴻雁》，美宣王也。萬民離散，不安其居，而能勞來、還安、定集之，至於矜寡，無不得其所焉。」漸漸地，哀鴻就成為四處流離的興象和代指。由哀鳴的鴻雁，人們很

容易聯想起興，感歎流浪漂泊的哀苦與不幸：「鴻雁于飛，肅肅其羽。之子于征，劬勞于野。爰及矜人，哀此鰥寡。」鴻雁群飛，可以隨意超越空間的界限來往於南北，而那些流民則無法回到自己的故居，想起來就讓人哀憐。劉勰在《文心雕龍・物色》中指出：

> 是以詩人感物，聯類不窮：流連萬象之際，沉吟視聽
> 之區；寫氣圖貌，既隨物以宛轉；屬采附聲，亦與心而徘
> 徊。

劉勰認為詩人面對紛繁的外物感物吟志，抒發情懷的時候，內心洶湧澎湃，從眼前的物象類推到儲存在記憶中的其他物象，展開想像，塑造意象，這的確是一個情物交融、表達內心情感的過程。

至於《離騷》中的「興」，東漢的王逸曾在《離騷經序》中指出：「《離騷》之文，依詩取興，引類譬喻。故善鳥香草，以配忠貞；惡禽臭物，以比讒佞……」王逸認為屈原的《離騷》參照了《詩經》中的比興手法，引類譬喻。劉勰也贊同王逸的論點：

> 及《離騷》代興，觸類而長，物貌難盡，故重沓舒狀，
> 於是嵯峨之類聚，葳蕤之群積矣。（《文心雕龍》）

劉勰讚揚屈原的《離騷》深得《詩經》中「興」的真諦，觸類而興，所以儘管意象紛呈，但是蘊涵卻至深，能夠以情動人。

人們在抒發情感、宣泄欲念之時，「興」就會不知不覺的產生。因此說，「興」是古人宣泄感情的途徑之一。袁濟喜先生在談到「興象」的發展過程時這樣論述：

> 興象作為原始思維的進化，明顯地說明了先民們在經
> 過長期的由狩獵漁業向農耕畜牧業轉化後，由於生產方式
> 的進步，人們的生命力表現的審美活動由本能爆發被凝聚
> 成使情成體，由物及情的「興象」手法。嗣後，再演變成
> 作為審美觀念的「興」，但在其中，卻永遠凝集著遠古先民
> 的生命力，具有沖決文明禮法的爆發力。這就使「興」具
> 有鮮明的兩面性：一方面它是文明的凝縮，另一方面卻具

有對文明理性的衝擊力。〔註40〕

袁濟喜先生所講述的「興象」進化是一個由「本能爆發」──「使情成體」的過程，那麼由「興」這種言說方式帶來的「興象」這種言說的話語表現，就集中體現出感情的宣泄在其中所佔的重要比重，因爲不論是「本能爆發」還是「使情成體」，其本質上都是通過某種物象來毫不顧及地表達內心的眞實意願和想法。瞭解了這一點，我們就可以明白，爲什麼在魏晉時期和明代的時候，文人們在沖決禮法時總要大力倡導生命與藝術之「興」，就是因爲它反映了生命和意識的本眞，是不帶絲毫矯揉造作之情的原始狀態。

二、言說語言的狂歡

這裡所說的「言說語言」指的是作者在敘述文本的時候所採用的敘述語言。一個作者採用什麼樣的敘述語言來表達內心情感是有一定的傾向性的。同樣的含義如果使用不同的表達方式，就會產生不同的表達效果，從而讀者在接受信息的時候也會產生不同的反應。

先秦漢魏晉南北朝詩歌中的感情強烈的問句、大膽的謾罵和詛咒以及隱語的形式，就在表達方面產生了一定的效果，讓讀者感受到了作者以及時人的心理狀態。

（一）感情強烈的問句

反問句只問不答，把要表達的肯定意義包含在問句裏。否定句用反問的語氣表達出來，就是肯定的含義；而肯定句用反問的語氣表達出來，就是否定的內容，其目的是爲了強化詩歌的感情，如《詩經·小雅·正月》：

> 父母生我，胡俾我瘉？不自我先，不自我後。
> 好言自口，莠言自口。憂心愈愈，是以有侮。
> ……

〔註40〕袁濟喜，《興：藝術生命的激活》〔M〕，南昌：百花洲文藝出版社，2001年9月版，第145～146頁。

謂天蓋高，不敢不局。謂地蓋厚，不敢不蹐。

維號斯言，有倫有脊。哀今之人，胡爲虺蜴？

「《正月》詩人生於幽王喪亂時代，君主荒淫，小人居位，犬戎侵陵，民生凋敝。作者可能是一位大夫，但不被重用。」〔註41〕孔穎達《毛詩正義》評曰：「詩人明得失之迹，見微知著，以褒姒淫妒，知其必滅周也。」詩人很明白自己所處的政治環境，是非不明、賢肖不分、虺蜴當道、謠言四起的險惡環境中，他同情人民，看出了社會上貧富的懸殊，小人生活的腐化和人民的不幸，嗟歎生命的艱難、孤獨無援，謹慎小心，憂傷苦悶。詩歌塑造出了一個憂國憂民、畏讒畏譏的失意官吏形象。他在詩歌中表達了對社會強烈的不滿：父母既然生下了我，爲何又讓我把罪受？……誰說天穹高？不敢不彎腰。誰說大地厚？不敢大步走。用這樣強烈的反問語氣表現了詩人的滿腔激憤。

還有《詩經·陳風·衡門》：

豈其食魚，必河之魴？豈其取妻，必齊之姜？

豈其食魚，必河之鯉？豈其取妻，必宋之子？

「這是一首沒落貴族以安於貧賤自慰的詩。」〔註42〕與平鋪直敘的表達相比較，運用反問的語氣更能加強語氣，加重語言的力量，激發感情，給人留下深刻的印象。詩人反覆強調，難道我吃魚一定要吃魴魚和鯉魚？難道我娶妻一定要娶齊姜、宋子？從他的語氣中，我們可以領會出這個沒落的貴族似乎是對現狀有著強烈的不滿情緒，程俊英在《詩經注析》中也這樣評價：「《衡門》詩人……以設問成章，在知足長樂的口氣中，總難免透露出一絲酸意。」〔註43〕郭沫若在《中國古代社會研究》一書中也說：「這首詩也是一位餓飯

〔註41〕程俊英，《詩經注析》〔M〕，北京：中華書局，1991 年 10 月版，第
　　　562 頁。

〔註42〕程俊英，《詩經注析》〔M〕，北京：中華書局，1991 年 10 月版，第
　　　367 頁。

〔註43〕程俊英，《詩經注析》〔M〕，北京：中華書局，1991 年 10 月版，第
　　　368 頁。

的破落貴族作的。他食魚本來有吃河魴、河鯉的資格，……但是貧窮了，吃不起了。他娶妻本來有娶齊姜、宋子的資格，但是貧窮了，娶不起了。娶不起、吃不起，偏偏要說兩句漂亮話，這正是破落貴族的根性。」這種強烈的感覺正是詩歌中使用的反問句所帶給我們的。

再如南朝樂府民歌《子夜冬歌》：

　　　　淵冰厚三尺，素雪覆千里。我心如松柏，君情復何似？

作者也是採用了語氣非常強烈的反問句式來表達對於背信棄義之人的鄙視：我作為一個女子，堅守愛情的心如同四季常青的松柏一樣，可是你呢？你的心又像什麼？言外之意則是對薄情男子的質問和譏諷。

另外，不僅是反問句，設問句也同樣可以表達強烈的感情。屈原的《天問》一詩完全由提問組成，先是從宇宙洪荒、天文、地理之事問起，繼而又問人事，涉及到夏、商、周三代的歷史，最後又問到楚國先祖和現實的情況，洋洋灑灑、無所不問，表面上看來似乎是有疑而問，是一種追尋科學真理的精神，「但細按其提問的方式和口氣，又絕非是什麼純知識性的問答，即並非完全屬於問所不知；而更多的是問所不信，問所不平，以至問所當知（即用提問方式，要人戒懼，要人警覺）。表現出詩人對自然、歷史、社會深思熟慮後的一種置疑，一種見解，一種抒懷。」〔註44〕東漢的王逸在《楚辭章句》中也認為這是詩人屈原的一首「渫憤懣，舒寫愁思」之作。可見，屈原是在用一種特殊的話語方式來表達心中的強烈感情。

比如，對於傳說中鯀的不幸遭遇，詩人就是通過設問給予同情並代之鳴不平：

　　　　鴟龜曳銜，鯀何聽焉？
　　　　順欲成功，帝何刑焉？

〔註44〕褚斌傑主編，《詩經與楚辭》〔M〕，北京：北京大學出版社，2002 年11 月版，第 212 頁。

對於沉迷於女色、惑於姦佞、顛倒黑白、賞罰不明的昏君，屈原也是通過設問的方式予以揭露和怒斥：

> 彼王紂之躬，孰使亂惑？
> 何惡輔弼，讒諂是服？
> 比干何逆，而抑沈之！
> 雷開阿順？而賜封之！

在司馬遷《史記‧殷本紀》中也記載了紂王的昏庸無道：「王子比干諫，弗聽。……比干曰：『爲人臣者，不得不以死爭。』乃強諫紂。紂怒曰：『吾聞聖人心有七竅。』剖比干，觀其心。箕子懼，乃佯狂爲奴，紂又囚之。」《呂氏春秋‧行論篇》：「昔者紂爲無道，殺梅伯而醢之。」紂王親女色、用小人、殺忠良、害賢良，這是人人都知道的事實，然而屈原卻寫得格外讓人感到震驚，這就是設問的妙處。

在論到齊桓公的被殺，詩人又設問道：「天命反側，何罰何祐？齊桓九會，卒然身殺！」這是詩人在用設問這種強烈的語氣來告誡人們，所謂的「天命」也是反覆無常的，也是不可靠的，九會諸侯的齊桓公，當初不可一世，只是因爲其剛愎自用，信任小人，最終導致了殺身之禍！短短的一個問句，就可以表達詩人無比強烈的憤懣感情，清人屈復《楚辭新注》云：「《天問》者，仰天而問也。忠直葅醢，讒佞高張，自古然也。三閭抱此，視彼天地三光山川人物變怪傾欹，及歷世之當亡而存，當廢而興，無不然者，非天是問，將誰問乎？蕭條異代，尚欲搔首一一問之，而況掄痛乎？」詩人含怨，表達了一種「痛極呼天」的感情。而詩歌之所以能包含如此豐富、熾烈的情感，很大一部分原因要歸功於其獨特的設問話語。

（二）大膽的謾罵和詛咒

先秦漢魏晉南北朝詩歌中有一部分表現了抒情主人公對現實、對社會的不滿，這種不滿是通過詩人大膽的謾罵表現出來的，如《小雅‧節南山》：

> 節彼南山，維石巖巖。赫赫師尹，民具爾瞻。

憂心如惔，不敢戲談。國既卒斬，何用不監！
節彼南山，有實其猗。赫赫師尹，不平謂何。
天方薦瘥，喪亂弘多。民言無嘉，憯莫懲嗟。
尹氏大師，維周之氐；秉國之均，四方是維。
天子是毗，俾民不迷。不弔昊天，不宜空我師。
弗躬弗親，庶民弗信。弗問弗仕，勿罔君子。
式夷式已，無小人殆。瑣瑣姻亞，則無膴仕。
昊天不傭，降此鞠訩。昊天不惠，降此大戾。
君子如屆，俾民心闋。君子如夷，惡怒是違。
不弔昊天，亂靡有定。式月斯生，俾民不寧。
憂心如酲，誰秉國成？不自為政，卒勞百姓。
駕彼四牡，四牡項領。我瞻四方，蹙蹙靡所騁。
方茂爾惡，相爾矛矣。既夷既懌，如相醻矣。
昊天不平，我王不寧。不懲其心，覆怨其正。
家父作誦，以究王訩。式訛爾心，以畜萬邦。

這段夾敘夾議的詩歌雖說是敘述人的話語，而敘述議論的內容則是
人物內心感情的流露，透露出人物的願望、期待、立場、評判等的
情志意向，是所謂的內心話語。在這裡，敘述人不是重現人物的話
語及其形式，而是他的思想和語氣。從整個格調上看，作者——敘
述人與人物的立場極為接近。

　　詩人用這樣長的篇幅尖銳地批判了無能的統治者，謾罵他們讓百
姓的生活越來越苦，卻仍舊恣意妄為，真是一群昏庸的傢夥。這裡，
詩人用大膽的語言，對統治階級的罪行進行了深刻的揭露，正如魯迅
所說：「激楚之言，奔放之詞，《風》《雅》中亦常有。」〔註45〕

　　再如《詩經‧小雅‧巷伯》，詩人在前面的幾章中對於那些造謠
誹謗，只會進讒的小人進行了謾罵，說他們信口雌黃、造謠誹謗，在
文章的最後部分，又對他們進行詛咒，表現詩人與他們不共戴天的仇
恨：

〔註45〕《漢文學史綱要》，《魯迅全集》〔M〕，第九卷，北京：人民文學出
　　　　版社，1981 年版，第 356 頁。

　　　　彼譖人者，誰適與謀？取彼譖人，投畀豺虎。

　　　　豺虎不食，投畀有北。有北不受，投畀有昊！

程俊英稱這首詩的寫法是「純屬懸想」，也就是說把現實生活中並不存在的事情用想像的方式表達出來。

　　　　作者對一向造謠誣陷的讒人憤恨異常，他設想這壞人
　　一定會得到惡報，那個壞蛋壞到連豺狼老虎都不願意吃
　　他，壞到連極北的不毛之地都不肯接受他，只好把他交給
　　老天爺去治了。這種懸想是奇特罕見的。雖然現實生活中
　　不可能有這種情況，但無比強烈的憎恨，使詩人產生了這
　　樣的奇想，而讀者的印象也更加深刻了。〔註46〕

　　在這首詩裏，詩人採用了指天賭咒的形式，通過自己的想像來表達對於這些讒人的憤恨，詛咒他們惡人有惡報，讓讀者在領會詩歌的同時也更加強烈地感受到詩人內心的感情。

　　　　指天賭咒或詛咒在很多方面與罵人話相似。它們也充
　　斥於不拘形迹的廣場言語中。指天賭咒也應該被認爲是一
　　種特殊的言語體裁，其理由與罵人話一樣（隔離性、完成
　　性、自我完整性）。指天賭咒和發誓本來與詼諧並不相干，
　　但它們作爲違反官方言語規範的東西，從官方言語領域被
　　排斥出來，因此轉移到不拘形迹的廣場自由言語領域。在
　　這裡，即在狂歡節的氛圍裏，它們充滿詼諧因素，具有雙
　　重性。〔註47〕

　　還有《詩經·大雅·桑柔》亦是如此，傳說其作者是周大夫芮伯。他關心王朝的命運，面對內亂外侮，他責備厲王任用小人，施行暴政，禍害人民，喪失民心。他懇切地尋求救國之道，卻受到姦佞們的攻擊：

　　　　維此惠君，民人所瞻。秉心宣猶，考慎其相。

〔註46〕程俊英，《詩經注析》〔M〕，北京：中華書局，1991 年 10 月版，第
　　　　618～619 頁。
〔註47〕〔俄〕巴赫金，《拉伯雷研究》〔M〕，白春仁、夏忠憲等譯，石家莊：
　　　　河北教育出版社，1998 年版，第 21 頁。

維彼不順，自獨俾臧。自有肺腸，俾民卒狂。
……
維此聖人，瞻言百里。維彼愚人，覆狂以喜。
匪言不能，胡斯畏忌？
……
大風有隧，有空大谷。維此良人，作爲式穀。
維彼不順，征以中垢。
大風有隧，貪人敗類。聽言則對，誦言如醉。
匪用其良，覆俾我悖。

詩人用聖人的所作所爲與這些逆情悖理的君主相比較，對這些庸庸碌碌的人進行了激烈的諷刺與謾罵，並且尖銳地指出這些人背信棄義、手段卑鄙、敲詐百姓，百姓被迫起來反抗，都是因爲他們使用了暴力的結果：「民之回遹，職競用力。」（《詩經・大雅・桑柔》）

孔穎達疏《毛詩序》曰：「治世之音安以樂，其政和；亂世之音怨以怒，其政乖；亡國之音哀以思，其民困。」「至於王道衰、禮義廢，政教失，國異政，家殊俗，而變風、變雅作矣。國史明乎得失之迹，傷人倫之廢，哀刑政之苛，吟詠性情，以諷其上。」在先秦漢魏晉南北朝時期的社會中，存在著許多不合理的現象，面對醜惡、面對不公平的社會現象、面對著讓人民生活在痛苦和血淚之中的統治階級，總會有人站出來進行指責和批判，這些大膽的謾罵和詛咒就是其中的一種方式，這是社會生活的反映，同時也是文學藝術創作的必然結果。

對於這些大膽的謾罵和詛咒的形式，巴赫金也有所論述，他說：
對於不拘形迹的廣場言語來說，典型的是慣用罵人話，即髒字和成套的罵法，有時句子相當長且複雜。罵人的話通常在語法上和語義學上都與言語的上下文相隔離，被看作完成了的整體，像俗語一樣。因此，可以說，罵人的話是不拘形迹的廣場言語的一種特殊的言語體裁。……這些罵人髒話具有雙重性：既有貶低和扼殺之意，又有再生和更新之意。正是這些具有雙重性的髒話決定了狂歡節

> 廣場交往中罵人話這一言語體裁的性質。在狂歡節的條件下，它們從本質上得以重新認識：完全失去了自己的巫術性質以及一般實用性質，具有自我完整性、包羅萬象性和深刻性。經過這種改觀，罵人話對創造狂歡節的自由氣氛和看待世界的第二種角度，即詼諧角度，作出了自己的貢獻。〔註48〕

大膽的謾罵和詛咒也屬於廣場言語的一種表現形式，它使得文學作品能夠以一種特殊的方式來表達狂歡的感覺。在先秦漢魏晉南北朝詩歌中出現的這些大膽的謾罵和詛咒，更是表現了在那個時代的人們善於正面、直接地表達自己的內心感受。

（三）隱　語

隱語在先秦漢魏晉南北朝的詩歌中也是一種經常出現的言說方式。關於隱語的內涵，聞一多先生在他的《說魚》中表達得非常之明晰：

> 隱語古人只稱作隱，它的手段和喻一樣，而目的完全相反，喻訓曉，是借另一事物來把本來說不明白的說明白點；隱訓藏，是借另一事物來把本來可以說得明白的說得不明白點。
>
> ……
>
> 隱語的應用範圍，在古人生活中，幾乎是難以想像的廣泛。那是因為它有著一種選擇作用的社會功能，在外交場中（尤其是青年男女間的社交），它就是智力測驗的尺度。國家靠他甄拔賢才，個人靠它選擇配偶，甚至就集體的觀點說，敵國間還靠它伺探對方的實力。〔註49〕

詩歌是人們社會生活在文學藝術上的展現，也就是說有什麼樣的社會生活，就會出現什麼樣的詩歌內容。男歡女愛作為人性的本

〔註48〕〔俄〕巴赫金，《拉伯雷研究》〔M〕，白春仁、夏忠憲等譯，石家莊：河北教育出版社，1998 年版，第 20 頁。

〔註49〕《聞一多全集》（3）〔M〕，武漢：湖北人民出版社，1993 年版，第 231～232 頁。

能反應自然也會出現在詩歌中。但是在先秦漢魏晉南北朝時期，這方面的內容又怎能直白表達？於是就出現了借助「隱語」的形式來表現男女之間「性欲」的語言狂歡。

關於這一點，聞一多先生在其《詩經的性欲觀》中有大量的論述，按照聞一多先生的說法，淫詩和情詩多和風雨有關，「風便是性欲的衝動，由牝牡相誘之風，後來便申引爲『風流』、『風騷』之風，也都含有性的意味。」〔註50〕關於《詩經·邶風·終風》，聞一多有自己獨到的見解：

> 幾篇以風起興的詩，要算《終風》寫得最淫了。第一章云：「終風且暴，顧我則笑，謔浪笑敖，中心是悼。」《箋》云：「悼者，傷其如此，然而已不能得而止之。」爲什麼「止之」呢？因爲終風來得太「暴」了。這是又愛又怕的意思。所以下章講「莫往莫來，悠悠我思」。那是說，你若是不和我來往，我又怪想你的。……前兩章說「終風且暴」，「終風且霾」；後來變本加厲，便是「終風且曀，不日有曀」，以至於「曀曀其陰，虺虺其雷」。但是他愈兇猛，她愈能忍受，愈情願。……所以一則曰「寤言不寐，願言則嚏」，再則曰「寤言不寐，願言則懷」。她以痛苦爲快樂，所以情願一夜不睡覺來享受那虐刑，即便是「則嚏」、「則懷」，也是甘心的。〔註51〕

由聞一多先生的考證，我們可以看出，先秦時期對於男女性事的描寫是相當大膽和露骨的。聞一多先生還提到《詩經》中有暗示性交的詩，比如《豳風·九罭》：

> 九罭之魚，鱒魴。我覯之子，袞衣繡裳。
> 鴻飛遵渚，公歸無所，於女信處！
> 鴻飛遵陸，公歸不復，於女信宿！

〔註50〕《聞一多全集》（3）〔M〕，武漢：湖北人民出版社，1993 年版，第184 頁。
〔註51〕《聞一多全集》（3）〔M〕，武漢：湖北人民出版社，1993 年版，第184～185 頁。

是以有袞衣兮，無以我公歸兮，無使我心悲兮。

聞一多先生認爲這首詩是描寫一位小家碧玉在和一位達官貴人調情。這女子抱著那男子華麗的衣裳，並哀求這男子今夜就不要走了，再陪她住一晚，因爲她無法確定這男子今後是否還會再來。在先秦時期的女子，能有如此大膽直露的表白，怎能不是一種狂歡化的表現？

在聞一多看來，「魚」這個字也是用來「代替『匹偶』或『情侶』的隱語」，〔註52〕凡是「打魚」，「釣魚」等詞句都具有求偶的象徵含義；而「烹魚」，「吃魚」則是隱喻合歡或者結配；並往往以吃魚的動作來隱喻對女性懷有追戀之心的男子等等。因此，關於《詩經·齊風·敝笱》這首詩，聞一多先生認爲應該這樣解釋：敝笱象徵沒有節操的女性，唯唯然自由出進的各色魚類則象徵她所接觸的眾男子。

至於南朝樂府民歌《江南》：

> 江南可採蓮，蓮葉何田田。魚戲蓮葉間，魚戲蓮葉東，
> 魚戲蓮葉西，魚戲蓮葉南，魚戲蓮葉北。

聞一多先生則更有一段精彩的論述：

> 「蓮」諧「憐」聲，這也是隱語的一種，這裡是用魚喻男，蓮喻女，說魚與蓮戲，實等於說男與女戲，……鄭眾解《左傳》語：「魚……方羊遊戲，喻衛侯縱淫。」可供參證。唐代女詩人們還是此詩的解人，魚玄機《寓言詩》曰：「芙蓉葉下魚戲，螮蝀天邊雀聲，人世悲歡一夢，如何得作雙成？」〔註53〕

日本吉川幸次郎的《中國文學史》中也提到：「『蓮』與憐（愛人）同音，『魚』與『吾』音相近，魚戲蓮葉東，西，南，北，正好成了我從四面八方與戀人戲謔之意。」因此，古人正是借用魚和水之間的

〔註52〕《聞一多全集》（3）〔M〕，武漢：湖北人民出版社，1993 年版，第233 頁。

〔註53〕《聞一多全集》（3）〔M〕，武漢：湖北人民出版社，1993 年版，第235 頁。

關係，用隱語的方式對男女性事進行大膽的表露。

　　至於《楚辭·九歌·湘夫人》中的：「登白薠兮騁望，與佳期兮夕張。鳥何萃兮蘋中，罾何爲兮木上。」這段作品中，聞一多則認爲：「『鳥何萃』二句是隱語，喻所求失宜，必不可得。罾在木上即緣木求魚之意。」〔註54〕

　　在南朝樂府民歌中也存在著雙關隱語的表現形式。運用雙關隱語，是南朝樂府民歌的一大特色，由此避免了感情過於簡單直露、一覽無餘的表現。但這種雙關隱語的意義絕不晦澀。

　　最常見的雙關語是以「蓮」雙關「憐」，以「絲」雙關「思」，以布匹的「匹」雙關匹偶的「匹」，以黃連之「苦」雙關相思之「苦」等。如《子夜歌》中「霧露隱芙蓉，見蓮不分明。」「蓮」諧音「憐」字，同時這兩句又批判了男方的感情猶豫含糊。再如《三洲歌》中「遙見千幅帆，知是逐風流。」「風流」既是字面上的「風吹水流」之意，又暗喻男女之間的「風流情事」。《讀曲歌》中「朝霜語白日，知我爲歡消」，朝霜比喻女子，白日比喻男子，「消」字一語雙關，借霜的消融比喻人的消瘦。這種手法的運用使得詩歌的情思在熱烈大膽的同時又顯得婉轉纏綿，並且增加了語言的活潑和形象的生動鮮明。

　　由此看來，隱語也可以認爲是先秦漢魏晉南北朝詩歌言說方式狂歡化的表現之一，人們可以利用這種方式，將平時難以啓齒的敏感話題表露出來，形成可以見諸於公眾的廣場言語。在這種轉化的過程中，雖然使用的語句、詞彙發生了變化，但是表達的內涵卻沒有改變，能讓讀者領悟到先秦漢魏晉南北朝時期的廣場言語是大膽潑辣的，一吐爲快的，與官方講求「禮義」的話語有著根本性的區別。

　　　不拘形迹的廣場言語彷彿成了一個貯藏所，它擊中了

〔註54〕《聞一多全集》（3）〔M〕，武漢：湖北人民出版社，1993 年版，第241 頁。

遭到禁止和從官方言語交往中被排斥出來的各種言語現
象。儘管它們的起源各異，但它們同樣都滲透著狂歡節式
的世界感受，改變了自己古老的言語功能，掌握了共同的
詼諧音調，在統一的狂歡節這場更新世界的熊熊烈火之
中，它們彷彿是飛濺的火花。〔註55〕

　　巴赫金在這裡明確指出，廣場言語是狂歡的，滲透著狂歡的世界
感受，誰能想到在先秦漢魏晉南北朝時期，我們的詩歌也能表述得如
此直露與張揚呢？

　　我們從話語的角度來深入考察了先秦漢魏晉南北朝詩歌的狂歡
化色彩，不論是主體性語言還是客體性語言，都體現出一定的狂歡
化色彩。語言是體現一個文本感情色彩的最直接的表達方式。「語言
真正的生命不在語言體系，不在語言結構中各種成分的相互關係。
語言真正的生命在於話語，而話語總屬於具體的個人。話中有人——
——這是思考問題的轉捩點。」〔註56〕因此，我們從語言或者說話語
的角度來考察問題也是本著人本位的觀點來說明問題，因為畢竟詩
歌體現的是一種人的文化，人的理念，人的思想，是一種人文精神，
認識到這一點，也就不難理解在先秦漢魏晉南北朝詩歌中，人的個
性可以如此張揚和外現了。

〔註55〕〔俄〕巴赫金，《拉伯雷研究》〔M〕，白春仁、夏忠憲等譯，石家莊：
　　　　河北教育出版社，1998年版，第21頁。
〔註56〕白春仁，《邊緣上的話語——巴赫金話語理論辨析》〔J〕，《外語教學
　　　　與研究》2000年第3期，第162頁。

第三章　先秦漢魏晉南北朝詩歌的
　　　　形象狂歡

在先秦漢魏晉南北朝的詩歌中，出現了或是癡情、或是苦悶、或是渴望自由、或是具有反抗精神的人物形象，眾多的人物形象也構成了先秦漢魏晉南北朝詩歌絢麗多彩的人物畫卷。在這些形象之中，有一部分形象具有一定的狂歡化色彩。他們能夠衝破等級制度、階級關係的局限，大膽地表達內心的想法，這些苦悶的宣泄者、勇敢的相思者、堅毅的追求者、決絕的反抗者、可笑的被戲謔者、瘋狂的顛倒者們展現了先秦漢魏晉南北朝詩歌中的狂歡化形象，也讓我們從中領悟出當時社會的人物形象以及表現。

第一節　苦悶的宣泄者

情感宣泄是人們舒散心中鬱積的重要途徑。先秦漢魏晉南北朝時期的政治狀況往往讓人民生活在水深火熱之中，因此面對無法忍受的社會現狀，面對生存的焦慮，面對世俗的不平，一些詩人選擇了用直接宣泄的方式表達自己對世事的不滿。

比如《詩經・齊風・東方未明》：

東方未明，顛倒衣裳。顛之倒之，自公召之。

東方未晞，顛倒裳衣。倒之顛之，自公令之。

折柳樊圃，狂夫瞿瞿。不能辰夜，不夙則莫。

這首詩「是寫一位婦女的當小官吏的丈夫忙於公事，早夜不得休息的詩。」〔註1〕聞一多《風詩類鈔》曰：「夫之在家，從不能守夜之正時，非出太早，即歸太晚。婦人稱夫曰狂夫。」〔註2〕他認為這首詩是以婦女的口吻，寫出了丈夫當小官吏的忙碌。他「顛倒衣裳」，一大早上手忙腳亂、穿錯了衣裳，表現了這個人物的辛苦，非常傳神。這個詩歌的作者非常真實而大膽地揭露出了那個時代小官吏的辛苦生活，她甚至用「狂夫」這個詞來形容自己的丈夫，以宣泄自己對於丈夫辛苦工作的不滿。

再如《詩經·小雅·四牡》：

四牡騑騑，周道倭遲。豈不懷歸？王事靡盬，我心傷悲。

四牡騑騑，嘽嘽駱馬。豈不懷歸？王事靡盬，不遑啟處。

翩翩者鵻，載飛載下，集于苞栩。王事靡盬，不遑將父。

翩翩者鵻，載飛載止，集于苞杞。王事靡盬，不遑將母。

駕彼四駱，載驟駸駸。豈不懷歸？是用作歌，將母來諗。

這是模仿民歌體所做的詩，是下層小官吏的怨刺之作，抒情主人公將自己滿腔的苦悶對君王訴說：他整天都為了王室的差役而奔波不息，斑鳩尚且還能集在樹上歇息，而他卻「不遑將父」、「不遑將母」，連奉養父母都顧不上，他的心裏抱著歸家的願望，因此才「是用作歌，將母來諗。《毛詩序》鄭箋：「諗，告也……作此詩之歌，以養父母之志告於君也。」

再有《詩經·小雅·四月》中也有同樣的宣泄：

四月維夏，六月徂暑。先祖匪人，胡寧忍予？

秋日淒淒，百卉具腓。亂離瘼矣，爰其適歸？

冬日烈烈，飄風發發。民莫不穀，我獨何害？

〔註1〕 程俊英，《詩經注析》〔M〕，北京：中華書局，1991 年 10 月版，第 272 頁。

〔註2〕 《聞一多全集》(4)〔M〕，武漢：湖北人民出版社，1993 年版，第 506 頁。

山有嘉卉，侯梅侯栗。廢爲殘賊，莫知其尤！
相彼泉水，載清載濁。我日構禍，曷云能穀？
滔滔江漢，南國之紀。盡瘁以仕，寧莫我有？
匪鶉匪鳶，翰飛戾天。匪鱣匪鮪，潛逃于淵。
山有蕨薇，隰有杞桋。君子作歌，維以告哀。

在《詩三家義集疏》中說這篇詩歌是「大夫行役，過時不反……怨思
而作。」全詩一共八章，抒情主人公訴說了自己爲王室服役終年勞苦，
自身卻一直沒有歸宿。

　　曹植是建安時期的代表詩人之一，他的一生本可以富貴如意，
但是因爲曹丕的稱帝讓曹植意氣風發的心瞬間失去了色彩。他怨恨
將帝位傳給兄長的父親，怨恨不給他機會施展抱負的兄長。卻偏偏
曹植又是一個「感性」的詩人，他會將自己滿腔的懊惱都通過詩歌
來表達出來。恰逢黃初四年，曹植、曹彪、曹彰弟兄三人一同進京
朝見曹丕。結果，任城王曹彰在京莫名地死去。按照當時京城流傳
的說法，曹彰就是被曹丕所害。《世說新語·尤悔》記載：「魏文帝
忌弟任城王驍壯，因在卞太后閣共圍棋，並噉棗。文帝以毒置諸棗
蒂中，自選可食者而進；王弗悟，雜進之……須臾遂薨。」朝見結
束之後，曹植、曹彪一同回歸封地。他二人本可同行結伴，但遭到
監國使者的阻攔，曹植悲憤難當，寫下《贈白馬王彪》這篇長達八
十句的詩歌作品，贈給他的異母弟白馬王曹彪。在作品的小序中，
作者寫道：「黃初四年五月，白馬王、任城王與余俱朝京師，會節氣。
到洛陽，任城王薨。至七月與白馬王還國。後有司以二王歸藩，道
路宜異宿止。意毒恨之。蓋以大別在數日，是用自剖，與王辭焉。
憤而成篇。」在這段短短的序言中，曹植使用了兩個表示情緒的詞
彙，一個是「毒恨」，一個是「憤」。我們可以想像作者在創作這篇
作品之時內心的抑鬱不平，他這樣一個才華橫溢又非常自信的人卻
受到一而再、再而三的打擊，所以才會在詩歌作品中表達出他強烈
的不滿情緒，作者在第三章裏這樣寫道：

玄黃猶能進，我思鬱以紆。鬱紆將何念？親愛在離居。
本圖相與偕，中更不克俱。鴟梟鳴衡扼，豺狼當路衢。
蒼蠅間白黑，讒巧令親疏。欲還絕無蹊，攬轡止踟躕。

在這一章中，作者是由旅途困頓的描寫轉入內心悲憤的表白，如果單純是路途艱澀，是決不會阻止我前進的；我之所以攬轡踟躕，是因為「親愛離居」即骨肉分離而引起的內心鬱結。接著作者用形象的比喻，道出了政治上惡人當道、小人離間的種種罪惡。《後漢書‧輿服志》曰：「乘輿，龍首銜軛，鸞雀立衡。」說明天子乘坐的車，車前衡軛以「龍首」、「鸞雀」為飾，象徵吉祥；而鴟梟在當時人們心目中是一種不祥之物，故「鴟梟鳴衡軛」隱喻君側多惡人，是政治上的不祥之兆。「豺狼當路衢」，則是隱喻惡人竊據要津的政治現實。鄭玄注《詩經‧小雅‧青蠅》曰：「蠅之為蟲，污白使黑，污黑使白。」這裡是說，小人變亂善惡是非，猶如蒼蠅混淆黑白一樣。「讒巧」是指善於讒言巧語的小人，也就是「鴟梟」、「豺狼」、「蒼蠅」所影射的曹丕手下的佞臣；而「衡軛」指「乘輿」，是皇權的象徵，在這裡明指曹丕無疑。從詩的表面看，似乎只譴責讒佞小人；其實，他們得以自鳴得意，身「當路衢」，挑撥離間，正是曹丕指使、縱容他們的結果。這話雖未直說，讀者還是能夠意會的。同時，詩人在使用這些醜惡形象進行影射時，自然流露出一股掩抑不住的悲憤。

曹植是一個感性的詩人，他對此毫不隱晦，特別是對兄長曹丕的控訴，更是淋漓盡致、一針見血。沒有避諱君臣之禮，沒有考慮兄弟之道，而是將這一切正統的規矩統統拋之腦後，只求不吐不快。

與之相似的還有建安時期的鄴下文人。鄴下文人創作中也常有郁郁不平、梗概之氣的抒發，並非全是頌詞，可以看作是「建安風骨」精神的延續。出現這一現象的主要原因是曹操對待士人的態度引起的，曹操因受漢末名士崇尚名節不與政權合作風氣的影響，看到了不利於思想統一安定的局面，而在表面上提倡文化重用文士，實際上則是努力控制文士的思想和行為。因此從軍征戰的過程中僅

讓文士作一些起草文書的工作，使得文士大有「無嘉謀以云補，徒荷祿而蒙私。非小人之所幸，雖身安而心危」的自責感（徐幹《西征賦》）。又或者將文士囿於遊宴之中，作一些「憐風月，狎池苑」的雕蟲之作。曹操以「斥浮華」爲名殺孔融、禰衡，卻對曹丕等文人「終日宴會，不知疲倦」的浮華行爲視而不見，最能說明其文化舉措是以政局穩定爲前提的。文士在這樣的創作環境中感到才華難展、抱負難申，故多有哀戚之情、苦悶之感。如陳琳《遊覽詩》於宴會的歡愉中有隱隱的傷感：「高會時不娛，覊客難爲心。殷懷從中發，悲感激清音。投觴罷歡坐，逍遙步長林。蕭蕭出谷風，黯黯天路陰。惆悵忘旋反，歔欷涕沾襟。」並發出「建功不及時，鍾鼎何所銘」的惆悵歎息。又如劉楨《公讌詩》：「投翰長歎息，綺麗不可忘」，在宴會的歡愉間隙忽然感到不自樂。懷念歸曹以前，縱然四處漂泊居無定所，但內心懷有建功立業的雄心大志，也不覺得苦悶。但在追隨「明主」曹操後，現實的生活狀況讓他們消磨了「梗概之氣」，缺少了遷徙之痛刺激的文人，其創作反倒不如飄零流離時激情澎湃了。

　　這裡的宣泄是對曹操的不滿和怨憤，同時也代表著對皇權，即最高權力的反抗與懷疑。作者在他們的詩歌作品中大膽地表露心中的不滿，儘管他們知道這種不滿很可能會帶來殺身之禍，卻也毫不避諱。

　　除此之外，還有阮籍的《詠懷》詩：

　　　　殷憂令志結，怵惕常若驚。逍遙未終晏，朱華忽西傾。
　　　　蟋蟀在戶牖，蟪蛄號中庭。心腸未相好，誰云亮我情。
　　　　願爲雲間鳥，千里一哀鳴。三芝延瀛洲，遠遊可長生。

　　　　　　　　　　　　　　　　　　　　　　　　　　（其二十四）

　　　　一日復一夕，一夕復一朝。顏色改平常，精神自損消。
　　　　胸中懷湯火，變化故相招。萬事無窮極，知謀苦不饒。
　　　　但恐須臾間，魂氣隨風飄。終身履薄冰，誰知我心焦。

　　　　　　　　　　　　　　　　　　　　　　　　　　（其三十三）

此類詩歌表達了詩人不願做官，但是在司馬氏的強權政治統治下，他不得已而爲之，因此內心常抑鬱憂愁，身處險境，心靈倍受煎熬。

晉代的楊羲對當時污濁的社會現實也有直接的宣泄和批判。如《方丈臺昭靈李夫人詩》一首中有這樣幾句：

> 適聞臊穢氣，萬濁污我胸。
> 臭物薰精神，囂塵互相沖。
> 明玉皆璀爛，何獨盛德躬。
> 高揖苦不早，坐地自生蟲。

穢濁塡胸，塵臭飛揚，便是當時的社會現實。類似的宣泄內容楊羲詩中還有不少。如《十二月一日夜方丈左臺昭靈李夫人作與許玉斧》：「薄入風塵中，塞鼻逃當塗。臭腥凋我氣，百阿令心阻。何不颾然起，蕭蕭步太虛。」

作者用「臭腥」來形容現實社會的污濁，詩人曾經擁有的理想、熱情在殘酷的現實面前不得不低下他高貴的頭顱。與其在這令人作嘔的世界生存，還不如去尋找那靜謐的「太虛幻境」。作者在這首詩中表達了他對現實的強烈不滿。

屈原是那個時代最具代表性的一個苦悶的宣泄者，他所處的時代，正是社會大變動的轉折時期，以楚王爲代表的貴族集團對內倒行逆施，對外媚敵求和，喪權辱國。屈原渴望著能夠通過改革富國強兵，以實現象堯舜時期那樣統一天下的宏偉計劃。但是他卻「信而見疑，忠而被謗」，以至被一再地流放，這使他的內心一直鬱積著強烈的感情。在流放江北的時期，他憂心憔悴，於是用問難的形式展示無法言說的苦悶。羅馬詩人尤維納利斯提出過「憤怒出詩人」的理念，詩人在憤怒的情緒中，是以抨擊統治階級的弊端爲目標的。屈原在《惜誦》中亦開篇明義地說：「惜誦以致愍兮，發憤以抒情。」詩作有「依詩人之義」可以「怨主刺上」的作用，屈原一直處於有志不得申，有國不能歸的境地，胸中的憤懣可想而知。因而他將這種情緒投入到文學創作中，在《天問》中採用了一問到底的形式來

宣泄內心的壓抑與痛苦。

中國的先民所信奉的「天」，是自由意志的化身，萬物的本源，善惡的根據，在古代的作品中經常把歷史和神話融合在一起，這是因為一個民族的始祖總是具有非凡的本領和靈異的功能，並且受到神靈的保護而成為民族業績的開創者和奠基者，所以一般情況下，敘述民族的歷史往往是從神異的始祖開始，可見「天」在古人的心目中是一種信念的具體化。而屈原卻向「天」進行質問，由此可以看出屈原的心中所受的煎熬。屈原對天的宣泄，意味著他信念的斷層，也更表明了他正承受著心靈的放逐。《天問》中簡短而一問到底的句式，節奏緊湊而強烈，是一種表達強烈感情的有效句式。

另外，屈原還很善於利用鋪排繽紛的「託遊」來宣泄情感。「託遊」一詞是襲用前人的說法，王逸、洪興祖都說過「託遊天地之間，以泄憤懣」的話，也就是說詩人把憤懣的宣泄寄託於天地間的「遊歷」。以衝破現實的束縛，在神越魂馳中淋漓盡致地抒發鬱積於胸的情感。《遠遊》首句就道出了採用「託遊」方式的根本原因：「悲時俗之迫阨兮，願輕舉而遠遊。」可見，「託遊」緣於詩人現實境遇的窘迫和情感表現的強烈需要。在這種「迫阨」的困境中，詩人痛苦情感的抒寫，需要一種不受現實限制的廣闊空間，又需要某種「經歷」作附著物以獲得外化，並酣暢淋漓地傾瀉內心的情感波濤，便只能在虛擬的時空中、託化的遊歷中展開。正如王逸《楚辭章句》所言：詩人「設乘雲駕龍，周歷天下，以慰己情、緩幽思也。」

第二節　勇敢的相思者

思念他人是痛苦的，古人也常常把這種痛苦深深埋在心底，通過「滿地黃花堆積」來表現那歲月流逝、韶華不在的感慨。不過在先秦漢魏晉南北朝時期，古人的相思之情似乎在表達方面更為大膽和奔放。

如《詩經·陳風·東門之池》：

東門之池，可以漚麻。彼美淑姬，可與晤歌。

東門之池，可以漚紵。彼美淑姬，可與晤語。

東門之池，可以漚菅。彼美淑姬，可與晤言。

程俊英在《詩經注析》中說：「這是一首男女相會的情歌。作者是男的，他所追求的可能是一位在東門外護城河中浸麻織布的女子。」〔註3〕孔穎達疏：「美女而謂之姬者，以黃帝姓姬，炎帝姓姜，二姓之後，子孫昌盛。其家之女美者尤多，遂以姬、姜爲婦人之美稱。」〔註4〕聞一多《風詩類鈔》云：「姬姜二姓是當時最上層的貴族，二姓的女子必最美麗而華貴，所以時人稱美女爲叔姬、孟姜。」〔註5〕可見，這裡的「叔姬」指的是美女，作者對這位美女的思念之情也是溢於言表。他渴望著可以和這位美女對歌、聊天、談心，並且用詩句的方式將自己內心的想法直露坦白地表達出來。這就是民間話語的狂歡化色彩，它可以不必顧忌更多的禮教禮法、階級關係，只要是內心的眞實感受，便可以通過詩歌的方式抒發出來。大膽的女子們也會通過狂歡化的語言來表達自己的相思之情：「未見君子，惄如調饑。……既見君子，不我遐棄。……雖則如毀，父母孔邇。」

再如《古詩十九首》中有這樣的詩句：

昔爲娼家女，今爲蕩子婦。

蕩子行不歸，空床難獨守。（《古詩十九首·青青河畔草》）

馬茂元指出這首詩是用「第三人稱」的筆法進行描寫的，詩人從另外一個角度描繪了相思者的內心世界，而且描寫得非常直接和大膽。

> 一般地說來，封建社會的女性，涉及兩性間的離別相思之情，總是掩藏多於暴露；她們的心理狀態是曲折而

〔註3〕程俊英，《詩經注析》〔M〕，北京：中華書局，1991 年 10 月版，第 370 頁。

〔註4〕《毛詩注疏》〔M〕，卷七之一，《毛詩正義》，北京：北京大學出版社，1999 年版，第 8 頁。

〔註5〕《聞一多全集》（4）〔M〕，武漢：湖北人民出版社，1993 年版，第 478～479 頁。

微妙的，她們的情感色彩是憂鬱而深沉的。本篇裏出身於
「倡家女」的「蕩子婦」，就其具體生活狀況來說，和一
般婦女有所區別。「倡家女」雖不同於後來的娼妓，但無
論如何她總是習慣於繁華熱鬧的歡樂生活。「倡家女」而
嫁爲「蕩子婦」，在丈夫久別不歸的歲月裏，寂寞孤單的
感覺，應該是特別銳敏，而她的心理狀態則比較單純、直
率，沒有那麼多的顧忌和克制，她的情感色彩則是強烈而
明朗的。因而「空床獨守」的生活難以繼續下去，對她來
說，在心情上極其自然。詩人抓住她的精神生活中這一基
點，一針見血，非常尖銳地解開矛盾，表現了詩的主題思
想。〔註6〕

　　馬茂元先生的這段精彩的論述將這個痛苦的相思者的形象描畫
得淋漓盡致。這個女子毫不隱瞞自己的身份，也毫不隱瞞自己內心的
感受。

　　不過也總有人懷疑這首詩的主題問題，其根本原因就是因爲其
中的「空床難獨守」這句，這句詩的表達非常地直白和大膽，因此
才會有學者認爲此詩是有所寄託的，或曰「刺輕於仕進而不能守節
者」〔註7〕，或曰「見妖冶而儆蕩遊之詩」〔註8〕，連王國維也認爲
這首詩是「淫之尤」，這些穿鑿附會無非就是「一個提法的問題，『難
獨守』未免說得太直截了當了。這是在其它描寫相思離別作品中所
不容易看到的。」〔註9〕因此，這個大膽表白的形象集中反映了狂
歡類型的相思者的形象。

　　《青青河畔草》中的這個狂歡的形象總是會讓人與王昌齡《閨怨》
中的女子形象相比較。《閨怨》中的那個「悔教夫婿覓封侯」的女子

〔註6〕　馬茂元，《古詩十九首初探》〔M〕，西安：陝西人民出版社，1981年
　　　　　6月版，第113～114頁。
〔註7〕　〔元〕劉履，《選詩補注》〔M〕。
〔註8〕　〔清〕張玉穀，《古詩賞析》〔M〕，上海：上海古籍出版社，1995年
　　　　　影印本，第26頁。
〔註9〕　馬茂元，《古詩十九首初探》〔M〕，西安：陝西人民出版社，1981年
　　　　　6月版，第114頁。

的相思之感是「不迫不露，非常含蓄地表現出來」〔註10〕，因而從對比之中，我們更能發現先秦漢魏晉南北朝詩歌中人物形象的狂歡化色彩。或許先秦漢魏晉南北朝時期的人思維更單純，想法更直接吧。

而在南朝時期著名的愛情民歌集《華山畿》中記載的愛情相思更為可歌可泣。

　　華山畿，君既爲儂死，獨生爲誰施？歡若見憐時，棺
　木爲儂開。(南歌《華山畿》其一)

《華山畿》是南朝時流行在長江下游的民歌。相傳當時有個女子，在哀悼爲她殉情而死的戀人時，唱了一首歌。歌的開頭一句便是這句驚風雨、泣鬼神的「華山畿」。

故事的背景記錄在《古今樂錄》中：「《華山畿》者，宋少帝時懊惱一曲，亦變曲也。少帝時，南徐一士子，從華山畿往雲陽。見客舍有女子年十八九，悅之無因，遂感心疾。母問其故，具以啓母。母爲至華山尋訪，見女具說聞感之因。脫蔽膝令母密置其席下臥之，當已。少日果差。忽舉席見蔽膝而抱持，遂吞食而死。氣欲絕，謂母曰：『葬時車載，從華山度。』母從其意。比至女門，牛不肯前，打拍不動。女曰：『且待須臾。』妝點沐浴，既而出。歌曰：『華山畿，君既爲儂死，獨活爲誰施？歡若見憐時，棺木爲儂開。』棺應聲開，女透入棺，家人叩打，無如之何，乃合葬，呼曰神女冢。」一次偶然的邂逅，開啓了士子的相思之情，從此日夜想念，相思成疾，終因相思而殉情。女子亦爲多情之人，得知士子爲己殉情，竟跳入棺木與之合葬，其愛情相思之濃情令今人折服。《華山畿》在樂府詩集中共收集了25首，像這首一樣表現至情相思的作品還有：

　　懊惱不堪止。上床解要（腰）繩，自經屏風裏。(《華
　山畿》其六)

　　啼著曙，淚落枕將浮，身沉被流去。(《華山畿》其七)

　　別後常相思，頓書千丈闕，題碑無罷時。(《華山畿》其九)

〔註10〕馬茂元，《古詩十九首初探》〔M〕，西安：陝西人民出版社，1981年
　　6月版，第114頁。

夜相思，風吹窗簾動，言是所歡來。(《華山畿》其二十三)

長鳴雞，誰知儂念汝，獨向空中啼。(《華山畿》其二十四)

他們或是要殉情，或是在悲啼，這些勇敢而癡情的相思者彰顯了那個時代人們對愛情的珍視，甚至不惜以生命爲代價來換取。

第三節　堅毅的追求者

中國古代的思想一直是以儒家思想爲主流的，「溫柔敦厚」、「樂而不淫、哀而不傷」始終是中國文人的信條，但其中也不乏例外，我們並不能因此而否定中華民族的血液中流淌著浪漫的氣質。女媧補天、嫦娥奔月的上古神話流傳千古，斷了頭的刑天以乳爲目，以臍爲口，揮著盾牌和斧頭與天帝爭神，充滿了想像力。這樣的想像力在屈原這裡得到了很好的繼承。屈原作品豐富的想像性一方面得益於上古神話的灌溉，另一方面受地域文化的影響。法國思想家丹納認爲「種族、時代、環境」是影響藝術的三大因素。環境包括自然環境和人類環境，前者指物質環境，包括種族生存的地理位置和氣候狀況等自然條件；後者指風俗習慣和精神氣候，其中包括政治、戰爭及民族性格和生活情趣等整個社會文化氛圍。屈原生活於楚地，楚人「信巫鬼，重淫祀」。楚俗「信鬼而好祠，其祠必作歌樂鼓舞以樂諸神」，屈原的《離騷》、《九章》、《九歌》等作品就爲人們展示了一個神奇多彩的鬼神世界，展現了與儒家理念大相徑庭的浪漫氣息。

「路曼曼其修遠兮，吾將上下而求索。」這是屈原在《離騷》中所發出的呼聲。屈原是個堅毅的追求者，在《離騷》中，屈原爲了追求自己的理想，進行了三次昇天遨遊。第一次是他受到女嬃的勸誡之後，心情苦悶，但是他認爲自己已經洞悉了古今的興亡之理，應正道直行，上叩「帝閽」，以表白自己的爲國爲民之心。於是他駕白龍，乘鳳鳥，入雲天遠征。早晨從蒼梧出發，黃昏到達崑崙山之縣圃，夜幕降臨的時刻，繼續東行。「折若木以拂日兮，聊逍遙以相羊。」休息了之後，又「繼之以日夜」，終於到達了天庭。但是，結

果卻出人意料地遭到了天帝守門人的冷遇,「吾令帝閽開關兮,倚閶闔而望予;時曖曖其將罷兮,結幽蘭而延佇。」求見天帝想表心迹的行動失敗了,他感傷而憤怒地說:「世溷濁而不分兮,好蔽美而嫉妒。」現實的世界是如此的溷濁不分,小人們嫉賢害能,使他從希望陷入了失望。第一次追求失敗了。

但是詩人並未完全陷入絕望,他想為國家的前途,為改變自己的命運再做一次努力。於是他又毅然地開始了他的第二次上天遨遊,即「求女」的活動。「及榮華之未落兮,相下女之可詒」。「求女」是象徵著尋求一個能代其言說從而喚醒楚王的人,使楚王能夠理解自己的一番苦心。詩人求女三次:一求宓妃,「吾令豐隆乘雲兮,求宓妃之所在」。但是對方乖戾不化、驕傲無禮,所以未遂。次又求娀氏之佚女,「覽相觀於四極兮,周流乎天余乃下;望瑤臺之偃蹇兮,見有娀之佚女」,但是卻因為做媒的鴆、鳩生性輕佻而未獲得成功。最後,詩人又把希望寄託在有虞氏之二姚身上,「欲遠集而無所適兮,聊浮游以逍遙;及少康之未家兮,留有虞之二姚」。但是一想到「理弱而媒拙兮,恐導言之不固」,也是成功無望,因此只得作罷。詩人第二次幻遊之後,再次回到現實,發出感傷的悲歎:「世溷濁而嫉賢兮,好蔽美而稱惡;閨中既已邃遠兮,哲王又不寤;懷朕情而不發兮,余焉能忍此終古。」

儘管經受了兩次失敗,但是詩人並沒有就此停止,在走投無路的極端苦悶中,詩人第三次上游天界,馳騁於廣闊宇宙之中。他向靈氛問卜,又請巫咸降神,在深感留在楚國也無事可為的情況下,「吾將遠逝以自疏」,決定做第三次遨遊。他前往的目的地是極遠的西方崑崙。於是「朝發軔於天津兮,夕余至乎西極;鳳皇翼其承旗兮,高翱翔之翼翼」,然後經流沙,渡赤水,指揮蛟龍搭橋,命令西方之神少皞幫助渡河。雖然路途遙遠,旅途艱辛,詩人仍然奮力前行,「屯余車其千乘兮,齊玉軑而並馳;駕八龍之蜿蜒兮,載雲旗之委蛇」。

在《離騷》中,詩人屈原就是一個堅毅的追求者,他為了實現自

己的理想不懈地追求著，上天入地，幾次三番，不畏艱辛，不怕困苦。魯迅在《漢文學史綱要》中評價《離騷》說：「其言甚長，其思甚幻，其文甚麗，其旨甚明，憑心而言，不遵矩度。」〔註11〕

追求者是艱辛的，因爲他們往往不知道未來將會如何，但是只要心中還有信念，他們就不停地追求著，爲了自己的目標在努力追求，他們堅毅、他們勇敢、他們無畏，他們體現了先秦漢魏晉南北朝時期的人民那種百折不撓的精神。

第四節　決絕的反抗者

在先秦漢魏晉南北朝的一些詩篇中，還有一些決絕的反抗者們。他們爲了實現自己的理想，同當時的社會狀況進行著堅決而徹底地鬥爭。對於戰爭、愛情、社會現實的不滿讓這些反抗者充滿了鬥爭精神。我們知道，要想在現實生活中保持自己的獨立人格，我們就必須尊重他人的獨立人格，必須與他人平等對話，讓自己的話語在他人眼裏成爲有價值的話語而被接受。因此，個體在話語交際中應該負有使命感和責任感，應該保持自由的獨立人格。

漢武帝寵愛衛子夫，而子夫驕奢淫逸，民間便做《天下爲衛子夫》歌以抒憤。「天下歌之曰：『生男無喜，生女無怒，獨不見衛子夫霸天下！』」〔註12〕灌夫橫行一方，百姓痛恨，穎川兒作《穎川兒歌》：「穎水清，灌氏寧；穎水濁，灌氏族。」〔註13〕詛咒灌夫來表達百姓對那些當權者的憎恨之情。淮南王謀反被誅殺，民間便作《民爲淮南厲王歌》：「一尺布，尚可縫；一斗粟，尚可舂。兄弟二人不能相容。」〔註14〕對於封建宮廷中骨肉相殘的醜事進行了揭露和鞭撻。酷吏尹賞在長安殺人無數，草菅人命，長安中便作《長安

〔註11〕《漢文學史綱要》，《魯迅全集》〔M〕，第 9 冊，北京：人民文學出版社，1981 年版，第 370 頁。

〔註12〕《史記‧外戚世家》。

〔註13〕《史記‧魏其武安侯列傳》。

〔註14〕《史記‧淮南衡山列傳》。

爲尹賞歌》：「安所求子死？桓東少年場。生時諒不謹，枯骨後何葬」〔註15〕，對此進行了批判。樊曄任天水太守，兇殘無比，瘋狂盤剝百姓，不論曲直，人民只要觸犯法律就必死，涼州人民便作《游子常苦貧》歌：「游子常苦貧，力子天所富。寧見乳虎穴，不入冀府寺。大笑期必死，忿怒或見置。嗟我樊府君，安可再遭值！」〔註16〕進行怒斥。

像這樣民間對於統治階級進行大膽鞭撻、諷刺、怒斥的篇章還有很多，不勝枚舉。而且百姓都把這些憤懣行諸於歌舞的形式進行表達，他們毫無顧忌地、自由自在地表達自己的感受。

相較之下，《箜篌引》中的反抗顯得更爲悲壯，因其所指的含糊而且意蘊更爲深遠：

> 公無渡河，公竟渡河，渡河而死，當奈公何？

崔豹的《古今注》云：「《箜篌引》者，朝鮮津卒霍里子高妻麗玉所作也。子高晨起刺船，有一白首狂夫，被髮提壺，亂流而渡，其妻隨而止之，不及，遂墮河而死。」本事未必可信，值得注意的是詩中主體知其不可爲而爲之，有一種「不食周粟」的伯夷叔齊式的悲壯。在這裡，公渡河何爲，也並不重要，它只是一種宿命式的驅使，頗似魯迅筆下的「過客」，又似「狂人」，極爲恰切地反映了當時反抗者的精神面貌。

《漢樂府·東門行》是一首非常典型的反抗詩：

> 出東門，不顧歸。
> 來入門，悵欲悲。
> 盎中無斗米儲，還視桁上無懸衣。
> 拔劍東門去，舍中兒母牽衣啼：
> 「他家但願富貴，賤妾與君共餔糜。
> 上用倉浪天故，下當用此黃口兒。今非！」
> 「咄！行！吾去爲遲！白髮時下難久居。」

〔註15〕《漢書·尹賞傳》。
〔註16〕《後漢書·酷吏列傳·樊曄傳》。

這個貧困的家庭少衣少米，詩歌中的主人公不顧妻子的勸阻要「拔劍東門去」鋌而走險。若是在一個和諧穩定的社會中，幾乎沒有人會願意放棄安穩舒適的生活，走上反抗的道路，但是在這首詩所描寫的環境中，出現了「他家但願富貴」這樣的語句，正是寫出了那個時代貧富分化的嚴重，導致貧苦人對於鄰居的富有難以容忍，因而才會有「吾去爲遲！白髮時下難久居」這樣的反抗話語。

還有著名的《孔雀東南飛》，其中的劉蘭芝、焦仲卿也是一對封建婚姻制度的反抗者。在此詩的開篇就提到了劉蘭芝：「十三能織素，十四學裁衣，十五彈箜篌，十六誦詩書。」說明劉蘭芝是一個心靈手巧、知書答禮的女子。「十七爲君婦，心中常悲苦。君既爲府吏，守節情不移。」這表明了劉蘭芝顧全大局，忠於愛情。等到她嫁入婆家之後，又「雞鳴入機織，夜夜不得息。」早起晚睡，終日勞作，這又是多麼勤勞的一個好媳婦。但就算「三日斷五匹」，還是「大人故嫌遲」。到這時，劉蘭芝已經清醒地認識到：「非爲織作遲，君家婦難爲！」並不是因爲劉蘭芝笨拙、懶惰，而是她無法滿足焦母對她無窮無盡的奴役的欲望。劉蘭芝最終不堪忍受剛愎自用、專橫霸道的焦母的迫害，毅然決然地自請「遣歸」。這在封建禮教和綱常森嚴的社會，一般的人是沒有如此勇氣的。詩歌正是由此歌頌了劉蘭芝外柔內剛的美和敢於與世俗禮教鬥爭的反抗精神。劉蘭芝不但富有聰穎勤勞的內在美，而且還富有外在的美。作者寫蘭芝臨行前的「嚴裝」：「著我繡夾裙，事事四五通。足下躡絲履，頭上玳瑁光。腰若流紈素，耳著明月璫。指如削蔥根，口如含朱丹。纖纖作細步，精妙世無雙。」濃墨重彩，極盡繁瑣之筆，進行了精雕細琢的描繪，映襯出了劉蘭芝的絕色美貌，目的就是爲了進一步烘托出她勇敢、沉著和堅毅的反抗性格和與命運抗爭的決絕態度，同時也流露出了劉蘭芝對丈夫依依不捨的眷戀之情。爾後，封建禮教、封建家長制，就像一張無形的吃人的大網，把原已很悲慘、無助的劉蘭芝進一步推向了死亡的深淵。劉母的愚昧，劉兄的

趨炎附勢、貪慕富貴，硬把劉蘭芝許配給了「府君」，從而最終導致了劉蘭芝和焦仲卿為維護愛情的尊嚴雙雙殉情。

> 其日牛馬嘶，新婦入青廬。奄奄黃昏後，寂寂人定初。
> 我命絕今日，魂去屍長留。攬裙脫絲履，舉身赴清池。
> 府吏聞此事，心知長別離。徘徊庭樹下，自掛東南枝。

劉蘭芝、焦仲卿的愛情悲劇可歌可泣，讓每個人都為之扼腕歎息，與此同時，它也揭示了封建社會倫理道德的落後性和殘酷性。焦仲卿是忠於愛情，忠於劉蘭芝的，在封建禮教和封建家長制的淫威下，他的舉動也難免有些懦弱和遲緩。但這也更映襯出了劉蘭芝不向命運低頭，敢於反抗的堅強意志。在悲劇情節的發展過程中，劉蘭芝忠於愛情，敢於向封建的傳統世俗作鬥爭的高貴品質也隨之躍然紙上。她的自請「遣歸」，她對焦仲卿的堅貞態度，她最終為情自殺，無不顯示出這個反抗形象的堅毅個性和鬥爭精神。

她的這種抗爭精神有著更深的內涵和更高的價值取向。她的這種抗爭精神本身就是一種理性的抗爭，抗爭又為了理性——抗爭的對象不是民歌中常見的負心的丈夫，而是多少有些心理變態、不可理喻而又實際居於家長地位、能決定她去留的婆母——焦母。焦母出於某種自私的目的，將美麗溫柔能幹的兒媳視為眼中釘，儘管兒子兒媳夫妻感情很好，她也是非要拆散他們。她將劉蘭芝趕出了門，使其被休回娘家。被遣回家後的劉蘭芝也同樣處於「我有親父母，被迫兼弟兄」的弱勢地位，但她仍然表現出了與命運的抗爭。這種抗爭是最震撼人心的，不僅因為抗爭結果的慘烈——和丈夫身殉愛情，更重要的是她在為著人的尊嚴、價值、權利而抗爭。嚴酷的封建專制的淫威和長期的禮教積澱，使高高在上者蔑視、抹煞他人的價值、尊嚴，肆意踐踏他們的正常權利，而在下者、受迫害者在長期的壓迫中也變異得麻木不仁了，忘記、漠視人的價值、尊嚴。劉蘭芝的抗爭，既不是一種失去理性的盲目的反抗，肯定也不是為使焦母和家兄心回意轉的功利性目的，所以這種純粹的徹底的抗爭是

極其可貴的。

　　在詩歌浪漫主義的結尾中，詩人用交枝接葉的松柏梧桐、朝夕和鳴的鴛鴦來象徵劉蘭芝夫婦愛情的不朽，這是對叛逆的歌頌，對鬥爭的鼓舞，這也是爲先秦漢魏晉南北朝時期這些決絕的反抗者們堅毅勇敢的個性品質譜就的一曲讚歌。

第五節　可笑的被戲謔者

　　在巴赫金狂歡化理論中，有一類騙子、小丑、傻瓜的形象。巴赫金認爲這類形象是文學作品中不可或缺的一部分。就是這類形象使得文學作品中擁有了笑聲，他們表面上成爲周圍人譏諷和嘲笑的對象，但正是這種譏諷和嘲笑使得狂歡節的氣氛得以融洽和諧，使得狂歡節成爲人民的狂歡，而非官方的狂歡。

　　在談到騙子、小丑與傻瓜的功用時，巴赫金說：

　　　　第一，這些人物自身帶給文學的，是同廣場戲臺、同廣場遊藝假面的重要聯繫，他們與民眾廣場上某個特殊而十分重要的地段聯繫在一起；第二，這當然也與第一條相關，這些人物的存在本身便具有轉義而非直義，因爲他們的外表本身、他們的所爲與所說並不具有直截了當的意思，而是轉義，有時甚至是反義，不可照字面來理解他們，他們是表裏不一的；第三，這也是從前面隱身出來的，他們的存在是某種別的存在的反映，並且不是直接的反映。這是生活的演員，他們的存在與他們的角色吻合，離開這一角色他們也就不復存在了。……這些人物不僅自己在笑，別人也在笑他們。他們的笑聲帶著公共的民眾廣場的性質。他們恢復著人的形象的公共性，因爲這些人物的全部存在是徹頭徹尾外向的，他們簡直把一切都亮在了廣場上，他們的全部功用就歸結爲外在化，（誠然，不是把自己的存在外在化，而是把所反映的他人存在外在化，不過除了反映他人存在外他們也不再有別樣的存在了）。這樣

就創造出了通過諷刺模擬的笑把人外在化的特殊方法。
〔註17〕

這就是說，對別人生活的狂歡節廣場式的反映，構成了小丑（傻瓜）的全部生活。因此，他們完全可以被看作是日常生活中狂歡因素的載體。

《陌上桑》中的「使君」成爲了諸多被戲謔的小丑中的一員。「使君」在這幕戲劇中扮演著非常重要的角色，就是他奠定了整篇作品的狂歡色彩。「使君」如同官方生活的代表人物，以爲自己高高在上、有權有勢，便大搖大擺地來到羅敷面前求得好感：

　　　使君從南來，五馬立踟躕。使君遣吏往，「問是誰家妹？」「使君謝羅敷，寧可共載不？」

這幾句詩把一個官僚作風非常濃厚的角色形容得相當準確，你看他騎在高頭大馬上，連下馬都不肯。而且面對自己喜歡的女子，他並不是親自去而是派自己手下的官員去和羅敷「交涉」，那種傲慢和狂妄非常形象地躍然紙上。作者在這裡越是用「加冕」的方式爲使君的趾高氣揚做細緻的描繪，在此後的「脫冕」過程中就會對比得越鮮明，旁觀者以及讀者戲謔的成分就會越大。果然，接下來羅敷的回答就將「使君」的諸多官方形象進行了徹底的顛覆。

　　　「使君一何愚！使君自有婦，羅敷自有夫。」

　　　「東方千餘騎，夫婿居上頭。何用識夫婿？白馬從驪駒，青絲繫馬尾，黃金絡馬頭，腰中鹿盧劍，可直千萬餘。十五府小史，二十朝大夫，三十侍中郎，四十專城居。爲人潔白皙，鬑鬑頗有鬚，盈盈公府步，冉冉府中趨。坐中數千人，皆言夫婿殊。」

我們可以想像「使君」聽到這樣的一段話之後的尷尬表現，甚至還可以聽到那「下擔捋髭鬚」的行者、忘其犁的耕者、忘其鋤的鋤者如何在羅敷的拒絕之後大聲地嘲笑和諷刺「使君」。使得這樣一個代表官

〔註17〕〔俄〕巴赫金，《巴赫金全集》（第 3 卷）〔M〕，石家莊：河北教育出版社，1988 年版，第 354～355 頁。

方形象的人物進行「降格」，成爲眾多普通民眾戲謔的對象。

　　還有一首辛延年的《羽林郎》，這首詩的內容與《陌上桑》接近，但諷刺性更強，其中描寫的羽林郎形象更具有濃厚的「被戲謔」的成分，成爲民眾眼中的「小丑」和「傻瓜」。

> 昔有霍家奴，姓馮名子都。依倚將軍勢，調笑酒家胡。
> 胡姬年十五，春日獨當壚。長裾連理帶，廣袖合歡襦。
> 頭上藍田玉，耳後大秦珠。兩鬟何窈窕，一世良所無。
> 一鬟五百萬，兩鬟千萬餘。不意金吾子，娉婷過我廬。
> 銀鞍何煜耀，翠蓋空踟躕。就我求清酒，絲繩提玉壺。
> 就我求珍肴，金盤膾鯉魚。貽我青銅鏡，結我紅羅裾。
> 不惜紅羅裂，何論輕賤軀。男兒愛後婦，女子重前夫。
> 人生有新故，貴賤不相踰。多謝金吾子，私愛徒區區。

作者以《羽林郎》爲題，實質上是在以樂府舊題詠新事。這馮子都是歷史中的眞實人物，他是霍光的家奴頭，又是霍光的男寵，自非尋常家奴可比，但《羽林郎》分明是辛延年諷東漢時事，說「霍家奴」，實際上是借古諷今，清人朱乾《樂府正義》中認爲：「此詩疑爲竇景而作，蓋託往事以諷今也。」後人多從其說。竇景是東漢大將軍竇融之弟，《後漢書・竇融傳》：「景爲執金吾，襄光祿勳，權貴顯赫，傾動京師，雖俱驕縱，而景爲尤甚。奴客緹綺依倚形勢，侵陵小人，強奪財貨，篡取罪人，妻略婦女。商賈閉塞，如避寇讎。……有司畏懦，莫敢舉奏。」由此可見，詩歌中主人公的身份地位是非常有權勢的，作者正是借助「馮子都」的狗仗人勢來諷刺東漢時期那些高高在上的統治階級。

　　我們來看作品的開頭，作者花費了大量筆墨來細緻地描寫了女主人公胡姬的年齡、環境、服裝、首飾、髮髻各方面，以此來烘托胡姬的美貌豔麗。經過這段描寫之後，詩人筆鋒一轉，改用第一人稱手法，讓女主人公直接控訴「馮子都」調戲婦女的無恥行徑。「金吾子」即執金吾，是漢代掌管京師治安的禁衛軍長官。西漢馮子都不曾作過執金吾，東漢竇景是執金吾，但不屬於「家奴」，故此處

稱「馮子都」爲「金吾子」，是語含諷意的「敬稱」。「娉婷」，形容姿態美好，作者卻用這個詞來形容「馮子都」爲調戲胡姬而做出婉容和色的樣子前來酒店拜訪，他派頭十足，駕著車馬而來，銀色的馬鞍光彩閃耀，車蓋上飾有翠羽的馬車停留在酒店門前等著他。「加冕」的過程精彩絕倫，不惜筆墨，「脫冕」的過程自然也是讓人拍案叫絕。來看看這「馮子都」的表現吧，他一進酒店，便徑直走近胡姬，向她要上等的美酒，胡姬便提著絲繩繫的玉壺來給他斟酒；一會兒他又走近胡姬向她要上品茱肴，胡姬便用講究的金盤盛了鯉魚肉片送給他。「馮子都」要酒要茱，是爲大擺排場闊氣；而兩次走近，則已露動機不純的端倪。在他酒酣茱飽之後，便再也按捺不住內心的欲火，漸漸輕薄起來，公然對胡姬調戲：他贈胡姬一面青銅鏡，又送上一件紅羅衣要與胡姬歡好：「貽我青銅鏡，結我紅羅裾」。今人對「結」字有多解：或解爲「繫」，把青銅鏡繫在胡姬的紅羅衣上；或解作「拉拉扯扯」；俞平伯先生解爲「要結之結，結綢繆、結同凡之結」（意思是結下男女結合的關係和纏綿的戀情）。

面對這樣一個不知羞恥的「達官貴人」，胡姬卻是不卑不亢，強調新故不易，貴賤不逾，辭婉意嚴。她的態度堅決而辭氣和婉，語含嘲諷而不失禮貌。弄得這位不可一世的「金吾子」，除了落得個哭笑不得的尷尬窘態和狼狽而逃的可恥下場之外，再無其他。有權有勢的身份在瞬間「降格」，成爲了大家嘲笑和戲謔的小丑。

雖然說小丑這種角色可以追溯到遠古時期的多神教時代，但是文明出現之後，在許多地區也被大量地保存了下來。小丑可以利用民間價值來戲弄、嘲笑官方的價值觀，可以用物質軀體的下身來衡量那些所謂的高等級的人物和概念，並且維持著社會意識形態的平衡。小丑角色用一種可笑的表現方式展現出他的另類與獨特，因此成爲了眾人嘲笑的對象，但是，誰敢說這種嬉笑怒罵的方式不是在官方語境中表達出真理的最佳手段呢？

第六節　瘋狂的顛倒者——以《木蘭辭》爲例 談女扮男妝的木蘭形象

《木蘭辭》這個故事在整個中國古代文學的發展過程中具有母題情節，其中的花木蘭形象更是成爲後世文學作品中作家鍾愛的一類形象，即——女扮男妝。「女扮男妝」故事作爲一種特殊的故事類型具有悠久的傳統，而且至今依然活躍在各類藝術舞臺上。

通常來說，一個完整的故事應該是在目的的召喚下構成探險、征戰、求偶、應試、復仇、尋寶等故事類型，當故事中的目的得以實現，故事也就宣告結束。然而女扮男妝的故事雖然也有這樣的框架和目的，但在具體敘事進程中，它們往往不是將敘事的重點放在目的實現的曲折艱難和複雜多變上，而是將注意力轉移到女扮男妝上。其實，這樣的描述方式會給故事的講述帶來很多不必要的敘事冗餘，但這些冗餘非但沒有成這類故事敘事失敗的標誌，反而成爲一種女扮男妝故事的特色。

一、「女扮男妝」喜劇形象的塑造

女扮男妝這類故事之所以受到很多文學家和讀者的喜愛，就是源於其非常態化的生活，並且由這種非常態化的生活所造成的喜劇效果。巴赫金在他的狂歡理論中提及了一些具體的狂歡化生活表現：比如頭部降格爲下部（物質軀體的下身）；乞丐或傻瓜可能變成國王；雌雄性別轉換（男扮女妝或女扮男妝）；消除上下級關係和男女老幼之分，可以用親昵的稱呼以及滿嘴污穢的詞語，可以相互對罵甚至遊戲式的對打等等。《木蘭辭》中花木蘭的形象就是這樣一個「雌雄性別轉換」的喜劇形象。

首先，花木蘭的喜劇形象表現爲作者在塑造這個角色時，其身份異性化的刻意性。作品中細緻地描繪了木蘭女扮男妝替父從軍的原因：「昨夜見軍帖，可汗大點兵，軍書十二卷，卷卷有爺名。阿爺無大兒，木蘭無長兄，願爲市鞍馬，從此替爺征。」正是這個代替

年邁的父親去邊塞征戰的孝順想法，逼迫只會「當戶織」的木蘭必須隱藏自己的本來面目，去和眾多的男性壯士一樣，忍受邊塞的風餐露宿和戰爭的艱辛困苦。

亞里士多德將情節定義爲「事件的安排」。由情節所結構的故事區別於日常生活事件的地方在於其完整性。所謂「完整」，「指事之有頭，有身，有尾⋯⋯結構完美的布局不能隨便起訖，而必須遵照此處所說的方式。」〔註18〕依照這一原則，亞里士多德指出故事「任何一部分一經挪動或刪削，就會使整體鬆動脫節。要是某一部分可有可無，並不引起顯著的差異，那就不是整體中的有機部分」〔註19〕。

而有機性是故事完整性要求的必然結果，它同時決定了作者在「有意安排」這個故事情節時必然要衡量情節在事件序列中的功能地位。亞里士多德的整體有機性原則從三個方面來理解：「基於時間性而生成的動態性；建立在因果論基礎上的序列化；以及由目的論的預設而形成的完整性。在此種因果觀念的引導下，故事得以建構的前提是事件發生的因果邏輯，但這樣就使敘述過程中那些處於目的論的、境域的或隱喻功能之外的事件往往被視作敘事冗餘，被看成是一種敘事失敗的標誌。」〔註20〕

按照這樣的「有意安排」，在故事一開頭我們看到了：「軍書十二卷，卷卷有爺名。阿爺無大兒，木蘭無長兄」之時，按照心理上的預想和期許，就已經猜到了作者設定的情節必然是花木蘭要代父從軍、女扮男妝，同時，讀者就已經做好了觀看喜劇的心理準備。敘述者只用了三個句子就講完了十年赴戎的經歷：

萬里赴戎機，關山度若飛。朔氣傳金柝，寒光照鐵衣。

將軍百戰死，壯士十年歸。

〔註18〕亞里士多德，《詩學》〔M〕，陳中梅譯，北京：商務印書館，1996 年 7 月版，第 25 頁。

〔註19〕亞里士多德，《詩學》〔M〕，陳中梅譯，北京：商務印書館，1996 年 7 月版，第 28 頁。

〔註20〕苗田，《女扮男妝故事的敘事話語分析》〔J〕，《文學評論》，2012 年第 4 期，第 107～115 頁。

但是卻用了七個句子細細地描繪了其恢復女兒妝的過程：

> 開我東閣門，坐我西閣床。脫我戰時袍，著我舊時裳。
> 當窗理雲鬢，對鏡帖花黃。出門看火伴，火伴皆驚忙：同
> 行十二年，不知木蘭是女郎。雄兔腳撲朔，雌兔眼迷離；
> 雙兔傍地走，安能辨我是雄雌？

這樣細緻的描繪其實就是爲了滿足讀者期盼眞相揭露那一刻時的喜劇效果，這所有的情節發展都是在我們預料之中的。那麼這種情節安排的刻意性就會造成一種獨特的雌雄性別轉換的喜劇效果。如果去掉木蘭從軍故事中的女扮男妝成分，它就變成了一個「應征—戰鬥—立功—返鄉」的平淡無奇的故事，連其中所蘊含的孝悌意義也會遭到削弱或消解。自然更無法體現出男女換妝之後所造成的特殊效果。

其次，花木蘭性別身份的錯位展示了其喜劇的生成性。《木蘭辭》的目的是爲了宣揚「孝道」，因此在敘事的過程中加入了大量的抒情成分：「阿爺無大兒，木蘭無長兄。願爲市鞍馬，從此替爺征。」從軍途中的敘事仍然由這個主題所控制：

> 旦辭爺孃去，暮宿黃河邊。不聞爺孃喚女聲，但聞黃
> 河流水鳴濺濺。旦辭黃河去，暮至黑山頭。不聞爺孃喚女
> 聲，但聞燕山胡騎聲啾啾。

詩中敘事是單純而線性的，對她從軍過程中以女性身份進入男性世界是否將引起性別事件的問題沒有給予任何關注。但即便如此，其產生的喜劇效果依然是相當顯著的，這其中的原因就是因爲性別的倒置。作者在一開始刻意地強調木蘭的女性特徵：

> 唧唧復唧唧，木蘭當戶織。不聞機杼聲，惟聞女歎息。
> 問女何所思，問女何所憶。女亦無所思，女亦無所憶。

能「箚箚弄機杼」的必然是個心靈手巧的女子；那一聲聲哀怨歎息中的細膩心靈恐怕也不是一個男子所能擁有的。所以開頭的部分作者雖然是描摹了一個懷揣心事的女子，卻在側面強調了木蘭心靈手巧、細膩敏感的女性特徵。就是這樣的一個女子，爲了父親的安危，毅然決定女扮男妝，混入從軍的隊伍，讓人感覺到喜劇即將開幕的效果。從

軍的隊伍中，全部都是男兒，平白無故出現了這樣一個「女兒身」自然會鬧出許多笑話來。雖然作品在這裡沒有用具體的筆觸描繪女扮男妝造成的喜劇效果，但是這個「留白」的空間卻不難被讀者的想像所填充。比如洗澡的時候，交戰的時候，同榻而睡的時候等等。至於花木蘭都是如何來解決這些問題的，就要靠我們自己的想像去完成了。由於身份的特殊性，女性進入男性世界所造成雙方私密空間的交叉與衝突，使奠基於性別問題的敘事變得具有喜劇效果。

進入現代社會，影視技術的發展帶來敘事場景上的直觀性，使喜劇化的傾向一下子變得變本加厲。在有關於花木蘭的各種影視劇中，敘述者一開始總是強調其頑劣、粗豪、英武的男性化性格傾向，而在扮妝之後則完全相反，開始頻繁地變換聚焦方式強調其男性妝扮下的女性身份，「這種強調顯然更多是為了保持行為慣性，以便在性格闡釋功能之外為後面不斷地置入錯位空間中強化身份暴露的危險，設置衝突語境，製造喜劇效應。」〔註21〕

在迪斯尼動漫版的《花木蘭》中最早增添了木蘭在從軍過程中洗澡的場景，其中的過程自然是讓人忍俊不禁。後來1998年臺灣與內地合拍的48集電視連續劇和星光國際的電影版《花木蘭》都保留了這個木蘭洗澡的細節。儘管說這樣一個情節對於整個故事情節的發展並未起到推進的作用，但它還是被刻意地渲染和誇張了。不僅如此，電視劇因為時間上的充裕從容而將性別敘事變本加厲且尤為率性，敘事進程中隨時可見拍肩、摟抱、觸摸、脫衣及戲謔的對話、與性別身份直接相關的夢魘等等尷尬場景。至於木蘭與李亮一起被匈奴俘虜這一節，更是進行了極為細緻地描繪：

> （李）「也沒什麼了，頂多，不過脫掉你的衣服，抽幾鞭子。或者，燒紅了鐵，烙幾下而已。」
>
> （花）「哎呀，他們要怎麼折磨我都行，不過，能不能

〔註21〕苗田，《女扮男妝故事的敘事話語分析》〔J〕，《文學評論》，2012年第4期，第107～115頁。

不脫衣服？」

　　　結果等到敵兵進來提審之時，木蘭立即大叫：「你們要帶我去哪裏？我不去，我不會脫衣服的！」

另外，有些則與情節、性格或氛圍沒有關係。如其中有一幕練兵場景：李將軍面對眾軍士突然撇開正題轉向木蘭插科打諢：「我這個老朋友一碰到高興的事情，不論男女老幼，她都喜歡抱一抱，要不，你們都來抱一抱？」這個強行嵌入的細節顯然是游離於正常的行動進程之外的，差不多純粹爲了喜劇效果而將木蘭置於性別禁忌的尷尬境地。

二、「女扮男妝」敘事模式的狂歡內涵

「女扮男妝」的故事一般都擁有共同的敘事模式，就是性別身份的「隱——顯」。性別的錯位會導致許多笑話和尷尬的場景，在這些插科打諢的情節中產生出了類似於巴赫金狂歡節式的特殊生活，形成一種狂歡化的思想內涵。

首先，「女扮男妝」的敘事模式產生了喜劇精神。

在《木蘭辭》這篇作品中，敘述者在其敘事的進程中插入了性別轉換這個特殊事件，向讀者強調其被誤認爲是男性的女性身份。與此同時，還利用其身份的錯位予以插科打諢，以及有意無意的「性侵犯」惡作劇，造成女主人公身份的尷尬處境。2009 年星光國際製作的電影《花木蘭》有一場搜查丟失玉佩的戲，搜尋過程中士兵們爲了清白紛紛脫掉衣服，這個特殊的情況簡直將木蘭逼入絕境，就在千鈞一髮之際，是匈奴來犯挽救了木蘭，玉佩的事件也因爲突發的軍事狀況而不了了之。將一個瞬間事件通過敵軍來犯這樣一個延時事件予以銜接、替代，邏輯上不免有些勉強，除了純粹爲彰顯其性別身份而設計，很難說還有什麼功能指向。但對敘事的喜劇化風格來說，則顯然具有強化、渲染嬉鬧氣氛的效果。

中國的封建社會一直是一個男性權威的社會，作者是站在男性視

角和男性權威的角度來塑造了男性視野中的一個優秀女性形象。故事中的女性進入男性世界後由於身份表象的改變而無法再自我防護，從而陷入「任人宰割」的性別尷尬境地，「喜劇性是在既定秩序框架下依靠身份的將錯就錯實現的，身份錯位保障了性別『侵犯』的合法性」〔註22〕。作品中「女扮男妝」的女性無論怎樣地被觸摸、摟抱或者言語犯禁，「侵犯」者都不需要承擔任何責任，因為「不知者不怪」。不過，這種「侵犯」是由敘事者講給受眾的，敘事者完全知曉女扮男妝者的身份秘密並在講述的過程中向接受者公開，這就形成了一種圍觀效應，喜劇效果就是來源於此。

這裡的敘述者其實可以有兩個角度來進行敘事：其一，他可以站在女主人公的角度，為其性別身份的暫時改變而保守秘密，並保護其在整個故事發展的過程中不會受到各種突如其來的意外傷害，直到故事結束之時才公諸於眾，令人豁然開朗。但是這種敘事的方式很難產生強烈地喜劇效果，會被受眾當作正劇一般正襟危坐地從頭看到尾。因此，對於「女扮男妝」這類故事，更多的敘述者採取的是敘事視點由女性的內在空間轉出，變成了知曉主人公秘密的傳播者。敘述者混述於旁觀者的人群中，十分得意地取笑主人公遭受「欺負」卻又不得不若無其事的窘迫。而受眾正是在這樣的取笑中來獲得喜劇化的審美效果。

「敘述者正是利用扮妝者的錯位身份這一『軟肋』與接受者形成共謀，狂歡式地將女主人公陷入由於性別身份錯位而導致的隱私公開化的衝突中，形成廣場言語和廣場姿態，通過尷尬境遇促狹地展示身份偽裝所付出的代價，從而將傳統的孝親或民族主義的題材幾乎完全轉換成為一個娛樂性的喜劇故事。」〔註23〕隨著講述形式的不同，木蘭故事中的性別身份問題也逐漸得到加強。其因錯位帶

〔註22〕苗田，《女扮男妝故事的敘事話語分析》〔J〕，《文學評論》，2012 年第 4 期，第 107～115 頁。

〔註23〕苗田，《女扮男妝故事的敘事話語分析》〔J〕，《文學評論》，2012 年第 4 期，第 107～115 頁。

來的喜劇化氣氛也就越熱烈，才會獲得「出門看火伴，火伴皆驚忙：同行十二年，不知木蘭是女郎」的喜劇結局。

　　其實，所謂狂歡化的思維在實質上就是一種喜劇思維，是一種在歷史的發展變化中洞察並揭示事物自身矛盾和局限性的思維方式。它脫冕神聖、對抗權威、顛覆專制、消解「非人的必然性」，使人在狂歡化的笑聲中來獲得身心的解放和思想的自由。黑格爾說過，喜劇性必須「以事物自身中所存在的矛盾為根據」，否則「喜劇就是膚淺的，就是沒有根據的」。如何以敏銳的目光來捕捉到事物的內在矛盾，就成為喜劇思維的關鍵。巴赫金所謂「從它的可笑的相對性來感受和理解」事物的思想，正是抓住了喜劇思維的關鍵。女扮男妝的故事相異於其它的倫理、功業、婚戀、財富之類的題材，其不衰的魅力正在於女扮男妝的本身，在《木蘭辭》喜劇故事背後的滑稽、詼諧和調笑是人的自由意志的呈現，這種換妝故事引起了視點的變化與敘事角度的轉移，將主題化敘事轉變為場景化觀賞，將時間性的情節化敘事轉換為空間性的蔓生，從而形成一種特殊的敘事策略，並自然生成喜劇效果。

　　第二，「女扮男妝」的敘事模式還體現出對權威的顛覆力量。

　　巴赫金曾指出理解狂歡節文化不能停留於目的論或生理機制這種膚淺的層面上，而「應該從人類生存的最高目的，即從理想方面獲得認可」。狂歡的終點其實就是對秩序的突破，是人類自由本質的流露，那麼對於女扮男妝的故事而言，我們是否也可以從歷史目的論的角度稱之為狂歡式的故事模式呢？或者換個角度說，它是否屬於巴赫金所界定的狂歡節文化呢？我們覺得從這個角度來理解「女扮男妝」的敘事模式是可行的。

　　巴赫金看到並揭示了狂歡節所具有的重要的和深刻的思想內涵、世界觀內涵，認為狂歡的節慶活動應該從人類生存的最高目的，即從理想方面獲得認可。由此出發，他的狂歡化理論體現出一種非常強烈的自由意識、平等意識和民眾意識。他指出，狂歡式的笑是全民

性的、包羅萬象的、雙重性的，尤其強調其引人注目的特點是與自由不可分離的和重要的聯繫。這的確相當深刻地把握住了喜劇意識的實質。可以說，對自由和平等的追求是人與生俱來的一種願望，也是人性發展的一種必然的趨向。

在社會歷史和人類文明的發展中，婦女和男子同樣佔據著極其重要的地位，發揮著巨大的作用。然而在中國漫長的奴隸和封建社會中，婦女地位卑下，受盡侮辱和損害。女性曾經被蔑稱爲亡國敗家的「禍水」；曾經被孔夫子將之與「小人」相併列，即所謂的「唯女子與小人爲難養也」（《論語・陽貨》）。而體系完備的「三從四德」、「三綱五常」等封建禮教，壓彎了婦女的腰肢，戕害著婦女的生命。就連男女穿著也要絕對分開，不得摻雜逾越，否則將要受到譴責。正史《五行志》裏設有「服妖」一目，責備女子著男裝。三國時傅玄曾說：「夫衣裳之制，所以定上下，殊內外也。」〔註24〕統治者認爲男子主外，女子主內，故有男女的服飾制度，使男女各守本分，不得僭越，若女子著男裝，會出現牝雞司晨的事，是家庭的不幸，國家的不幸。他還舉例子，說夏桀因寵愛妹喜，讓她戴男子冠，結果亡國，又說何晏「好服婦人之衣」，後來遭到殺身之禍，而且三族皆被夷滅。所以在封建時代，男女服制的不同，其實是男尊女卑不平等社會制度的反映，不許女子著男裝正是統治者壓迫和愚弄婦女的一種手段。那麼從這個角度來看，那些敢於著男裝的女子，在一定意義上說是女性追求平等的一種反抗行爲，是對權威思想的一種顛覆，絕不能以「服妖」視之。

不僅在服飾上如此，自古以來，戰爭也被認爲是一種陽剛性的行爲，那戰場上的刀劈斧砍只能由男性來完成，甚至有女性出現在軍營中都會被認爲是非常不吉利的事情。但是在《木蘭辭》中，我們不僅看到了木蘭通過女扮男妝進入了軍營，還和眾多的男人一樣英勇殺

〔註24〕〔唐〕房玄齡，《晉書》〔M〕，北京：中華書局，1974 年版。

敵、保衛國家。包括在戰爭結束之時，木蘭立了軍功，得到了天子的親自接見：「歸來見天子，天子坐明堂。策勳十二轉，賞賜百千強。可汗問所欲，木蘭不用尚書郎；願馳千里足，送兒還故鄉。」關於這裡的「策勳十二轉」，指的是當時的軍功可以轉化爲勳官，「轉」是授予勳官時用來衡量功績的單位。當時的朝廷是這樣規定的：凡以軍功授勳的，戰場上或戰後由隨軍的書記員記錄戰前的情況。戰爭的過程和勝負的結果，同時要記錄每個官兵殺死或俘虜敵人的數字，上報到尚書省吏部。吏部的司勳郎中反覆審查，驗證爲實，然後擬定官階，奏上皇帝，等待授官。以戰前的條件分：以少擊多爲「上陣」；兵數（包括戰士人數和裝備）相當爲「中陣」，以多擊少爲「下陣」。按戰爭的結果分：殺死或俘虜敵人的百分之四十，爲「上獲」；殺死或俘虜敵人的百分之二十，爲「中獲」；殺死或俘虜敵人的百分之十，爲「下獲」。按照戰前的條件和戰爭的結果，綜合起來，擬定「轉」數。上陣、上獲爲五轉；上陣、中獲爲四轉；上陣下獲爲三轉，以下遞減類推。那麼花木蘭的「十二轉」其實就是說木蘭立了最大的軍功，因而才能得到天子的召見，並賞賜了大量的錢財（百千強）和官階（尚書郎）。試想一下，在這場戰爭中，那麼多的男子參與其中，卻都沒能超過一個女扮男妝之人所立的軍功，讓區區一個女子拔得了頭籌，這不能不說是對以男性爲主體的世界觀的徹底顛覆。

中國的封建社會一直是以男性爲核心，女性只能成爲男性的附庸，沒有自我，沒有獨立的經濟地位，更不用說獨立的思想意識。但是在《木蘭辭》中我們卻看到了一個擁有獨立平等意識的女性，她敢於在權威的秩序之下暫時地打破常規，顛覆傳統，展現出「從此不敢量巾幗，還笑男兒讀父書」（張濤《木蘭將軍歌》）的思想意識，形成了在古代社會中女性自尊自愛、追求平等的狂歡意識。

《木蘭辭》中的這個木蘭替父從軍的形象成爲千百年來女性的典範，她堅韌、自信、孝順，用自己的勇氣和堅毅果敢贏得了家族的完

滿。在今天的時代中，我們固然不能再用傳統的眼光來看待這樣一個女性和這樣一段故事情節，取而代之的是我們看到了在巴赫金的狂歡理論中，花木蘭成爲了顛覆傳統觀念、傳統權威的狂歡形象，成爲了男權世界中那一株耀眼的「鏗鏘玫瑰」。

第四章　先秦漢魏晉南北朝詩歌的精神狂歡

　　曾經有人說，影響人類歷史的有三位偉大的猶太人——愛因斯坦、馬克思和弗洛伊德。愛因斯坦的相對論、馬克思的共產主義、弗洛伊德的精神分析，是人類探索自然、社會和人自身的三個里程碑。弗洛伊德的重要貢獻就是在於他提出了人格結構理論。弗洛伊德的人格結構理論由人格的組織結構說、人格的動力說、人格的發展、人格的穩定四個部分組成。

　　人格的組織結構由本我、自我、超我三個主要部分構成。在一個精神健康的人身上，這三個部分是統一、和諧的組織結構。它們的密切配合使人能夠與外界環境有效而滿意地進行交往，以滿足人的基本需要和欲望。反之，當人格的三個系統相互衝突，人就會處於失調狀態。他既對自己不滿，也對這個世界不滿，活動效率也隨之降低。

　　本我履行生命的第一原則，即快樂原則（the pleasure principle），其目的是消除人的緊張，或者在不可能完全消除的情況下，把緊張降低到一定水平，並且使之盡可能穩定在低水平上，也可以說是趨樂避苦。自我是心理過程的一種複雜的組織機構，是一個活動在人與外部世界之間的媒介。自我的主要活動是滿足人的現實需要，還會產生幻

覺和做白日夢。自我在很大程度上是與環境相互作用的產物，但它的發展路線是由遺傳特徵決定的，並受自然成長過程的影響，即每個人都有思維和推理的潛在能力，而這些潛力的實現又取決於經歷、訓練和教育。超我是人的道德規律，它發源於自我，是兒童受父母的是非觀念和善惡標準同化的結果。超我遵循道德準則，它由兩個次級系統即自我理想（ego-ideal）和良心（conscience）組成。超我會進行物質生理性或精神上的獎賞或懲罰。超我的目的主要是控制和引導本能的衝動，如果這些衝動不加控制地發泄出來，就可能危及社會的安危，這些衝動包括性欲和攻擊欲。

我們可以說本我是生長進化的產物，是人的生物稟賦的心理代表，是生理遺傳的心理表現；自我是人與客觀現實之間相互作用的結果，是較高級精神活動過程的領域；超我是社會化的產物，是文化傳統的運載工具。

弗洛伊德的人格結構理論將人的思想意識分成幾個層次和階段，代表了人在不同時期、不同精神狀態之下所擁有的各種行為和思想。而詩歌是人類精神和思想意識的產物，那麼詩人在創作詩歌的過程中他擁有何種人格結構，也就決定了他所創作的詩歌作品屬於何種層次的精神界面。

巴赫金的狂歡理論也是精神層面的狂歡。因為在現實世界中，一切都是世俗的。世俗的等級，世俗的地位，世俗的階級，世俗的觀念，只有在狂歡節的過程中，人們才可以從這個充滿欲望的世俗世界中徹底解脫出來，投入到短暫的精神狂歡中。在這場精神狂歡的盛宴中，人們可以暫時忘記世俗世界所約束的一切，去享有短暫的精神狂歡：人與人之間的平等，權威的「降格」，為高高在上的「國王」脫冕……因此，弗洛伊德的人格三段論可以和巴赫金的狂歡理論在精神領域實現完整的契合。因此，我們將先秦至魏晉六朝時期具有狂歡化特徵的詩歌分成「本我」、「自我」、「超我」三個層面進行分析，試圖用弗洛伊德的理論將這些詩歌進行精神層面的梳理，

從而發現其中的內在規律。

第一節　追求本我的精神狂歡──瘋癲者

「本我」又譯作伊底、伊特、伊德，是人格中與生俱來的最原始的無意識結構部分，它是人格形成的基礎。自我和超我是從本我中分化出來的。本我由先天的本能、基本欲望所組成，如：饑、渴、性等，它和肉體聯繫著，肉體是它的能量的源泉，它是心理能量儲存的地方。弗洛伊德把它形容為「巨大的深淵，一口充滿沸騰刺激的大鍋」。它「不知道價值判斷是不好的和邪惡的，不道德的」。本我按照弗洛伊德所說的「快樂原則」而活動，所謂「快樂原則」並不是指一般的個人享受，而是包含有任何一種解脫的快感，如情緒痛苦以後的鬆弛，或個人無意識緊張的減除等。它完全是潛意識的，受到自我的限制，只有在自我控制力弱如醉酒、做夢等時才能曲折地表現出來。

魏晉時期的諸多知識分子在面對非正常化的時代，統治階級的思想禁錮，他們難以用真實的面貌來表達對世俗的不滿，因此常將自己裝扮成「瘋癲者」來與世俗對抗，這類「瘋癲者」的身上就帶有寓褒於貶、否定中暗含肯定的狂歡的雙重性，他們借助瘋子這樣的外在形式瓦解和顛覆常規世界中人們習以為常、熟視無睹的真理，展現出另一種真理，最重要的是這些知識分子可以藉此擺脫正常人看待世界的視角，將世俗社會最真實的一面呈現出來。

《三國志·魏書》卷二十一《王粲傳》注引《魏氏春秋》：

> （嵇）康寓居河內之山陽縣，與之遊者，未嘗見其喜慍之色。與陳留阮籍、河內山濤、河南向秀、籍兄子咸、琅邪王戎、沛人劉伶相與友善，遊於竹林，號為「七賢」。

這是對「竹林七賢」名稱和交遊最早的記載。動蕩的社會背景下，「竹林七賢」選擇遠離紛爭、保全自身，遨遊於山水之間，酣飲於林泉之下，放浪形骸、任誕不羈，或輕談詠吟，或彈琴長嘯，以瀟灑的風貌顯示了對自由與超越的向往。阮籍「宏達不羈，不拘禮俗」

（《世說新語・德行》注引《魏氏春秋》），嵇康「曠邁不群，高亮任性，不修名譽，寬簡有大量。」（《三國志・王粲傳》注引《嵇康傳》），向秀「放逸邁俗」（《世說新語・文學》注引《向秀別傳》），山濤「介然不群」（《晉書・山濤傳》），劉伶「肆意放蕩」（《世說新語・文學》注引《名士傳》），阮咸「任達不拘」（《世說新語・賞譽》注引《名士傳》），王戎「任率不修威儀」（《晉書・王戎傳》）。「竹林七賢」表現出的精神上的狂歡，實際上是對扭曲社會的控訴。他們不守禮法，瘋瘋癲癲，集智者與瘋子於一身，稱得上是民間真理的代言人。

關於瘋癲者，在很多國家的文學與文化中都有類似形象，他們不修邊幅、特立獨行，在常人看來就是瘋子、傻子、小丑，但是他們卻能看透現實、預見未來，是令人敬畏的智者，因此也會被常人視爲聖人，被稱作「基督的傻子」，即「聖愚」。其實這裡所說的「聖愚」類似於我們所說的「大智若愚」。他們是獨特的社會批評家，只不過他們生活在一個污濁的社會環境中，手中又沒有社會權利和話語權，因此缺乏權威的支持，如同中世紀與文藝復興時期西歐上流社會裏的小丑，也如同我們的社會中憤世嫉俗的那些鬥士。他們通常會依靠自我否定來發泄內心的不滿，以此來實現對社會的批判和認識。

其實在現實社會生活中，他們也依然是社會上最清醒、最理智的批判家。這樣的形象在作品中「裝瘋賣傻」，針砭時弊，毫不留情地指出種種問題背後的真相。他們不會顧忌周圍人的反應，自然也不會顧忌任何後果。如同弗洛伊德的「本我」，本我受「快樂原則」支配，它從不考慮客觀現實的環境，只追求立刻得到滿足。在本我中，個體達到滿足是通過反射作用和初級過程兩種方式來實現的。反射作用是與生俱來的各種不自覺的反應，如打噴嚏、打呵欠、眨眼等，通過反射可以使個體立即消除緊張或不愉快的感受。

不過瘋癲者因爲有真瘋和假瘋的不同，因此會有一些表現上的

差別。狂歡節式的瘋癲者主要指的是裝瘋賣傻，而並不是眞正的精神病患者，這樣的瘋癲者實際上只是用外在的瘋子的「形式」來表達對世界的眞實看法，以達到以假亂眞的目的，因此和小丑、聖愚的狂歡性很相似。他們一旦被作家引入到自己的藝術世界中，就有可能成爲狂歡節式的瘋癲者，使作品發生狂歡化的效果。

　　當然，假瘋的行爲只是一種表演性的行爲，眞實的我讓自己「扮演」瘋子的角色，利用瘋癲者的眼光把世界改變，所以「瘋癲者」與眞瘋的性質是有根本區別的。不過，不論是眞瘋還是假瘋，他們都可以成爲文學作品的一部分，都可以成爲狂歡文學的一部分。弗洛伊德把「本我」認定爲初級過程，初級過程是一種原始性的思維過程，其特徵是現象和想像混淆不分，其功能是立即去除不愉快和獲得快感。弗洛伊德認爲，正常人的夢、幻想和精神病人的幻覺都是初級過程。本我是人格深層的基礎和人類活動的內驅力。

　　狂歡化的「瘋癲者」不只是正常人眼中的一種患病狀態，「是社會生活中的邊緣現象，更主要的是正常人的理性的世界可以在瘋癲的語境中被顛倒過來……作者對瘋癲進行戲仿，結果處於社會邊緣狀態的非正常人的邏輯得到了突顯，並與讀者意識中正常人的邏輯發生激烈的衝突，於是產生常規世界觀被相對化甚至顛覆掉的效果。」〔註1〕

　　文學創作中的狂歡節式的瘋癲形象，既可以是眞實的發瘋，即各種類型的精神分裂症和心理疾病，也可以是裝瘋賣傻的瘋瘋癲癲，它們的共同特點可以用一個詞來概括，即「與眾不同」，與正常人不同。作者正是利用「瘋癲形象」與眾不同的視角，來表現常人眼中的「非正常人」是如何觀察和思考世界的，以此來打破官方正統觀念的嚴肅性以及超時間的無條件性，用自由的眞理來看世界。正如：

　　　　劉伶　「常乘鹿車，攜一壺酒，使人荷鍤而隨之，謂

〔註1〕凌建侯，《巴赫金哲學思想與文本分析法》〔M〕，北京：北京大學出版社，2007年10月版，第261～262頁。

曰：『死便埋我』。其遺形骸如此。」（《世說新語‧文學》）

劉伶 「縱酒放達，或脫衣裸形在屋中，人見譏之。
伶曰：『我以天地爲棟宇，屋室爲褌衣，諸君何爲入我褌
中！』」（《世說新語‧任誕》）

向秀 「不慮家之有無，外物不足怫其心」，又「雅好
老莊之學。」（《世說新語‧言語》）

王戎 「任率不修威儀，善發談端，賞其要會」。（《晉
書‧王戎傳》）「遭母憂，性至孝，不拘禮制，飲酒食肉，
或觀棋弈。」（《世說新語‧德行》）

山濤 「少有器量」，「好莊、老」，「無所標明，淳深
淵默，人莫見其際，而其器亦入道，故見者莫能稱謂，而
服其偉量」。（《世說新語‧政事》）

阮咸 「居道南，諸阮居道北：北阮皆富，南阮貧。
七月七日，北阮盛曬衣，皆紗羅錦綺；仲容以竿掛大布犢
鼻褌於中庭。人或怪之，答曰：『未能免俗，聊復爾耳！』」
（《世說新語‧任誕》）

阮咸 「先幸姑家鮮卑婢。及居母喪，姑當遠移，初
云當留婢，既發，定將去。仲容借客驢著重服自追之，累
騎而返。曰：『人種不可失。』」（《世說新語‧任誕》）

這就是魏晉時期的「竹林七賢」，在那個統治階級在振臂高呼宣揚禮
教的時刻，他們卻用另外一種姿態來表達自己對這個世界的看法。由
於他們對社會上的現實看得非常透徹和準確，因此他們自己的言行會
刻意地偏離這個社會，刻意地不去融入官方的常規生活。因此，這些
人在常人看來是格格不入的。他們擅長使用瘋癲式的話語來表達常人
不敢表達的觀點，而這些觀點在後人看來，都是至理名言。他們雖然
生活在這個時代，但是其思想、認識卻遠遠超越了這個時代，如同一
個預言家，雖然不被當時的時代所融，卻爲後世所景仰。

不僅是「竹林七賢」如此，魏晉時期的文人們受當時的時代風
氣影響，都任性曠達，不守禮教，他們認爲名教禮法就是最骯髒的

偽飾，是達到理想自然人格境界的最大障礙，只有「越名教」才能
「任自然」，才能恢復人性的自由。在《世說新語・任誕》中記載了
很多魏晉名士的驚人之舉：

　　劉公榮與人飲酒，雜穢非類，人或譏之。答曰：「勝公
榮者不可不與飲，不如公榮者亦不可不與飲，是公榮輩者
又不可不與飲。」故終日共飲而醉。

　　裴成公婦，王戎女。王戎晨往裴許，不通徑前。裴從
床南下，女從北下，相對作賓主，了無異色。

　　山季倫為荊州，時出酣暢。人為之歌曰：「山公時一醉，
徑造高陽池。日莫倒載歸，茗芋無所知。復能乘駿馬，倒
著白接籬。舉手問葛強，何如并州兒？」高陽池在襄陽。
強是其愛將，并州人也。

　　張季鷹縱任不拘，時人號為江東步兵。或謂之曰：「卿
乃可縱適一時，獨不為身後名邪？」答曰：「使我有身後名，
不如即時一杯酒！」

　　鴻臚卿孔群好飲酒。王丞相語云：「卿何為恒飲酒？不
見酒家覆瓿布，日月糜爛？」群曰：「不爾。不見糟肉，乃
更堪久？」群嘗書與親舊：「今年田得七百斛秫米，不了麴
蘖事。」

　　有人譏周僕射：與親友言戲，穢雜無檢節。周曰：「吾
若萬里長江，何能不千里一曲！」

　　羅友作荊州從事，桓宣武為王車騎集別，友進坐良久，
辭出。宣武曰：「卿向欲咨事，何以便去？」答曰：「友聞
白羊肉美，一生未曾得吃，故冒求前耳，無事可咨。今已
飽，不復須駐。」了無慚色。

　　在魏晉時期，社會動亂，道德虛偽，「竹林七賢」以及當時社會
的許多文人以他們睿智的視角來冷眼關注這個世界，給我們留下了非
常深刻的印象，有阮籍式的醉酒佯狂，有阮咸劉伶式的純任自然欲望
的違俗，也有向秀山濤等人的「舉郡計入洛」，還有嵇康的「越名教

而任自然」，他們就如同「聖愚」一般，用這種獨特的方式給我展現出了魏晉時期知識分子的風骨。

聖愚現象與狂歡節本身沒有太大的直接聯繫，但是尤里·曼認為，我們可以在文學狂歡化的視野中去考察它，「聖愚作為獨特的文化和生活現象，與狂歡節式的滑稽出於複雜的關係之中，它有部分與後者相牽涉，有部分與後者相間離，且間離相當明顯。」〔註2〕不管是真正的小丑還是聖愚，也不管在狂歡節中聖愚代表何種智慧、小丑代表何種愚蠢，他們在文學中的共性是相當突出的，用巴赫金的話說，這是「用擺脫現世真理的眼光看世界」，尤里·曼也說：「聖愚用自由的雙眼看世界，規避各種偏見、虛假的真理，傳統、現世的評論與觀點等等。」〔註3〕從這個角度來看，聖愚無疑具有相對化的狂歡傾向。

第二節　追求自我的精神狂歡——阮籍的詩酒人生

弗洛伊德認為：自我是從本我中分化出來的，是意識的結構部分。個體出生後，有機體必須與周圍的現實世界相接觸，相交往，以適當的手段來滿足需要，解除緊張，就在這種適應環境的過程中，自我逐漸從本我中分化出來。自我按照弗洛伊德所說的「現實原則」活動，在現實的需要與本我的非理性需要之間起調節作用。它既要滿足本我的要求，又要使之符合社會現實，調節二者之間的衝突。自我作為人格結構中的「行政管理機構」，它是本我與外界環境之間的中介。一方面它植根於本我之中，接受本我趨樂避苦的要求，想方設法實現本我的意圖與目的，另一方面它又和外部現實世界相聯繫，正視現實條件，考慮社會需要，按照常識、理性與邏輯行事。自我可以說是人格的執行部分。

「在它（自我）企圖斡旋於本我和現實之間時，它常常不得不用

〔註2〕　尤里·曼，《狂歡節及其周邊》〔J〕，《文學問題》，1995 年第 1 期。
〔註3〕　尤里·曼，《狂歡節及其周邊》〔J〕，《文學問題》，1995 年第 1 期。

它自己前意識的文飾作用，來掩蓋本我的無意識的要求，以隱瞞本我和現實的衝突」。「自我就是這樣被本我所驅使，受超我所限制，遭現實所排斥，艱難地完成它的效益任務，使它所遭受的種種內外力量和影響之間達到調和。現在我們能理解：爲什麼我們常常會抑制不住地呼喊：『生活多麼不容易啊！』」〔註4〕原來超我與本我之間，本我與現實之間，經常會有矛盾和衝突，這時人就會感到痛苦和焦慮，自我可以在不知不覺之中，以某種方式調整衝突雙方的關係，從而緩和焦慮，消除痛苦。

　　用什麼樣的方式來調整痛苦和焦慮，可能不同的時期、不同的人們會採用不同的辦法。其實，巴赫金的狂歡化給人們提供了一個非常好的宣泄方式。短暫的狂歡生活，不分等級、不分場合的宣泄，用酒等外物的刺激將內心中的不滿完全地宣泄，這是人們擺脫精神痛苦的最佳方法。在中國歷史上的魏晉時期，由於特殊的時代背景造成了那個時代文人的「任性」、「逍遙」的生活方式，阮籍便是其中典型的代表。

　　《晉書》記載：「籍容貌瑰傑，志氣宏放，傲然獨得，任性不羈，而喜怒不形於色。或閉戶視書，累月不出；或登臨山水，經日忘歸。博覽群籍，尤好《莊》、《老》。嗜酒能嘯，善彈琴。當其得意，忽忘形骸。」他的醉酒佯狂，他的窮途坳哭，逃避現實，並非出自本心，險惡殘酷的政治環境才是他痛苦人生的罪魁禍首，但是我們印象最深的還是他傲然自得的人格特點，他超越禮法，擺脫世俗，不想受約束。然而，這樣的生活並不易。阮籍的「自我」是痛苦的，眞實的阮籍始終在理想與現實、仕與隱和死與生之間徘徊，迷茫而看不到出路。正因如此，我們才可以在阮籍的《詠懷詩》中看到一種「加冕－脫冕」的結構模式，他渴望實現理想，渴望入仕，渴望從容堅定地死，這是他人格理想中的「本我」，那是不受限制的、原始的、

〔註4〕　呂叔湘，《中詩英譯比錄》〔M〕，北京：中華書局，1980 年版，第100 頁。

狂歡式的生活，然後這一切終將「脫冕」，這是他在不可選擇的政治環境之下「超我」的意念在作祟，那是一種被禁錮的、「道德」的、不自由的生活，他只能如此選擇。

一、理想與現實的差距

　　阮籍是以自己的言行舉止向傳統禮教進行挑戰，實踐自然人格的理想。《世說新語‧任誕篇》中記載了很多阮籍在生活中的事情，從中我們可以看出他不為名教束縛、不與世俗為伍的人生理想。

　　　　阮籍遭母喪，在晉文王坐進酒肉。司隸何曾亦在坐，曰：「明公方以孝治天下，而阮籍以重喪顯於公坐飲酒食肉，宜流之海外，以正風教。」文王曰：「嗣宗毀頓如此，君不能共憂之，何謂？且有疾而飲酒食肉，固喪禮也！」籍飲啖不輟，神色自若。

　　　　阮籍嫂嘗還家，籍見與別，或譏之。籍曰：「禮豈為我輩設也？」

　　　　阮公鄰家婦，有美色，當壚酤酒。阮與王安豐常從婦飲酒，阮醉，便眠其婦側。夫始殊疑之，伺察，終無他意。

　　　　阮籍當葬母，蒸一肥豚，飲酒二斗，然後臨訣，直言「窮矣！」舉聲一號，因吐血，廢頓良久。

　　　　阮步兵喪母，裴令公往弔之。阮方醉，散髮坐床，箕踞不哭。裴至，下席於地，哭；弔唁畢，便去。或問裴：「凡弔，主人哭，客乃為禮。阮既不哭，君何為哭？」裴曰：「阮方外之人，故不崇禮制；我輩俗中人，故以儀軌自居。」時人歎為兩得其中。

從這幾段記載中，我們可以看到阮籍的人生理想：他不守禮制，反叛傳統，癡狂叛逆，阮籍所追求的是發乎內心、發乎自然的禮。他崇信玄學，服膺老莊思想，不拘禮法，狂放通達，追求莊子式的超然物外、遺落世事的人生境界。

　　可是，青少年時代的阮籍卻並非老莊思想的信奉者，當時曹魏政

權初建，提倡儒家思想，還採取了恢復太學、重建博士制度等措施，引導士人學習儒家經典。阮籍甚至還寫過專門讚頌儒家的詩：

> 儒者通六藝，立志不可干。違禮不為動，非法不肯言。
> 渴飲清泉流，饑食幷一簞。歲時無以祀，衣服常苦寒。
> 屣履詠南風，縕袍笑華軒。信道守詩書，義不受一餐。
> 烈烈褒貶辭，老氏用長歎。（《詠懷詩》其六十）

如今看來，這是一個多麼充滿諷刺的「脫冕」啊！現實中的阮籍並不快樂，現實的無奈讓他的一生充滿苦澀的滋味，依附司馬氏政權，草勸進表，人生在兩難的境地中曲折前行。

阮籍理想中的人生境界，人間不可能存在，那只是一種幻想，是莊子筆下遨遊於太空的大鵬，像莊子一樣神遊於無何有之鄉，他讓自己在精神上高蹈遠舉，徹底超越現實世界，超越自我，超越傳統禮教的束縛，回到宇宙最初的混沌狀態中去，從而保持精神上的絕對自由，獲得片刻的喘息。孜孜以求理想的自然人格的境界，是阮籍一生賴以生活下去的精神支柱。

二、仕與隱的抉擇

阮籍本是出生在一個具有深厚儒家傳統的家庭，父親阮瑀是「建安七子」之一，名揚天下，因此，阮籍從小接受的就是儒家的傳統教育，伏義在《與阮嗣宗書》中稱他「雅興博古，篤意文學，積書盈房，無不燭覽，目厭義藻，口飽道潤，俯詠仰歎。術可純儒」。唐·房玄齡在《晉書·阮籍傳》中也說：「籍本有濟世志。」〔註5〕在阮籍的《詠懷詩》其十五中，他寫道：「昔年十四五，志尚好詩書。被褐懷珠玉，顏閔相與期。」又如《詠懷詩》二十一：「揮袂撫長劍，……一飛沖青天」也呈積極向上的姿態。儒家思想的實質是積極入仕，通過融入社會來肯定自己的人生價值。

然而，現實的社會環境卻不允許他有濟世蒼生的機會。漢末的

〔註5〕〔唐〕房玄齡，《晉書·阮籍傳》〔M〕，北京：中華書局，1974 年版，1359 頁。

動亂使得大一統思想下的儒家學派失去了根基。傳統的儒家思想既不能使統治階級鞏固統治，也不能讓有識之士施展抱負，因此，老莊思想開始橫行於天下，甚至在阮籍的《詠懷詩》中也有了「時路烏足爭？太極可翱翔」（《詠懷詩》三十五）的感歎。

阮籍的仕宦生涯，幾乎一直處於司馬氏勢力的監控之下。景初三年正月，魏明帝卒，太子齊王芳即位，大將軍曹爽、太尉司馬懿受遺詔共同輔政。是年，「太尉蔣濟聞其有俊才而辟之」，這便是阮籍仕宦生涯的開始。此時，司馬氏爭奪權勢的鬥爭已開始，爲了達到其政治目的，司馬氏大肆血腥屠殺異己。嘉平元年正月，司馬懿殺曹爽及何晏等人，夷其三族。三月四日，司馬懿東征王淩，五月藥死王淩，六月殺楚王彪等。這給正直之士造成了直接而嚴峻的生命威脅，以致「名士少有全者」。作爲當時名士的阮籍，當然也不可能遠離黑暗的政治環境和統治集團爭權奪利的政治漩渦。

司馬氏集團在借道德禮法的名義大肆誅殺異己的過程中，使自己兇殘的本質與虛僞的面目暴露無遺。加之阮籍的父親阮瑀知遇於曹操，屬魏之舊臣，阮籍無形中便對曹魏政權有一種深厚的親和感。所以阮籍從內心深處同情曹魏政權，不願與司馬氏同流合污。其《詠懷詩》其八寫道：「寧與燕雀翔，不隨黃鵠飛」；其四十三寫道：「豈與鄉曲士，攜手共言誓」；其四十六寫道：「但爾亦自足，用子爲追隨」等，都表明了對司馬氏的態度。阮籍想入仕，但不想在司馬家族的虛僞統治下入仕；阮籍想出仕，但迫於生存的壓力，他又與司馬氏保持著若即若離的微妙關係：他主動向文帝請求拜東平相和求爲步兵校尉，還寫過「辭甚清壯」的《爲鄭沖勸晉王箋》。這種矛盾，始終存在於阮籍的生命進程中。

詩人的內心是痛苦的，仕與隱的矛盾始終在他內心交織，未曾停息過。另一方面又因道家思想的影響，因爲名教的虛僞，作爲無意識的本我，追求快樂與本真的性情狀態，詩中透出的無奈和焦灼正是這種矛盾的反映。因此仕與隱的矛盾從本質上看，是詩人自我受本我驅

使，又受超我制約的矛盾的內化。

三、死與生的權衡

　　阮籍在政治上若即若離的合作態度並不意味著阮籍有多好的生存環境，「鍾會數以時事問之，欲因其可否而致之罪」（唐・房玄齡《晉書・阮籍傳》）。伏義在《與阮嗣宗書》中稱阮籍：「開闔之節，不制於禮；動靜之度，不羈於俗」；他自己更是放言「禮豈為我輩設也」。所以他不可能不為虛偽的禮法之士所仇視。當好友嵇康以反禮教之罪被司馬氏誅殺後，際籍更是感到「生命無期度，朝夕有不虞」（《詠懷詩》其四十一），惟恐受到株連。「讒邪使交疏，浮雲令晝冥」（《詠懷詩》其三十）。這是阮籍生存環境的真實寫照。

　　到底是苟且偷生地活，還是從容堅定地死，在阮籍這裡是個很難解決的問題。房玄齡說他：「內懷悲天憫人之心，而遭時不可為之世」，「時率意獨駕，不由徑路，車迹所窮，輒慟哭而反。」（唐・房玄齡《晉書・阮籍傳》）阮籍深感生存的艱難與痛苦，但他沒有嵇康那樣反抗社會的勇氣，為了保住性命，「由是不與世事，遂酣飲為常。」（唐・房玄齡《晉書・阮籍傳》）因此，在歷史上對阮籍的評價是毀譽參半，有人同情，有人不屑。余嘉錫在《世說新語・箋疏》中說：「嗣宗陽狂玩世，志求苟免，知囊括之無咎，故縱酒以自全。然不免草勸進之文詞。為馬昭之狎客，智雖足多，行固無取。」余氏語含批判，卻有失公允。阮籍的人生始終是處於「本我」和「超我」的夾縫中。「本我」的阮籍瀟灑任性、熱愛自然、反抗名教；「超我」的阮籍企盼著可以用自身的才學實現報國的夙願。然而特殊的時代背景使得阮籍無法完成「本我」與「超我」之間矛盾的調和，所以他的「自我」是扭曲的、變態的。他的自我處處充滿矛盾，處在與現實的交戰中。

　　阮籍嗜酒但並不把酒付諸於歌詠，這就足以見其飲酒的目的不是為了消遣或享受生活，而是為了避禍。「文帝初欲為武帝求婚於

籍，籍醉六十日，不得言而止。鍾會數以時事問之，欲因其可否而致之罪，皆以酣罪獲免。」（唐・房玄齡《晉書・阮籍傳》）可見阮籍嗜酒的本心是用醉酒的方法，超脫於政治的是非之外，以達到保全自己的目的。這樣的明哲保身也使得他「發言玄遠，口不臧否人物。」（唐・房玄齡《晉書・阮籍傳》）「晉文王稱阮嗣宗至慎，每與之言，言皆玄遠，未嘗臧否人物。」（《世說新語・校箋》）嵇康也說：「阮嗣宗口不論人過，吾每師之，而未能及。」（嵇康《與山巨源絕交書》）

　　阮籍是一個有思想有感情有才學的人，現實的狀況讓他不能自由地表達，但這並不代表他的心中沒有痛苦。爲情勢所逼迫的逃避現實本身就是引起情感迸發的因素。內心愛與恨的衝撞、寂寞與痛苦的交織使詩人不能不唱，但爲了擺脫政治上的猜疑和迫害又不能高唱。因此他只有以憤文的方式，大量運用比興手法，使作品給人以欲說還休感。鍾嶸《詩品》中說阮籍的詩：「言在耳目之內，情寄八荒之表」，「厥旨淵放，歸趣難求」。從文多隱晦這一角度而言，稱《詠懷詩》爲嚴酷政治壓力下與極端苦悶心境中的微吟當哭並不爲過。

　　酒和詩成爲阮籍人生的兩大重要組成部分，成爲理解他內心世界的載體。他用詩和酒完成了自己的人生——儘管他的人生始終處於「自我」的矛盾中。但詩和酒畢竟滿足了他在精神世界和物質世界的要求。在弗洛伊德看來，一個人的行爲取決於三個系統的強弱，如果超我強過本我，自我的矛盾會較少，這個人的行爲就會很有道德；一個人如果本我強過超我，自我的矛盾也會較少，這個人的行爲就會表現出原始衝動性；若本我和超我處於勢均力敵的形勢，自我則因爲需要滿足他們往往水火不容的要求而彈精竭慮，這個人的行爲就會顯得很實際甚至自相矛盾。對於阮籍來說，他的人生就始終處於理想與現實、仕與隱、死與生之間的矛盾中，但最終又統一在詩與酒中。

　　因為現實生活中的重重壓抑，詩人只能選擇在文學創作中展開一種以感性生活形式為核心的精神狂歡，在這種精神狂歡中，詩人得以暫時擺脫政治、道德等現實價值評判的束縛，酣暢淋漓的發揮想像、體驗生命的感性生存價值，以求得對壓抑的現實世界的自我解脫，這一類詩歌正是以自我解脫為目的的精神狂歡的文字載體。但相對於沉重的現實壓抑，這種精神解脫畢竟效果有限，故而詩人往往在狂歡之後又不免以變更、交替的時間視域來對這種狂歡進行自我解構，整體情緒也由之前精神狂歡的熱烈而轉入虛無幻滅的悲愴中，使詩歌文本整體呈現出一種「加冕－脫冕型結構」。對這一類詩歌的正確解讀，不僅對理解詩歌特徵及其心態具有重大意義，也為借鑒西方文學理論來重新闡釋中國傳統文學提供了一個上佳的個案。

第三節　追求超我的精神狂歡——諷刺詩

　　超我，是「理想的自己」，是社會規範、道德觀念等在長期社會生活過程中內化而成，要求自我按社會可接受的方式去滿足本我，它所遵循的是「道德原則」。它用自我理想來確立行為目標，用良心來監督行為過程，從而指導自我限制本我，使之符合社會規範和要求，是人格的理想部分。

　　古代諷刺詩的創作非常符合這種「超我」的狂歡化表述。古代的文人向來以「修身、齊家、治國、平天下」為己任，認為自己的職責就是「針砭時弊」。然而孔子卻也留下了「樂而不淫，哀而不傷」的溫柔敦厚的傳統，所以文人在針砭時弊的同時還要考慮到「道德原則」和社會規範。

　　古代諷刺詩一般有「民間諷刺詩」和「文人諷刺詩」之分。「被孔子收進《詩經》（傳統說法）的諷刺詩，一類是公卿列士的怨刺詩，我們管它叫『文人諷刺詩』；一類是勞動人民的諷刺詩，我們

叫它『民間諷刺詩』。」﹝註6﹞他們在創作主旨和諷刺對象上有一些差別，但是其根本原則都是用來表達作者對這個社會種種不公現象的批判，因而在本質上並無區別。詩人們把自己平日裏接觸的各種社會問題積壓在內心，通過諷刺詩的方式宣泄出來。但宣泄的過程是獨特的，是帶有「超我」的狂歡特徵的。也就是說在整個詩歌的表述內容中，既可以看到詩人無拘無束的個人意願的表達，同時又受到外界環境和內心情感的某些制約，因而形成一種中國式的獨特的追求「超我」的精神狂歡。

諷刺詩多是託物喻志，這一方面與儒家「怨而不怒」、「主文而譎諫」的正統詩教有關。另一方面，諷刺詩本身也具有一種言婉意微的要求，否則便很難構成諷刺。正如沈德潛所說：「諷刺之詞，直詰易盡，婉道無窮。」（《說詩晬語》）「婉道」的手段雖然不止一種，但託物喻志無疑是其中最爲行之有效的方法。託物喻志，從廣義上說，就是連類引譬，所以鄭玄箋曰：「風化，風刺，皆謂譬喻，不斥言也。」「不斥言」即借助比喻以婉言而不明指。

中國最早的民間諷刺詩見於《尙書·湯誓》中一首夏末商初的諷刺民謠：「時日曷喪？予及汝偕亡！」這是距今近四千年的社會最底層的奴隸們對殘酷剝削、荒淫暴虐的夏桀的批判。孟子在勸梁惠王時說：「民欲與之偕亡，雖有臺池鳥獸，豈能獨樂哉？」孟子引用這首諷刺民謠的主要意圖是提醒統治者應該緩和階級矛盾，以便穩固統治。

在先秦漢魏晉南北朝時期的詩歌中，《詩經》中的諷刺詩是最豐富的。據學者們的統計，《詩經》中屬士大夫階層所作的諷刺詩主要有「《節南山》、《正月》、《十月之交》、《雨無止》、《小旻》、《小宛》、《巧言》、《巷伯》、《四月》、《北山》、《小明》、《鐘鼓》、《四牡》、《皇皇者華》、《賓之初筵》、《角弓》、《沔水》、《青蠅》、《苑柳》、《鶴

﹝註6﹞陳華，《創作主旨的「補察時政」與「變革現實」——關於中國古代諷刺詩的探索》﹝J﹞，《渤海學刊》，1989年第2期，第58～64頁。

鳴》等二十篇」。〔註 7〕（不過，《小雅》中所有怨刺篇章是否都爲
公卿列士所作，是值得商榷的）。「《大雅》中的《民勞》、《板》、《蕩》、
《柳》、《桑柔》、《瞻昂》、《召旻》及《小雅》中的《小弁》、《何人
斯》也係公卿列士的諷刺之作。」〔註 8〕

> 上帝板板，下民卒瘴，出話不然，爲猶不遠。靡聖管
> 管，不實於亶，猶之未遠，是用大諫。
> 天之方難，無然憲憲，天之方蹶，無然泄泄。辭之輯
> 矣，民之洽矣，辭之懌矣，民之莫矣。
> 我雖異事，及爾同寮，我即爾謀，聽我囂囂。我言維
> 服，勿以爲笑，先民有言，詢於芻蕘。
> 天之方虐，無然謔謔，老夫灌灌，小子蹻蹻。匪我言
> 耄，爾用憂謔，多將熇熇，不可救藥。
> 天之方懠，無爲夸毗，威儀卒迷，善人載尸。民之方
> 殿屎，則莫我敢葵，喪亂蔑資，曾莫惠我師。
> 天之牖民，如壎如箎，如璋如圭，如取如攜。攜無日
> 益，牖民孔易，民之多辟，自無立辟。
> 价人維蕃，大師維垣，大邦維屏，大宗維翰。懷德維
> 寧，宗子維城，無俾城壞，無獨斯畏。
> 敬天之怒，無敢戲豫，敬天之渝，無敢驅馳。昊天曰
> 明，及爾出王，昊天曰旦，及爾游衍。（《詩經·大雅·板》）

《詩經·大雅·板》是非常典型的諷刺詩。詩中描寫厲王在國內
對敢言者採取了監視和屠殺的嚴厲手段，但「防民之口，甚於防川」，
人們還是用種種不同的形式來宣泄心中的不滿，這首詩相傳爲凡伯所
作。凡伯在鄭箋中說他是「周公之胤」，「入爲卿士」；魏源《古詩源》
說他就是《汲冢紀年》中的「共伯和」。作爲國家的上層統治階級，

〔註 7〕　楊凌羽，《雅頌詩篇的思想傾向》〔J〕，《華南師大學報》，1985 年第
　　　　　1 期。
〔註 8〕　陳華，《創作主旨的「補察時政」與「變革現實」──關於中國古
　　　　　代諷刺詩的探索》〔J〕，《渤海學刊》，1989 年第 2 期，第 58～64
　　　　　頁。

凡伯自然是對國家所處的形式憂心忡忡，所以作者對屬王的暴虐無道採取了勸說和警告的雙重手法。屬於勸說的，有「無然」三句、「無敢」兩句，「無爲」、「無自」、「無俾」、「無獨」、「勿以」、「匪我」各一句，可謂苦口婆心，反覆叮嚀，意在勸善，不厭其煩；屬於警告的，則有「多將熇熇，不可救藥」、「昊天曰明，及爾出王。昊天曰旦，及爾游衍」等句，曉以利害，懸戒懲惡。「這種勸說和警告的並用兼施，使全詩在言事說理方面顯得更爲全面透徹，同時也表現了作者憂國憂民的一片拳拳之心，忠貞可鑒。」〔註9〕

　　被儒家評價爲詩之正統的《詩經》「二南」之一的《召南·羔羊》也是一首諷刺詩：

　　　　羔羊之皮，素絲五紽：退食自公，委蛇委蛇。
　　　　羔羊之革，素絲五緘：委蛇委蛇，自公退食。
　　　　羔羊之縫，素絲五總：委蛇委蛇，退食自公。

關於這首詩的主旨一直是眾說紛紜，有「美」有「刺」。清代以前學者多以爲是讚美在位者的，如薛漢《韓詩薛君章句》：「詩人賢仕爲大夫者，言其德能稱，有潔白之性，屈柔之行，進退有度數也。」或說是節儉正直，如朱熹《詩集傳》：「南國化文王之政，在位皆節儉正直，故詩人美衣服有常，而從容自得如此也。」這些說法大多牽強不可信。正如方玉潤所批評的「固大可笑」、「附會無理」（《詩經原始》）。最早提出諷刺詩說的，是清人牟庭《詩切》最早，他說：「《羔羊》，刺饌稟（膳食待遇）儉薄也。」清人姚際恒說：「詩人適見其服羔裘而退食，即其服飾步履之間以歆美之。而大夫之賢不益一字，自可於言外想見。此風人之妙致也。」（《詩經通論》）。

　　今人對於這首詩的理解多認爲是「刺」。「今人詩說仍是美、刺並存，比較而言，『刺』稍近詩意，但與牟氏所言『刺』的內容恰相反，詩人所刺者乃大夫無所事事、無所作爲，與《魏風·伐檀》

〔註9〕　《先秦詩鑒賞辭典》〔M〕，上海：上海辭書出版社，1998 年 12 月版，第 585～586 頁。

所刺之『素餐』（白吃飯）相似。」〔註 10〕只是作者在「刺」的時候，沒有使用一個表示譏諷的詞，更沒有任何斥責之語，詩人只是冷靜而客觀地選取大夫日常生活中習見的一個小片斷，不動聲色用粗線條寫真。詩歌首先描寫了官員的服飾——用白絲線鑲邊的羔裘。毛傳說「大夫羔裘以居」，故依其穿戴是位大夫。按常規，大夫退朝用公膳，故詩人見其人吃飽喝足由公門出來，便猜想其是「退食自公」。《左傳・襄公二十八年》：「公膳，日雙雞。」杜預注：「謂公家供卿大夫之常膳。」而《孟子・梁惠王上》中孟子闡述的符合王道的理想社會，在豐收年成，也才是「七十者可以食肉矣」，而大夫公膳常例竟是「日雙雞」，可見生活的奢侈程度。所以厭惡之情不覺油然而生，「委蛇委蛇」湧出筆端，這第四句「美中寓刺」，可謂點睛之筆，你看他，慢條斯理，搖搖擺擺，多麼逍遙愜意。這幅貌似悠閒的神態，放在「退食自公」這個特定的場合下，便不免顯出滑稽可笑又醜陋可憎了，詩人挖苦嘲弄的言外之意也可以想見：這個自命不凡的傢夥，實則是個白吃飯的寄生蟲！三章詩歌迴環詠歎，加深了譏刺意味。清人陳繼揆《讀詩臆補》曾評為：「隨意變化，妙絕奇絕。」

　　從這些諷刺詩，我們可以看出中國古代諷刺詩的一大特徵，那就是「怨而不怒」與「謔而不虐」的諷刺藝術。中國諷刺詩人的社會責任感及使命意識非常強烈，他們對社會生活，特別是政治生活的關注遠遠大於對人，尤其是對個體生命的關注。但是「中國的諷刺詩人由於受到了有美無刺的『頌』詩及粉飾太平的世風影響，雖然不想淪落為『歌德』的詩人，卻也不願意作具有辛辣風格的，被正人君子認為是『缺德』的詩人。因此諷刺詩的表達方式更含蓄，出言更謹慎，用藝術性和審美性來掩飾諷刺的鋒芒，大大削弱了諷刺詩的諷刺力度和

〔註 10〕《先秦詩鑒賞辭典》〔M〕，上海：上海辭書出版社，1998 年 12 月版，第 35〜36 頁。

改良社會惡習的作用。」〔註11〕這是深受中國詩歌的「詩可以怨」、「止乎禮義」、「無邪」等古典精神和「詩出側面」、「文質彬彬」等傳統手法影響的結果。「雖然民間社會諷刺詩的諷刺性較強，怨而有怒，怒而有爭，個體諷刺詩仍具有『謔而不虐』的特點。在文人諷刺詩中，為改造社會而作的社會諷刺詩多於為諷刺特定人物的個人諷刺詩，前者具有怨而不怒的特徵，後者具有謔而不虐的特色。」〔註12〕

批判還是要批判，因為要履行知識分子的職責；宣泄還是要宣泄，因為社會的不公讓人心情壓抑。但是，批判是有理性的批判，宣泄是有節制的宣泄，履行的是「道德原則」，這就形成了獨具特色的追求「超我」的精神狂歡。

古代的諷刺詩之所以形成這樣的特點，是由三個方面的原因造成的。

首先，儒家的詩教原則制約了中國諷刺詩的表現方式，形成了追求「超我」的狂歡精神。儒家把文藝與禮、義、德、仁等倫理教化和道德觀念聯繫在一起，為政治而文藝、為君王而文藝、為社會而文藝，就是反對為文藝而文藝。孔子在評價《詩經》時便已提出：「詩可以興，可以觀，可以群，可以怨。邇之事父，遠之事君；多識於鳥獸草木之名。」（《論語‧陽貨》）「興」，朱熹釋為「感發意志」，也就是詩歌生動具體的藝術形象可以激發人的精神興奮、感情波動，而且從吟誦、鑒賞詩歌中可以獲得一種美的享受。「觀」則在「觀風俗之盛衰」，「考見得失」，即通過文藝作品考見政治之得失，有認識作用。「群」是說「群居相切磋」，「和而不疏」（朱熹語），這是就文學作品的相互感化，共同提高的作用而言的。「怨」，即「怨刺上政」（孔安國語）是指文藝作品具有干預現實、批評社會而言的。其

〔註11〕王珂，《中西方諷刺詩的諷刺風格比較研究》〔J〕，《延安大學學報》（社會科學版）2002 年第 6 期，第 96～100 頁。
〔註12〕王珂，《中西方諷刺詩的諷刺風格比較研究》〔J〕，《延安大學學報》（社會科學版）2002 年第 6 期，第 96～100 頁。

內容並非都是政治方面的，有一些是對社會上不合理現象的牢騷和不滿。由此可以深切地感到古人對待詩歌的態度，很大一部分是利用詩歌達到其社會功用。

「溫柔敦厚」賦予了中國文人如同「退後一步天地寬」的自我麻醉式的寬容和忍讓，如果盡情譏諷，往往被人視爲有失君子風度心胸狹窄，甚至被認爲尖刻無聊。屬於激情的憤怒情感不敢毫無遮飾地噴發，在創作諷刺詩時也不敢愛憎分明地「怨」、「怒」、「急」。惟一有的是苦笑式的諧，用來緩解緊張情緒和解脫悲哀憤怒。

其次，特定的意識形態影響了中國古代諷刺詩追求「超我」的狂歡精神。

諷刺傳統在中國源遠流長，是中國古典詩歌精神的重要內容。但是諷刺詩的環境卻常常受到意識形態的擠壓。寫陽春白雪諷刺詩的詩人通常是公眾的代言人，詩歌常常成爲詩人經世致用的工具。如斯威夫特所說：「人在寫諷刺作品時定下兩個目的，其中一個沒有另一個那麼崇高，這就是視諷刺爲作家的個人滿足與快樂……另一個目的是一種關心公益的精神，它促使傑出人物儘其所能去修補社會的缺陷。」〔註13〕能登大雅之堂的中國諷刺詩人大都是「怨而不怒」地創作，大都有「溫柔敦厚」的人品，爲了修補社會的缺陷而匡扶禮義、濟世拯民。就算是詩人本身帶有強烈的衝擊感來表達內心的感受，當這樣的詩歌接觸到受眾的時候，也往往會因爲受眾本身的「溫柔敦厚」而遭到歪曲和雪藏。「帶有謾罵色彩和濃鬱火藥味的諷刺詩通常受到習慣『含羞草』式生存方式的中國人和源遠流長的詩歌建立起來的教化功能傳統和詩的審美習俗等詩歌秩序的抵制和厭棄。」〔註14〕

因此中國缺少專門的諷刺詩人，寫諷刺詩的詩人大多溫柔敦厚地

〔註13〕阿瑟・波拉德，《論諷刺》〔M〕，謝謙譯，北京：崑崙出版社，1992年第 112 頁。
〔註14〕王珂，《中西方諷刺詩的諷刺風格比較研究》〔J〕，《延安大學學報》（社會科學版）2002 年第 6 期，第 96～100 頁。

呈謙謙君子狀，辛辣的諷刺詩多佚名之作，諷而有怨、怨而不怒、怒而不爭成爲中國文人諷刺詩的主流。

　　第三，中國諷刺詩的社會功用決定了其追求「超我」的狂歡特徵。諷刺詩的作者一般可以分爲兩種：一是「居廟堂之高」的文人，他們身居高位，整日與高層統治階級打交道，甚至自己就是其中的一員，自然企盼可以明哲保身，所以他們不會用極端的言行來結束自己好不容易獲得的政治地位。還有一種是「處江湖之遠」的文人，這些文人遠離世事，早已看透官場的是是非非，只求在有限的生命中享受閒適的樂趣，自然也不會更多地關注那些不可避免的黑暗政治。所以，那種爲個人的滿足和快樂而作的諷刺詩就大量產生和廣爲流傳了。

　　「揭露愚蠢與譴責邪惡，是諷刺領域的兩個中心，正如一個橢圓曲線上的兩個焦點，而諷刺即在此焦點之間變來變去。它或者輕率，或者認眞；或者淺薄無聊，或者寓意深刻；從粗俗、殘忍到優美、雅致，應有盡有。它既可單獨運用，也可與獨白、對話、書信、引語、敘事、行爲描寫、人物刻畫、寓言、幻想、模仿、滑稽、滑稽模仿，以及它所選擇的任何其他的表現手法聯合運用。而且，借助所運用諷刺系列的所有語氣，如詼諧、嘲笑、反語、挖苦、冷嘲、熱諷、譏諷與謾罵等，其形式可謂是千變萬化。」〔註15〕這是麥爾維爾‧克拉克研究了西方眾多的諷刺詩後，在《文學類型研究》中論及他所謂規範諷刺詩的諷刺種類時做出的概括。這個概括有助於理解中國譴責邪惡的諷刺詩受到理性的、功利欲較強的文人喜歡的原因。「雖然民間生活中也有譴責社會醜惡、譏諷人間不平的諷刺詩，而且這類針砭時弊的諷刺詩比文人雅士的更辛辣，敢怒敢爭。但是追求實用生存的平民百姓更喜歡揭露愚蠢的諷刺詩，諷刺對象更多是人的愚蠢及弱點，是爲自我滿足和快樂而創作，具有諷而不怨，怨而不怒、謔而不虐的特

〔註15〕阿瑟‧波拉德，《論諷刺》〔M〕，謝謙譯，北京：崑崙出版社，1992年第7頁。

徵，大多具有遊戲性，文字遊戲的成分多於諷刺。」〔註16〕

　　我們生活在「制度」之內，也想要走出「制度」之內的生活，但是卻無能為力，我們必須要調節「自由」與「制度」之間的關係，就如同我們只要生活在社會中，就必須調節「本我」和「超我」之間的關係一樣。

　　人類從史前時期的生活走出來以後，就陷入了世界和心靈、藝術和生活、道德和理性的分裂，這些分裂的根源是人身上的肉體和精神的分裂。當肉體被打入純粹生理滿足的層面──即本我的狀態之下，人只有憑藉心靈來面對世界，並時時刻刻感到自己的異己性，世界在心靈之外──人是不自由的！人不能任意地宣泄「本我」。但人又是渴望自由的，也正是因為渴望自由，巴赫金才強調他人範疇，強調我與他人的對話，我與他人的同一，因為他人是外在世界的一個重要組成部分。所以巴赫金說：「從我的懺悔內部得出的是對整個自己的否定，而在外部所得到的則是重生和友愛。」與他人真切的信任與友善才能帶來肉體世界與精神世界的和諧統一，如同「本我」和「超我」的統一，自由的翅膀因此而生。然而這自由又是短暫的，烏托邦式的，只能在一定程度上顛覆官方文化。

　　本我、自我、超我三個層次的精神狂歡在先秦漢魏晉南北朝時期的詩歌中都有一定的體現。這一方面是因為這個時期詩歌的作者因素比較複雜，他們的受教育程度、對生活的感悟、對理想的追求都不盡相同，因而對「本我」、「自我」、「超我」的人格表現也有所不同。另一方面是因為這個時間段的跨度比較大，歷史因素、外在環境比較多元，從原始社會、奴隸社會再到封建社會，跨越了不同的歷史階段，而且整個國家也經歷了分裂──統一──分裂的過程，所以在不同的階段，詩人們對外界的反饋也有所不同。國家安穩之時，可能「超我」的精神狂歡占主流；國家動蕩之時，可能「自

────────────

〔註16〕王珂，《中西方諷刺詩的諷刺風格比較研究》〔J〕，《延安大學學報》（社會科學版）2002 年第 6 期，第 96～100 頁。

我」和「本我」的精神狂歡占主流。當然，這也並非是絕對的。但無論怎樣，先秦漢魏晉南北朝時期的詩歌的確為我們展現了那個時代詩人們的精神狂歡，也讓我們瞭解了當時詩人們的心理層面和人格理想。

第五章　先秦漢魏晉南北朝詩歌的
　　　　民俗文化狂歡

　　我國是一個擁有五千年文明的東方古國，民俗現象、民俗觀念在我們的心中佔有很大部分，一個時期的民俗現象和觀念能夠反映出時人的生活方式與審美情趣。民俗學是一門獨立的人文學科，他研究的是民間的風俗習慣等現象。而且民俗學越來越成爲人文科學乃至自然科學研究的手段和方法，我國著名的民俗學家鍾敬文曾說過：

　　　　民俗學可以作爲別的科學的研究手段。例如研究語言學的，可以利用民間大量存在的方言土語以及遺留的古語，利用民間的各種語言藝術作品以及其他有關的民俗資料，以達到自己科學工作的目的。此外，如文化史、文學史、社會學、民族學，甚至天文學、氣象學、地理學、醫藥學等自然科學的研究，也都可以在不同程度上利用民俗志的資料和某些民俗學的結論。這種以民俗學作爲手段的傾向，在現代有些國家（例如日本）的學界裏是相當流行的，特別是在古代史和古代文學史、藝術史等的研究中，應用民俗學做手段，取得了很顯著的成果，開拓了學術研究的新境地。〔註1〕

〔註1〕鍾敬文，《民俗學論集》〔M〕，上海：上海文藝出版社，1998 年版，第 246～247 頁。

我們在這裡是應用民俗學的理論，將先秦漢魏晉南北朝詩歌中的民俗特色與巴赫金的狂歡化詩學相結合，從中挖掘民眾獨特的審美心理和思維方式。

將民俗學與美學結合起來，這是一個交叉學科和邊緣學科的研究。先秦漢魏晉南北朝詩歌中所表現出的民俗觀念和習慣是十分豐富的，一方面這些民俗現象可以幫助我們樹立先秦漢魏晉南北朝時期的民俗觀和價值取向，另一方面，這些民俗現象也可以幫助我們挖掘社會內部的生存狀況以及時人的審美心理和情趣，挖掘民俗文化背後的深層含義。

第一節　節俗的狂歡

狂歡是人類生活中具有普遍性的文化現象。民俗學家鍾敬文先生指出「狂歡是人類生活中具有一定世界性的特殊的文化現象。從歷史上看，不同民族、不同國家都存在著不同形式的狂歡活動。它們通過社會成員的群體聚會和傳統的表演場面體現出來，洋溢著心靈的歡樂和生命的激情。」〔註2〕中國雖然沒有以「狂歡節」這個名稱命名的節日，但狂歡文化在中國卻是源遠流長，而有中國特色的「狂歡節」也是名目繁多，如上巳節、元宵節、年節、七夕、端午、重陽、盂蘭盆節等全國性的歲時節日，少數民族特有的潑水節、高原沐浴節、屹筩筩節、花兒會等地域性的節日。還有廟會、集市、婚慶、慶典祭祀等也有鮮明的狂歡特徵，可以說，狂歡以弱化的形式存在於各種節慶儀式之中。

人類歷史發展中很多節日的起源、發展、演變、固定的歷史，是很難追溯到的，因為節日的發展「不像政治、軍事歷史那樣大起大落、風雲變幻，也不像人類社會文明的進程，由石斧陶罐、青銅冶煉到蒸氣機、電氣化那樣標誌明顯，它是一個潛移默化、節奏緩慢的發展過

〔註2〕 鍾敬文，《文學狂歡化思想與狂歡化》〔J〕，《光明日報》，1999 年 2 月 8 日。

程，滲入歷代人們生活方式的細枝末節，表現出一定時代人民的心理特徵、審美情趣和價值觀念。每一特定的歷史時期，會出現一種特有的社會風尚，節日風俗的內容也就會相應出現發展和變異。」〔註3〕但是，不管節日的起源和發展歷史如何難以考證，我們還是能從許多文獻的記載中發現端倪。那些記載著人類發展的文學藝術作品，都能向我們流露出當時人類文化的某些發展演變的軌迹。

　　雖然在古代社會的發展歷程中，祭祀活動從早期的瘋狂漸趨神聖，但狂歡精神卻在許多節日活動中遺留了下來。《隋書·列傳第二十七·柳彧》記載，柳彧曾上書隋文帝，敘述當時京城和各州縣，每逢正月十五日夜，人們「充街塞陌，聚戲朋遊，鳴鼓聒天，燎炬照地，人戴獸面，男為女服，倡優雜技，詭狀異形」，而一家大小、男女「以穢嫚為歡娛，用鄙褻為笑樂，內外共觀，不曾相避」。《東京夢華錄》載：「正月一日年節，開封府放關撲（以賭博的方式買賣物品）三日。士庶自早互相慶賀，坊巷以食物動使果實柴炭之類，歌叫關撲。……向晚，貴家婦女縱賞關賭，入場觀看。入市店飲宴，慣習成風，不相笑訝。」〔註4〕《陶庵夢憶》記：「虎丘八月半，土著流寓，士夫眷屬，女樂聲伎，曲中名妓戲婆，民間少婦好女，崽子孌童，及遊冶惡少、清客幫閒、傒僮走空之輩，無不鱗集。自生公臺、千人石、鶴澗、劍池、申文定祠下，至試劍石、一二山門，皆鋪氈席地坐。登高望之，如雁落平沙，霞鋪江上。」〔註5〕除此之外，清明踏春、重陽登高、端午龍舟會等等節日都可見到全城狂歡的盛況。至今廣西境內苗、瑤民族的歌圩，春月集合未婚的青年男女，歌舞歡暢，夜間挾愛侶而去的習俗依然存在。

〔註3〕陳培傑，《中國古代節日的由來與習俗》〔M〕，臺灣：臺灣明明出版社，第68頁。

〔註4〕〔宋〕孟元老，《東京夢華錄》〔M〕，濟南：山東友誼出版社，2001年版，第55頁。

〔註5〕〔明〕張岱，《陶庵夢憶·西湖夢尋》〔M〕，上海：上海古籍出版社，2001年版，第85頁。

「多神教時代的民間節日在私有制產生之前沒有官方色彩，都是民眾自發的節日。在私有制和國家出現後，官方爲了更好地控制民眾，對一些節日改頭換面，或使之成爲官方正式節日，或使之帶上官方的色彩，而純官方的節慶則往往吸納民間節日的形式。」〔註6〕所以，只把狂歡節看作是純粹的娛樂性遊戲活動以及民眾情緒的減壓閥，勢必忽視更爲重要的民間特質：民眾尋求庇護和安慰，包括祈求神靈袪病免災、保佑豐產以及慶祝豐收和勝利等等。

當然，按照「普天之下莫非王土；率土之濱莫非王臣」的說法，一國之內確實只有一種生活，是統治者控制下的「一種生活」。但是我們也應該看到，在「一國之內的生活」中人們會有許許多多的生活形式，有常規的生活，自然也就會有非常規的生活。巴赫金所說的一些民間節日裏的狂歡活動就屬於非常規生活。民間的這些活動雖然被官方所允許，但是並不能被看作是常規生活的一部分，因爲狂歡節裏的生活氣氛本身就是一種「雙重世界關係」，就是雙重生活關係。是人們在官方統治之下，暫時地脫離這個系統，過著與常規生活格格不入的另外一種生活，這被巴赫金稱之爲「第二種生活」，其主要的特點在於：

> 節日裏人們可以借助各種詼諧（笑、戲謔）的儀式——演出形式，通過對嚴肅的官方生活或者一成不變的教條思想的戲仿（戲擬），來傳達自遠古流傳下來的『雙重性相互轉化』的觀念，即不斷更新的肉體（物質）世界不滅的觀念。如果進一步追問爲什麼人們喜歡把非常規生活當做常規生活的一部分，我們就會看到一個很重要的原因：常規生活總是被視爲衡量一切的標準，從這個標準看，非常規生活只不過是對常規生活的一種偏離，而不是巴赫金所說的「另一種生活」。〔註7〕

〔註6〕 淩建侯，《巴赫金哲學思想與文本分析法》〔M〕，北京：北京大學出版社，2007年10月版，第236頁。
〔註7〕 淩建侯，《巴赫金哲學思想與文本分析法》〔M〕，北京：北京大學出版社，2007年10月版，第237頁。

中國的這些有著悠久歷史傳統的節日和西方的狂歡節有著一定的相似之處。在節日中，人們的生活態度是一樣的，都是處於思想上的放鬆與狂歡之中。世俗間的一切等級都被節日的狂歡氣氛所湮沒，人與人之間形成了一種簡單而快樂的關係。

巴赫金認爲：

> 狂歡節沒有演員和群眾之分。它甚至連萌芽狀態的舞臺也沒有，舞臺會破壞狂歡節（反之亦然，取消了舞臺，便破壞了戲劇演出）。在狂歡節上，人們不是袖手旁觀，而是生活在其中，而且是所有的人都生活在其中，因爲從其觀念上說，它是全民的。在狂歡節進行當中，除了狂歡節的生活以外，誰也沒有另一種生活。人們無從躲避它，因爲狂歡節沒有空間界限。在狂歡節期間，人們只能按照它的規律，即按照狂歡節自由的規律生活。狂歡節具有宇宙的性質，這是整個世界的一種特殊狀態，這是人人參與的世界的再生和更新。就其觀念和本質而言，這就是狂歡節，其本質是所有參加者都能活生生地感覺到的。〔註8〕

因此，節日的氣氛是很能體現狂歡色彩的，先秦漢魏晉南北朝詩歌中記載的節日並不多，但是我們從這幾個節日的簡單敘述中，卻能發現他們所體現出的狂歡色彩。

一、繁忙熱鬧的年節

年節，指的是新舊歲交替時的節日活動。在周代的時候，每年的年終都要舉行慶祝農業豐收和祭祀祖先的活動。不過，這還不能算是嚴格意義上的節日，因爲它沒有固定在某一天。

> 年的概念，卻因時代的不同而異。每一次改朝換代、帝王易姓，天子爲了表示「受命於天」，就要「改正朔，易服色」。把月份的次序改一改，歷代改曆法後，將每年的第一個月稱「正月」，一年十二個月依次變化。夏代的曆法建

〔註8〕　〔俄〕巴赫金，《拉伯雷研究》〔M〕，白春仁、夏忠憲等譯，石家莊：河北教育出版社，1998 年版，第 8 頁。

寅以孟春之月（即現在陰曆的正月）爲歲首。商代建丑，
以季冬之月（即現在陰曆十二月）爲正月；周代建子，以
仲冬之月（即現在陰曆的十一月）爲歲首。秦代改用顓頊
曆，以建亥孟冬之月（今陰曆的十月）爲歲首。漢初仍沿
用秦代顓頊曆，以今九月爲一年之終，以十月爲一年之始。
因而漢初的除夕之夜就是今天陰曆九月二十九日。元旦則
是十月一日。如漢高祖七年（公元前 200 年），長樂宮落成，
適逢新年，朝內文武大臣首次行朝歲之禮，就是十月一日
進行的。〔註9〕

　　儘管周代的歲末沒有明確的固定的時間，但是當時所舉行的大型
慶祝豐收、祭祀祖先的狂歡活動卻已經有了明確的歷史。在歲末之
時，爲了今年的豐收和來年更好的收成，周代的原始先民們都要準備
大型的活動來祭祀祖先、祈求好運。《周頌・豐年》就是一首秋收之
後祭祀祖先所唱的樂歌。

　　　　豐年多黍多稌，亦有高廩，萬億及秭。
　　　　爲酒爲醴。烝畀祖妣。
　　　　以洽百禮，降福孔皆。（《詩經・周頌・豐年》）

我們從中看到的景象就是：各種糧穀都已經入了倉，人們獲得了大豐
收，所以要酬謝祖先的保祐，祭祀列祖列宗。他們用新米做成香噴噴
的米飯，用新穀子釀成美味的甜酒，祈求神靈降福，企盼列祖列宗能
保祐他們明年再次獲得豐收。

　　再如《豳風・七月》裏也有反映十月「祈年」、「祭蠟」的情況：

　　　　九月築場圃，十月納禾稼。
　　　　黍稷重穋，禾麻菽麥。
　　　　……九月肅霜，十月滌場。
　　　　朋酒斯饗，曰殺羔羊，躋彼公堂。
　　　　稱彼兕觥：萬壽無疆！

這裡也是別有一番景象：十月的時候，糧穀已經裝入倉房，場院都打

〔註9〕 陳培傑，《中國古代節日的由來與習俗》〔M〕，臺灣：臺灣明明出版
　　　社，第 71 頁。

掃得乾乾淨淨。農事已經忙完了，人們都捧著清香的醇酒，宰殺好肉質鮮嫩的羔羊，走進公堂，高舉酒杯，同聲祝福萬壽無疆。《豳風》為西周時期的作品，西周是以建子為歲首的，相當於夏曆的十一月，以十月為歲終，也就是夏曆的十二月。這裡的十月祭祀活動就是歲終的祭祀活動。我們在這場盛大的祭祀活動中能夠看到大家舉杯慶祝的歡慶場面，所有的人為了祈求明年的豐收，都要舉杯痛飲。

西周時期年終慶祝豐收與祭祀祖先的活動基本上已經有了規律，大約一年一次，而且是在年終歲首新舊交替的時候進行。這些活動，也正是我們現在新年的雛形，以後的年節風俗正是在這個基礎上逐步發展起來的。

在漢代的時候，到了臘月，人民有驅疫的「大儺」風俗，《漢樂府》中的《黃門鼓吹》就是用於宮廷的「大儺」之儀。在《後漢書·禮儀志》中記載了這段風俗的情況：

先臘一日，大儺，謂之逐疫。其儀：選中黃門子弟年十歲以上，十二以下，百二十人為侲子。皆赤幘皁製，執大鼗。方相氏黃金四目，蒙熊皮，玄衣朱裳，執戈揚盾。十二獸有衣毛角。中黃門行之，冗從僕射將之，以逐惡鬼于禁中。夜漏上水，朝臣會，侍中、尚書、御史、謁者、虎賁、羽林郎將執事，皆赤幘陛衛。乘輿御前殿。黃門令奏曰：「侲子備，請逐疫。」於是中黃門倡，侲子和，曰：「甲作食殃，肺胃食虎，雄伯食魅，騰簡食不祥，攬諸食咎，伯奇食夢，強梁、祖明共食磔死寄生，委隨食觀，錯斷食巨，窮奇、騰根共食蠱。凡使十二神追惡凶，赫女軀，拉女幹，節解女肉，抽女肺腸。女不急去，後者為糧！」因作方相與十二獸儛。歡呼，周徧前後省三過，持炬火，送疫出端門；門外騶騎傳炬出宮，司馬闕門門外五營騎士傳火棄雒水中。百官官府各以木面獸能為儺人師訖，設桃梗、鬱櫑、葦茭畢，執事陛者罷。

從這段記載可以看出，漢代在臘月間舉行的驅疫活動是相當盛大的一

個場面，在這場宗教活動的儀式中，很多人假扮成兇神惡煞的樣子來驅疫，如同西方的「假面」，這在某種程度上也是一種「狂歡」的表現。另外，在1954年山東沂南出土的漢畫像石墓中，該墓前室北壁橫額上，就有一幅「大儺圖」。圖中有幾十位面目猙獰、身長羽毛的凶神，正在驅逐一些奇禽異獸，正在追殺，正在吞食，而那些奇禽異獸則四散驚逃，這幅壁畫很能反映出漢代人民在臘月裏驅疫的生動場景。

中國遠古時期的這些節日大都在民間的土壤裏生根、發芽、成長、壯大，因此，這些節日在很大程度上反映了普通百姓的生活，也就是巴赫金所謂的「第二種」生活，這種生活自由、放肆，沒有約束，同時也就充滿了活力。

> ……官方節日，無論是教會的，還是封建國家的節日，都不能使人偏離現有的世界秩序，都不能創建任何第二種生活。相反，它們將現有制度神聖化、合法化、固定化。與時間的聯繫流於形式，更替和危機被歸屬於過去。官方節日，實際上，只是向後看，看過去，並以這個過去使現有制度神聖化。官方節日有時甚至違背節日的觀念，肯定整個現有的世界秩序，即現有的等級、現有的宗教、政治和道德價值、規範、禁令的固定性、不變性和永恒性。節日成了現成的、獲勝的、占統治地位的真理的慶功式，這種真理是以永恒的、不變的和無可爭議的真理姿態出現的。所以，官方節日的音調氣氛只能是死板嚴肅的，詼諧因素與它的本性格格不入。正因此，官方節日違反了人類節慶性的真正本性。然而，這種真正的節慶性是無法過止的，所以官方不得不予以容忍，甚至在節日的官方部分之外，部分地把它合法化，把民間廣場讓給它。〔註10〕

這樣，民間的節日就比那些官方節日更能體現出人的本性，更能表達出人在節日中的狂歡狀態。

〔註10〕〔俄〕巴赫金，《拉伯雷研究》〔M〕，白春仁、夏忠憲等譯，石家莊：河北教育出版社，1998年版，第11頁。

二、男女自由相會的上巳節

上巳是指農曆每月上旬的巳日。三月上巳，是古代的一個節日，來源於古代的高禖祭祀，高禖神是婚姻與生育之神，是先民生殖崇拜的反映。高禖神崇拜在夏朝已經存在，聞一多先生在《高唐神女傳說之分析》一文中指出：夏人的高禖祀其先妣女媧，殷人的高禖祀其先妣娀簡狄，周人的高禖祀其先妣姜嫄，楚人的高禖祀其先妣高唐神女。傳說商的祖先契就是其母簡狄在參加祭高禖活動時吃了玄鳥卵孕育而生：「天命玄鳥，降而生商。」（《詩經・商頌・玄鳥》）鄭玄箋說：「天使鳦下而生商者，謂鳦遺卵，娀氏之女簡狄吞之而生契。」高禖是人們心目中的生育之神。《周禮・月令》：「仲春之月：是月也，玄鳥至。至之日，以太牢祠於高禖。天子親往，后妃帥九嬪御；乃禮天子所御，帶以弓韣，授以弓矢，於高禖之前。」〔註11〕高禖祭就是在郊外舉行的以求子、除穢、豐收爲目的的祭祀活動，具有嚴格的儀式性，由女巫主持，天子親往，神聖莊嚴，有專門搭建的祭壇，接下來有沐浴淨身的儀式，人們沐浴除穢，並求石尋卵，最後令男女交合，以開歲首、合陰陽。並伴有男女對歌及求偶求子的舞蹈，有「桑林」之舞、「萬舞」等舞蹈形式，相傳黃帝派伶倫與榮將者一起，《呂氏春秋・古樂》中說：「鑄十二鍾，以和五音，以施《英韶》，以仲春之月，乙卯之日，日在奎，始奏之，命之曰《咸池》。」〔註12〕並且有「尸女」儀式，尸女是祭祀中與神發生關係的少女，有「通淫」的意思。野合的地點各地名稱不同，但都有專門的地方，《墨子・明鬼篇》記載：「燕之有祖，當齊之社稷，宋之桑林，楚之雲夢也，此男女之所屬而觀也。」〔註13〕

在《詩經》中我們已經能夠發現上巳節的習俗。如《蘀兮》：

> 蘀兮蘀兮，風其吹女。叔兮伯兮，倡予和女。
>
> 蘀兮蘀兮，風其漂女。叔兮伯兮，倡予要女。

「這首詩可能是當仲春『會男女』的集體歌舞曲。稱叔稱伯，顯然是

〔註11〕〔清〕孫詒讓，《周禮正義》〔M〕，北京：中華書局，1987年版。

〔註12〕許維遹，《呂氏春秋集釋》〔M〕，上海：上海書店，1996年版。

〔註13〕吳毓江，《墨子校注》〔M〕，北京：中華書局，2006年版。

女子帶頭唱起來，男子跟著應和的。而且不止兩個人，而是一群男女的合唱。……《籜兮》的主旨，在春秋時早認爲是女子希望得到親熱的閨房之樂。」〔註14〕在這樣的集體式狂歡節中，青年男女抛棄了往日的羞澀和矜持，以情歌對唱的形式爲自己決定終身大事。

在春秋時期的上巳節是有很多事項的。其一就是由女巫祓除邪疾，人們在水上盥洗。《周禮·春官·女巫》鄭玄注：「歲時祓除，如今三月上巳如水上之類。釁浴，謂以香薰草藥沐浴。」到了這一天，人們都要在流動的河水中洗掉宿垢，祓除疾病和不祥，稱之爲「禊」、「祓禊」，同時到郊外踏青郊遊也給青年男女帶來了相會的機會。朱熹曾說：「鄭國之俗，三月上巳之辰，採蘭水上以祓除不祥。」〔註15〕這說明，周代的人們喜歡在上巳節這天洗去冬日的塵垢。另一方面，冬春之交，氣候冷暖交替，變化不一，人們也很容易感染疾病，因此古人把這個時候視爲危險的季節，需要除去污穢。

其二，上巳節也是人們臨水嬉戲的歡樂節日。《論語·先進》中記載曾晳和孔子的共同願望就是「暮春者，春服既成，冠者五六人，童子六七人，浴乎沂，風乎舞雩，詠而歸。」

當然，上巳節也少不了青年男女的影子，「不分官民階層，不論男女老幼，都可以參與這一活動，因此也給青年男女相會提供了條件。」〔註16〕古人從古老的天人感應觀出發，認爲這是人類自身繁衍的好時機。《詩經·鄭風·溱洧》中就生動地描述了鄭國上巳節時男女臨水嬉戲的場面：

> 溱與洧，方渙渙兮。士與女，方秉蘭兮。女曰觀乎？
> 士曰既且。且往觀乎？洧之外，洵訏且樂。維士與女，伊

〔註14〕程俊英，《詩經注析》〔M〕，北京：中華書局，1991 年 10 月版，第242 頁。

〔註15〕〔宋〕朱熹，《詩集傳》〔M〕，上海：上海古籍出版社，1958 年版，第 56 頁。

〔註16〕李然，《上巳節俗演變的文學軌跡》〔J〕，《華南農業大學學報》（社會科學版），2004 年第 1 期，第 116～119 頁。

其相謔，贈之以勺藥。

　　溱與洧，瀏其清矣。士與女，殷其盈矣。女曰觀乎？
士曰既且。且往觀乎？洧之外，洵訏且樂。維士與女，伊
其將謔，贈之以勺藥。

這首詩寫的是鄭國三月上巳節青年男女在溱水、洧水兩旁遊春的情景。這不但是一首情歌，也是一幅周代節日的風俗畫。《韓詩外傳》解釋這首詩時說：「《溱與洧》，說人也。鄭國之俗，三月上巳之日，於兩水上招魂續魄，被除不祥。故詩人願與所說者俱往觀也。」此種說法比較符合原詩的實際。到了後代的朱熹，雖然將此詩歪曲為「淫奔者自敘之詞」，但也算對該詩反映的上巳風俗闡釋得比較客觀。他說：「鄭國之俗，三月上巳之辰，採蘭水上以被除不祥。故其女問於士曰：『盍往觀乎？』士曰：『吾且往矣。』女復要之曰：『且往觀矣。』蓋洧水之外，其地信寬大而可樂也。於是士與女相與戲謔，且以勺藥相贈而結恩情之厚也。」（註17）

　　溱水和洧水是鄭國兩條河的名字。溱水源出於現在的河南省登封縣東陽城山，向鄭國的國都新鄭（現在的河南新鄭縣北）西北流去，又經過都城南部向東南流去，在新鄭西由北流入洧水之中。勺藥，香草的名字，也就是芍藥。在這首詩歌中，我們可以看到這樣的景象：在暮春時節，春光明媚燦爛，景色旖旎動人。溱水和洧水水波蕩漾，周圍花團錦簇，綠草如茵，很多男女青年都聚集在溱洧的兩岸，一片歡聲笑語。年輕的姑娘和小夥子們手裏拿著芳香的蘭草和紅豔豔的芍藥花，互相贈送，懷著喜悅的心情和美好的祝願，企盼著能夠驅除身上的不祥，獲得美好的新生。

　　與此同時，在這首詩中我們還能看到一個活潑的姑娘主動邀請小夥子到洧水河邊遊玩：「去看看嗎？」靦腆的小夥子卻說：「已經去過了。」可是姑娘仍然不肯放棄，又堅持邀請：「姑且再去看看吧。」

〔註17〕〔宋〕朱熹，《詩集傳》〔M〕，上海：上海古籍出版社，1958年版，第56頁。

在這種情況下，小夥子才答應和姑娘一道到洧水河邊遊玩嬉戲。從簡短的對話中，我們可以感受到一個女子邀請自己喜歡的男孩一同去遊春的情景。或許他們早已互相傾心，只是沒有機會向對方表白，而借著今天上巳節的機會，他們以芍藥相贈，傾訴衷腸，充滿了追求的幸福和熱烈的情感。

在那個時代，統治者爲了增加人口，提高勞動生產，就舉辦一些男女自由相會的聚會，以便讓適婚男女都能找到自己鍾愛的對象。《周禮·地官·媒氏》中云：「仲春之月，令會男女，於是時也，奔者不禁。若無故而不用令者，罰之。」〔註18〕「《周禮》的作者不得不使自己的社會理想屈從於民間習俗，可見這一習俗之頑強堅固。」〔註19〕男女交合在古人的心中有多子多孫、風調雨順、五穀豐登的巫術性質，神聖而且必須，故不遵者便會受罰。時隔千年我們仍能感受到先民充滿了野性氣息的狂歡慶典。

這種祭祀盛會到了漢代衍變爲以「上巳」命名的節日，即「上巳節」，內容仍是沐浴被禊、求子、野合，但儀式性、巫術性減弱，娛樂性增強，娛人遠大於娛神，但仍是全民性的狂歡盛宴。

在《後漢書·禮儀志上》記載：「是月上巳，官民皆潔於東流水上，曰洗濯被除，去宿垢病，爲大潔。」〔註20〕在這一天，無論是帝王妃嬪、將相臣子，還是文人騷客、耕夫織女，都奔赴水濱，其熱鬧程度可想而知。漢代張平子《南都賦》在描寫南陽春被禊情景時說：「於是暮春之禊，元巳之辰，方軌齊軫，被於陽瀨。朱帷連網，曜野映雲。男女姣服，駱驛繽紛。」而《後漢書·鮮卑傳》中關於上巳節習俗的描述更爲直接地展現出狂歡色彩：「以春季大會於澆樂水上，飲宴畢，然後配合。」《太平環宇記·南儀州》記載：「每月中旬，年少女兒吹笙，相召明月下，以相調弄號，日夜以爲娛，二更後匹耦兩

〔註18〕〔清〕孫詒讓，《周禮正義》〔M〕，北京：中華書局，1987年版。
〔註19〕過常寶，《「風」義流變考》〔J〕，《北京師範大學學報》（社會科學版），1998年第2期。
〔註20〕〔南朝〕范曄，《後漢書》〔M〕，北京：中華書局，1965年版。

相攜，隨母相合，至曉方散。」〔註21〕眞可謂是一場全國範圍的男女狂歡盛宴。

上巳節發展到魏晉六朝時期，時間上確定爲農曆三月三，娛神的功能基本上已經消失，開始變爲全民娛樂的節日，增加了曲水流觴的遊戲之樂。《荆楚歲時記》記載：「三月三日，士民並出江渚池沼間，爲流杯曲水之飲。」〔註22〕人們將酒斟於羽觴之內，順水而流，酒杯停至誰人之前，此人即飲酒。或者也可將棗、雞蛋置於水中，流至誰跟前即取食，被稱爲「浮棗之戲」、「曲水浮卵」，有著濃鬱的節日嬉鬧喜慶氣氛。很多文人雅士、名門望族就在溪邊擺設筵席，飲酒賦詩，場面甚是宏大。皇帝也會在這個時節宴請群臣，君臣同樂。

至唐朝時，上巳節花樣更爲繁多，增加了鬥雞、騎射等遊戲。宋朝時禮教嚴酷，上巳節逐漸衰落，演變爲後世的踏春等活動，但盛況不如往昔。縱觀上巳節俗的發展演變，其實質就是全民參與的男女狂歡盛宴。在鶯飛草長的仲春之際，舉國男女傾巢而出，沐浴被禊，談情說愛，乃至自然結合，充滿了生命的活力，呈現出何等壯觀的狂歡場面。

當然，民俗生活的狂歡屬性有不夠理性的一面，有著放縱人的自然情緒和情欲的傾向。英國文化人類學家弗雷澤在分析羅馬農神節時就曾指出：「許多民族曾經每年都有一個放肆的時間，這時法律和道德的一貫約束都拋開了，全民都縱情地尋歡作樂，黑暗的情欲得到發泄，這些，在較爲穩定、清醒的日常生活中，是絕對不許可的。人類天性被壓制的力量這樣突然爆發，常常墮落爲肉欲罪惡的狂歡縱欲。」〔註23〕

〔註21〕〔宋〕樂史，《太平寰宇記》〔M〕，北京：中華書局，2008年版。
〔註22〕〔南朝〕宗懍，《荆楚歲時記》〔M〕，太原：山西人民出版社，1987年版，第45頁。
〔註23〕〔英〕詹・喬・弗雷澤，《金枝》〔M〕，徐育新，汪培基，張澤石譯，北京：大眾文藝出版社，1998年版，第829頁。

但民俗參與不是盲目的、無奈的或受到逼迫的，參與民俗生活的人都有清晰的主體意識和參與欲求。一觸及到「狂歡」這個詞，人們可能聯想到混亂、沒有節制等等。而事實並非如此，它雖然衝破了正常的社會秩序，表現出非常態的精神與身體的釋放。但由於民俗生活拒絕暴力，基本上拋棄了嚴厲懲罰的暴力手段，同時，民眾也就放棄了對破壞民俗的人施以懲罰的權力，所以說，狂歡場合併不會釀成悲劇。

> 在官方節日中，等級差別突出地顯示出來：人們參加官方節日活動，必須按照自己的稱號、官銜、功勳穿戴齊全，按照相應的級別各就各位。節日使不平等神聖化。與此相反，在狂歡節上大家一律平等。在這裡，在狂歡節廣場上，支配一切的是人們之間不拘行迹地自由接觸的特殊形式，而在日常的，即非狂歡節的生活中，人們被不可逾越的等級、財產、職位、家庭和年齡差異的屏障所分割開來。在中世紀封建制度等級森嚴和人們日常生活中的階層、行會隔閡的背景下，人們之間這種不拘行迹的自由接觸，給人以格外強烈的感覺，它成為整個狂歡節世界感受的本質部分。人彷彿為了新型的、純粹的人類關係而再生。暫時不再相互疏遠。人回歸到了自身，並在人們之中感覺到自己是人。〔註24〕

而在這樣一個充滿了自由色彩的男女自由相會的上巳節中，男人和女人都以一種原始的本能和人性的本真去尋找著自己的幸福。

狂歡本身就是一種更替，送走舊的，迎接新的，是死亡與新生的節點。而上巳狂歡具有深刻的兩重性。《風俗通》記載：「巳者，祉也；邪病已去，祈介祉也。」〔註25〕當代學者孫作雲先生在《詩經戀歌發微》一文中認為「上巳」即「尚子」，即求子，也就是祛病

〔註24〕〔俄〕巴赫金，《拉伯雷研究》〔M〕，白春仁、夏忠憲等譯，石家莊：河北教育出版社，1998 年版，第 12 頁。

〔註25〕吳樹平，《風俗通義校釋》〔M〕，天津：天津人民出版社，1980 年版。

祈福或祈子的意思。不過《禮記‧曲禮下》鄭玄注疏曰：「天王登假
（遐）」的注曰：「登，上也，假，巳也。上巳者若仙去云耳。」認
爲登遐可解釋爲上巳，三月上巳日就是升仙日。南朝吳均《續齊諧
記》中記載了這樣一個故事：漢人徐肇三月初生三女，至三月俱亡。
這個故事就反映當時人們視三月三日爲死亡日的觀念。

　　與此同時《周禮‧下官‧牧師》中說：「孟春焚牧，仲春通淫。」
〔註26〕鄭玄注曰：「仲春陰陽交以成昏禮，順天時也。」《易‧繫辭
下》：「天地絪縕，萬物化醇；男女構精，萬物化生。」〔註27〕可以
看出，「在先民的觀念裏，仲春是陰陽合、萬物生之際，令會男女，
求子延嗣，上至天子，下至庶民。這又是一種新生的力量。死亡與
新生在三月三上巳節這一天得到了更新和交替。」〔註28〕

　　在先民的觀念裏，交媾是天地創始萬物的偉大創舉，天與地交
媾形成雲雨，象徵陰陽二氣的交融。《呂氏春秋‧順民》：「湯克夏而
正天下，天大旱，五年不收，湯乃以身禱於桑林。」高注：「桑林者，
桑山之林，能興雲作雨也。」〔註29〕桑林之地的選擇源於先民的萬
物有靈論和樹崇拜，他們相信樹或樹的精靈能行雲降雨、六畜興旺、
婦人多子。而上巳節有一個重要的項目就是祓禊，祛除身上的污穢，
治療女子的不孕不育，這是典型的狂歡化思維，祓禊是針對過去，
消除不祥；男女交合是預示新生。在這裡，死亡與新生正反同體，
蘊含著死亡與變更的精神。

三、七夕乞巧女兒節

　　七夕節，也叫「乞巧節」或「女兒節」，是在夏曆七月初七的晚
上。在古代的神話中，這一天是牛郎織女在銀河中相會的日子。

〔註26〕吳樹平，《風俗通義校釋》〔M〕，天津：天津人民出版社，1980年版。
〔註27〕馬恒軍，《周易正宗》〔M〕，北京：華夏出版社，2003年版。
〔註28〕劉平，《狂歡視域下的魏晉南北朝志怪小說》〔D〕，蘭州大學，2011
　　　　年，第8頁。
〔註29〕許維遹，《呂氏春秋集釋》〔M〕，上海：上海書店，1996年版。

　　「乞巧節」本源於「牛郎織女」的故事，關於這個故事，我們在《詩經》中可以找到其濫觴。《詩經・小雅・大東》寫道：

　　　　維天有漢，監亦有光。跂彼織女，終日七襄。

　　　　雖則七襄，不成報章。睆彼牽牛，不以服箱。

天上的銀河寬廣，銀河的水清澈透明，但是只能看見水光而不見人影。織女星鼎立著，一天移動七次位置，卻不能織出好花樣。牛郎星閃閃發亮，卻不能駕駛車輛。這是關於牛郎、織女兩星宿的最早記載，也是牛郎織女神話的雛形。雖然在這個時候還沒有形成七夕節，但後世的七夕節卻是因此而演變的。

　　在漢代的《古詩十九首・迢迢牽牛星》中記云：

　　　　迢迢牽牛星，皎皎河漢女。

　　　　纖纖擢素手，札札弄機杼。

　　　　終日不成章，泣涕零如雨。

　　　　河漢清且淺，相去復幾許？

　　　　盈盈一水間，脈脈不得語。

此詩中所記述的牽牛星、織女星仍然為天上的星宿，但是其中增加了詩人豐富的想像，賦予二星以人的情感，這樣就使得牽牛、織女的人物形象呼之欲出。

　　在東漢應劭的《風俗通》中，已經出現了「織女七夕當渡河，使鵲為橋」的記載，使得牛郎織女的故事初具輪廓。六朝梁殷芸《小說》曰：

　　　　天河之東有織女，天帝之子也。年年機杼勞役，織成
　　　　雲錦天衣，容貌不暇整。天帝憐其獨處，許嫁河西牽牛郎，
　　　　嫁後遂廢織紝。天帝怒，責令歸河東，但使一年一度相會。

這時的牛郎織女故事基本上已經定型。南朝時的《續文諧記》中記述：

　　　　桂陽成武丁有仙道，常在人間。忽謂其弟曰：「七月七
　　　　日，織女當渡河，諸仙悉還宮；吾向已被召，不得停，與
　　　　爾別矣。」弟問曰：「織女何事渡河？兄當何還？」答曰：

「織女暫詣牽牛。吾後三年當還。」明旦，失武丁所在。

世人至今猶云：七月七日織女嫁牽牛。

以上這些都是經過文人的加工而形成的文學作品。在民間的風俗中，七夕是一個充滿民俗狂歡的節日。人們在這一天有穿針乞巧、祈禱福壽、曝衣、聚會等習俗。

（一）乞　巧

七夕的習俗最早源於戰國時期，據《物原》記載：「楚懷王初置七夕」。到漢代初年的時候，七夕就流傳爲牽牛織女相會之夜。所以在七夕這一天，織女星正當頭頂，女子們就聚集在一起，擺好瓜果祭祀織女，同時用五色絲線穿七孔針，誰能儘快順利穿過，誰就能向織女乞求到靈巧。這種風氣在江南尤爲盛行，因爲自從東吳開始，金陵就有了絲織業，到南朝的時候，絲織業遍佈全城，當時就有「秣陵（南京）之民善織」的說法。傳說秣陵織雲錦的技術就是織女傳授的，所以一到七夕節的時候，從宮廷大院到市井小民家裏的女子無不面向銀河穿針引線。就連南朝齊武帝也特別命令宮女可以在此時登上「層城樓」，對著月亮穿七孔針。這些風俗在南朝時期的很多資料中都有記載，如南朝周處的《風土記》曰：

……七月俗重是日。其夜灑掃於庭，露施機筵，設酒脯時果，散香粉於筵上，熒重爲稻，祈請於河鼓織女，言此二星神當會。……見者便拜，而願乞富乞壽，無子乞子。唯得乞一，不得兼求。〔註30〕

又如葛洪的《西京雜記》記載：

漢采女常以七月七日穿七孔針於開襟樓，人俱習之。〔註31〕

梁宗懍的《荊楚歲時記》中記載：

七月七日爲牽牛織女聚會之夜。是夕，人家婦女結採

〔註30〕〔晉〕周處，《風土記》，《太平御覽》卷三十一，北京：中華書局，1962年版。

〔註31〕〔晉〕葛洪，《西京雜記》，北京：商務印書館，1919年版，第3頁。

縷，穿七孔針，獲以金銀瑜石為針，陳瓜果於庭中以乞巧。
有喜子網於瓜上，則以為符應。

一些文人的詩歌作品也反映了七夕月下穿針與祈願的活動，例如：

> 代馬秋不歸，緇絀無復緒。迎寒理衣縫，映月抽纖縷。
> 的皪愁睇光，連娟思眉聚。清露下羅衣，秋風吹玉柱。流
> 陰稍已多，餘光欲誰與。（南朝·柳惲《七夕穿針詩》）

> 殿深炎氣少，日落夜風清。月小看針暗，雲開見縷明。
> 絲調聽魚出，吹響間蟬聲。度更銀燭盡，陶暑玉卮盈。星
> 津雖可望，詎得似人情。（南朝·陳後主《七夕宴玄圃各賦五韻》）

> 倡人助漢女，靚妝臨月華。連針學並蒂，縈縷作開花。
> 嬌閨絕綺羅，攬贈自傷嗟。雖言未相識，聞道出良家。曾
> 停霍君騎，經過柳惠車。無由一共語，暫看日升霞。（南朝·
> 劉令嫻《答唐娘七夕所穿針詩》）

> 步月如有意，情來不自禁。向光抽一縷，舉袖弄雙針。
> （南朝·劉遵《七夕穿針詩》）

> 縷亂恐風來，衫輕羞指現。故穿雙眼針，特縫合歡扇。
> （南朝·劉孝威《七夕穿針詩》）

到了唐代，這種民風更盛，根據五代王仁裕《開元天寶遺事》中記載，唐玄宗和楊貴妃「每至七月七日夜，在華清宮遊宴，時宮女輩陳瓜花酒饌列於庭中，求恩於牽牛織女星也。又各捉蜘蛛於小盒中，至曉開視蛛網稀密，以為得巧之候。密者言巧多，稀者言巧少，民間亦傚之。」元代的時候，據《析津志》記載：

> 都中（北平地區）人民七月祀祖先……市賣摩訶羅巧
> 神、泥塑人物，大小不等：宮廷宰輔之士庶之家咸作大棚，
> 張掛七夕牽牛織女圖，盛陳瓜果酒餅蔬菜肉脯，邀女流作
> 巧節會，稱曰女孩兒節。

除此之外，民間還有以七位姑娘約成一組，在七夕夜的庭院裏，用手帕蒙住眼睛，仰首向空，面對牛郎織女星，根據看到的景象預卜

自己的終身大事，祈求織女能保祐自己找到如意郎君。

從這些記載中，我們可以看到「七夕」這個民間節日在中國百姓心中的地位是很重要的。特別是對於女子來說，這個節日使她們能夠有機會眞正地爲自己的將來祈求，眞正地拋開往日所謂的父母之命、媒妁之言以及那些約束著她們情感的禮教，當一回自己的主人，主張和男子一樣擁有選擇配偶的權力和願望。

在古詩《孔雀東南飛》中寫劉蘭芝離開焦家與小姑告別的時候說：「初七及下九，嬉戲莫相忘。」其中使用的詞是「嬉戲」，因此說，七月初七也是女子們遊樂的日子。既然是「嬉戲」，那就更離不開狂歡的色彩了。女子們拋開往日的矜持，在這一天有機會來到街上，三五一群，互相追逐嬉鬧，展現出一幅平日難得一見的狂歡景象。因此，古代的女子重視七夕乞巧更多地是因爲在這一天裏，女子們可以自由歡會，快樂狂歡，擁有一段短暫的不受約束的民間生活。

（二）曝　衣

曝衣也是七夕的傳統習俗，據記載，漢武帝時已有曝衣風俗。北宋文學家、史學家宋敏求《長安志》卷三《公室一・漢上・建章宮》引宋卜子《楊園苑疏》曰：「太液池西有武帝曝衣閣，常至七月七日，宮女出後衣，登樓曝衣。」〔註32〕《太平御覽》卷三一中也有相同的記載。可見，曝衣已是當時的風俗。魏晉時期還有阮咸掛犢鼻褌和郝隆臥腹曝書的故事爲人們廣爲流傳。

曝衣的習俗，當是與織女的織布縫衣有關係，同時兼及文人的曝書等行爲，這就擴大了民事習俗的範圍，即七夕不僅與婦女活動密切相關，同時也影響到讀書人，使之成爲全民狂歡的盛宴。

（三）宴飲聚會

當然，這樣一個節日也少不了舉行宴飲聚會。從題目上看，標明

〔註32〕轉引自李道和，《歲時民俗與古小說研究》〔M〕，天津：天津古籍出版社，2004 年版，第 232 頁。

七月七日作為節日以宴飲聚會者，最早的作品乃屬西晉潘尼《七月七日侍皇太子宴玄圃園詩》：「商風初授，辰火微流。朱明送夏，少昊迎秋。嘉禾茂園，芳草被疇。於時我後，以豫以遊。」主要寫夏秋之交與太子之間於嘉禾茂園的宴遊。

除了上述幾種主要的民俗活動外，與七夕相關的還有沐浴求子、求財求壽、被禊除疾等豐富多彩的民俗風情。其實，民俗事象的意義主要不是在於民俗生活本身，而在於民俗進入了人們的現實生活中。人們能夠在日常生活中去實施和理解民俗，而實施和理解的惟一方式便是訴諸於特定情境中的民俗群體。

「事象」是民俗學學科特有的專用概念，「事象」指某一次具體的完整的民俗形態。「事」指事件、事情，是一個過程，有一定的時間長度；「象」指現象，可觀可感的表現形式，具有一個具體的空間維度。民俗事象不是抽象的，而是有具體的時間、地點和參與者，它是我們的日常生活。

民俗事象存在於特定的群體，在這個群體中，人們的目標、情感和態度一致，相互協調和配合。所以，民俗事象自然而然地就成為自我和他人之間溝通、交流和融合的橋梁，是所有實施者共同分享的精神依託。民俗事象的參與者們依循年復一年的民俗傳統，表現著對生活的執著和希望。因此說民俗事象帶給人們精神上的愉悅與快樂要遠遠勝於民俗中那些外在的形式。

四、祭祀狂歡的社日

倬彼甫田，歲取十千。我取其陳！食我農人。自古有年。今適南畝，或耘或耔，黍稷薿薿。攸介攸止，烝我髦士。

以我齊明，與我犧羊，以社以方。我田既臧，農夫之慶。琴瑟擊鼓，以御田祖，以祈甘雨，以介我黍稷，以穀我士女。

曾孫來止，以其婦子，饁彼南畝。田畯至喜，攘其左

右，嘗其旨否。禾易長畝，終善且有。曾孫不怒，農夫克敏。

　　曾孫之稼，如茨如梁。曾孫之庾，如坻如京。乃求千斯倉。乃求萬斯箱。黍稷稻梁，農夫之慶。報以介福，萬壽無疆。（《詩經‧小雅‧甫田》）

這首詩裏描述的是當時的社日節俗，人們進行社祭的場景。社，土地神，社日其實就是古代的人們祭祀農業神的一個重要日子，對於我們這樣一個農耕的民族來說，土地就是一切生命的來源，所以農神崇拜是最重要的祭祀活動，其祭祀主體是社神和稷神。「對於封建政權來說，社稷是國家、政權的象徵，而對於民間百姓來說社稷就是農業的象徵，就是歡慶的象徵，所以民間社日只會呈現出與官方莊重肅穆、禮儀繁縟完全不同的另一番景象，充滿了生活氣息，成爲睦鄰歡娛聚宴的日子，同時還有『社戲』、『社火』等各種歡慶活動。」〔註33〕

（一）社日的源流

　　民間的社日源於先秦的「置社」。春秋戰國時期，民社已經遍佈天下。在秦漢時期，國家曾一度頒佈法令，禁止民間私自立社，但是社會上依然存在著大量未經登記的私社。而且有越來越壯大之勢，所以對私社的合理性，官方也只得給予認可。發展到漢代，社日已成爲民眾生活中的重要節日。這一日官吏放假，百姓停止勞作，處於深閨的婦女也可以走出家門，無論天子諸侯、黎民百姓都參與進來。東漢時期，民間廣泛流傳的一副對聯似乎可以說明民間社日活動的群眾性：

　　哀念母喪，鄰里亦停春社；
　　才封馬鬣，細君即扇夫墳。

「停春社」的典故說的是東漢桓帝、靈帝的時候，北海營陵人王修「年七歲喪母。母以社日亡。來歲，鄰里社，修感念母，哀甚。鄰

〔註33〕曹書傑，《稷祀與民間社日研究》〔J〕，《山西大學學報》（社會科學版）2007 年第 2 期，第 89～94 頁。

里聞之，爲之罷社。」〔註34〕史籍要說明的是王修的孝行，但也證明民間的社日活動舉行與否是由「鄰里」決定的，可見其廣泛的群眾性。

魏晉六朝時期，民社已經可以自由建立，國家不再強制干涉，社日的規模比前代更宏大，成了人們自娛自樂的歡聚節日。正是這種自由的制度，促進了民社的快速發展，致使民間的社日活動在唐宋時期達到鼎盛，並演變爲一種具有廣泛群眾基礎的社會民俗。

（二）社日的狂歡化特徵

社日的狂歡化特徵非常明顯，首先，社日祭祀活動分爲官方和民間兩種形式，而且兩種形式的表現極爲不同。「官方的祭祀莊嚴隆重，祭品豐厚，程序嚴格，社會等級分明。而民間的祭祀則比較簡樸隨意，歡樂祥和，即使在窮鄉僻壤，社日也能體現出一種節日的輕鬆和快樂」〔註35〕，所謂：「今夫窮鄙之社也，叩盆拊瓶，相和而歌，自以爲樂也。」〔註36〕節日常常是一個讓人放鬆的時刻，讓人狂歡的時刻。而且中國的節日多數是來源於民間，因此這就和那些正統的官方節日有很大的區別。

> 與官方節日相對立，狂歡節彷彿是慶賀暫時擺脫占統治地位的真理和現有的制度，慶賀暫時取消一切等級關係、特權、規範和禁令。這是真正的時間節日，不斷生成、交替和更新的節日。它與一切永存、完成和終結相敵對。它面向未完成的將來。〔註37〕

巴赫金經強調應該區分民間的（狂歡的）節日和官方的節日，因

〔註34〕〔晉〕陳壽，《三國志·魏書本傳》〔M〕，北京：中華書局，1982 年版，第 345 頁。

〔註35〕曹書傑，《稷祀與民間社日研究》〔J〕，《山西大學學報》（社會科學版）2007 年第 2 期，第 89～94 頁。

〔註36〕張雙棣，《淮南子校釋》〔M〕，北京：北京大學出版社，1997 年版，第 778 頁。

〔註37〕〔俄〕巴赫金，《拉伯雷研究》〔M〕，白春仁、夏忠憲等譯，石家莊：河北教育出版社，1998 年版，第 11～12 頁。

為官方的節日常常違反並歪曲了人類節慶性的真正本性，而民間的節日則是按照人們的意願設置的，因此最能體現人類的需求和願望。

第二，民間社日的娛樂形態體現出了一種狂歡化的特徵。

1、狂歡的場面

社日祭神之後，無論男女老少都能盡情享受社日的歡愉，就連終年辛勞的家庭主婦也是「年年社日停針線」〔註38〕，人們借著「共向田頭樂社神」〔註39〕的機會，擊鼓放歌，飲酒縱情，自由狂歡，宣泄情感，這種自娛自樂的形態構成了民間社祭的另一主題。南朝蕭梁時代的宗懍在《荊楚歲時記》中記載了民間社日的歡樂氣氛：「社日，四鄰並結宗會社，宰牲牢，為屋於樹下，先祭神，然後饗其胙。」〔註40〕這是南北朝時期民間在春日里社祭──春社場景的實錄：社日這一天，村鄰不分姓氏宗族、貧富貴賤都聚集在一起，共同祭祀社神、稷神，殺牛宰羊，備下社肉、社酒、社飯、社菜、社鼓，又在社樹下搭起棚屋，擺設祭臺，先舉行祭祀社稷神的儀式，然後共同分享祭祀用過的祭品，開懷暢飲。

2、社　酒

早在商代，酒就是祭祀必獻的祭品。帝王祭祀用酒有「九獻」之禮，民間當然不能如此複雜，但酒是絕對不可少的。酒不僅用來禮神，更是人們社日聚會淨化心靈、溝通感情的催化劑，所以社酒在社日活動中是重要的組成部分，釀造社酒是社日前家家戶戶必須努力籌辦的。社祭之日，四村社員都獻上家釀的米酒，在社樹下舉杯共飲，酣暢淋漓，一醉方休。社飲活動結束時，到處一片醉酒的形象。宋代的陸游還曾在其詩歌中描寫了他在社日裏醉酒的情態：

> 社日淋漓酒滿衣，黃雞正嫩白鵝肥。

〔註38〕〔宋〕黃公紹，《青玉案》。

〔註39〕〔唐〕韓愈，《賽神》〔M〕，卷343，第3850頁。

〔註40〕〔南朝〕宗懍，《荊楚歲時記》〔M〕，太原山西人民出版社，1987年版，第33頁。

弟兄相顧無涯喜，扶得吾翁爛醉歸。(《代鄰家子作》)

社酒既是享神的祭品，也是神與人之間相互溝通的橋梁，它也能從人體的內部通過化學反應激發人們的精神，使人們在麻醉中獲得昂奮激揚的狂歡感覺。

3、社　鼓

　　社鼓也是民間社日活動中的重要內容。「琴瑟擊鼓，以御田祖。」(《詩經‧小雅‧甫田之什》)《周禮‧地官司徒‧鼓人》：「以雷鼓鼓神祠，以靈鼓鼓社祭。」社鼓早已成為社祭的定式，社鼓咚咚最能震人心魄，因此有人就將社祭稱為「鼓社」。社鼓如春雷，催生萬物，調動情緒，鼓樂更是營造了社日狂歡的氣氛。「酒後耳熱，仰天拊缶，而呼烏烏。」〔註41〕人們手舞足蹈，「今夫窮鄙之社也，叩盆拊瓴，相和而歌，自以為樂矣。」〔註42〕無論男女老少，盡享社日的歡愉。時至今日，凡是保留社日的地方，社鼓依然是保留項目，而且在社日之前人們就聚到一起練習敲鼓，「每晚百十為群，鏗訇鏜嗒如數部鼓吹。」〔註43〕社鼓既是禮神的祭器，也是人們娛樂的樂器。社鼓能夠喚醒遙遠的神靈，也能從人體的外部通過聽覺視覺激發人們的情感，使人們從激奮中獲得高亢雄壯的感覺，散發出狂歡的氣氛。

　　社日不僅有社鼓、社酒、社肉，還有社戲、社火等民俗形態。這樣，社日活動就把不能喝酒的孩子也包攬進來，通過觀看社戲和社火獲得了童真的無比歡樂，展現出大眾性、全民性的狂歡色彩。

　　民間的社祭沿襲著先秦時期形成的「琴瑟擊鼓，以御田祖」、「一以報土穀，一以慶豐年」的傳統，因此社日總是在祭祀土、穀神的莊嚴、隆重的儀式中開始，但也總是在酣暢淋漓的醉酒之後結

〔註41〕〔漢〕揚惲，《全漢文卷32‧報孫會宗書》〔M〕，北京：商務印書館，1999年版。

〔註42〕〔漢〕劉安，《淮南子‧精神訓》〔M〕，上海：上海古籍出版社，1989年版，第74頁。

〔註43〕《古今圖書集成‧曆象彙編‧歲功典》〔M〕，卷31，《社日部彙考‧江南志書‧太平府》，第3冊，北京：中華書局，第2042頁。

束，到處洋溢著淳樸和諧的民俗民風，真正成為百姓公共性的娛樂節日，使之更能表現人的本性，因而也具有更生動、更鮮活、更真實的民俗色彩。

除了以上的歲時節俗外，我們民間還有很多典型的狂歡場面，比如重陽節的「辭青」，清代潘容陛的《帝京歲時紀勝》記載：「都人結伴呼從，於西山一帶看紅葉，或於湯泉坐湯，謂菊花水可以卻疾。又有治肴攜酌，於各門郊外痛飲終日，謂之辭青。」〔註44〕重陽節則是「賦詩飲酒，烤肉分糕，詢一時之快事也。」〔註45〕還有哈尼族的矻箚箚節是一場盛大的化妝表演。特別是在最後三天的「攆磨秋」的狂歡活動中，小夥子們身著奇裝異服，或化妝成醜鬼，或穿起女孩子的衣服，隆起豐滿的乳房等各種形象在寨子裏亂竄，男女之間的接觸無拘無束，盡情嬉鬧。如果男女雙方相互喜歡，晚上還可幽會。磨秋場上特別引人注目的是牛皮大鼓舞，身著奇裝異服的男青年在鼓前手足並用，面對鼓面模擬各種性行為，以詼諧滑稽的動作逗樂嬉戲。

巴赫金認為廣義上的狂歡節型慶典，包括屬於不同國度、不同時代的一些民間節慶，如愚人節、謝肉節、聖誕節、復活節等，甚至還包括日常生活中具有狂歡特點的一些活動，如：集市活動、婚禮、葬禮、洗禮儀式、豐收慶典……那麼由此說來，中國民間的很多節日比如民間社火和迎神賽會，少數民族的潑水節等等都屬於巴氏的狂歡節範疇。今天，當我們重新審視先秦漢魏晉南北朝詩歌中出現的節日時，可能有一些傳統和習俗已經失去了原始的味道，但是其中所保留下來的節日的狂歡化色彩卻依然存在。現在每到過年的時候，每家每戶都要在除夕的那一天吃上一頓團圓飯，親人們舉杯互相祝願在新的一年裏能夠一切順利。還有南方的一些地方依然保留著「三月三」這個節日，人們在這一天來到野外，踏青、郊遊、

〔註44〕〔清〕潘容陛，《帝京歲時紀勝》〔M〕，北京：北京古籍出版社，1981
　　　　年版。
〔註45〕喬繼堂，《中國歲時禮俗》〔M〕，天津：天津人民出版社，1991年版，
　　　　第257頁。

放風箏，迎接春天的到來，這樣的場面難道不是《詩經》上巳節狂歡化色彩的繼承和發揚嗎？還有頗受民間女子喜愛的「乞巧節」，不能不說它是體現男女平等意識的傳聲筒，讓民間的女子也享有自己應得的權力——平等、自由，這也正是巴赫金理論的重要組成內容。因此說，節俗就像一面三棱鏡，經過不同的曲面折射其出本質的內容，那就是巴赫金的狂歡精神。

第二節　勞動的狂歡

從《詩經》開始，我們的祖先就在詩歌中記載了人類的勞動場面。當時的人們雖然不再過刀耕火種的生活，但是也必須整天從事體力勞動，來滿足對物質的需求。先秦漢魏晉南北朝詩歌中出現的勞動主要有採集、狩獵、農耕、蠶桑、紡織等幾個方面。這些詩歌都完整地再現了當時熱鬧的勞動場面，有眾多人的參與，詩歌作品就在這些勞動的場景中不知不覺被創作了出來。法國思想家丹納在《藝術哲學》中指出，藝術家不是孤立的，它是一個時代藝術家庭的一員，而且「這個藝術家庭本身還包括在一個更大的總體之內，就是在它周圍而趣味和它一致的社會。因爲風俗習慣與時代精神對於群眾和對於藝術家是相同的；藝術家不是孤立的人。我們隔了幾個世紀聽到藝術家的聲音；當傳到我們耳邊來的響亮的聲音之下，還能辨別出群眾的複雜而無窮無盡的歌聲，像一大片低沉的嗡嗡聲一樣，在藝術家四周齊聲合唱。」〔註46〕運用到這些描寫勞動場面的詩歌中，我們可以感受到作者筆下的勞動狀況就像一群人在一起進行狂歡活動一樣，勞動人民在勞動中體會著狂歡的快樂，帶給我們狂歡的視聽感受。

> 人們之間的等級關係的這種理想上和現實上的暫時取
> 消，在狂歡節廣場上形成一種在日常生活中不可能有的特

〔註46〕〔法〕丹納，《藝術哲學》〔M〕，傅雷譯，合肥：安徽文藝出版社，1998 年版，第 45 頁。

　　殊類型的交往。在此也形成了廣場言語和廣場姿態的特殊
　　形式，一種坦率和自由，不承認交往者之間的任何距離，
　　擺脫了日常（非狂歡節）的禮儀規範的形式。〔註47〕

　　繁忙的勞動場面與狂歡節廣場相類似，在這樣的場面中，人與人之間的關係非常簡單，人們摘掉了假面具，用最眞實的面貌示人，用肆意的歡笑和放縱的行爲展示出人性本眞的一面。人們在勞動中形成這樣一種狂歡的關係，與日常生活中的那些禮教失去了聯繫，單純而平等。

一、採集生產

　　採集生產是我們人類祖先最早進行的經濟生產，並且一直流傳到現在。在出現農耕生產之前，原始先民一直都是依靠採集果實、根莖作爲食物的基本來源。這種採集性的勞動在我國古代文獻中有很多記載，如《莊子·盜跖》中說：上古之民「晝拾橡栗，暮棲木上」。橡栗，就是櫟樹的果實，似栗而小。《淮南子·修務篇》記載：「古者民茹草飲水，採樹木之實。」又如《禮記·禮運》說：「昔者先王……食草木之實。」

　　到了《詩經》所反映的殷周時期，雖然已經出現了農耕生產，但是採集在當時的物質生產中還是佔據了一定的比例，它是與農耕生產並行的一種生產方式。

　　如《詩經·周南·芣苢》中記述了一群婦女採集車前子時唱的歌。
　　　　采采芣苢，薄言採之。采采芣苢，薄言有之。
　　　　采采芣苢，薄言掇之。采采芣苢，薄言捋之。
　　　　采采芣苢，薄言袺之。采采芣苢，薄言襭之。
這首詩記述了採集車前子的勞動過程，從歡快的詩句中，我們可以感受到一群婦女正在興致勃勃地採摘車前子，伴隨著持續不斷的歌

〔註47〕〔俄〕巴赫金，《拉伯雷研究》〔M〕，白春仁、夏忠憲等譯，石家莊：
　　　　河北教育出版社，1998 年版，第 12 頁。

聲，越採越多，越唱越高興。語言的重複和結構的反覆也能看出這些女子對勞動的熱愛。恐怕這種輕體力的勞動在這些婦女的眼中已經不算是勞動了，而是演化成爲一種娛樂方式。聞一多先生在《匡齋尺牘》中講到這首詩的時候說：「揣摩那一個夏天，芣苢都結子了，滿山谷都是採芣苢的婦女，滿山谷響著歌聲。」〔註48〕這個勞動場面還被聞一多描繪爲「尋求一粒眞實的新生的種子」。〔註49〕因爲在採摘的過程中可以縱情歌唱，這對於在平日裏受各種禮教約束的婦女來說可是一個放鬆的大好機會。從聞一多優美而眞切的描繪中，我們能夠感受到先秦漢魏晉南北朝時期的勞動婦女對於勞動的熱愛以及對美的追求。

方玉潤在《詩經原始》中說：

> 讀者試平心靜氣，涵詠此詩，恍聽田家婦女，三三五五，於平原繡野、風和日麗中，群歌互答，餘音嫋嫋，若遠若近，忽斷忽續，不知其情之何以移，而神之何以曠，則此詩不必細繹而自得其妙焉。〔註50〕

不僅大家在一起進行採集勞動，邊採邊唱，就是在勞動結束以後，也是三五成群地結伴而歸。如《詩經・魏風・十畝之間》：

> 十畝之間兮，桑者閑閑兮，行與子還兮。
> 十畝之外兮，桑者泄泄兮，行與子逝兮。

閑閑，段玉裁《說文解字注》：「閑者，稍暇也，故曰閑暇。」泄泄，《毛詩傳義類》曰：「泄泄，多人之貌。」由此我們可以想像，採桑的姑娘們在結束了勞動之後，顯得輕鬆悠閒，大家說說笑笑地結伴一同回家。

再如《詩經・豳風・七月》中也有採摘勞動的場面描寫：

> 春日載陽，有鳴倉庚。女執懿筐，遵彼微行，爰求柔

〔註48〕《聞一多全集》（3）〔M〕，武漢：湖北人民出版社，1993 年版，第208 頁。

〔註49〕《聞一多全集》（3）〔M〕，武漢：湖北人民出版社，1993 年版，第208 頁。

〔註50〕方玉潤，《詩經原始》〔M〕，北京：中華書局，1986 年版，第85 頁。

桑。春日遲遲，采蘩祁祁。

這是一個春光明媚的早春時節，黃鶯在樹上唧唧喳喳地唱歌，一群女子挎著筐，沿著田間的小路，去採集桑葉。這裡的「祁祁」就是形容采蘩的女子眾多，大家一路上結伴而行，共同進行採摘勞動。

　　採集活動是我國古代的生產習俗之一，詩人通過採擷一些採集活動的片斷來展示先秦漢魏晉南北朝時期的生活和生產，使我們看到了濃鬱的勞動場面。

二、狩獵活動

　　狩獵是人類祖先經濟生產方面的古代習俗，是比採集勞動更能適應自然的一種原始生活形態。在漫長的歷史發展過程中，我們的原始先民為了自己的生存和後代的延續，在自然界裏同各種野獸進行角逐，開闢著生命的道路。我國最早的一首詩歌《彈歌》，就是一首狩獵詩：

斷竹、續竹、飛土、逐宎。

「斷竹、續竹」是把竹竿截斷，用作彈弓，這是在講弓箭的製作過程。在我國的黃帝時代就已經發明了弓箭，這在《周易·繫辭下》中有記載：

黃帝、堯、舜……弦木為弧，剡木為矢，弧矢之利，
以威天下。

　　有了先進的勞動工具，人們在征服自然方面的能力就大大地增強了。「飛土、逐宎」，展示給我們的是獵捕的場景，即發射飛彈，獵取鳥獸。「有了狩獵工具，以狩獵活動為主要謀生手段的先人在與自然的鬥爭中也就有了更大的主動性與進取性。」〔註51〕

　　到了周王朝，儘管社會生產有了很大進步，人們不再過著茹毛飲血的生活，但是狩獵活動還是在日常生產中佔據著很重要的地位，關於這一點，我們可以從諸侯朝聘周天子進貢的貢品中有「獸

〔註51〕王巍，《詩經民俗文化闡釋》〔M〕，北京：商務印書館，2004 年 3 月版，第 37 頁。

皮」一物上發現端倪。在《詩經》中，有不少詩篇反映了當時的狩獵情況。

先秦時期的狩獵者常常駕駛著四匹馬的車，在草叢中追逐野獸。或者騎著馬，在山溝、坡地裏射殺野獸。如《詩經・秦風・駟驖》：

> 駟驖孔阜，六轡在手。公之媚子，從公於狩。

四匹又壯又肥的黑馬拉著車，六根馬繮繩握在手裏，公子寵愛趕車的人，我跟他一同出去打獵。

描寫打獵場面較爲全面細緻的是《鄭風・大叔于田》：

> 叔于田，乘乘馬。執轡如組，兩驂如舞。叔在藪，火烈具舉。襢裼暴虎，獻于公所。將叔無狃，戒其傷女。
>
> 叔于田，乘乘黃。兩服上襄，兩驂雁行。叔在藪，火烈具揚。叔善射忌，又良御忌。抑磬控忌，抑縱送忌。
>
> 叔于田，乘乘鴇。兩服齊首，兩驂如手。叔在藪，火烈具阜。叔馬慢忌，叔發罕忌，抑釋掤忌，抑鬯弓忌。

這是當時打獵場面的真實記錄。狩獵者英姿威武，手裏拿著繮繩，駕駛著四匹馬的獵車，在密林中追逐野獸。兩匹服馬的頭高昂著，兩匹驂馬並駕齊驅。狩獵的人有時將草點燃，熊熊大火阻斷了野獸逃跑的路。這時，狩獵者就脫下衣服，赤手空拳地與野獸搏鬥，就連最兇猛的老虎也死在狩獵者的拳頭下。狩獵的人還拉弓射箭，射獵野獸，箭法高超，百發百中；有時，狩獵者還駕車追逐野獸，一會兒讓馬兒停住腳步，一會兒又讓馬快跑，任意馳騁。打獵結束以後，馬兒都慢悠悠地行進，狩獵者將箭放在箭袋裏。這是多麼壯觀的狩獵場面啊！如同狂歡節的廣場一般，向人們展現出勞動生活的狂歡。

再如《小雅》中的《車攻》、《吉日》兩篇，是描寫周天子狩獵的作品。《吉日》描寫了獵場地廣物富，走獸繁多，「瞻彼中原，其祁孔有。儦儦俟俟，或群或友。……既張我弓，既挾我矢。發彼小豝，殪此大兕。……」這幾句話敘述了打獵的過程：野獸被獵人們追趕得來來回回地跑，獵人們準備好弓弦、箭頭，射中了小豬和大犀牛。而《車攻》這首詩的打獵場面更加宏大：

> 我車既攻，我馬既同。四牡龐龐，駕言徂東。
> 田車既好，田牡孔阜。東有甫草，駕言行狩。
> 之子于苗，選徒囂囂。建旐設旄，薄狩于敖。
> 駕彼四牡，四牡奕奕。赤芾金舃，會同有繹。
> 決拾既佽，弓矢既調。射夫既同，助我舉柴。
> 四黃既駕，兩驂不猗。不失其馳，舍矢如破。
> 蕭蕭馬鳴，悠悠旆旌。徒御不驚，大庖不盈。
> 之子于征，有聞無聲。允矣君子，展也大成。

「這是敘述周宣王朝會諸侯於東都舉行田獵的詩。」[註52]《毛詩序》記載：「宣王內修政事，外攘夷狄，覆文、武之境土；修車馬，備器械，復會諸侯於東都，因田獵而選車徒焉。」《墨子·明鬼篇》云：「周宣王會諸侯而田於圃，車數萬乘。」古代的時候，天子打獵是一種軍事演習，往往含有向諸侯顯示武力的意義。而此詩正是敘述了貴族大規模的打獵場面。先備車選馬，東行圍田行狩，隨後又獵於敖山。一路上諸侯率部會獵，絡繹不絕、聲勢浩大。狩獵的過程中，隊伍車馳卒奔，萬箭齊發，獵物紛紛倒斃。種種的敘述無不顯示了狩獵場面的宏大、規模的可觀、人數的眾多。

在狩獵場這樣一個龐大的狂歡廣場中，人與人之間的關係是平等的，他們都是作為狩獵者出現。我們似乎可以從精彩的描寫中看到奔跑的駿馬、強勁的弓弩，聽到震耳的呼喝聲、喝彩聲，感受到古人尚武的精神面貌，這些描寫真實地再現了古人狩獵的真實場景，體現出狩獵活動的狂歡化色彩。

三、採桑養蠶

我國是世界上最早養殖蠶桑的國家，種桑養蠶是我國傳統的生產方式之一。傳說最早發明推廣養蠶技術的是黃帝的元妃嫘祖。在古代文獻《夏小正》中記載了夏民族種桑養蠶的情況：

〔註52〕程俊英，《詩經注析》〔M〕，北京：中華書局，1991年10月版，第511頁。

三月……攝桑……妾子始蠶。

這裡是說在夏曆的三月，就要修剪桑樹，婦女已經開始養蠶了。到了
周代，社會上更是提倡農桑，從公劉一直到亶父，幾乎一直都居住在
豳，也就是現在的陝西栒邑縣，這裡是古老的養蠶地區。後來，種桑
養蠶的生產就遍及廣大的中原地區，人們開始進行大面積的種桑養蠶
活動，與此同時，這項活動也成為婦女的主要生產活動。而且古代還
有桑蠶之禮，它的制定，是人們在物質和精神的雙重體驗基礎上，對
生產和生活所作的經驗總結和禮義規範。因此，這項原本是簡單的生
產勞作就被蒙上了一層「儀式」的外衣，成為古代生活中必不可少的
一種儀式。

在古代，蠶被認為是一種有靈性的神物。

太古之時，有大人遠征，家無餘人，唯有一女。牡馬
一匹，女親養之。窮居幽處，思念其父，乃戲馬曰：「爾能
為我迎得父還，吾將嫁汝。」馬既承此言，乃絕繮而去。
徑至父所。父見馬，驚喜，因取而乘之。馬望所自來，悲
鳴不已。父曰：「此馬無事如此，我家得無有故乎！」亟乘
以歸。為畜生有非常之情，故厚加芻養。馬不肯食。每見
女出入，輒喜怒奮擊。如此非一。父怪之，密以問女，女
具以告父：「必為是故。」父曰：「勿言。恐辱家門。且莫
出入。」於是伏弩射殺之。暴皮於庭。父行，女以鄰女於
皮所戲，以足蹙之曰：「汝是畜生，而欲取人為婦耶！招此
屠剝，如何自苦！」言未及竟，馬皮蹶然而起，卷女以行。
鄰女忙怕，不敢救之。走告其父。父還求索，已出失之。
後經數日，得於大樹枝間，女及馬皮，盡化為蠶，而績於
樹上。其繭綸理厚大，異於常蠶。鄰婦取而養之。其收數
倍。因名其樹曰桑。桑者，喪也。由斯百姓競種之，今世
所養是也。言桑蠶者，是古蠶之餘類也。〔註53〕

這就是著名的關於蠶馬的傳說。由於傳說蠶具有靈性，所以古人養蠶

〔註53〕〔晉〕干寶，《搜神記》卷十四〔M〕，《百子全書》第七冊，杭州：
浙江人民出版社，1985年版。

的時候，都非常注重禮儀。周代天子、諸侯的夫人在每年養蠶繅絲之前，都要舉行蠶繅的祭祀儀式，當時都建有「公桑」、「蠶室」。如《召南‧采蘩》就是一首描寫蠶婦爲公侯養蠶的詩：

> 于以采蘩？于沼于沚。于以用之？公侯之事。
>
> 于以采蘩？于澗之中。于以用之？公侯之宮。
>
> 被之僮僮，夙夜在公。被之祁祁，薄言還歸。

這是一首寫蠶婦爲公侯養蠶的詩。方玉潤說：

> 公侯之事，事者，蠶事也。公侯之宮，宮者，蠶室也。案禮祭義：「古者天子諸侯必有公桑蠶室，近川而爲之，築宮仞有三尺，棘牆而外閉之。」……蓋蠶方興之始，……僕婦眾多，蠶婦尤甚，僮僮然朝夕往來，以供蠶事。不辨其人，但見首飾之招搖往還而已。蠶事既卒，……又皆各言歸，其僕婦眾多，蠶婦亦盛，祁祁然舒容緩步而歸，亦不辨其人，但見首飾之簇擁如雲而已。此蠶事終始景象。
>
> 〔註54〕

　　在巴赫金看來，情節上一切可能出現的場所，只要能成爲人們相聚、交際的地方，不管是大街、小酒館、客廳、澡堂……都會增添一種狂歡場面的意味。而關於這首詩所描繪的場面，那用來養蠶的「公侯之宮」就成爲了人們歡聚的場所，蠶婦爲公侯養蠶，人數眾多，連人都分辯不出，只能看見首飾之眾，彰顯出一種狂歡廣場的場面。

　　在後代有關古代桑蠶禮的典籍資料中，我們也可以找到相應的文字記載。《通典》卷四六《先蠶》載，歷代王朝均沿循周制，季春之時，后妃率內外命婦祀先蠶而躬桑，以勸蠶事，禮儀十分隆重。其中關於晉代制度的論述較爲詳細：

> ……先蠶壇……在皇后採桑壇東南帷宮外門之外，而
>
> 東南去帷宮十丈，在蠶室西南，桑林在其東……

帷宮即圍宮，也就是《祭義》中所提到的「築宮仞有三尺，棘牆而外閉之」的蠶宮。蠶室、桑壇在宮內，桑林（即公桑）在宮外。先蠶、

〔註54〕方玉潤，《詩經原始》〔M〕，北京：中華書局，1986年版，第97頁。

採桑二壇為行禮之所。皇后既行躬桑之禮於桑壇，而桑林在其東，則所謂躬桑，非為就樹採之可知。其禮之行：

> 躬桑日……皇后至西郊，升壇，公主以下陪列壇東。
>
> 皇后東面躬桑，採三條，諸妃公主各採五條，縣鄉君以下
> 各採九條，悉以桑授蠶母，還蠶室。

如上所引，並根據《通典》北齊（卷四六）及唐開元禮（卷一百一十五）等史料的記載，升壇採桑為皇后一人，採用鉤，有女官執鉤筐者奉侍，餘皆就壇下每等異位採之。而各三條五條九條者，自是取於相去異地之桑林。不難想見，春季的這場盛大的活動，動用了多少人力，場面又是何等隆重。

勞動本身是快樂的，勞動場面更是快樂的。狂歡精神就是一種快樂哲學，它能發現問題並用玩笑的態度將問題解決，從而獲得一種精神超越和心理滿足。它是人類精神的一個重要方面，它不僅僅只存在於狂歡節之中，它在狂歡化的文學，甚至在整個人類的文化中，都是普遍存在的。就心理機能而言，它具有釋放的功能。就像法國柏格森說的那樣，它是「一種自由意識的突然放縱」，「心理的一種解脫，一種心靈的鬆弛，一種壓迫被移除的快感。」它是民眾能量釋放的一條途徑。狂歡世界是暫時的、相對的、象徵性的，但烏托邦的意義並不因此而喪失，它的意義正在於它與現實的距離，它對現實的批判和超越，它體現了人類追求至善至美的精神力量。

第三節　婚俗的狂歡

愛情是永恒的主旋律，在先秦漢魏晉南北朝時期當然也不例外。先秦漢魏晉南北朝詩歌中的婚姻戀愛詩佔有很大的比重。而且在這個時期，很多後世對於兩性關係的束縛和枷鎖還沒有體現出來，因此這個時期的詩歌中所表現出來的男女情愛、婚戀關係是很直接和大膽的，體現在婚俗上，也具有一定的狂歡化色彩。

婚姻，即嫁娶。《詩經·鄭風·豐》《詩序》云：「婚姻之道缺，

陽倡而陰不和，男行而女不隨。」《疏》云：「論其男女之身，謂之嫁娶；指其好合之際，謂之婚姻。嫁娶，婚姻，其事是一。」〔註55〕又《爾雅・釋親》：「婿之父爲姻，婦之父爲婚……婦之父母，婿之父母，相謂爲婚姻。」〔註56〕由此可見，家族的構成、親族的產生都源於婚姻。因此婚姻是人們生活中極其重要的組成部分。

　　先秦漢魏晉南北朝詩歌中婚姻詩歌的內容豐富，韻味獨特，有反映青年男女戀愛的甜蜜與執著；有反映男婚女嫁時婚慶的熱鬧場面；也有反映婚後夫妻生活的和諧與幸福等等。這些內容豐富的愛情詩篇再現了當時的婚戀習俗和愛情觀，像一幅歷史的畫卷展示在我們面前，清晰地再現了當時的場景。

一、戀愛習俗的狂歡

　　戀愛習俗是婚姻習俗中的一個重要層面。出現在遠古時代的這些質樸而單純的情詩向我們真實地展現了那個時代男女情愛的種種習俗以及在愛情上所表現的狂歡心態。

　　先秦漢魏晉南北朝詩歌中戀愛習俗的狂歡化首先表現在男女之間大膽的表白上。在這些戀愛詩中，很多青年男女表現得非常大膽、直率，他們不顧制度、禮教上的束縛，對喜歡的人進行大膽地表白與追求。最典型的代表就是《詩經・召南・摽有梅》：

　　　　摽有梅，其實七分。求我庶士，迨其吉分。
　　　　摽有梅，其實三分。求我庶士，迨其今分。
　　　　摽有梅，頃筐塈之。求我庶士，迨其謂之。

這個女子看到果實成熟，漸次凋落，不禁對自己的婚事越發地著急起來，龔橙《詩本義》說此詩「急婿也」，一個「急」字確實點透了主人公焦灼難耐的心理。這位女子愈來愈迫切地希望男方及時相迎娶，

〔註55〕〔唐〕孔穎達，《毛詩正義》，《十三經注疏》〔M〕，上冊，北京：中華書局，1980 年 9 月版，第 334 頁。
〔註56〕《爾雅》，《十三經注疏》〔M〕，北京：中華書局，1980 年 9 月版，第 27 頁。

否則青春逝去，就難以找到合適的對象。就連等待戀人到來的時間長一點，也會委屈地抱怨：「未見君子，憂心忡忡。亦既見止，亦既覯止，我心則降。」(《詩經·召南·草蟲》)而在《詩經·王風·采葛》中，那位採集植物的姑娘思念情人的程度更是厲害：

> 彼采葛兮，一日不見，如三月兮！
> 彼采蕭兮，一日不見，如三秋兮！
> 彼采艾兮！一日不見，如三歲兮！

這真是驗證了孔老夫子後來說的話：「吾未見好德如好色者也。」弗洛伊德也說：「對美的愛，好像是被抑制的衝動的最完美的例證。美和魅力，是性對象最原始的特徵。」〔註57〕這裡，主人公是人群力量實現的載體，是人群帶給個人的福祉與災難的承受者。這些大膽追求愛情的男男女女都生活於社會的底層，生存於政治文化制度的邊緣，他們是人群的代表，在追求愛情的故事中發揮著關鍵性的作用，他們的參與帶來的是詩歌作品的世俗化、民間化、狂歡化。精神分析學一直把文藝看作是作家和讀者實現自己快樂原則的活動，認為「藝術家的第一目標是使自己自由，並且靠著把他的作品傳述給其他一些有著同樣被壓抑願望的人們，他使這些人有著同樣的發泄」。〔註58〕為了使願望的實現不顯得唐突，藝術家用美的規律，快樂的形式進行表現，所以把人釋放本能、實現願望的過程變成了藝術享受的過程。

《詩經·邶風·匏有苦葉》，也是寫一位女子對一位男子的愛慕：

> 匏有苦葉，濟有深涉。深則厲，淺則揭。
> 有瀰濟盈，有鷕雉鳴。濟盈不濡軌，雉鳴求其牡。
> 雍雍鳴雁，旭日始旦。士如歸妻，迨冰未泮。
> 招招舟子，人涉卬否。不涉卬否，卬須我友。

這位女子在濟水的岸邊急切地等待著她愛戀的人，希望他能儘快來

〔註57〕〔奧〕弗洛伊德，《弗洛伊德論美文選》〔M〕，張喚民，陳偉奇譯，北京：知識出版社，1987年版，第172頁。

〔註58〕〔奧〕弗洛伊德，《弗洛伊德論美文選》〔M〕，張喚民，陳偉奇譯，北京：知識出版社，1987年版，第139頁。

迎娶自己。余冠英先生評價這首詩的時候說：「一個女子正在岸邊徘徊，她惦著住在河那邊的未婚夫，心想：他如果沒忘了結婚的事，該趁著河裏還不曾結冰，趕快來迎娶才是，再遲恐怕來不及了。」〔註59〕黑格爾曾經說過：「愛情在女子身上特別顯得美，因為女子把全部精神生活和現實生活都集中愛情裏或擴大成為愛情，她只有在愛情裏才找到生命的支持力。」

　　當然，不光是女子表露大膽，男子更是如此，他們在偶然間遇到了自己心愛的女子，「有美一人，清揚婉兮。邂逅相遇，適我願兮。」（《詩經·鄭風·野有蔓草》）便會茶飯不思，日夜想念，「窈窕淑女，寤寐求之。求之不得，寤寐思服。悠哉悠哉，輾轉反側。」（《詩經·周南·關雎》）若是這女子同意和他見面，男子就早早地在約會的地方焦急地等待著，「靜女其姝，俟我于城隅。愛而不見，搔首踟躕。」（《詩經·邶風·靜女》）女子調皮地和他捉迷藏，男子便急得抓耳撓腮。一旦女子出現，他則高興地與心愛的女子「與子偕臧」。

　　《詩經·鄭風·出其東門》則表現了一個男子對妻子的忠貞不二：

　　　　　出其東門，有女如雲。雖則如雲。
　　　　　匪我思存。縞衣綦巾，聊樂我員。
　　　　　出其闉闍，有女如荼。雖則如荼，
　　　　　匪我思且。縞衣茹藘，聊可與娛。

詩人以「縞衣綦巾」、「縞衣茹藘」來稱呼他的妻子。白衣綠裙紅圍腰，穿著樸素的女子在詩人的眼裏是如此美麗，遠遠勝過那些如花如雲的美女，因為那身衣裙恰恰標誌著妻子淳樸嫻靜的品格，而這正是他傾心愛戀妻子的地方。詩人借助詩歌將自己對妻子的愛大膽地表露出來，並堅定地表示：我最愛的還是生活儉樸、安於貧賤的妻子。

　　從這些男女之間大膽表白的戀歌中，我們可以看到在那個年代，

〔註59〕余冠英，《詩經選》〔M〕，北京：人民文學出版社，1982 年版，第33頁。

男女之間都能按照自己的本意來抒發情感，女子對男子進行細膩、多情的展露，男子對女子進行坦率而熱烈的表白。這樣大膽的表露在早期的戀愛詩中是比較多的，「春秋時候，戰爭頻繁，人口稀少。統治者爲了繁育人口，規定超齡的男女還未結婚的，允許在仲春時候自由相會，自由同居。」〔註60〕本來這一規定只能在仲春時節實行，但是民間的青年男女們受到狂歡節的狂歡化精神影響，在仲春之外的時節也開始主動大膽地追求自己的愛情。他們不管是在勞動的時候，農閒的時候，還是日薄西山的時候，只要內心有思念、有追求就會大膽地表露出來。

　　先秦漢魏晉南北朝詩歌中戀愛習俗的狂歡化還表現在互贈禮物這一行爲上。向心愛的人贈送定情物是自古以來就有的習俗。如《詩經・王風・丘中有麻》：

　　　　丘中有麻，彼留子嗟。彼留子嗟，將其來施施。

　　　　丘中有麥，彼留子國。彼留子國，將其來食。

　　　　丘中有李，彼留之子。彼留之子，貽我佩玖。

此詩的最後一句說的是女子在與情人定情的過程中，情人送給她玉佩的情景。而前面兩句則是這一女子想像著自己心愛的人能帶著禮物和美食送給自己，表達出對自己的愛意，因此說互贈禮物也是時人表述愛情的一種方式。

　　向情人贈送花草以表心迹是那個年代的青年男女常常採用的手段。如《詩經・邶風・靜女》：

　　　　……靜女其孌，貽我彤管。

　　　　彤管有煒，說懌女美。

　　　　自牧歸荑，洵美且異。

　　　　匪女之爲美，美人之貽。

善良又美麗的女子將紅管草、初生的柔嫩花草獻給了心儀的男子，歐陽修《詩本義》云：「蓋男女相悅，用此美色之管相遺，以通情結好

〔註60〕程俊英，《詩經注析》〔M〕，北京：中華書局，1991 年 10 月版，第258 頁。

耳。」〔註61〕而姑娘的饋贈更是讓詩人激動不已，一句「匪女之為美，美人之貽」表露詩人對這一女子的無限情意。

又如《詩經‧鄭風‧溱洧》：「維士與女，伊其將謔，贈之以勺藥。」在溱洧河邊，男和女互相調笑，還摘下芍藥花互相贈送。向情人贈送花草是古人表達愛意的風俗習慣，屈原《九歌‧湘君》云：「採芳洲兮杜若，將以遺兮下女。」這其中的杜若就是香草的名字，是詩人採摘下來想要送給湘夫人的禮物，以盼望湘夫人能迴心轉意。因此，這裡的杜若同樣代表了詩人心中濃濃的愛意。

在《詩經‧衛風‧木瓜》中表現男女互贈禮物的習俗最為明顯：

　　　投我以木瓜，報之以瓊琚。匪報也，永以為好也！
　　　投我以木桃，報之以瓊瑤。匪報也，永以為好也！
　　　投我以木李，報之以瓊玖。匪報也，永以為好也！

朱熹云：「亦男女相贈答之詞」，程俊英在《詩經注析》中解釋這首詩的時候認為其中的「投」「含有贈送之意」，〔註62〕並且說：「風詩中凡男女兩性定情之後，男的多以佩玉贈女。」〔註63〕除此之外，在《詩經‧女曰雞鳴》中也出現了「雜佩以贈之」，《丘中有麻》中還有「貽我佩玖」的說法。

除了以上這些浪漫的愛情禮物之外，還有一些詩歌表現出女子用親手縫製的衣服來表達愛情。

　　　豈曰無衣？七兮。不如子之衣，安且吉兮！
　　　豈曰無衣？六兮。不如子之衣，安且燠兮！（《詩經‧
唐風‧無衣》）

　　　緇衣之宜兮，敝，予又改為兮。適子之館兮。還，予
　　授子之粲兮。

〔註61〕 程俊英，《詩經注析》〔M〕，北京：中華書局，1991 年 10 月版，第 116～117 頁。

〔註62〕 程俊英，《詩經注析》〔M〕，北京：中華書局，1991 年 10 月版，第 192 頁。

〔註63〕 程俊英，《詩經注析》〔M〕，北京：中華書局，1991 年 10 月版，第 192 頁。

　　　　緇衣之好兮，敝，予又改造兮。適子之館兮，還，予
授子之粲兮。

　　　　緇衣之席兮，敝，予又改作兮。適子之館兮，還，予
授子之粲兮。（《詩經·鄭風·緇衣》）

這兩首詩都是女子用送給男子的衣服來表達自己對男子的濃濃愛
意。第一首詩是以一個男子的口吻寫的，詩中被稱爲「子」的製衣者
可能是詩人的妻子，但是她已經不在了。聞一多說：「此感舊或傷逝
之作。」﹝註64﹞這位妻子曾親手給詩人縫製了一件衣服，所以他每天
都穿著，不是沒有別的衣服穿，而是「不如子之衣」，這句話就點明
了這對男女之間眞摯的愛情。

　　　　第二首詩是以一個女子的口吻寫的。緇衣是當時卿大夫私朝的
時候穿的衣服，這女子可能就是這位卿大夫的妻妾，她把自己縫製
的衣服送給丈夫穿，衣服穿在男子身上非常合身，在這件衣服破了
之後，她又重新做了一件。

　　　　在狂歡化精神的影響下，戀愛詩中的女性還開始要求自由的婚
姻，向往無拘無束的生活，不想再遵守「父母之命、媒妁之言」。因
此會有《召南·野有死麕》中那個幸運的獵人，只憑獵來的小鹿和砍
來的木柴做禮物，就換取了一位溫柔如玉的少女的芳心，並以身相許。

　　　　野有死麕，白茅包之。有女懷春，吉士誘之。

　　　　林有樸樕，野有死鹿。白茅純束，有女如玉。

　　　　舒而脫脫兮，無感我帨兮，無使尨也吠。

不論是贈送佩玉、花草還是衣物，都表現出先秦漢魏晉南北朝時期戀
愛風俗的狂歡化色彩。男女之間大膽地示愛，這些禮物中不知寄託了
他們多少情思。

　　　　最後，先秦漢魏晉南北朝詩歌戀愛風俗的狂歡化還表現在男女
的幽期密約上。我們不難想像他們約會的目的就是爲了肉體的結
合，但是，誰又能否認「完整的愛欲是情、欲的和諧統一，是精神

﹝註64﹞《聞一多全集》（4）﹝M﹞，武漢：湖北人民出版社，1993 年版，第
191 頁。

渴望與肉體要求的完美結合，而愛欲的實現最終要落實到肉體的結合、快樂的享受中。」〔註65〕

如《詩經・齊風・東方之日》裏大膽追求心儀男子的姑娘就一直在戀人的房間裏，和戀人約會：

> 東方之日兮，彼姝者子，在我室兮。在我室兮，履我
> 即兮。
> 東方之月兮，彼姝者子，在我闥兮。在我闥兮，履我
> 發兮。

朱熹《詩序辨說》云：「此男女淫奔者所自作。」詩中用兩個細微的動作：「履我即兮」、「履我發兮」形容出這對男女幽會的大膽行為。

《詩經・陳風・東門之枌》則表現了一種特殊的幽會方式：

> 東門之枌，宛丘之栩。子仲之子，婆娑其下。
> 穀旦于差，南方之原。不績其麻，市也婆娑。
> 穀旦于逝，越以鬷邁。視爾如荍，貽我握椒。

朱熹云：「婆娑，舞歌……此男女聚會歌舞，而賦其事以相樂也。」〔註66〕東門外的白榆，宛丘上的栩樹生長茂密，這正是青年男女約會的好去處。詩人愛慕子仲家的姑娘，這是一位紡麻的女子，因為愛好歌舞，甚至放棄了紡麻的日常工作，同情人一起到熱鬧的城市去跳舞。他們屢次相約，共同歌舞，因而產生了愛慕之情。男子讚美女子長得如同美麗的錦葵花一樣，而女子則把花椒贈送給男子，以表達愛情。

當然，並不是所有的幽期密約這種狂歡化行為都能得到美好和完滿的結果，在《詩經・鄭風・子衿》中就描寫了一個女子在「城闕」徘徊，等候情人，而情人卻一直沒有出現，所以她才發出了「一日不見，如三月兮」的感歎。再如《詩經・陳風・東門之楊》描寫了一個

〔註65〕段建軍，陳然興，《邊緣生存者的狂歡──論「三言」中的愛欲小說》〔J〕，2007年第1期，第58～63頁。

〔註66〕〔宋〕朱熹，《詩集傳》〔M〕，上海：上海古籍出版社，1958年版，第81頁。

癡情的人：

> 東門之楊，其葉牂牂。昏以爲期，明星煌煌。
>
> 東門之楊，其葉肺肺。昏以爲期，明星晢晢。

此詩也是寫男女約會，他們相約「昏以爲期」，但是其中一方一直等到天亮，也沒有等到另一方。他沒有死心，從「昏以爲期」一直等到「明星煌煌」，可見對愛情的執著。

　　這些愛情詩，是古老的華夏民族在有了文字記載後，用詩歌表達的對所愛之人的愛慕、思念，讀起來情眞意切。其中的主人公敢於大膽表白、贈送禮物、幽期密約，顯示了時人對待愛情的狂歡化程度。這些詩歌是人類童年時代純眞無邪，而又對世界充滿著愛、滿懷著激情的最好體現。

二、嫁娶禮俗的狂歡

　　嫁娶是人生的大事，任何一個時代和民族都非常看重婚嫁之禮。《禮記·昏儀》云：

> 　　昏禮者，將合二姓之好。上以事宗廟，而下以繼後世也。故君子重之。是以昏禮，納采，問名，納吉、納徵，請期，皆主人筵幾於廟，而拜迎於門外。人揖讓而升，聽命於廟，所以敬愼重正昏禮也……敬愼重正，而後親之，禮之大體。而所以成男女之別，而立夫婦之義也。男女有別，而後夫婦有義；夫婦有義，而後父子有親；父子有親，而後君臣有正。故曰：昏禮者，禮之本也。〔註67〕

這裡闡述了婚禮的內容和重要性，並指出婚禮是「禮之本」。同時，《儀禮》也記載了關於婚禮的準則和儀節，其中在求婚到完婚的過程中有所謂「六禮」，也就是結婚期間必須遵循的六道禮儀。這六道禮儀除了《禮記》中所記載的五道禮儀之外，在《儀禮·士昏禮》中又補充了一道「親迎」，即爲「六禮」：納采、問名、納吉、納徵、請期、親迎。

〔註67〕《禮記》，《十三經注疏》〔M〕，上冊，北京：中華書局，1980 年 9 月版，第 256 頁。

　　所謂納采，是指男方託媒人帶著書信和禮物，到女家說合婚事，如果女方父親接受了禮物，就叫「納采」。所謂問名，是指在女方接受了禮物，表示允許的情況下，男方再派人帶著禮物到女方家裏探問姑娘的名字、年齡等，然後回來在自家的宗廟裏占卜凶吉。所謂納吉，是指如果占卜結果是吉兆，就又派人帶著禮物把佳音告知女方，至此，「婚姻之事於是定」。〔註68〕所謂納徵，是指納吉之後，男方送給女方正式的聘禮，表示訂婚。所謂請期，是指納徵之後，男方再以禮物到女方請訂結婚的日期，這時「主人辭，賓許」，女方要再三表示不敢自定，男方便將預先占卜決定的吉日提出來，這叫「請期」。所謂親迎，是指完婚的吉日定好後，屆時新郎奉父母之命親自到女家迎娶，女子從房中出來，其父領其手遞給婿，婿牽婦手出來，一同上車到婿家。因親迎的時間在黃昏，故稱為「昏禮」。這是一整套婚嫁禮儀的程序，其「真正來源還是古代各階級階層人們長期的婚姻實踐，這種實踐必然會形成一種公認公行的風俗習慣。」〔註69〕因此說，這些婚俗禮儀都是民間化的，它的根源是在民間。

　　　　礼教對民間婚姻的指導和規範，在某種程度上就顯得較為寬鬆和開放。儘管隨著歷史的發展，統治階級的思想也逐步向民間滲透，統治階級也曾向民間推行有關的婚姻禮法，但由於歷史婚俗的傳承性使民間婚戀方式長期處於一種相對穩定的保守狀態，因此統治階級的婚制婚禮在貫徹過程中總要受到民間婚俗的制約，二者一致時，推行婚制就較為順利，不一致時，或以一方為主，或二者各行其是。〔註70〕

〔註68〕〔漢〕鄭玄，《儀禮·士昏禮·注》〔M〕。

〔註69〕程薔、董乃斌，《唐帝國的精神文明──民俗與文學》〔M〕，北京：中國社會科學出版社，1996年版，第254頁。

〔註70〕吳賢哲，李瑨，《先秦婚制和婚俗在〈詩經〉婚戀詩中的反映》〔J〕，《西南民族學院學報》（哲學社會科學版）1998年2月增刊，第137～140頁。

　　所以，這些婚戀詩在某些時期、某些地區表現了某種程度的婚戀自由。這便是先秦漢魏晉南北朝詩歌中那些表現了真情實感和行為自由的情歌得以產生的客觀環境。

　　在《詩經》中，婚慶習俗的詩歌表現得最為充分和具體，原始形態的嫁娶禮儀也最完備。

　　首先表現在「親迎」的隆重和喜慶色彩上。「親迎」是新婿到女家迎娶新娘的儀式，是婚禮中的重要禮儀。「親迎」的交通工具主要是馬車，《詩經‧召南‧鵲巢》就描寫了百輛車子「親迎」的場面：

> 維鵲有巢，維鳩居之。之子于歸，百兩御之。
> 維鵲有巢，維鳩方之。之子于歸，百兩將之。
> 維鵲有巢，維鳩盈之。之子于歸，百兩成之。

這裡是以鳩居雀巢來比喻女子的出嫁。「百兩」，即百輛，比喻「親迎」的車輛眾多。馬瑞臣《毛詩傳箋通釋》云：

> 詩百兩皆指迎者而言，將者，奉也，衛也。首章往迎，
> 則曰御之。二章在途，則曰將之。三章既至，則曰成之。
> 此詩之次也。

這裡展現了隆重的「親迎」儀式：喜鵲在樹上搭窩，鳩鳥住在了裡面，有位姑娘要出嫁，有百輛車子迎接她，百輛車子保衛她，百輛車子迎接她成婚禮。車隊迎親的場面很是壯觀和熱鬧。再如《詩經‧小雅‧鴛鴦》中也有這樣的場面描寫：「乘馬在廄，摧之秣之。君子萬年，福祿艾之。乘馬在廄，秣之摧之。君子萬年，福祿綏之。」

　　此外，《大雅‧韓奕》中描寫的韓侯迎親的場面也非常隆重、壯觀：

> 韓侯取妻，汾王之甥，蹶父之子。
> 韓侯迎止，於蹶之里。
> 百兩彭彭，八鸞鏘鏘，不顯其光。
> 諸娣從之，祁祁如雲。
> 韓侯顧之，爛其盈門。

這裡首先描寫的是韓侯所娶妻子的身份。她是汾水上大夫的外甥女，

是卿士蹶父的女兒，新娘的身份與其「親迎」的場面是很符合的。接著描寫了韓侯迎親的隆重隊伍：韓侯駕車「親迎」，迎親的大街非常熱鬧，有百輛新車都擠在路上，每輛車上八個駕鸞鈴鐺發出叮噹的響聲。「親迎」的場面榮耀顯赫又輝煌。新娘陪嫁的女子多如雲，緊緊跟隨著。

再如《孔雀東南飛》中，劉蘭芝改嫁「府君」時的迎親場面也非常隆重：

> 絡繹如浮雲，青雀白鵠舫，四角龍子幡。婀娜隨風轉，
> 金車玉作輪。躑躅青驄馬，流蘇金縷鞍。齎錢三百萬，皆
> 用青絲穿。雜綵三百疋，交廣市鮭珍。從人四五百，郁郁
> 登郡門。

我們先拋開《孔雀東南飛》這幕悲劇的主題不說，單說這迎親的場面的確是非常盛大的。婚車裝飾得非常漂亮，金碧輝煌，而跟從的人竟然達到了四五百，這是一個多麼浩大的迎親隊伍啊！

其次，一些描寫慶賀結婚的歡樂場面也體現了婚俗的狂歡化精神。如《詩經・周南・桃夭》就是最典型的篇章：

> 桃之夭夭，灼灼其華。之子于歸，宜其室家。
> 桃之夭夭，有蕡其實。之子于歸，宜其家室。
> 桃之夭夭，其葉蓁蓁。之子于歸，宜其家人。

這是一首祝賀新娘的詩。從詩歌反覆詠歎的表現手法上，我們就可以看出民眾的歡樂場面。在這樣歡樂的儀式中，有很多人參與其中，他們在周圍欣賞著、品評著年輕美麗的新娘，稱讚她像春天柔嫩的桃枝和鮮豔的桃花一樣，而且還祝福她的家庭美滿快活。方玉潤《詩經原始》云：「蓋此詩亦詠新婚詩，與《關雎》同為房中樂，如後世催妝筵籌詞。特《關雎》從男求女一面說，此從女歸男一面說，互相掩映，同為美俗。」〔註71〕

等接到了新娘，人們的目光就轉移到新郎的身上，這一天最幸福

〔註71〕方玉潤，《詩經原始》〔M〕，北京：中華書局，1986年版，第82頁。

的人恐怕就是新郎了。如《詩經·周南·樛木》：

　　南有樛木，葛藟累之。樂只君子，福履綏之。

　　南有樛木，葛藟荒之。樂只君子，福履將之。

　　南有樛木，葛藟縈之。樂只君子，福履成之。

詩中以葛藟藤附著樛木來比喻女子嫁給君子。人們歡呼著大聲祝福新
郎新婚快樂，希望上天的福祿永遠伴隨著他。

　　再如《詩經·小雅·鴛鴦》：

　　鴛鴦於飛，畢之羅之。君子萬年，福祿宜之。

　　鴛鴦在梁，戢其左翼。君子萬年，宜其遐福。

　　乘馬在廄，摧之秣之。君子萬年，福祿艾之。

　　乘馬在廄，秣之摧之。君子萬年，福祿綏之。

這是一首祝賀新婚的詩。程俊英在《詩經注析》中解釋這首詩的時候
說：「此詩一、二章以鴛鴦匹鳥，興夫婦愛慕之情。三、四章以摧秣
乘馬，興結婚親迎之禮。」〔註72〕從此詩的內容來看，是典型的祝賀
新婚，詩中的話都是美好的祝願：祝願君子長壽晚年，安享福祿，夫
妻永遠相好。這些美好的祝願寄託了人們渴望幸福婚姻的願望。

　　除了親迎場面與祝賀新婚的詩歌外，還有一些其他方面的婚慶
習俗也表現了狂歡化色彩。如在《詩經·小雅·車舝》中描寫了婚
宴的狂歡化場面：

　　間關車之舝兮，思孌季女逝兮。匪饑匪渴，德音來括。
　雖無好友？式燕且喜。

　　依彼平林，有集維鷮。辰彼碩女，令德來教。式燕且
　譽，好爾無射。

　　雖無旨酒？式飲庶幾。雖無嘉肴？式食庶幾。雖無德
　與女？式歌且舞？

　　……

「《車舝》詩人駕車親迎季女，心中充溢著喜悅，途中所見所聞，不

〔註72〕程俊英，《詩經注析》〔M〕，北京：中華書局，1991 年 10 月版，第
　　684 頁。

論是往迎或歸來，都染上了新婚的濃豔色彩。」〔註73〕在第三章中，詩人想像著舉行新婚宴會的情景。雖然是想像，卻也顯示了當時社會的婚慶習俗：在宴會上有美酒、佳肴，還有歌舞相慶，新郎一再勸新娘多多品嘗。可見婚宴在古代也是一個熱鬧非凡的場景。

在《詩經‧唐風‧綢繆》中還描繪了鬧新房習俗的原始形態。

綢繆束薪，三星在天。今夕何夕，見此良人？子兮子兮，如此良人何？

綢繆束芻，三星在隅。今夕何夕，見此邂逅？子兮子兮，如此邂逅何？

綢繆束楚，三星在戶。今夕何夕，見此粲者？子兮子兮，如此粲者何？

「這是一首祝賀新婚的詩。……不過它和《周南‧桃夭》等賀新婚詩有些不同，帶有戲謔調侃的味道，可能是鬧新房一類的歌唱。」〔註74〕綢繆，緊密纏繞之意。「束楚」、「束薪」都是婚禮的時候用來照明的，就像後代的花燭一樣。「先秦無燈而有燭，燭非現代的用蠟或柏油製成，而為火炬，以松葦竹麻等為中心，經纏束後灌上油膏。」〔註75〕魏源在《詩古微》中說：「三百篇言娶妻者，皆以析薪取興。蓋古者嫁娶必以燎炬為燭，故南山之析薪，車舝之析柞，綢繆之束薪，豳風之伐柯，皆與此錯薪、刈楚同興。」〔註76〕「三星在天」是描寫結婚之夜。一夜之間，三個星座順次出現，為他們的新婚渲染氣氛。接下來是戲弄新人的話：今天夜裏是什麼日子？看見這丈夫喜歡不喜歡？新娘啊新娘，你把丈夫怎麼辦？「今夕何

〔註73〕程俊英，《詩經注析》〔M〕，北京：中華書局，1991 年 10 月版，第689 頁。

〔註74〕程俊英，《詩經注析》〔M〕，北京：中華書局，1991 年 10 月版，第316 頁。

〔註75〕金性堯，《閒坐說詩經》〔M〕，香港：中華書局（香港）有限公司，1990 年版，第 143 頁。

〔註76〕轉引自《詩經注析》〔M〕，北京：中華書局，1991 年 10 月版，第24 頁。

夕」是鬧新房的人故意戲弄新娘的話。「子兮子兮」是鬧新房的人稱呼新娘、新郎的話。第二章的「邂逅」本意是指偶然的相逢,「當時新婚夫婦,婚前並不相熟,如今合在一起,也近於邂逅,如後邊的良緣,含喜出望外之意。」〔註77〕

> 全詩充滿喜慶歡快的氣氛,興句以象徵嫁娶的束薪、三星入景,章末以諧謔新婦新郎的呼告、設問做結,把婚禮上熱鬧的場面、賀客豔羨的神態描寫得如在眼前。尤其是『今夕何夕』四字,雖出自旁人之口,卻將一對新人羞怯怯、喜滋滋的儀容、心理刻畫得細緻入微……〔註78〕

這首詩和其它的賀新婚的詩不同,有明顯的開玩笑的味道,因此該詩被認爲是「後世鬧新房歌曲之祖」。〔註79〕在仲長統的《昌言》卷還記載了漢代鬧新房的情景:「今嫁娶之會,槌杖以督之戲謔,酒醴以趨之情欲,宣淫佚於廣眾之中,顯陰私於族親之間,污風詭俗,生淫長奸,莫此之甚。」〔註80〕又葛洪《抱朴子‧疾謬》中云:「俗間有戲婦之法,於稠眾之中,親屬之前,問以醜言,責其慢對,其爲鄙黷,不可忍論。」〔註81〕由此可見,鬧新房的的習俗到了後代有了繼承和發展,而且狂歡的意味更加濃厚,可以借助酒的力量「宣淫佚於廣眾之中,顯陰私於族親之間」。到現在爲止,一些少數民族也多有此種風俗。人類學者認爲,它屬於原始社會掠奪婚俗的遺迹,成親以前,凡參與搶親的男性,皆有肆意戲弄新娘的權利。以新郎爲戲弄對象,則稱爲「謔郎」,這種習俗所具有的狂歡化色彩是非常濃厚的。

〔註77〕金性堯,《閒坐説詩經》〔M〕,香港:中華書局(香港)有限公司1990年版,第144頁。

〔註78〕程俊英,《詩經注析》〔M〕,北京:中華書局,1991年10月版,第316頁。

〔註79〕陳子展,《詩經直解》〔M〕,(上),上海:復旦大學出版社,1983年版,第353頁。

〔註80〕嚴可均輯,《全上古三代秦漢三國六朝文》〔M〕,北京:中華書局,1985年版,第294頁。

〔註81〕〔晉〕葛洪,《抱朴子》〔M〕,《諸子集成》(八),北京:中華書局,1954年12月版,第149頁。

在這些表現婚俗的詩歌所描繪的場景中，各種類型的人都聚集在一起，交織在一起，大聲歡呼著，爲迎親的隊伍、新婚的場面增加了很多熱鬧和狂歡的氣氛。這種場面和西方的狂歡節場面有著很大的相似性。巴赫金在評價西方狂歡節的時候說：

> 在狂歡節中，人與人之間形成了一種新型的人際關係，通過具體感性的形式、半現實半遊戲的形式表現了出來。這種關係同非狂歡式生活中強大的社會等級關係恰恰相反。人的行爲、姿態、語言，從在非狂歡式生活裏完全左右著人們一切的種種等級地位（階層、宮銜、年齡、財產狀況）中解放出來……〔註82〕

我們從這段話中可以感覺到狂歡節時刻的人們是自由奔放的，是狂歡的，是不考慮等級地位的。人的天性在這一時刻得到了釋放，潛意識之中的狂歡理念也得到了自由的發揮。

三、愛情生活的狂歡

通常說來，結婚之後，漫漫的婚姻生活就會按部就班地趨於平淡，但是我們從先秦漢魏晉南北朝詩歌那些表現婚姻生活的詩歌中依然可以發現狂歡化的色彩。

如一些表現婚姻生活的詩篇就存在著男女之間調笑式對話：

> 女曰雞鳴，士曰昧旦。
> 子興視夜，明星有爛。
> 將翱將翔，弋鳧與雁。（《詩經·鄭風·女曰雞鳴》）
> 雞既鳴矣，朝既盈矣。匪雞則鳴，蒼蠅之聲。（《詩經·齊風·雞鳴》）

這兩首詩都是妻子在叫丈夫起床時的對話，女子說「雞叫了，天亮了，該起床了」，而丈夫不是推說「天還沒亮，是星星太亮」，就是解釋「不是雞叫，而是蒼蠅在叫」。女子的勤勞善良和男子的插科打

〔註82〕〔俄〕巴赫金，《陀思妥耶夫斯基詩學問題》〔M〕，白春仁、顧亞鈴譯，上海：三聯書店，1998 年版，第 176 頁。

諢形成了鮮明的對比，讓人讀起來禁不住發笑。但在輕鬆諧趣的笑聲中，又能體會出他們夫婦的情深。這種插科打諢從非狂歡式的生活邏輯來看是不得體的，不符合社會風俗的，但是按照巴赫金的理論，在狂歡節中，它「使人的本質的潛在方面，得以通過具體感性的形式揭示並表現出來。」〔註83〕除此之外，它還起著調劑氣氛的娛樂作用。

> 狂歡節不妨說是一種功用，而不是一種實體。它不把任何東西看成是絕對的，卻主張一切都具有令人發笑的相對性。〔註84〕

因此說，狂歡節期間的生活，是脫離了常軌的「第二種生活」，決定著普通的，即非狂歡生活的規矩和秩序的那些法令、禁令和限制，在狂歡節一段時間裏被取消了，因此，在狂歡節的世界中現存的權威和真理成了相對的。「神聖同粗俗、崇高與卑下、偉大同渺小、聰穎與愚鈍等接近起來或融為一體，它們之間的界線被打破、鴻溝被填平。」〔註85〕

當我們在今天用不同的角度來重新審視先秦漢魏晉南北朝詩歌中的婚戀詩的時候，我們可以發現這些遠古先民所具有的與眾不同的愛情模式。在狂歡節之後，他們依然用狂歡節的精神來鼓舞自己，不管是語言上的狂歡還是行為上的狂歡，這些婚戀詩都以狂歡精神摧毀了禮教制度的思想體系，使得當時的女性變得出位、大膽，勇於表露內心的真實想法。在正統文學所不齒的範疇貫以一種普通民眾喜聞樂見的形式，使得這些婚戀詩在狂歡精神的指導下具有了那些所謂正統文學所不具有的開放性和多義性。因此巴赫金說：

> 狂歡節不是藝術的戲劇演出形式，而似乎是生活本身

〔註83〕〔俄〕巴赫金，《陀思妥耶夫斯基詩學問題》〔M〕，白春仁、顧亞鈴譯，上海：三聯書店，1998年版，第176頁。

〔註84〕〔俄〕巴赫金，《陀思妥耶夫斯基詩學問題》〔M〕，白春仁、顧亞鈴譯，上海：三聯書店，1998年版，第178～179頁。

〔註85〕夏忠憲，《巴赫金狂歡化詩學理論》〔J〕，《北京師範大學學報》（社會科學版），1994年第5期，74～82頁。

現實的（但也是暫時的）形式，人們不只是表演這種形式，
而是幾乎實際上（在狂歡節期間）就那樣生活。也可以這
樣說：在狂歡節上，生活本身在演出，這是沒有舞臺、沒
有腳燈、沒有演員、沒有觀眾，即沒有任何戲劇藝術特點
的演出，這是展示自己存在的另一種自由（任意）的形式，
這是自己在最好的方式上的再生與更新。在這裡，現實的
生活形式同時也就是它的再生的理想形式。〔註86〕

婚俗上的這些狂歡表現超脫了往日各種規矩的局限和束縛，形成了
一個任所有人自由發揮的舞臺。在這個舞臺上，沒有劇本，人們可
以隨性地發揮、任意地表演，將自己內心的真實想法傳達給觀眾，
無論是嬉鬧、粗鄙、低下，在這個地方都可以自由上演。

第四節　樂舞的狂歡

　　我們這裡所說的「樂舞」指的是載歌載舞或者樂器演奏等遊藝
形式。先秦漢魏晉南北朝時期有一些詩歌反映了歌舞習俗，說明華
夏民族自古就有喜歡歌舞的民風。載歌載舞是一種古老的表演形
式，在《詩大序》中記載了音樂、舞蹈產生的原因：

　　　詩者，志之所之也，在心為志，發言為詩。情動於中
而形於言，言之不足故嗟歎之，嗟歎之不足故永歌之，永
歌之不足，不知手之舞之，足之蹈之也。〔註87〕

可見，音樂、舞蹈的產生是與詩歌有著密切聯繫的。詩歌是用語言的
方式來表達內心的想法，當語言不足以表達的時候就用歌聲，當歌聲
也不足以表達的時候，就產生了舞蹈。這段論述表明音樂、舞蹈的產
生與詩歌有著密不可分的關係。《禮記·樂記》云：

　　　詩，言其志也；歌，詠其聲也；舞，動其容也。三者
本於心，然後樂器從之。

〔註86〕〔俄〕巴赫金，《拉伯雷研究》〔M〕，白春仁、夏忠憲等譯，石家莊：
河北教育出版社，1998年版，第9頁。

〔註87〕〔唐〕孔穎達，《毛詩正義》〔M〕，《十三經注疏》上冊，北京：中
華書局，1980年9月版，第270頁。

由此看來，在遠古時期，詩歌、音樂、舞蹈是三位一體、不可分割的，具有緊密的內在聯繫。

關於樂舞的形態，在《呂氏春秋‧古樂篇》中我們可以發現：

> 昔葛天氏之樂，三人操牛尾，投足以歌八闋：一曰「載民」，二曰「玄鳥」，三曰「逐草木」，四曰「奮五穀」，五曰「敬天常」，六曰「建帝功」，七曰「依地德」，八曰「總禽獸之極」。

「八闋」可能是最古老的一套樂曲，有歌有舞。從這則記載上我們可以看出遠古時期的舞姿非常簡單，歌舞的基本形態就是以反映生產實踐活動爲主的。《呂氏春秋‧古樂篇》又云：

> 昔陶唐氏之始，陰多滯伏而湛積，水道壅塞，不行其原，民氣鬱閼而滯著，筋骨瑟縮不達，故作爲舞以宣導之。

說明原始社會的人們是在勞動中產生了音樂和舞蹈。這些樂舞可以出現在狩獵活動中，出現在採集勞動中，出現在男女聚會的場合中。不光在這些無拘束的場合裏，即使是在祭祀這樣的場合中，也會出現樂舞的狂歡。

樂舞完全屬於民俗文化的一部分。因爲民俗作爲一種文化形態，是人的生存本能及生活本身中的文化。民俗文化是生命的文化，是沒有從生活中掙脫出來的文化，所以又稱之爲民俗生活。生命是需要歌唱、需要哭和喊、需要各種民俗儀式活動的，這就是民俗產生的原動力。民俗事象把一切崇高的、精神性的、理想的和抽象的生活意象下移至不可分割的物質和肉體的層次，因此會在世俗和日常中表現出精神信仰和廣闊、深刻的思想境界。

一、民間樂舞

先秦漢魏晉南北朝時期的民間樂舞給人最強烈的感受就是「萬舞奕奕，鐘鼓煌煌」（張衡《東京賦》）的浩蕩場景，以及從中顯露出來的粗獷奔放、健朗壯美的文化形態，這是先秦漢魏晉南北朝之際樂舞文化區別於其它時代樂舞文化的突出審美特點。

　　民間樂舞可以出現在任何時候、任何地點，不受時間、場所、人數的限制，表現出很大的隨意性。就如同我國少數民族的山歌或民間對歌形式一樣。

　　如《詩經‧齊風‧還》就是一首獵人之間對唱的歌曲：

> 子之還兮，遭我乎狃之間兮。並驅從兩肩兮，揖我謂
> 我儇兮。
>
> 子之茂兮，遭我乎狃之道兮。並驅從兩牡兮，揖我謂
> 我好兮。
>
> 子之昌兮，遭我乎狃之陽兮。並驅從兩狼兮，揖我謂
> 我臧兮。

這首詩是獵人在路上相遇，通過對唱的形式互相讚美。他們用粗獷愉快的調子，歌詠出獵生活。方玉潤《詩經原始》中引章潢曰：「『子之還兮』，己譽人也。『謂我儇兮』，人譽己也。『並驅』，則人己皆與有能也。寥寥數語，自具分合變化之妙。獵固便捷，詩亦輕利，神乎技矣！」〔註88〕章潢的評價將短短的幾句詩歌中獵人之間的溢美之詞挖掘出來。獵人用粗獷愉快的調子，歌詠出獵生活，表現出對美好的狩獵生活的一種熱愛。

　　《詩經‧陳風‧宛丘》出現了對舞蹈形態的細緻描寫。愛好舞蹈是陳國的民間風俗，鄭玄《詩譜》云：「大姬無子，好巫覡禱祈、鬼神歌舞之樂，民俗化而為之。」正說明了陳國的民間風俗是愛好跳舞，巫風盛行。舞蹈的人不僅有樂器伴奏，而且還手裏拿著舞具，盡情地展示自己的舞姿與風采：

> 子之湯兮，宛丘之上兮。洵有情兮，而無望兮。
>
> 坎其擊鼓，宛丘之下。無冬無夏，值其鷺羽。
>
> 坎其擊缶，宛丘之道。無冬無夏，值其鷺翿。

這首詩描寫的「是一個以巫為職業的舞女」。〔註89〕《說文解字》中云：「巫，祝也。女能事無形，以舞降神者也。」巫舞的形式是羽舞，

〔註88〕方玉潤，《詩經原始》〔M〕，北京：中華書局，1986年版，第230頁。

〔註89〕程俊英，《詩經注析》〔M〕，北京：中華書局，1991年10月版，第362頁。

跳的時候「用鳥羽製成傘形的翳，拿在手裏，舞時蓋在頭上，像鳥一般。同時敲擊鼓或瓦盆來打拍子，以調節舞步。」〔註90〕詩歌中的女子正是以這種舞姿吸引了一位男子的注意，並對她產生了愛慕之情，但是苦於無法得到她的愛。接著就細緻地描寫了巫女的舞姿，爲其伴奏的是冬冬的鼓聲，當當的缶聲。舞者手裏拿著鷺羽，頭上還戴著鷺羽，如同飛鳥一般。

再如《詩經‧王風‧君子陽陽》也是一首反映樂舞形態的詩篇：

　　君子陽陽，左執簧，右招我由房，其樂只且！
　　君子陶陶，左執翿，右招我由敖，其樂只且！

這是一首描寫「舞師和樂工共同歌舞的詩」〔註91〕。君子，指的是「舞者」。由房，樂曲名。由敖，舞曲名。翿，用五彩野雞羽毛做的扇形的舞蹈用具。舞者左手舉起吹奏的笙簧，右手召喚人奏「由房」之樂，快樂而得意。舞者不僅手裏拿著樂器，而且還拿著非常好看的舞蹈用具，召喚他人與之共同舞蹈。我們從這首詩中可以看到舞者一邊吹奏一邊跳舞的歡樂場景，其他的人也可以加入，表現出了一種狂熱的氣氛，程俊英在《詩經注析》中評價這首詩的時候，認爲「這首詩描繪舞師神態生動活潑，格調輕鬆愉快，……恐怕是一種『人生得意須盡歡』心理的反映。」〔註92〕

漢代是中國樂舞文化的又一個高潮，是繼周代後，樂舞文化大發展大繁榮的時代。「帝王、將相、達官、顯貴、富豪、巨商、小吏、學者、隱士、士人，他們隨時隨地都能把自己的喜、怒、哀、樂感情行諸歌舞，即興歌舞。」〔註93〕在現存的大量文獻資料中，詳實

〔註90〕程俊英，《詩經注析》〔M〕，北京：中華書局，1991 年 10 月版，第362 頁。

〔註91〕程俊英，《詩經注析》〔M〕，北京：中華書局，1991 年 10 月版，第199 頁。

〔註92〕程俊英，《詩經注析》〔M〕，北京：中華書局，1991 年 10 月版，第200 頁。

〔註93〕張永鑫，《漢樂府研究》〔M〕，南京：江蘇古籍出版社，1992 年 6 月版，第 228 頁。

而又生動地記載了漢代各階層的樂舞文化活動，突出地表現了漢代人民能歌善舞的精神風貌。

　　蔡邕在《樂令章句》中說：「舞者，樂之容也。有俯仰、張翕、行綴，長短之制。」所以說漢代的樂舞有各種表現形式，最具代表性的就是「角抵戲」。角抵戲又稱「散樂」或「百戲」，出自民間，包含各種新奇的幻術、雜技、滑稽表演、樂舞等表演藝術形式，故亦稱「百戲」。《漢書・武帝紀》載：「元封三年（前 108 年）春，作角抵戲，三百里內皆來觀。……元封六年（前 105 年）夏，京師民觀角抵於上林平樂館。」此外，角抵戲還是招待外賓和少數民族首領的節目，如《漢書・西域傳》載文帝、景帝時常常「設酒池肉林以饗四夷之客，作《巴俞》、都盧、海中《碭極》、漫衍魚龍、角抵之戲，以觀視之。又《後漢書・東夷列傳》：「順帝永和元年（公元 136 年），其王（指東夷夫餘國王）來朝京師，帝作黃門鼓吹、角抵戲以遣之。」另外《後漢書・東夷傳》載，當時馬韓，「常以五月田竟祭鬼神，晝夜酒會，群聚歌舞，舞輒數十人相隨蹋地爲節。」民間的這個舞蹈被稱爲「連臂踏地」之舞，在漢初已經傳入了宮廷。《西京雜記》載：漢高祖與戚夫人在「良時十月十五日，共入靈女廟，以豚黍樂神，吹笛擊築，歌《上靈》之曲，既而相與連臂踏地爲節，歌《赤鳳凰來》。」由此，「樂舞成爲漢代社會各階層的一種時尚，無論是朝廷中人還是民間百姓，都好以樂舞來表達情緒、娛人娛己。」〔註94〕

　　由於漢代的民間樂舞是在先秦時期民間樂舞的基礎上發展起來的，因此，漢代樂舞是青出於藍而勝於藍，其輝宏的氣勢比先秦時期更勝一籌。

　　首先是漢樂舞展現出渾厚、蒼涼、高亢、雄壯的聲響。傅毅《舞賦》中說：「動朱唇，紆清陽，亢音高歌爲樂方」，指出了漢樂舞以

〔註94〕吳賢哲，《民族民間樂舞的繁興與漢樂府體詩歌的產生》〔J〕，《内江師範學院學報》，2004 年第 1 期，第 61～66 頁。

高亢為主的審美特點。特別值得一提的是鼓的重要作用。漢代主要的舞蹈大多以鼓為名，鼓舞堪稱漢代樂舞的主要形式。除鼓外，還有以鐸、鐘、磐、鉦等響器為道具的舞蹈，如《鐸舞》、《磐舞》等。通常，這些響器跟鼓配合使用，構成以打擊樂為主要伴器的樂舞音響效果。可以想像，當這些鼓樂響起，呈現出的該是何等驚心動魄的大氣勢。對此，時人有很多記載。《漢書‧禮樂志》中有「殷殷鍾石羽籥鳴」之句；張衡的《東京賦》中有「撞洪鐘，伐靈鼓，旁震八鄙，軒磕隱訇，若疾霆轉雷而激迅風也」之歎。從這些描述中，不難感受到漢樂舞宏大、壯偉的場面與魄力。

漢代樂舞的動作也顯示出粗獷、勁健、迅疾、奔放的審美特徵，在這方面，各種鼓舞最為典型。如《盤鼓舞》，舞者不僅要踏鼓，還要踏盤，其動作表現為一系列踢踏、旋轉、跳動、騰越的健美姿態。漢代傅毅在《舞賦》中曾描寫《盤鼓舞》中女舞人獨舞、群舞的情景。因為是女舞人，所以免不了有一些「柔性」描寫，如「綽約閒靡」、「機迅體輕」之類，但她們畢竟是大漢時代的女舞人，因此她們的動作姿態更多的是柔中見剛、溫婉而奔放。在舉手投足之際，讓人感受到一種強烈的出似疾風、躍比驚鴻、靜若處子、動如脫兔的矯健之氣和急速之美。男舞人的動作姿態就更加壯美了。從漢畫像石、畫像磚資料中我們可以找到「武舞」的形象。「武舞」即為手執武器的舞蹈，舞蹈的名稱以手執的武器種類來命名。其主要形式有《劍舞》、《棍舞》、《刀舞》、《干舞》、《戚舞》、《拳舞》等等。「武舞」在當時是很流行的，這是典型的男人的舞蹈，其舞姿也呈現剛健有力、威猛張揚的風采。《劍舞》則劍拔弩張；《棍舞》則虎虎生威；《刀舞》則威勢逼人；《拳舞》則抑揚驍勇……總之「武舞」無一不透露出狂野雄豪之氣魄。

毫無疑問，樂舞顯示出一種外在的、感性的、直觀的美。它內在地凝結著時代特有的審美文化理想，彰顯著人們特有的宇宙觀念、主體意識、生命衝動和創造激情，昭示著當時的人們渴望向外開拓、佔有萬物、征服世界的偉大信念和情懷。

二、祭祀樂舞

祭祀是古人日常生活中一個非常重要的活動，並且有許多內涵意義，天地鬼神、日月山川、列祖列宗，都要享受祭祀，甚至還要舉行祭四方、祭四時、祈年、報賽等活動。祭祀起源於原始社會人類對超自然力的「神靈」的崇拜，是爲了建立、維持或恢復人與「神」的良好關係而將物品敬獻給神靈的宗教儀式。祭祀佔據著遠古人類大部分的精神生活。因此人們在舉行祭祀儀式的當時或者在儀式結束之後，經常舉行盛大的狂歡儀式，以增進與「神」的溝通。

在先秦漢魏晉南北朝詩歌中有一些用於祭祀的樂舞，這雖然不是屬於群眾性娛樂的民間樂舞，但是屬於大型樂舞的形態。祭祀樂舞的規模要比民間樂舞的規模更大，參與的人數更多，使用的舞具和樂器也更複雜。如《詩經‧邶風‧簡兮》：

> 簡兮簡兮，方將萬舞。日之方中，在前上處。
> 碩人俣俣，公庭萬舞。有力如虎，執轡如組。
> 左手執籥，右手秉翟。赫如渥赭，公言錫爵。
> ……

簡，形容鼓的聲音。萬舞，「爲古代大規模舞蹈之一，用之於朝廷，用之於宗廟、山川」〔註95〕。萬舞從內容上可以分爲文舞、武舞兩部分。在這首詩中，我們首先看到的是萬舞的氣勢：在冬冬的鑼鼓聲中，萬舞就要開始表演了。表演的時間大約是在正午時分，舞師排在最前面的位置上。指揮「萬舞」的人身材高大，在廟堂前指揮著。他扮演成武士，力氣大得像老虎。手裏拿著繮繩，按照節拍，彷彿像在織布。再下面就描寫了文舞的盛況：舞師左手拿著籥，右手揮起野雞的尾巴，臉紅得像染了顏色，衛公說要賜給他酒喝。從這裡我們可以看出，當時這種祭祀樂舞與民間樂舞有一些不同，祭祀樂舞的規模更大，人數更多，而且還有舞蹈的時間和場地的要求，要比民間樂舞更加輝宏一些。

〔註95〕陳子展，《詩經直解》（上）〔M〕，上海：復旦大學出版社，1983 年版，第 114 頁。

先秦漢魏晉南北朝詩歌中所體現的這些祭祀樂舞也分爲不同的
形式和內容，主要有祭祀祖先神的樂舞以及祭祀自然神的樂舞。

（一）祖先神祭祀樂舞

人類對自己的祖先崇拜由來已久。《禮記・郊特牲》云：「人本乎
祖，此所以配上帝也。」人們崇拜祖先、祭祀祖先的神靈，目的是希
望能得到祖先的保祐。在古代，人們對於很多自然現象無法找到合理
的解釋，因此，只能用自然崇拜的觀念來解釋社會歷史問題。

人們對祖先神祭祀的狂歡是伴隨著對祖先神的崇拜而來的，所
以在很多詩歌中都是以對祖先的歌頌開篇。如《詩經・商頌・那》
和《詩經・商頌・烈祖》是祭祀商的祖先成湯的樂歌，在詩歌中，
作者首先讚頌了祖先開疆建邦的功勞，稱頌了祖先的偉業：

> 湯孫奏假，綏我思成。（《詩經・商頌・那》）
>
> 嗟嗟烈祖！有秩斯祜。申錫無疆，及爾斯所。（《詩經・
> 商頌・烈祖》）

接著才開始用清酒和美味佳肴來祭祀：「既載清酤，賚我思成。亦有
和羹，既戒既平。」《那》中還具體描寫了祭祀的盛大而熱烈場面，
同時，這種盛大的場面伴隨著樂舞的應和：

> 猗與那與！置我鞉鼓。奏鼓簡簡，衎我烈祖。……鞉
> 鼓淵淵，嘒嘒管聲。既和且平，依我磬聲。

「這是春秋宋君祭祀祖先的樂歌。」〔註96〕這個場面的描寫，讓我們
彷彿看到了堂上豎起的波浪鼓，咚咚不停地敲著，其他的竹管發出嘒
嘒的聲音。在鐘鼓的伴奏下，洋洋萬舞跳了起來，場面盛大、曲調和
諧，人們都喜氣洋洋。馬瑞臣《毛詩傳箋通釋》曰：「萬爲大舞，故
奕爲大貌。古者樂與舞相接，上文依我磬聲，爲樂之終，故下即言萬
舞有奕，爲舞之始。」

在這些祖先神的祭祀描寫中，人們忙碌著、笑著、舞蹈著，又

〔註96〕程俊英，《詩經注析》〔M〕，北京：中華書局，1991 年 10 月版，第
1023 頁。

像是表演，又像是生活，「在狂歡節上是生活本身在表演，而表演又暫時變成了生活本身。狂歡節的特殊本性，其特殊的存在性質就在於此。」〔註97〕還有《詩經·小雅·賓之初筵》：「籥舞笙鼓，樂既和奏。烝衎烈祖，以洽百禮。」手中拿著籥起舞，笙鼓來伴奏，從樂齊奏，和諧歡快，在祖先神靈面前娛樂，按照周禮行事祭祖，反映的也是祭祀時候的樂舞情況。

在《楚辭》中也有此類的詩歌，如《楚辭·大招》中就有對祭祀樂舞場面的描寫：

> 代秦鄭衛，鳴竽張只。
> 伏戲駕辯，楚勞商只。
> 謳和揚阿，趙蕭倡只。
> 魂乎歸來！定空桑只。
> 二八接舞，投詩賦只。
> 叩鐘調磬，娛人亂只。
> 四上競氣，極聲變只。
> 魂乎歸來！聽歌譔只。
> 二八接舞，投詩賦只。
> 叩鐘調磬，娛人亂只。
> 四上競氣，極聲變只。
> 魂乎歸來！聽歌撰只。

在這場樂舞表演中，荊楚地區的樂歌融合了代、秦樂歌的高亢雄渾和鄭衛之音的婉轉冶蕩，同時有十六名美女配合著優美的樂聲「聊接而舞，發聲舉足，與詩雅相合，且有節度也。」〔註98〕

屈原描寫的這些南方楚地的楚舞在當時也是非常有特點的，在文化和民俗中所佔的位置和發揮的功能遠遠超過了後世。並且「作為南方文化之主體的荊楚文化最大的特點是較少禮教法制的濡染，

〔註97〕〔俄〕巴赫金，《拉伯雷研究》〔M〕，白春仁、夏忠憲等譯，石家莊：河北教育出版社，1998 年版，第 9 頁。

〔註98〕〔宋〕洪興祖，《楚辭補注》〔M〕，北京：中華書局，1983 年 3 月版，第 221 頁。

顯出明顯的蠻野剽悍、狂放不拘、酣暢自由之情采。」〔註99〕

（二）自然神祭祀樂舞

當懵懂的人類逐漸地脫離了自然界，形成獨立個體的時候，面對著蒼茫的宇宙、變化莫測的各種自然現象會感到迷惑不解。《莊子・逍遙遊》對上天發出了疑問：「天之蒼蒼，其正色耶，其遠而無所至極耶？」《淮南子・精神》曰：「古未有天地之時，惟象無形，窈窈冥冥，……有二神混生，經天營地，……於是乃別為陰陽，離為八極。」這是早期的人類對於自然的認識。

> 初期的萬物有靈觀念認為，自然界的一切都同人類一樣，是有意志有靈魂的，只要人類設法與之溝通，它們是可以按照人類的意志而變化的。由此出現了對於自然的崇拜。〔註100〕

由於人類在自然界的面前軟弱無力，缺乏認識，使得自然神的崇拜得以產生。「最初的宗教表現是反映自然現象、季節更換等等的慶祝活動。一個部落或民族生活於其中的特定自然條件和自然產物，都被搬進了它的宗教裏。」〔註101〕既然人類無力迴天，同時又想讓上天賜予更多的利益，從這種功利性的目的出發，人類開始對自然神進行頂禮膜拜，企盼著上天能夠按照人類的意志行事。

在先秦漢魏晉南北朝的詩歌中，祭祀自然神的典型代表就是屈原所作的《九歌》。屈原所作的《九歌》是古代樂曲的名稱。根據漢人的研究，屈原《九歌》的內容和構成都是來源於楚地的民間，乃是就「楚南郢之邑，沅、湘之間」〔註102〕的《九歌》俗曲所仿作的。

〔註99〕 張承媛，《秦漢樂舞文化的「大美」氣象》〔J〕，《體育文化導刊》2003年第2期

〔註100〕 傅亞庶，《上古祭祀文化》〔M〕，長春：東北師範大學出版社，1999年9月版，第18頁。

〔註101〕 〔德〕恩格斯，《致馬克思》〔A〕，《馬克思恩格斯全集》〔M〕，第27卷，北京：人民出版社，1972年版，第63頁。

〔註102〕 〔宋〕洪興祖，《楚辭補注》〔M〕，北京：中華書局，1983年3月版，第55頁。

《九歌》的名稱還在《離騷》和《天問》的詩句中出現過：

　　啓《九辯》與《九歌》兮，夏康娛以自縱。(《楚辭·離
騷》)

　　奏《九歌》而舞《韶》兮，聊假日以媮樂。(《楚辭·離
騷》)

　　啓棘賓商，《九辯》、《九歌》。(《楚辭·天問》)

由此可知，《九歌》的名稱在楚辭之前就已經存在了，它的來源和夏
后啓有關，是夏代流傳下來的古樂章之名。在《山海經·大荒西經》
中有一段詳盡的論述：

　　西南海之外，赤水之南，流沙之西，有人珥兩青蛇，
乘兩龍，名曰夏侯開。開上三嬪於天，得《九辯》與《九
歌》以下。此天穆之野，高二千仞；開焉得始歌《九招》。

這個神話也正說明了《九歌》乃夏代流傳的古樂，爲楚人所熟知，
並且還涉及到古中國歌舞起源的傳說。根據這則神話，夏后啓是個
神通廣大的人物，他曾經三次乘飛龍上天，把本來屬於天樂的《九
歌》、《九辯》記錄下來，改編爲《九招》，在人間演奏。《山海經》
郭璞注《九歌》、《九辯》「皆天帝樂名也，開登天而竊以下用之也。」
古代先民認爲，人間的歌舞最早是來源於天界的，是從天上偷下來
的。這當然是中國古代先民們的一種想像，其實《九歌》應該是原
始歌舞，經過夏初改編而流傳。

　　夏朝《九歌》的具體體制和內容是怎樣的，如今已經無從可考，
但是從楚辭《天問》中所記述的夏初歷史和《離騷》兩處記載《九歌》
的詞語來看，它並不是什麼肅穆的樂曲，所謂「聊假日以媮樂」，說
明它有很強的娛樂性。不僅如此，還記載了夏后啓正是因爲沉迷於這
種歌舞，以至於亡國敗身：

　　啓《九辯》與《九歌》兮，夏康娛以自縱。

　　不顧難以圖後兮，五子用失乎家巷。

戴震注：「言啓作《九辯》、《九歌》，示法後王，而夏之失德也，康娛

自縱，以致喪亂。」〔註103〕按《離騷》這四句的意思是說：啓偷下
《九辯》、《九歌》之後，就大肆娛樂放縱起來，不顧及國事，終於導
致了「五子家鬨」這樣的禍患。再如《墨子‧非樂》篇也說：「啓乃
淫溢康樂，野於飲食，將將惶惶，筦磬以方，湛濁於酒，渝食於野，
萬舞翼翼，章聞於天，天用弗式。」由這樣一些材料來看，《九歌》
乃是需要在郊野演出的大型歌舞，是一種祭祀自然神的歌舞形式。不
過從歌舞的內容上考查，卻是引人放縱的淫樂之樂。聞一多曾經推論
說：「啓曾奏此樂以享上帝，即所謂鈞臺之享。正如一般原始社會的
音樂，這樂舞的內容頗爲猥褻。只因原始生活中，宗教與性愛頗不易
分，所以雖猥褻而仍不妨爲享神的樂。」〔註104〕按照原始社會所經
歷的群婚、雜婚的男女婚制，還有生殖崇拜等習俗，反映到宗教歌舞
中，當然也就少不了男女性愛方面的內容。夏初的社會已經脫離原始
生活，但遺俗還在，而夏后啓偏偏樂此不疲，放縱恣肆，因此影響到
家族關係，內鬨而亡。

由此，我們可以知道，「古《九歌》名義上雖然是一組神曲，但
它帶有原始習俗的烙印，帶有原始性愛的猥褻內容。」〔註105〕這種
原始性的衝動我們當然也可以將其與狂歡化色彩相聯繫。

從《九歌》的內容來看，其中所祭祀的神靈可以分爲自然神和人
神兩類，屬於自然神的是：《東皇太一》（天神）、《雲中君》（雲神）、
《東君》（日神）、《湘君》（湘水男神）、《湘夫人》（湘水女神）、《河
伯》（黃河神）、《山鬼》（山神）。

> 揚枹兮拊鼓，疏緩節兮安歌，陳竽瑟兮浩倡。
> 靈偃蹇兮姣服，芳菲菲兮滿堂。
> 五音紛兮繁會，君欣欣兮樂康。（《楚辭‧東皇太一》）

〔註103〕〔清〕戴震，《屈原賦注》〔M〕，北京：中華書局，1999 年 12 月版。

〔註104〕《什麼是九歌》〔A〕，《聞一多全集》（5）〔M〕，武漢：湖北人民出
版社，1993 年版，第 338 頁。

〔註105〕褚斌傑，《楚辭要論》〔M〕，北京：北京大學出版社，2003 年 1 月
版，第 299 頁。

　　絙瑟兮交鼓，簫鍾兮瑤虡。

　　鳴箎兮吹竽，思靈保兮賢姱。

　　翾飛兮翠曾，展詩兮會舞。

　　應律兮合節，靈之來兮蔽日。（《楚辭・東君》）

　　成禮兮會鼓，傳芭兮代舞。

　　姱女倡兮容與。（《楚辭・禮魂》）

這種五音齊作、鐘鼓齊鳴、巫女翩翩起舞、芬芳滿堂的樂舞場面，讓人感受到一種熱鬧的狂歡化場面。在祭祀這些自然神的時候，不僅有神靈登場，而且有神的各具性格的形象，有很多引人入勝的故事，還有悅人耳目的歌舞。因爲對於東皇太一來說，這些神還具有娛神的性質。《東皇太一》：「穆將愉兮上皇」，爲了使上皇感到愉快，除了隆重的祭禮、豐盛的祭品之外，也包括各個神出場的歌舞。《漢書・禮樂志》著錄漢《郊祭歌》時說：「千童羅舞成八溢，合好效歡虞泰一。《九歌》畢奏斐然殊，鳴琴竽瑟會軒朱。」泰一，即太一。這雖說是漢代祭典的情況，但祭太一、奏《九歌》都是仿照楚國來的，因此是有據可查的。

　　「娛太一」固然是這些自然神在表演，但是兼以娛人，這也是它的一個目的。「這就與後世的所謂社戲、賽神會一樣，同時也在滿足著參加祭典者，觀眾的文娛要求。《九歌》奏畢，群巫載歌載舞，好不熱鬧。」〔註106〕「羌聲色兮娛人，觀者憺兮忘歸」（《九歌・東君》），這正是舞臺也就是祭壇上的場面和觀眾如癡如醉的感受。

　　從這些祭祀的詩篇中我們可以發現，伴隨著祭祀之後的便是人們的狂歡，表現在盛大的場面和豐盛的筵席中。因此，古人最大的精神享受——祭祀活動，也是伴隨著狂歡的樂章而翩翩起舞的。

　　到了漢代，祭祀樂舞更是得到了繼承和發展。如《郊廟歌辭・漢宗廟樂舞辭・章慶舞》：

〔註106〕褚斌傑，《楚辭要論》〔M〕，北京：北京大學出版社，2003 年 1 月版，第 305 頁。

> 罘恩曉唱雞人，三牲八簋斯陳。霧集瑤階瑣闈，
> 香生綺席華茵。珠佩貂瑞熠爤，羽旄干戚紛綸。
> 酌酋既終三獻，凝旒何止千春。阿閣長棲彩鳳，
> 郊宮疊奏祥麟。赤伏英靈未泯，玄珪運祚重新。
> 玉斝犧樽激灩，龍旂鳳轄逡巡。
> 瞻望月游冠冕，猶疑蒼野回輪。

這首詩正是在祭祀時所跳舞蹈的歌辭，不僅描寫了祭祀時的豐盛祭品，也反映了祭祀場面的奢華和絢麗。「漢代郊祀樂更是突出反映出對楚辭樂舞的接受」，〔註107〕姜亮夫先生曾在《楚辭今繹講錄》中指出：

> 漢代（郊祀歌）中的天神地祇人鬼，從《九歌》裏拉了好幾個去了，「大司命」、「少司命」、「雲中君」「東君」都拉去。可見漢代《郊祀歌》是採用楚民間歌謠發展變化而來的。漢以後所有的郊祀歌大半都承襲《九歌》。所以《九歌》本是民間的東西，等到統治階級上臺後，便被披上皇衣，成爲王朝制禮作樂的重要內容。〔註108〕

可見，漢代的祭祀樂舞和楚辭樂舞一樣，都是來源於民間，是人民大眾的樂舞，很受普通百姓歡迎。在這種場合中，人們可以盡情歡歌，沒有約束。即使被統治階級利用之後，它也依然難以褪去其民間本色，依然具有民間化的狂歡色彩。

有學者將秦漢時期的文化用「大美」來形容，贊其具有高大、宏大、博大、壯大之美。〔註109〕這是非常恰當的。而這一時期的樂舞則是大美的典範形式之一。其「作品」場面之大、規模之巨、力度之強、數量之眾、地域之闊，以及節奏之鏗鏘、動作之奔放、色

〔註107〕 吳賢哲，《民族民間樂舞的繁興與漢樂府體詩歌的產生》〔J〕，《內江師範學院學報》，2004 年第 1 期。

〔註108〕 姜亮夫，《楚辭今繹講錄》〔M〕，昆明：雲南人民出版社，1999 年版，第 115 頁。

〔註109〕 張承媛，《秦漢樂舞文化的大美氣象》〔J〕，《體育文化導刊》，2003 年第 2 期。

彩之強烈、音聲之亢揚、詞語之華麗、氣勢之鋪張、氣魄之恢弘、情勢之雄壯等等，均達到無所不用其極的程度。總之，這是一個在中國審美史上少見的充滿活力和激情的樂舞時代，它傳達著這一時代雄渾奔放的人格氣概和率眞自然的人性風采，顯露著恢弘浩大的審美風尚。它強烈地昭示著時人那種「苞擴宇宙，總覽人物」、「控引天地，錯綜古今」〔註110〕的博大氣魄和豪邁情懷。

巴赫金在評價慶典形式的時候說：

> 所有這些……演出形式，與嚴肅的官方的（教會和封建國家的）祭祀形式和慶典有著非常明顯的，可以說是原則上的區別。它們顯示的完全是另一種，強調非官方、非教會、非國家的看待世界、人與人的關係的觀點：它們似乎在整個官方世界的彼岸建立了第二個世界和第二種生活……〔註111〕

所以，民間樂舞和祭祀樂舞的形式就成爲人們狂歡化生活的一部分，成爲他們狂歡的理由與動機。

崔茂新先生曾將原始人的生活概括爲三個過程：巫術過程、勞動過程、狂歡過程。

> 狂歡過程發生在出獵凱旋、分享了獵獲物之後，通常是洋溢著歡快、喜悅氣氛的歌舞。它不僅觀照勞動過程、巫術過程，也觀照最基本的生命活動過程。有時他們『再現』緊張激烈的打獵場面，有的扮獵人，有的扮獵物，在充分享受自身中，肯定人能夠戰勝對手的本質力量：有時他們把取悅於神的巫術活動來一番精神性觀照，而觀照的目的已經失去了在實際的巫術活動過程中那種求神庇祐的功利目的，而是藉以顯示昇華原則支配的人能通神及神人以和的精神性存在，藉以顯示人具有超越現實局限的神奇能力：有時他們還率眞無掩飾地抒發自身生命的激情，青

〔註110〕〔漢〕司馬相如，《西京雜記》卷二。

〔註111〕〔俄〕巴赫金，《陀思妥耶夫斯基詩學問題》〔M〕，白春仁、顧亞鈴譯，上海：三聯書店，1998年版，第6頁。

年男人們裸露著上半身，或者完全裸體，以最激烈的動作
博得婦女和姑娘們最大的喝彩聲，甚至由一個女子在一隊
男性舞蹈之前，以引發他們的情欲。格羅塞斷言，這種舞
蹈有助於人類性的選擇和種的改良。〔註112〕

　　通過對三個過程的分析，崔茂新先生得出兩點結論：一是狂歡活
動對原始人類來說，和巫術活動、勞動活動一樣重要，它是一個精神
性和生理性相統一的活動。它不是巫術和勞動的附庸品，它不是可有
可無的；二是人在狂歡中作為一個真正的人而存在。

第五節　筵席的狂歡

　　在中國，不管是官方還是民間，對筵席都特別重視。中國的筵席
文化可謂源遠流長，從古至今，筵席宴飲在各種場合中都是必備的娛
樂內容。其實，從周天子時期流傳下來的傳統，筵席是古代的人們溝
通情感、展現禮樂文化精神的舞臺，有「厚人倫，美教化」的政教功
用，或者用巴赫金的話說，屬於「正統的官方文化」。然而，就是這
種正規化的生活之餘，卻也出現了狂歡化的色彩。官方的生活雖然正
統、規範，然而卻不能滿足人類對本性的追求。因此，在正統的生活
之外，我們還看到了許多真實的人性，看到了在筵席宴飲過程中所表
現出來的狂歡化色彩。

一、筵席狂歡中的諷刺特性

　　在筵席上，人們之間的等級關係不必像平常那樣嚴格，人與人之
間被允許開各種齷齪下流的玩笑，也可以諷刺權威獲取快感。

　　在《詩經》中就出現了當時的貴族賓客們飲酒狂歡、筵席狂歡的
情況。《小雅‧賓之初筵》：

　　　　賓之初筵，左右秩秩。籩豆有楚，殽核維旅。

〔註112〕崔茂新，《理論與藝術問題》〔M〕，北京：中國文聯出版社，1999
　　　年版，第 175～176 頁。

酒既和旨，飲酒孔偕。鐘鼓既設，舉酬逸逸。
大侯既抗，弓矢斯張。射夫既同，獻爾發功。
發彼有的，以祈爾爵。

籥舞笙鼓，樂既和奏。烝衎烈祖，以洽百禮。
百禮既至，有壬有林。錫爾純嘏，子孫其湛。
其湛曰樂，各奏爾能。賓載手仇，室人入又。
酌彼康爵，以奏爾時。

賓之初筵，溫溫其恭。其未醉止，威儀反反。
曰既醉止，威儀幡幡。舍其坐遷，屢舞仙仙。
其未醉止，威儀抑抑。曰既醉止，威儀怭怭。
是曰既醉，不知其秩。

賓既醉止，載號載呶。亂我籩豆，屢舞僛僛。
是曰既醉，不知其郵。側弁之俄，屢舞傞傞。
既醉而出，並受其福。醉而不出，是謂伐德。
飲酒孔嘉，維其令儀。

……

詩歌的前兩章描寫的是大射宴飲的場面，各個方面都極盡典雅莊重之貌。而第三章就開始描寫「屢舞仙仙」的初醉之貌，四章的「屢舞僛僛」是甚醉之狀，「屢舞傞傞」則是極醉之意。這三句「屢舞」層層遞進，由淺入深，再加上「舍其坐遷」、「亂我籩豆」、「側弁之俄」等語句，真個把一幅酒醉圖完美地再現在我們面前。平時溫文爾雅的王公大臣們在酒的刺激下，將最原始、最本質的部分顯露出來。儘管這是用來「諷刺統治者飲酒無度失禮敗德的詩」〔註113〕，但是他的確釋放了體內過剩的「力比多」，展示了人類本性中那最樸實、最赤裸的一面。人們的思想裏不再有道德、禮教的束縛，而是以徹底的姿態釋放著原始本能。在這種狀態下，人們是迷狂的，也是快樂的，更是讓人發笑的。「對話性的筵席語言，親昵、坦率、不

────────────

〔註113〕程俊英，《詩經注析》〔M〕，北京：中華書局，1991 年 10 月版，第
　　　695 頁。

拘形迹、亦莊亦諧、風趣幽默，他享有一種特別的自由。」〔註114〕
這種自由是在平常的日子中難以享受到的，只有在歡樂的筵席上，
在酒至半酣的時刻才能得到徹底地彰顯。

二、筵席狂歡中的脫冕特性

在春秋時期貴族的典禮上，貴族們除了欣賞樂工表演的歌舞
外，本人有時也會載歌載舞，表演節目助興。《左傳》襄公十六年記
載：「晉侯與諸侯宴於溫，使諸大夫舞。」《詩經‧伐木》：「坎坎鼓
我，蹲蹲舞我。」寫貴族宴請朋友，不僅親自敲鼓助興，而且還和
著鼓聲起舞。

魏晉六朝時期此風猶甚，貴族宴飲聚會頻繁，酒樂歌伎聲色之樂
必不可少。從曹植曹丕的少年生活，到西晉後門閥士族的奢侈生活等
等。這一時期許多貴族子弟經常舉辦宴會，不僅僅是樂妓陪飲歡鬧，
甚至是性聚會，裸體宴飲，酒酣之際還互換婢妾交歡，宴會氣氛熱鬧
而狂放。這是對「明德載道」詩教觀的有力抗擊，是建安時期「人的
自覺」和「文的自覺」的突出表現。比如曹植的《妾薄命行》：

> 攜玉手。喜同車。北上雲閣飛除。釣臺蹇產清虛。池
> 塘觀沼可娛。仰汎龍舟綠波。俯擢神草枝柯。想彼宓妃洛
> 河。退詠漢女湘娥。日既逝矣西藏。更會蘭室洞房。華鐙
> 步障舒光。皎若日出扶桑。促樽合坐行觴。主人起舞娑盤。
> 能者穴觸別端。騰觚飛爵闌干。同量等色齊顏。任意交屬
> 所歡。朱顏發外形蘭。袖隨禮容極情。妙舞仙仙體輕。裳
> 解履遺絕纓。俛仰笑喧無呈。覽持佳人玉顏。齊舉金爵翠
> 盤。手形羅袖良難。腕弱不勝珠環。坐者歎息舒顏。御巾
> 裹粉君傍。中有霍納都梁。雞舌五味雜香。進者何人齊姜。
> 恩重愛深難忘。召延親好宴私。但歌杯來何遲。客賦既醉
> 言歸。主人稱露未晞。

〔註114〕夏忠憲，《巴赫金狂歡化詩學研究》〔M〕，北京：北京師範大學出版
社，2000 年 11 月版，第 73 頁。

此組詩本意是對權貴荒淫生活的批判，但全詩重在描繪，幾乎沒有批判的字眼。作者非常細緻地描寫了在筵席上，貴公子與歌姬在酒後一同舞蹈，那歌姬容姿端麗形體如蘭，長袖婀娜多姿，體態輕盈妙曼。跳到興致高漲，還脫去衣服，相互調笑，喧笑不拘形迹。在詩句語言的回轉中，創造出了一種欲遮還羞的香豔之美，惹人遐想。這不禁讓人想到，那些素日裏端正嚴謹的貴公子，在筵席之上早已失去了往日的儀態，作者用非常細緻的筆觸爲其「脫冕」，向讀者展現了筵席之中短暫的狂歡特性。

三、筵席狂歡中的遊戲特性

建安時期出現了「公宴」詩，「公宴」是指君王與臣下宴及僚屬之間的宴集。文人們在筵席中相互唱和，借助酒精的刺激抒發內心情感，寫就了許多詩篇。筵席中的遊戲描寫就是從建安公宴詩開始的，其內容是對宴飲助興的遊戲——主要是鬥雞——進行描寫。漢魏六朝之間，許多文豪都喜歡看鬥雞寫鬥雞，如曹植、劉楨、梁簡文帝、劉孝威、庾信、徐陵、王褒等，都有「鬥雞詩」傳世。

曹植的《鬥雞詩》：

> 遊目極妙伎，清聽厭宮商。主人寂無爲，眾賓進樂方。
> 長筵坐戲客，鬥雞間觀房。群雄正翕赫，雙翹自飛揚。
> 揮羽激清風，悍目發朱光。觜落輕毛散，嚴距往往傷。
> 長鳴入青雲，扇翼獨翱翔。願蒙狸膏助，常得擅此場。

再如應瑒的《鬥雞詩》：

> 戚戚懷不樂，無以釋勞勤。兄弟遊戲場，命駕迎眾賓。
> 二部分曹伍，群雞煥以陳。雙距解長絨，飛踊超敵倫。
> 芥羽張金距，連戰何繽紛。從朝至日夕，勝負尚未分。
> 專場驅眾敵，剛捷逸等群。四坐同休贊，賓主懷悅欣。
> 博弈非不樂，此戲世所珍。

而劉楨的《鬥雞詩》寫得尤爲精彩：

> 丹雞被華采，雙距如鋒芒。願一揚炎威，會戰此中唐。

> 利爪探玉除，瞋目含火光。長翹驚風起，勁翮正敷張。
> 輕舉奮勾喙，電擊復還翔。

詩人用細膩的筆觸描寫了這隻鬥雞從「登場－戰鬥－勝利」的整個過程，儼然將它刻畫成了一位久經沙場的老將軍。「一場緊張的『會戰』，僅以十句傳寫，而動靜倏忽，神態畢現；既層次井然，又富於氣勢。」〔註115〕

　　建安公宴詩中遊戲的描寫，無疑開拓了宴飲詩歌的表現空間，增加了宴飲文學中的娛樂因素。與此同時我們也看到了魏晉六朝時期的筵席中所擁有的狂歡色彩。「遊戲」是狂歡節中非常重要的組成部分，在狂歡節活動中，人們無拘無束，可以開玩笑、搞惡作劇，做一些平日裏嚴肅氛圍下不會做的「遊戲」，儘管狂歡節中的遊戲可能會有些過分，但是由於是在特殊的節日氛圍中，這種過分也會成為人們肆意狂歡的動力。我們看到「鬥雞詩」都是出現在筵席之上，並非出現在其他的活動廣場，很顯然，此時的筵席就是一個「狂歡廣場」，只有在這樣一個特定的環境中，人們才能盡情狂歡，不用考慮更多的後果。

四、筵席的恣意狂歡特性

　　「楚辭」中最典型的筵席描寫在屈原的《招魂》中。筵席上的宴飲描寫作為文章的第二部分「內崇楚國之美」，作者通過對現實世界筵席宴飲的娛樂描寫以招喚迷失的楚王之魂回歸，充滿了世俗的狂歡之樂。荊楚文化遠離中原，也遠離了儒家正統文化「樂而不淫，哀而不傷」的中正平和，展現出荊楚文化的獨特魅力。《漢書‧地理志》說：「楚有江漢川澤山林之饒。江南地廣，或火耕水耨，民食魚稻，以漁獵山伐為業，果蓏蠃蛤，食物常足。故呰窳偷生，而無積聚，飲食還給，不憂凍餓，亦亡千金之家。信巫鬼，重淫祀。」王逸的《楚辭章句》中說：「昔楚國南郢之邑，沅湘之間，其俗信鬼而好祠，其

〔註115〕　《漢魏六朝詩鑒賞辭典》〔M〕，上海：上海辭書出版社，1992 年 9 月版，第 225 頁。

祠必作歌樂鼓舞，以樂諸神。」

　　《招魂》正是以樂娛神的代表，其創作源於荊楚文化中的招魂習俗。朱熹《招魂序》中說：「荊楚之俗，乃或以是施之生人……恐魂魄離散而不復還，遂因國俗，託帝命，假巫語以招之。」因此，《招魂》中的宴飲描寫，正是爲招楚王迷魂回歸的世俗之樂的一部分。既有濃厚的原始宗教儀式氣息，又不同於祭神時畢恭畢敬的中原文化，而是在巫鬼儀式中滲透了人神共處的世俗氣息。表現出輕禮教、重人欲的楚文化特徵。

　　《招魂》中描寫的筵席宴飲目的在於娛神，所以重在表現宴飲的娛樂性。筵席上展現出「士女雜坐，亂而不分」、「娛酒不廢，沈日夜些」、「酎飲盡歡」的場景。《招魂》非常注重人欲的張揚。孔子說：「食色性也。」因此，《招魂》中也著重表現了「食」與「色」兩個方面，極力渲染了筵席宴飲的世俗之樂。

　　首先在「食」上，作者羅列了戰國時楚地的多種美食：

> 稻粢穱麥，挐黃粱些。大苦鹹酸，辛甘行些。
> 肥牛之腱，臑若芳些。和酸若苦，陳吳羹些。
> 胹鱉炮羔，有柘漿些。鵠酸臇鳧，煎鴻鶬些。
> 露雞臛蠵，厲而不爽些。
> 粔籹蜜餌，有餦餭些。瑤漿蜜勺，實羽觴些。
> 挫糟凍飲，酎清涼些。華酌既陳，有瓊漿些。

這段描寫極陳楚地美食，通過文字上的渲染把美食羅列於讀者面前，什麼清燉甲魚、烤羔羊、醋烹天鵝、清燉野鴨、香煎大雁、鹵雞、肉糜大龜，眞是色香味俱全，令人垂涎欲滴。更值得一提的是，作品中描繪的「羹」以調味與否分爲「大羹」和「和羹」。中原地區的飲食是不注重口腹之欲的，因此用的是不調五味的大羹：「大羹不和，貴其質也」〔註116〕，而《招魂》中「大苦鹹酸，辛甘行些」，用的則是

〔註116〕李學勤主編，《十三經注疏禮記正義》〔M〕，北京：北京大學出版社，1999 年版，第 808 頁。

調五味的「和羹」，可見對口腹之欲的重視。並且還用「厲而不爽」即濃烈而不傷胃口來形容。

其次，作者對歌舞遊戲聲色之娛的描寫也相當富有誇張和渲染性。在《儀禮·鄉飲酒禮》記載筵席禮制多用雅樂，如：「歌《魚麗》，笙《由庚》；歌《南有嘉魚》，笙《崇丘》；歌《南山有臺》，笙《由儀》。」《招魂》中演奏的音樂則是楚地當時流行的歌曲，包括「涉江」、「採菱」、「揚荷」、「激楚」。除此之外，楚地音樂還「造新歌」、「竽瑟狂會」、「搷鳴鼓」、「奏大呂」，以至「宮廷震驚」。所謂「新歌」是指楚地的流行歌曲：涉江、採菱、揚荷等；至於「大呂」，據馬茂元先生的《楚辭注釋》中說：「是指當時的新聲。《呂氏春秋·太樂篇》云：『齊之衰也，作爲大呂。』可見是當時的一種『鄭衛之音』，不屬於雅樂中的大呂。」〔註117〕這些鄭衛舞蹈、流行新歌、大呂新聲，帶給人更多的是耳目的愉悅。

可見，《招魂》中的楚國筵席宴飲音樂少用雅樂，而是多用地方民歌，尤其喜歡用鄭衛音樂歌舞。孔子多次批判過鄭聲，在《論語·衛靈公》中曰：「行夏之時，乘殷之輅，服周之冕，樂則韶舞，放鄭聲，遠佞人，鄭聲淫，佞人殆。」《論語·陽貨》中又說：「惡鄭聲之亂雅樂也。」《禮記·樂記》也曾說：「鄭、衛之音，亂世之音也。」可見鄭衛之樂是與雅樂相對的「淫聲」。

但鄭舞鄭聲之類流行的樂舞由於較古樂舞更具娛樂性，儘管遭到孔子這類較保守人的排斥，仍然不斷地獲得發展。《禮記·樂記》載魏文侯語：「吾端冕而聽古樂，則唯恐臥；聽鄭衛之音，則不知倦。」由魏文侯對古樂和鄭衛之音的不同感受，說明以娛人耳目爲目的的鄭衛新樂在春秋末期已獲得了統治階級上層人士的認同。《招魂》中的音樂亦顯現出與正統的先秦禮樂悖逆的一面。鄭衛新

〔註117〕 馬茂元，《楚辭注釋》〔M〕，武漢：湖北人民出版社，1985年6月版，第303頁。

樂將官方與民間的音樂結合在一起，不再有階級的限制，所有的音
樂都是屬於大眾的、平民的。

　　《招魂》中的關於「色」──美人的描寫也非常具有表現力。

　　　　二八侍宿，射遞代些。

　　　　九侯淑女，多迅眾些。

　　　　盛鬋不同制，實滿宮些。

　　　　容態好比，順彌代些。

　　　　弱顏固植，謇其有意些。

　　　　姱容修態，絚洞房些。

　　　　蛾眉曼睩，目騰光些。

　　　　靡顏膩理，遺視矊些。

　　　　離榭修幕，侍君之間些。

　　　　…………

　　　　美人既醉，朱顏酡些。

　　　　娭光眇視，目曾波些。

　　　　被文服纖，麗而不奇些。

　　　　長髮曼鬋，豔陸離些。

　　　　二八齊容，起鄭舞些。

　　　　衽若交竿，撫案下些。

　　　　竽瑟狂會，搷鳴鼓些。

　　　　宮廷震驚，發《激楚》些。

　　　　吳歈蔡謳，奏大呂些。

　　　　士女雜坐，亂而不分些。

　　　　放陳組纓，班其相紛些。

　　　　鄭、衛妖玩，來雜陳些。

　　　　《激楚》之結，獨秀先些。

作者花了大量的篇幅細緻地描寫了侍寢美女的裝束、容貌。而且還描
寫了筵席宴飲之後，眾多美女的醉酒形態。這些士人和女子釋放出了
正規生活秩序下包裹在軀殼之內的欲望，任性隨意地張揚著本性。

　　《招魂》中的筵席宴飲描寫「以樂諸神」，輕禮樂、重人欲，其

描寫的宴飲內容擺脫了禮樂的束縛，認可了「飲食男女，人之大欲存焉」〔註 118〕，即肯定了人對宴飲的聲色口腹之欲的原始衝動，是對筵席宴飲娛樂性的張揚。他所要突顯的是宴飲對人欲望的解放，是對正統思想的對抗，是對正規生活的解脫。漢代無名氏的一首樂府古辭《古歌》云：「東廚具肴膳，椎牛烹豬羊。主人前進酒，彈瑟為清商。投壺對彈棋，博弈並復行。朱火颺煙霧，博山吐微香。清樽發朱顏，四坐樂且康。」詩中生動地描繪了漢代貴族的宴飲場面，也反映出他們的生活面貌。

《史記·滑稽列傳》所載淳于髡諫齊威王不要沉湎於飲酒，可以窺見當時筵席宴飲的盛況：

> 若乃州閭之會，男女雜坐。行酒稽留，六博投壺，相引為曹，握手無罰，目眙不禁。前有墮珥，後有遺簪。髡竊樂此，飲可八斗，而醉二參。日暮酒闌，合尊促坐，男女同席。履舄交錯，杯盤狼藉，堂上燭滅。主人留髡而送客，羅襦襟解，微聞薌澤，當此之時，髡心最歡，能飲一石。故曰酒極則亂，樂極則悲；萬事盡然，言不可極，極之而衰。」〔註 119〕

巴赫金說：「在吃的活動中，人與世界的相逢是歡樂的，凱旋式的；他戰勝了世界，吞食了他，而沒有被吞食。」盛大的筵席是對生命戰勝死亡的一種歡慶：「得勝的身體容納失敗的世界並得到新生。」〔註 120〕巴赫金更重視盛大筵席和語言的關係，在他看來，這是文化面對自然的最本質、最赤裸的表達。他在酒食和對話之間建立起了聯繫：「甚至對於古代筵席交談的作者們，對於柏拉圖、色諾芬、普魯塔克、阿特納奧斯、馬克羅比烏斯等人來說，吃與說的聯繫也沒有稱

〔註 118〕李學勤主編，《十三經注疏·禮記正義》〔M〕，北京：北京大學出版社，1999 年版，第 43 頁。

〔註 119〕〔漢〕司馬遷，《史記》〔M〕，北京：中華書局，1963 年版。

〔註 120〕〔俄〕巴赫金，《拉伯雷研究》〔M〕，白春仁、夏忠憲等譯，石家莊：河北教育出版社，1998 年版，第 312 頁。

爲過去的殘迹，而是有著活生生的意義。」〔註121〕因爲在筵席中，大家享用酒食的時候，酒食常常可以放鬆人們的神經，解放人們的語言和肢體。

　　　　吃與喝──是怪誕肉體生命最重要的表現之一。這個
　　肉體的特點是他的開放性、未完成性以及他與世界的相互
　　作用。〔註122〕

　　筵席上放縱的大吃大喝同物質──肉體形象、生產力形象（肥沃的土地、生長、發育）有著密不可分的聯繫。「人與客觀世界的接觸最早是發生在能啃吃、磨碎、咀嚼的嘴上……這種人與世界在食物中的相逢，是令人高興和歡愉的。」〔註123〕「飲食不可能是憂傷的，憂愁與飲食是不相融的（但是死亡與飲食卻能很好的結合）。筵席總是爲慶祝勝利而舉行，這是它的本質屬性。宴會式的慶典是包羅萬象的：這是生對死的勝利。從這個方面看，它同懷胎、分娩是等同的。勝利的肉體把被征服的自然界的食物吸收到自己身上，從而獲得新生。」〔註124〕

　　筵席有著特別重要的意義，飯桌上無拘無束的談話，使人們節日期間開懷自由說笑的權利得到擴大，「勝利的筵席形象總是具有歷史色彩……筵席彷彿是在新的時代進行……在烏托邦的未來，在回歸的農神時代進行。」〔註125〕只有這樣的場面才符合眞理的本質，因爲眞理就內質而言，都是自由的、愉悅的。

　　一個時代的文化是有區分的統一體，這是相當深刻和全面的觀

〔註121〕〔俄〕巴赫金，《拉伯雷研究》〔M〕，白春仁、夏忠憲等譯，石家莊：河北教育出版社，1998 年版，第 313 頁。

〔註122〕〔俄〕巴赫金，《拉伯雷研究》〔M〕，白春仁、夏忠憲等譯，石家莊：河北教育出版社，1998 年版，第 310 頁。

〔註123〕〔俄〕巴赫金，《巴赫金全集》（第 6 卷）〔M〕，石家莊：河北教育出版社，1998 年版，第 325 頁。

〔註124〕〔俄〕巴赫金，《巴赫金全集》（第 6 卷）〔M〕，石家莊：河北教育出版社，1998 年版，第 327 頁。

〔註125〕〔俄〕巴赫金，《拉伯雷研究》〔M〕，白春仁、夏忠憲等譯，石家莊：河北教育出版社，1998 年版，第 332 頁。

點。當我們在研究一個時代的文學作品時，應該特別重視這些來自於民間的東西，重視來自底層的民間文化潮流對作家的創作和文學進程所產生的強大而深刻的影響，否則就很難深入到作品的內部，很難真正地瞭解這個時代的文學。而且，同一個時代不同的文化領域之間也是彼此相互作用的。在巴赫金看來，各種文化之間的關係不是對立的、封閉的，而是對話的、開放的，而各種文化的對話和交融正是文化本身發展的動力。正是這種多元互動的整體文化觀，構成了巴赫金文化詩學的理論基礎，同時也具有鮮明的個性特色。

那麼，當我們在考慮先秦漢魏晉南北朝詩歌的狂歡化特徵時，就應該將其放在一個適當的角度中，我們不僅可以從正統的文化觀，而且可以從民間文學和民間文化的角度進行觀照。先秦漢魏晉南北朝時期的這些人民在日常生活中、勞動中、祭祀中、慶典中常常過著一種狂歡化了的生活。他們生活得簡單、天真，因而思想更單純，表現也就更恣肆。鍾敬文先生就特別強調應該立足於下層文化的研究，在考察下層文化和上層文化的相互關係和相互作用中，提出整體的文化觀，讓這兩種文化在相互聯繫和相互碰撞中尋找到契合點。這種多元化的互動的整體文化觀對於我們今天的文學研究是非常重要的，我們應該把一個文化問題放在特定的歷史文化語境中加以考察，應該重視民間文化對於新文化的激活作用，這些思考對於文化建設有著重要的啟示。

第六節　民俗狂歡的魅力

其實在今天的社會，中國的民俗也是趨於豐富與多元。並且人們越來越注重保存過去的那些民俗文化傳統，而且也會隨著時代的變遷將那些不符合時代發展的民俗文化進行更新，與時俱進，以求在新時期也能讓這些民俗找到其發揚光大的機會。人們之所以願意全身心投入民俗生活與民俗文化的保存與繼承工作中，主要在於民俗事象是美好的，能夠讓人們盡情宣泄幸福的情感和願望，民俗狂

歡的魅力是獨特的。

　　首先，民俗事象構建了平等的對話平臺。按照巴赫金的理論，民俗屬於「雜語」，有別於「權威話語」和「獨白話語」。民俗的「雜語」指的是不同語言、文化和階層的人們圍繞著共同民俗事象的彼此交匯。每個人在民俗活動中都有自己的位置而不至於被忽視。在這種親情和友情至上的民俗語境中，排除了任何單一的「眞理語言」和「官方語言」的霸權約束。民俗場合就是一個「雜語喧嘩」的社會，人們的價值和地位是完全平等的，動用行政強權在民俗語境中絕對會遭到鄙夷。沒有人因爭奪話語權而去詆毀別人，只是在維護和強化親情及友情的過程中做著分內的事情。這就暫時遠離了由國家行政運作主導的等級社會。

　　　　在民俗實施過程中，暫時懸置一切妨礙生命力、創造力的等級差異；沒有官方意識形態的霸權（即便有，那也是配角），沒有獨白話語對他人和他人思想的扼殺；強權、社會職位幾乎被親情和友情所籠罩，失去了平日裏壓倒一切的優勢。因此，民俗社會不是唯我論的獨斷社會，人們在共享傳統的美好與幸福。在整個社會運行體系中，尤其是節日民俗更能顯示出平等交融的生活意義。民眾在節日及其他民間儀式場合的盡情狂歡，反襯出官方場合的矜持、枯燥。民俗杜絕官方權威，權威即是傳統，而非某一集團或個人。」〔註126〕

在形式上，民俗是沒有邊界的，而且所有參與者都是平等的、自由的。任何外地、外民族的人初到某地之時，都不會憂慮自己不懂得過當地的節俗，因爲有關這些節俗傳統的信息是公開的，當地熱心的民眾甚至會主動告知和贈送一些必要的節俗用品。這些民俗知識不是保密的，不會觸及大家的隱私和傷痛之處。除了以民俗知識爲謀生手段者之外，當地人是不會爲了某種目的而刻意霸佔更多的民

〔註126〕萬建中，《關於民俗生活魅力的隨想》〔J〕，《山東社會科學》，2010年第 7 期，第 27～31 頁。

俗知識。一些年長的擁有更多民俗知識的人也願意貢獻出來讓大家共同分享。這是導致民俗能夠傳播和發展的根本性原因之一。

象徵人類學家維克多‧特納將這種節日慶典的儀式定義為「地位逆轉的儀式」。「那些同屬一個群體或類別，在社會結構中固定地處於地下地位的人就會積極地聯合在一起，對那些地位處在他們之上的人進行儀式性的領導。」出現一種「地位反串」的象徵場面：

社會底層的人們在慶典中會穿上社會地位顯赫的人的服裝或者佩戴其標識，並通常由他們主宰整個慶典活動的程序。而平時那些有錢有勢的人們在慶典中往往只能充當旁觀者或者從屬者，甚至有時還成為被戲弄和諷刺的對象。通過這種慶典活動「顛倒性」的表現，人與人在自然社會結構之中相互溝通、融合，社會矛盾得以緩和，社會秩序得以鞏固。人們沉溺於民俗的氛圍，在參與、融合的過程中明確了自己的角色和地位，並且沒有失去自我。在民間儀式活動中，每個人都扮演著自己獨特的角色。平日裏被勢利和行政權威顛倒了的人倫和輩分，通過年復一年的民俗活動，得到及時的糾正。晚輩就算是平日裏大權在握，身居要職，在民俗活動中也要給長輩叩拜，至少要放下行政的身段，向長輩彎腰行禮。在筵席上，職位再高的晚輩也要將德高望重的長輩迎到上座。民俗傳統的神聖懾服了掌權者內心的高傲，使之心甘情願地因循傳統的論資排輩。在血親關係的紐帶中，這些角色和地位並不是爭取到的，而是與生俱來、代代相傳的。人們在民俗的環境下，都能找到自己應有的角色和位置。

第二，民俗體現了民眾對狂歡精神的渴望。民俗生活是一種狂歡化的生活，離不開戲謔、歡笑、反常態的生活方式。人們在日常的生活中遵守諸多的規則，時時考慮等級制度，不能躍雷池一步。但是在民俗生活中，狂歡化的生活狀態卻可以暫時消解這一切，讓底層的人們暫時忘卻社會中的各種規則，甚至有時會在酒的作用下達到一種癲狂的狀態。在這種狀態之下，人與人之間的關係會變得親密和融洽，等級觀念會暫時遠離人們的生活，人人都熱愛這種民

俗生活。因此，除去極其特殊的情況之外，沒有人會在節俗的日子裏放棄狂歡的精神和生活，那是一種純粹的精神釋放，對於平日裏繃緊的神經是最好的放鬆。所以我們在節俗的時刻會看到許多狂歡的場面，那些平日裏端莊、嚴謹、分毫不亂的制度、規則在節俗中已經蕩然無存。這應該就是普通民眾熱愛民俗節慶的根本原因之一吧。

第三，民俗將人的基本需求提升到精神領域，同時還蘊含著豐富的文化魅力，使之表達出精神的狂歡。很多民俗活動和事象只是發生在一個特定的時間和領域，平時是難以見到的，屬於特殊時空中的行為表現。民俗事象也不是孤立的，事象之間、事象與其他生活形態之間存在有機的聯繫。民俗本身呈現的特質也是多角度的，圍繞一些民俗事象，流傳有相關的故事和傳說，還有一些道具、背景、套路等等，表現出多聲部的生活狀態。這正是多元化的理想的人的生存過程和生存環境，說明了人們生活的多樣性、情感的多層次性和功能的複雜性。民俗事象將區域內所有家庭、所有人融入其中，形成了一種統一而又有差異的行為系統和情感境界。

第四，民俗生活是自然形態的文化表現，它是具體的、實在的。在普通民眾的眼中，他們的思維方式是直觀的，是最接近於生存的，比如他們沒有「飲食」的概念，只有具體的喝水與吃飯；他們沒有「生產工具」的概念，只有鋤頭、犁等稱謂；他們唱的情歌中沒有「愛情」這個詞，但是卻與自己妻子白頭偕老、不離不棄；他們講述的帶有教化功能的民間故事中也不會出現「道德」、「倫理」等概念，但是卻能棄惡揚善、助人為樂；自然，他們的語彙中也沒有「信仰」的概念，有的只是每一次虔誠的祭拜儀式。他們同樣沒有「民俗」的概念，有的只是一個個具體的民俗事象，比如元宵節賞花燈、八月十五吃月餅、清明節祭祀先人等等。

「狂歡」是巴赫金思想中最有影響力的概念之一，它來源於對民間文化的深刻認識。雖然這一思想不是來自對民俗生活的直接分

析，而且巴赫金自己也沒有運用「狂歡」的概念直接分析民俗生活，但是這一思想被巴赫金發展成爲一種反抗等級力量、建立大同世界的文化策略，並因此而在人文社會學科中產生了廣泛而深遠的影響。巴赫金概括出了狂歡式世界感受的四個範疇：人們之間隨便而又親昵的接觸、插科打諢、俯就和粗鄙。在現實生活中，大概唯有民俗生活具備了這四個特徵。他也指出狂歡式世界感受的四個特徵「都不是關於平等與自由的抽象觀念」，而是具體感性的思想，表現爲遊藝儀式的關於平等與自由的思想，並且是以生活形式加以體驗了的。民俗生活符合巴赫金狂歡化的所有特質。

正因爲如此，民俗生活與官方的生活具有很大的不同，雖然這種不同的表現時間比較短暫，僅僅發生在民俗生活的過程中，但也足夠帶給眾多的人民以精神的釋放和親情的融合。與官方的生活相比，民俗生活首先是非官方的，活動的支配權來自民眾本身，是按照歡笑與滿足的原則組織起來的，是生活本身意願表達的最佳方式。民俗事象給人以一種「狂歡節的世界感受」，在民俗儀式活動中，人們忘卻了恐懼，忘卻了規則，忘卻了等級，人人都全身心融入其中。所以巴赫金說「死亡、再生、交替更新的關係始終是節日感受的主導因素」，「面向未完成的未來」。「而官方節日，實際上，只是向後看，並以這個過去使現有制度神聖化」。〔註 127〕鍾敬文先生在比較中西方狂歡活動時說：「兩者都把社會現實裏的一些事象顛倒了過來看，表現出了對某種固定的秩序、制度和規範的大膽衝擊和反抗。他的突出意義，是在一種公眾歡迎的表演中，暫時緩解了日常生活中的階級和階層之間的社會對抗，取消了男女兩性之間的正統防範等等，這些都是中、外狂歡活動中的帶有實質性的精神文化內容。」〔註 128〕

〔註 127〕〔俄〕巴赫金，《弗朗索瓦・拉伯雷的創作與中世紀和文藝復興時期的民間文化》〔M〕，莫斯科：文藝出版社，1990 年版，第 14～15 頁。
〔註 128〕鍾敬文，《文學狂歡化思想與狂歡》〔J〕，《光明日報》1999 年 1 月 28 日第 7 版。

　　其次，官方場合是嚴肅的、認眞的、不苟言笑的，民俗場合是諧諧的、輕鬆的，但有些民俗事象的實施也同樣是嚴肅的。人們完成民俗儀式活動同樣一絲不苟，不是故意爲之的民俗表演，不是爲完成民俗任務而勉強自己的行爲，沒有虛假的模仿。民俗實施絕非官方場合中常見的例行公事，人人都不會從中超脫出來。一旦有人背離了民俗生活的軌道，周圍的人都會善意地將其拽回民俗生活的軌道，使其融入其中，與大眾的民俗生活保持一致。

　　最後，民俗生活也嚴格地拒絕使用暴力，擯棄了嚴厲懲罰的權力，這就使得民俗生活時的一些習慣、條約與國家機器頒佈的法律、政令等有了明顯的差異。人們依循民俗的傳統習慣並非是迫於民俗的暴力威懾，或由這種暴力威懾所產生的恐懼心理，而是因爲民俗帶給人一種社會安定感和人與人之間的親近感，帶給人們生活的秩序和歡樂的意義，這在很大程度上滿足了人們對民俗傳統的繼承與熱愛。

　　這就是民俗生活帶給民眾的魅力。千百年來，人類一代又一代地繁衍生息，不同的人選擇不同的生活方式，但是在某個固定的區域中，民俗生活卻始終沒有被拋棄，反而是被繼承和發揚，直到今天。「這是民俗的力量，是社會底層的力量……是民俗給人一種社會安定感和相互親近感，給人們的生活帶來秩序和意義，在很大程度上滿足了人們對傳統的依戀。」〔註129〕

〔註129〕萬建中，《關於民俗生活魅力的隨想》〔J〕，《山東社會科學》，2010年第 7 期，第 27～31 頁。

第六章　先秦漢魏晉南北朝詩歌的狂歡化特徵

　　我們在前面已經考察過，「狂歡式轉爲文學的語言，這就是我們所謂的狂歡化。」狂歡化的概念可以用來解釋人類一般精神生活和敘事文學中的某些特殊現象。但是「這個概念應該包含兩個層次，即狂歡現象和狂歡化文學現象。當然，從人類精神現象看，它們是一個問題的兩個側面，在本質上是互有聯繫的。但就兩者在社會中的地位和表現形式來講，它們又屬於兩個不同的方面，彼此又是有所區別的。」〔註1〕鍾敬文先生所提出的狂歡概念分層是非常有理論意義的。一切狂歡現象都是人類的精神現象，它們之間肯定存在著一定的聯繫，這是共性。但是每種狂歡現象又因爲時間、空間的差異而有著不同的表現形式和內涵，這是個性，是特殊性。因此說，狂歡雖然可以看作是世界範圍內人類精神的共有產品，但是在針對每一種具體的文化現象時，其各自的特徵也是非常顯著的。

　　針對巴赫金和鍾敬文先生有關狂歡概念分層說的理論，狂歡精神可以分爲以下三個層面：

　　首先是節慶活動層面的狂歡。這是就日常生活現象和人類精神現

〔註1〕 鍾敬文，《建立中國民俗學派》〔M〕，哈爾濱：黑龍江教育出版社，1999 年版，第 213 頁。

象而言的，其實指的就是狂歡節，也就是巴赫金所說的「第二種生活」。節日狂歡有一系列的儀式、範疇和形式，它通過外在形式體現出一種內在精神——民眾狂歡式的世界感受。

其次是文學層面狂歡化。這是把狂歡化的語言轉換爲文學語言，也就是把狂歡節所體現的狂歡式的世界感受用藝術形象的語言表現出來。文學狂歡化更準確地說是指狂歡化的文學，或者稱爲狂歡體文學，是專門針對文體而言的。

最後是意識形態層面的狂歡化。這就是巴赫金所說的要把狂歡節所體現的狂歡式的世界感受轉移到思想精神領域，在思想領域、意識形態領域展開思想對話，反對思想獨白。這種意識形態的狂歡往往出現在社會轉型時期和文化轉型時期，這時原有的主流意識已經僵化，失去活力，逐漸開始孕育新的意識形態。新的意識形態一出現在歷史舞臺上，馬上開始與舊的意識形態展開對話和交鋒，出現眾生喧嘩的局面，出現多語現象和雜語現象，這個過程就是意識形態狂歡化的時期。在這個時期的意識形態領域，人們可以深切地感受到一種狂歡化的氛圍，一種民間節日廣場自由的旋風。

不管是在哪個層面上考慮狂歡化的問題，我們首先應該瞭解狂歡化的外在特點和深層意蘊。狂歡化的外在特點主要表現爲：

一、狂歡的酒

巴赫金認爲，在研究民間語言中、民間傳說以及文學作品的時候，作品中出現的節日形象是一個十分有趣的現象。豐富多彩的節日形象構成了節慶世界、節慶文化的完整畫面。狂歡型的節慶形象在文學作品中的直接描繪，不僅能讓人們瞭解到當時的民風民俗，更能使作品洋溢著一種狂歡的節慶氣氛。與此同時，美酒與狂歡總是不離不棄。狂歡節總是和酒食相互聯繫，因此說，酒食形象也是狂歡型節慶形象體系中最重要的形象之一。

陀思妥耶夫斯基在 1873 年《作家日記》中討論了酗酒的問題和

彼得堡酒鬼的語言，他認為酒鬼們只會肆無忌憚地高聲罵娘，不是因為他們沒有廉恥，而是因為對於他們來說，除了罵娘的語言就沒有其他的了。醉醺醺的人通常會精神亢奮，腦細胞異常活躍，但是由於肌肉處於被酒精麻痹的狀態，所以想說的話又不能利索的說出來，舌頭也沒辦法打彎。「所以自然要求找到這樣一種語言，它能夠滿足兩種截然對立的狀態」，罵娘話自然就成了「最適用於酒醉或者甚至只是微醉狀態」的語言，這種語言是現成的，幾乎是可以脫口而出的，這樣的語言似乎是人們最本真的狀態的表現，不需要遮掩，不用偽裝，不用將後天的教育、身份、學識、等級考慮在內，只是拿出自己最原始的本質。陀思妥耶夫斯基還在這部作品中生動地描述了自己的一次親身經歷——半夜在大街上巧遇六個酒鬼並傾聽他們別開生面的交談。

　　有一次在禮拜日，已近午夜，我不得不走大約 15 步經過旁邊 6 個醉醺醺的一夥工人。我突然相信，所有的思想、感覺甚至各種完整的深刻的論斷，都可以只用對這個名詞的音節極少的稱呼表達出來。一個個小夥子尖聲而有力的說出這個詞，表達自己對某種觀點、對他們先前共同談論的內容的最輕蔑的否定態度。第 2 個人重複這個詞回答他，但已經完全是另一種語調和意思，這意思就是對第 1 個小夥子的否定是否正確表示徹底的懷疑。第 3 個人忽然對第 1 個小夥子大為憤怒，粗暴而狂妄地干預交談，並且衝他喊出同一個名詞，不過意思已經是責難和辱罵了。這時第 2 個小夥子又向第 3 個人即罵人者發火，並且制止他，說的意思是：小子哎，你幹嗎橫插一槓？我們心平氣和地議論，用得著你冒出來罵費爾卡嗎！而整個的這個意思他也是以同一個禁用的詞說出的，這是個單音節詞，是對同一個對象的稱呼，只是說著一擡手抓住了第 3 個小夥子的肩膀。但就在這時第 4 個小夥子，整個這夥人裏最小的一個，之前一直沉默不語，大概突然找到了解決最初引發這場爭論的難題的辦法，興高采烈地微微揚起手，叫喊著……妙啊，

你們認爲呢？找到了，找到了嗎？不，根本不妙，並且沒有找到；他只重複著同一個不入詞彙表的名詞，只一個詞，總共一個詞，不過重複時興奮異常，興高采烈，而且看上去高興得過了頭，所以第 6 個憂鬱的最年長的小夥子對此就「看不慣」了，他便猛地制止住乳臭未乾的毛頭小夥的高興勁兒，用憂鬱的教訓人的低沉的聲調向他重複著……依然是當著女士的面禁止使用的那個名詞，不過表達的意思是鮮明而確切的：「叫喊什麼！閉嘴！」就這樣，他們別的詞一個都沒說，只重複了這一個他們最喜愛的單詞，一個接一個地重複了 6 次，而且彼此完全理解。這是我親眼所見的事實。「你們眞夠可以的！」——我沒頭沒腦地衝他們喊道（我處於他們的正中間），「只走了 10 步，而你們重複了 6 次！這不是不要臉嗎！你們不覺得害臊？」所有的人都突然眼睜睜地望著我，好像望著某個出乎意料的東西那樣，然後一下子不說話了，我想，他們會開罵，但沒有，只有最年輕的小夥子走了 10 來步後，猛地向我轉過身來，邊走邊喊道：「要是你爲我們數出了 6 次，那你自己不也在腦子裏對它轉過 6 次嗎？」想起了一陣狂笑聲，然後這夥人不再對我費神，走了。〔註2〕

陀思妥耶夫斯基的這段描述能夠非常準確地展現出人在醉酒狀態下與正常狀態下的不同，那是癲狂的、不受大腦控制的放縱，與酒神精神非常吻合的狂歡狀態。

我國的酒文化歷史悠久，在《詩經》中列舉的酒類就有醴、凍醪（春酒）、旨酒、清酒、釃酒、湑酒等名近 10 種。酒在各種場合會起到不同的作用，但不管是什麼作用，最終，酒總是離不開熱鬧的場面和被酒精激發出來的熱情。

首先，在熱鬧的場面中，酒是大小宴會上必不可少的重要組成部分。如《詩經・小雅・瓠葉》：

〔註2〕《陀思妥耶夫斯基全集》（15 卷本）〔M〕，第 12 卷，列寧格勒：科學出版社列寧格勒分部，1994 年版，第 127～129 頁。

> 幡幡瓠葉，采之亨之。君子有酒，酌言嘗之。
> 有兔斯首，炮之燔之。君子有酒，酌言獻之。
> 有兔斯首，燔之炙之。君子有酒，酌言酢之。
> 有兔斯首，燔之炮之。君子有酒，酌言酬之。

這是下層貴族宴會賓客的詩，朱熹《詩序辨說》云：「此亦燕飲之詩。」詩中描寫了主人採集瓠葉燒菜，還用白頭兔子煮肉，酒食雖然很簡單，但是主人卻非常熱情，情真意切地再三勸酒：「酌言嘗之」、「酌言獻之」、「酌言酢之」、「酌言酬之」。張廷傑《詩學解》云：「此詩初言瓠葉以為菹，又以兔侑酒，意雖簡儉，有不任欣喜之狀。」

　　同時，《詩經》中還描繪了一些大型的筵席，在這樣宏大的場面中，酒更是必不可少的調節工具。如《豳風‧七月》中有這樣一段記載：

> 朋酒斯饗，曰殺羔羊，躋彼公堂。稱彼兕觥：萬壽無
> 疆！

這是周人在收穫之後，為了慶祝豐收和祭祀祖先而舉行的大型慶祝活動。陳啓源《毛詩稽古編》：「蓋七月詩歷言豳民農桑之事，於其畢也，終歲勤勤，乃得斗酒相勞。」〔註3〕秋天是一年中收穫的季節，也是舉行隆重祭祀儀式的時刻，目的是感謝社神一年來的庇護和恩賜。因此才「斗酒相勞」，讓酒成為祭祀時刻必不可少的組成部分。《周禮‧春官‧小祝》云：「將事侯禳禱祠之祝號。以祈福祥，順豐年。」唐賈公彥疏云：「求福謂之禱，報賽謂之祠。」〔註4〕

　　到魏晉時期，由於經學的衰微，社會風氣逐漸開始走向慷慨灑脫，當時的文人們也受時代風氣的影響，多喜飲酒，曹操就有「釃酒臨江，橫槊賦詩」（蘇軾《赤壁賦》）的豪氣以及「何以解憂，唯

〔註3〕 轉引自程俊英，《詩經注析》〔M〕，北京：中華書局，1991 年 10 月版，第 416 頁。

〔註4〕 〔唐〕賈公彥，《周禮注疏》〔M〕，《十三經注疏》上冊，北京：中華書局，1980 年 9 月版，第 811～812 頁。

有杜康」的灑脫。曹丕常宴請百餘人，曹植更是「任性而行，不自雕勵，飲酒不節」。另外，社會生活逐漸安定，曹氏兄弟過上貴公子的生活，並且都熱衷文學，要麼「妙善辭賦」，要麼「下筆琳瑯」，於是宴集諸文士變成了常事。大家在宴會上邊飲酒邊做詩爲文，好不愜意，「傲雅觴豆之前，雍容衽席之上，灑筆以成酣歌，和墨以藉談笑」〔註5〕，「並憐風月，狎池苑，述恩榮，敘酣宴」〔註6〕，「每至觴酌流行，絲竹並奏，酒酣耳熱，仰而賦詩」（曹丕《與吳質書》）。由此可見，鄴下文士「終宴不知疲」，在飲酒中獲得身心的愉悅。在這些熱鬧的場景中，酒是最必不可少的一部分，它展現出狂歡狀態之下酒的重要性。

其次，酒也是激發人類情感的最佳催化劑。在酒精的刺激下，人們會將平日裏不敢說、不敢做的事情表現出來，忽略了規矩、制度這些所謂的「正規」的生活，任性地表現自己。

比如《詩經·邶風·柏舟》是中國文學史上第一個對借酒消愁的描寫：「汎彼柏舟，亦汎其流。耿耿不寐，如有隱憂。微我無酒，以敖以遊。」這首詩記錄了一個心情悲哀的古人攜酒優游，睜著眼睛睡不著，以寫實的手法描寫了他內心的愁緒，韻味無窮，不禁讓讀者爲他的處境憂心。王先謙《詩三家義集疏》中說：「非我無酒遨遊以解憂，特此憂非飲酒遨遊所能解。」〔註7〕可見，酒在很早之前就被歸入了能讓人解憂的行列，可以讓人「獲得恢復力量和新生的源泉。」〔註8〕再如《詩經·小雅·魚藻之什》揭露社會醜惡面：「魚在在藻，有頒其首。王在在鎬，豈樂飲酒。」詩中批判統治者沉迷酒色，荒廢

〔註5〕〔南朝〕劉勰著，《文心雕龍》〔M〕，上海：上海古籍出版社，2010年版，第216頁。

〔註6〕〔南朝〕劉勰著，《文心雕龍》〔M〕，上海：上海古籍出版社，2010年版，第23頁。

〔註7〕《毛詩正義》〔M〕，卷2-1，《十三經注疏》，北京：中華書局，1980年9月版，第28頁。

〔註8〕蔣世傑，《〈浮士德〉：充滿生命狂歡的複調史詩》〔J〕，《外國文學評論》，1994年第2期，第82～83頁。

國政。

　　《詩經・小雅・正月》則揭露了貧富不均以及不公的社會實際：「彼有旨酒，又有佳肴，……念我獨兮，憂心殷殷」。還有深刻諷刺貴族奴隸主貪婪吝嗇的詩句，如：「子有酒食，何不日鼓瑟」（《詩經・小雅・大東》）「或以其酒，不以其漿」（《詩經・唐風・山有樞》）……

　　平日裏不敢批判的語言和態度在醉酒狀態下被完全釋放。酒讓人的血液流動加速，讓人的腦細胞活躍起來，從而激發出人們的情感，這情感是日常生活中不敢抒發的情感，是正規的官方生活中不被允許的情感，被狂歡化了的情感。

　　第三，在非常的時期，酒也會成爲規避「正統生活」的狂歡化手段。

　　正始年間司馬氏的大肆殺戮名士，用陰謀詭計與血腥鎮壓篡奪曹魏政權，天下名士少有全者。並且司馬氏無恥地打著名教的旗幟，如此血腥與黑暗的政壇，讓建安時期的慷慨雄壯之氣蕩然無存，而憂生之情日盛。於是一個遨遊酣飲於竹林，或清談，或長嘯，或彈琴，或吟詠的「竹林七賢」應運而生，飲酒甚至縱酒成爲其避禍免災的護身符。《世說新語・排調篇》云：「嵇、阮、山、劉在竹林酣飲，王戎後往。」阮籍本傳記載「嗜酒能嘯」「酣飲爲常」；山濤「飲酒至八斗方醉」；劉伶是「天生劉伶，以酒爲名」；阮咸「不復用常杯斟酌，以大甕盛酒」；「雖處世不交人事，惟共親知絃歌酣宴而已」……而且酒後多越禮任誕事，劉伶就縱酒放達，脫衣裸體於屋中，阮咸與豬共飲，阮籍醉臥於美婦側……如此種種醉酒越禮的行爲成爲越名教任自然的具體表現。

　　西晉王朝的醜惡以及玄學思想對儒家修齊治平理想的消減，士人開始放棄追求建構自己的功名，而將飲酒列爲人生第一要務。竹林七賢式的縱酒違禮之風，在西晉奢侈墮落之風的影響下發展到極致，「使我有身後名，不如即時一杯酒」（張季鷹語）。於是在西、東晉交替之際，以裸飲著稱的「八伯」「八達」出現了。八伯包括

「達伯」泰山胡母輔之,「宏伯」陳留阮放,「方伯」高平郗鑒,「裁伯」濟陰卞壺,「朗伯」陳留蔡謨,「誕伯」阮孚,「委伯」高平劉綏,「黠伯」羊曼。八個人組成一個名士集團,整日酣飲諷議,時稱「兗州八伯」(《晉書・羊曼傳》)。西晉滅亡,東晉南渡建立後,胡母輔之又與謝鯤、阮放、畢卓、羊曼、桓彝、阮孚等七人首先南下到了江左,又開始披頭散髮,裸袒飲酒,關門醉飲已經數日。恰此時,光逸從北方渡江南下,為加入其中便在門外裸體爬進狗洞大叫,酒酣耳熱的胡母輔之聽得狗洞大叫,驚喜萬分,云:「他人決不能爾,必我孟祖也。」八人共飲。於是一個比「八伯」行為更加放蕩的飲酒集團「八達」誕生了。他們並非只是酒鬼,只為飲酒而飲酒,也有其他目的,甚至幫其韜晦避禍。比如嗜酒善琴的謝鯤發現王敦要謀反後,便借酒避禍,不參與政事,並且參加了「八達」這個裸飲集團。如此一來,飲酒之風更盛。

因此說,關於文學作品中的酒食現象,應該把握他們包羅萬象的世界觀性質,而不能僅僅從字面上來膚淺地把他們理解為日常生活的一般現象。因為人在醉酒的狀態下與正常狀態下所展示出來的外在是非常不同的。

二、狂歡的禮儀形式

狂歡節的儀式是笑謔地給國王加冕和脫冕。它把摧毀一切,更新一切的狂歡精神生動具體地表現出來。加冕和脫冕是合二而一的雙重儀式,它表現出交替更新的不可避免,同時也表現出新舊交替的創造意義。在狂歡儀式中受加冕的國王其實就是小丑。加冕儀式的各個方面,包括加諸受冕者的權力象徵物如帝王服裝等等,都具有兩重性。在其開端就蘊含著否定性的前景,就滲透著脫冕的意味,而脫冕又是最終完成的加冕。狂歡節慶賀的是交替本身,它慶祝交替中所表現出的相對性。

> 他是全民選出來的。然後,在他的統治期過後,他又受到全民的嘲弄,辱罵和毆打。恰如今天人們對去冬的謝

肉節草人（歡愉的怪物）進行辱罵、毆打、撕碎、焚燒或
丟到水裏一樣。如果說人們一開始把小丑打扮成國王，那
麼現在當他的王國結束後，人們又給他換裝，再次「滑稽
改變」成小丑模樣。辱罵與毆打跟這種換裝、改扮、變形
是完全等效的。辱罵揭開被辱罵者的另一幅眞正的面孔。
辱罵撕下他的僞裝與假面具，辱罵與毆打在對皇帝脫冕。
〔註9〕

辱罵就是死亡，就是逝去的青春在走向衰老，就是寒冷死寂的冬季。
然而，緊跟著死亡之後的卻是復活，是新的春天，所有一切的重新開
始。因此，辱罵與讚美在狂歡儀式中是一體兩面的。

狂歡式——這是幾千年來全體民眾的一種偉大的世
界感受。這種世界感知使人解除了恐懼，使世界接近了
人。一切全捲入自由而親昵的交往：它爲更替演變而歡
呼，爲一切變得相對而愉快，並以此反對那種片面的嚴厲
的循規蹈矩的官腔；而後者起因於仇視新生與更替的教
條，總企圖把生活現狀和社會制度現狀絕對化起來。狂歡
式的世界感受正是從這種鄭重其事的官腔中把人們解放
出來。〔註10〕

從這裡看，狂歡的禮儀形式其實質就是把世界從官僚僵化霸道的獨白
體中解救出來，進入自由平等的對話中，撕破其自我完整的天眞幻
覺。同時也讓下層百姓發現了新的自我，一個由受制於人的卑微存在
轉化爲自由高尚存在的自我。它讓所有人都懂得了這樣一個道理，世
界是一個大型的對話的開放式結構。人們要想正常歡樂的生存，就必
須要克服自我中心式的唯我論，將生活的胸懷展開，面對外在的整個
世界。

在一些具有狂歡化性質的文學作品中，很多狂歡節上的禮儀形

〔註9〕　〔俄〕巴赫金，《巴赫金全集》〔M〕，第6卷，石家莊：河北教育出
　　　　版社，1998年版，第271頁。

〔註10〕　〔俄〕巴赫金，《巴赫金全集》〔M〕，第5卷，石家莊：河北教育出
　　　　版社，1998年版，第212頁。

式都被移植到作品中，讓人們在欣賞作品之餘也能感受到其狂歡化色彩，同時也使得作品更深刻、更具戲劇性。

狂歡節的一系列禮儀形式移植到文學中，使相應的情節和情節中的場景獲得了深刻的象徵意義和兩重性。〔註11〕

而對文學的藝術思維產生巨大影響的就是狂歡節上的加冕脫冕儀式。這種方式能夠讓平日裏作威作福的上層統治階級馬上失去其社會地位、財富以及威嚴，變得可笑、滑稽、庸俗，成為人們嘲笑和挖苦的對象。

如《詩經·魏風·碩鼠》中，就是讓一群剝削人民、吞噬人民血汗的統治階級脫冕，變成了可惡的大老鼠：

碩鼠碩鼠，無食我黍！三歲貫女，莫我肯顧。
逝將去女，適彼樂土。樂土樂土，爰得我所。
碩鼠碩鼠，無食我麥！三歲貫女，莫我肯德。
逝將去女，適彼樂國。樂國樂國，爰得我直。
碩鼠碩鼠，無食我苗！三歲貫女，莫我肯勞。
逝將去女，適彼樂郊。樂郊樂郊，誰之永號？

桓寬《鹽鐵論·取下》曰：「周之末塗，德惠塞而嗜欲眾，君奢侈而上求多，民困於下，怠於公事，是以有履畝之稅，碩鼠之詩作也。」所謂履稅畝，《春秋穀梁傳》宣公十五年：「初稅畝者，非公之去公田，而履畝十取一也。」注云：「徐邈以為除去公田之外，又稅私田之十一也。」就是說農民除了要出勞役為公田耕種之外，還要交納私田所產的十分之一為實物稅。這樣的雙重剝削對於平民百姓來說實在是太沉重了，但是他們的手中又沒有反抗的實力，只好借助詩歌來抒發自己的感情。詩歌使用了借喻的手法，將這些剝削者比作田間只吃不做的大老鼠，這個比喻非常恰當，而且也很能表現出人們對統治階級的怨怒憤恨。一個「碩鼠」就將他們往日的光環徹底

〔註11〕夏忠憲，《巴赫金狂歡化詩學研究》〔M〕，北京：北京師範大學出版社，2000年11月版，第73頁。

抹煞，徹底脫冕，變成了愚蠢可笑、人見人厭的老鼠。

再如《鄘風·相鼠》中對統治階級更是極盡諷刺之能事：

> 相鼠有皮，人而無儀。人而無儀，不死何爲？
>
> 相鼠有齒，人而無止。人而無止，不死何俟？
>
> 相鼠有體，人而無禮。人而無禮，胡不遄死？

程俊英《詩經注析》中解釋：「這是人民斥責衛國統治階級苟且偷安，暗昧無恥的詩。詩人以鼠起興，諷刺在位者人不如鼠。」〔註12〕《毛詩序》曰：「刺無禮也。」的確是這樣。在周代，統治階級制定了一整套禮義，用來欺騙、統治勞動人民，炫耀自己的權威，鞏固政權。他們嘴上說禮，行爲上卻是最無恥、最無禮的。人們將他們的醜惡嘴臉看透，將滿腔怒火釋放出來詛咒他們、諷刺他們。

此外，還有《詩經·陳風·墓門》：

> 墓門有棘，斧以斯之。夫也不良，國人知之。
>
> 知而不已，誰昔然矣。
>
> 墓門有梅，有鴞萃止。夫也不良，歌以訊之。
>
> 訊子不顧，顛倒思子。

《詩序》中說這首詩是「刺陳佗」。《左傳·桓公五——六年》記載：陳公子佗殺太子免，於桓公死後自立爲君，陳國大亂，國人離散。詩中表現了對陳佗的憎恨和詛咒，把他比作人人憎惡的棘、鴞。「夫也不良，歌以訊之」，用這種諷刺的形式將統治階級完全脫冕。

在先秦漢魏晉南北朝詩歌中，最典型的「加冕脫冕」儀式就是在《楚辭·離騷》中出現的那些香草的前後變化。在詩歌的一開始，這些香草都被詩人作爲修身養性的聖潔之物加以佩戴、採摘和種植：

> 紛吾既有此內美兮，又重之以脩能；
>
> 扈江離與辟芷兮，紉秋蘭以爲佩；
>
> 汨余若將不及兮，恐年歲之不吾與；

〔註12〕程俊英，《詩經注析》〔M〕，北京：中華書局，1991 年 10 月版，第 143 頁。

朝搴阰之木蘭兮，夕攬洲之宿莽；

……

余既茲蘭之九畹兮，又樹蕙之百畝；

畦留夷與揭車兮，雜度衡與方芷；

冀枝葉之峻茂兮，願竢時乎吾將刈；

雖萎絕其亦何傷兮，哀眾芳之蕪穢；

詩人的本性是高潔的，他希望自己的身邊能培養出和他一樣高潔的香草，以實現自己「美政」的願望。他廢寢忘食、苦心栽培，把全部心血都花費在這些看似純潔美麗的香草身上，然而到最後，這些被詩人寄予了厚望的香草們卻都變節了：

時繽紛其變易兮，又何可以淹留；

蘭芷變而不芳兮，荃蕙化而為茅；

何昔日之芳草兮，今直為此蕭艾也；

豈其有他故兮，莫好修之害也；

余以蘭為可恃兮，羌無實而容長；

委厥美以從俗兮，苟得列乎眾芳；

椒專佞以慢慆兮，樧又欲充夫佩幃；

既干進而務入兮，又何芳之能祗；

固時俗之流從兮，又孰能無變化；

覽椒蘭其若茲兮，又況揭車與江離。

前後的巨大變化讓詩人對這些香草失去了信心。詩人還想將自己的心意送給洛水美神「宓妃」，可是卻發現宓妃「紛總總其離合兮，忽緯繣其難遷；夕歸次於窮石兮，朝濯髮乎洧盤。」也和自己想像中純潔的形象大相徑庭，於是詩人只好「來違棄而改求。」這些前後加冕脫冕的過程讓詩歌的情節起伏跌宕，增加了欣賞的韻味。

三、狂歡的廣場

　　狂歡化的空間是一切直接與廣場聯繫的非官方的自由場地，它包括廣場和鄰近的街道、遊樂場、道路、澡堂、酒館、船上甲板，中心場地是廣場。這種自由場地與官方的莊重嚴肅場合劃清了界線，這一

界線也爲民衆爭取到了自由的權利。卡西爾指出：

> 人們對界線的崇拜和對神聖性的敬畏幾乎在所有地方
> 都以近似的手法表現出來。即便在羅馬人中，護界神也是
> 一種特定的神。在護界神的節日裏，界石被冠以花環，並
> 淋灑以犧牲的血。從對廟宇界限（它在空間上把神殿與俗
> 界分開）的崇拜起，關於財產的根本性法律——宗教概念，
> 在完全不同的文化領域，似乎通過相似的方式發展起來。
> 如同它起初保護神殿一樣，界線的神聖性護衛著住宅和田
> 園不受敵人侵入和攻擊。〔註13〕

當然，它也保護著狂歡化的自由場地中的一切自由坦率、不拘形迹地
表演，具有神聖的不可侵犯性。在這種自由坦率、不拘形迹的場合中，
指神詛咒、發誓、罵人話等有些放肆的言語因素全部合法化了，並且
自然地滲透到所有傾心於廣場的節日體裁中。在狂歡廣場，人們有意
偏離現有秩序，積極主動地爲自己創造更加宜人的生活。在這種輕鬆
愉快的狂歡化生活中，人們換一種方式體驗人生，換一個角度觀察社
會。體察到了正統場合根本不可能體察到的人生的詩意，即萬事萬物
生生不息、流變不已的未完成狀態，體驗到萬事萬物都要在開放的世
界中與對立面進行對話。

　　狂歡廣場是中世紀和文藝復興時期人民爲自己創造的第二世
界，它與教會和封建國家的正統場合是有極大的區別的。在正統場
合，人們過的是講秩序守紀律，正統古板的生活。這種生活並非是
爲自我的，而是爲他人的，是一種灰色沉悶的生活。在這種生活中，
統治階級感到的是自己地位的尊貴，普通老百姓則感到的是自己地
位的卑下。每個人感受到的都不是自我的存在，只是身外的地位與
身份。他們都爲外在的地位與身份活著，而且彷彿人除了生活中的
地位與身份以外就沒有其它的東西了。所以正統場合將現有的制
度、現世的生活神聖化、固定化。它只要求別人洗耳恭聽，言聽計

〔註13〕〔德〕卡西爾，《神話思維》〔M〕，北京：中國社會科學出版社，1992
　　　　年版，第 117 頁。

從，形成了獨白式的語言方式。因而，人們在這樣的環境下感受到的只有壓抑和絕望。但是狂歡的廣場卻帶給人們完全不一樣的感受，在狂歡的廣場中，人們自由、平等，從觀念中就消除了等級意識，這種轉化讓所有參與狂歡廣場的人都欣喜不已，他們利用這暫時的顛覆與狂歡創造了一種與之相適應的對話語言。這種對話體語言給人充分地交談的自由，讓人們坦率地展示生命，給人生帶來真正的歡快與輕鬆。

在狂歡化的文學中，我們的確要脫離常人的眼光和常人的思維來看待一切事物。很多表面現象只是其本質的一種反映，我們應該透過表面看到本質內容。比如巴赫金在狂歡理論中所提及的「廣場」，狹義上的廣場指的是「面積廣闊的場地，特指城市中的廣闊場地」〔註14〕，而狂歡化文學中的廣場就不能僅僅把廣場理解為「廣闊的場地」。

> 廣場，是全民性的象徵，在巴赫金看來，文學作品中情節上一切可能出現的場所，只要能成為形形色色的人們相聚和交際的地方，諸如大街、小酒館、澡堂、船上甲板、甚至客廳……都會增添一種狂歡廣場的意味。〔註15〕

因此，在狂歡化文學中，巴赫金將「廣場」的含義擴大，它體現的本質精神就是人們聚集狂歡的場所，不管這個場所是大還是小，是廣闊還是狹窄。這種「廣場」的描寫在先秦漢魏晉南北朝的詩歌中也有所出現：

> 噫嘻成王，既昭假爾。率時農夫，播厥百穀。駿發爾私，終三十里。亦服爾耕，十千維耦。（《詩經‧周頌‧噫嘻》）

這是寫春天祭祀土神的情形。周成王率領農夫下地播種，安排農事，開發私田，出現了萬人耦耕的勞動景象，這是一種籍田典禮的盛況。

〔註14〕《現代漢語詞典》（增補版）〔M〕，上海：商務印書館，2002年版，第471頁。

〔註15〕夏忠憲，《巴赫金狂歡化詩學研究》〔M〕，北京：北京師範大學出版社，2000年11月版，第75頁。

再如《詩經‧周頌‧載芟》描寫的籍田儀式更爲具體：

> 載芟載柞，其耕澤澤。千耦其耘，徂隰徂畛。侯主侯
> 伯，侯亞侯旅，侯彊侯以。

這裡的「千耦其耘」與《周頌‧噫嘻》中的「十千維耦」一樣，都反映了參加籍田典禮的人數之眾。「侯主侯伯，侯亞侯旅，侯彊侯以」，是指參加籍田的人來自不同的階層，有族長、長子、其他的晚輩，還有許多強壯的農夫。這些人不分階級、地位，一起參加籍田典禮，鏟草、砍樹、墾荒、種地，上千個人一起勞動，呈現出盛大的籍田場面。

另外《小雅‧楚茨》中所描寫的祭祀場面也是狂歡廣場的一種表現形式：

> ……
> 濟濟蹌蹌，絜爾牛羊，以往烝嘗。或剝或亨，或肆或
> 將。祝祭于祊，祀事孔明。先祖是皇，神保是饗。孝孫有
> 慶，報以介福，萬壽無疆！
> 執爨踖踖，爲俎孔碩，或燔或炙。君婦莫莫，爲豆孔
> 庶。爲賓爲客，獻酬交錯。禮儀卒度，笑語卒獲。神保是
> 格，報以介福，萬壽攸酢！
> ……
> 禮儀既備，鍾鼓既戒，孝孫徂位，工祝致告，神具醉
> 止，皇尸載起。鼓鍾送尸，神保聿歸。諸宰君婦，廢徹不
> 遲。諸父兄弟，備言燕私。
> 樂具入奏，以綏後祿。爾肴既將，莫怨具慶。既醉既
> 飽，小大稽首。神嗜飲食，使君壽考。孔惠孔時，維其盡
> 之。子子孫孫，勿替引之。

在這場盛大的祭祀活動中，有很多人參與其中，助祭的廚司，手裏拿著牛羊。有的宰割，有的烹飪，有的燒肉，有的烤肝，有的擺牲，有的捧進。而參與祭祀的主婦將菜肴裝進許多碗裏，等神尸吃完酒菜以後，迅速地將席上的殘羹酒器等撤掉。在祭祀之後，人們就開始品嘗美酒佳肴，場面非常熱烈，還有樂隊在伴奏等等。

最典型的狂歡廣場要算是《漢樂府·陌上桑》中羅敷與使君對話的那個「城南隅」。在這個地方，有「下擔捋髭鬚」的行者，有「脫帽著帩頭」的少年，有「忘其犁」的耕者，有「忘其鋤」的鋤者，還有「來歸相怨怒」的人。就在這裡，羅敷面對前來調戲的「使君」大大方方地拒絕了他的要求，並拿自己的夫婿和「使君」做比較，讓「使君」簡直無地自容，灰溜溜地逃走了。本來僅僅是個採桑的「城南隅」，但卻出現了各種各樣的人物，發生了這樣的故事，所有的一切在正常的生活節奏下都顯得有些突兀、不適宜、不協調。因此，這個「城南隅」就不是簡單意義上的「城南隅」，而是具有狂歡化色彩的「廣場」，因為它具有狂歡廣場特有的邏輯。

> 在狂歡節的廣場上，在暫時取消了人們之間的一切等級差別和隔閡，取消了日常生活，即非狂歡節生活中的某些規範和禁令的條件下，形成了在平時生活中不可能有的一種特殊的既理想又現實的人與人之間的交往。這是人們之間沒有任何距離，不拘形迹地在廣場上的自由接觸。〔註16〕

在狂歡的廣場中，人們的思想意識比較放縱，現實生活中的一切都掙脫了，顯露出自己的心靈，生活中的本質內容在更深刻的意義上被揭示出來。

四、狂歡的笑

巴赫金筆下的民間笑文化有三種基本的表現形式：

1、各種儀式——演出形式，譬如各種狂歡節類型的節慶活動、各類詼諧的廣場表演等等；

2、各種詼諧的語言作品，包括戲仿體作品，譬如各種詼諧的口頭作品和書面作品、拉丁語作品和各民族語言作品等等；

3、各種形式和題材的不拘形迹的廣場言語，譬如罵人話、指天

〔註16〕〔俄〕巴赫金，《拉伯雷研究》〔M〕，白春仁、夏忠憲等譯，石家莊：河北教育出版社，1998年版，第19頁。

　　賭咒、發誓、民間褒貶詩等等。

　　在上述三種民間笑文化的形式中，作爲儀式——演出形式的民間節慶活動具有本源地位，其他形式都是在狂歡式（即一切狂歡節式的慶賀、儀式、表演、形式的總和）的輻射中形成的。如第二種形式的詼諧文學，經常洋溢著諸如酒神節、農神節、狂歡節等民間節日的自由精神，廣泛運用民間節日的形式和形象，因此出現了文學的狂歡化，即狂歡式轉化爲文學語言而使作品滲透著狂歡的世界感受。而第三種形式則與狂歡節廣場上人與人之間的親昵關係和新型交往形式有著緊密的聯繫。所以，這三種文化形式的種類雖然不同，但是卻相互聯繫、彼此交織在一起，尤其是都反映出看待世界的統一的詼諧（笑）的觀點，民間狂歡節式的笑是它們最深刻的共同特徵。

　　在中國歷史上從漢武帝開始任用董仲舒「罷黜百家，獨尊儒術」之後，文人的思想就開始逐步地走向官方、嚴肅、正規的狀態。特別是詼諧幽默的笑文化一直因「本體不雅」而爲文人所不屑。似乎中國古代的文人們總是一本正經、缺乏詼諧幽默感，事實卻並非如此。先秦漢魏晉南北朝時期的詼諧文學是比較豐富的，何謂詼諧文學？就是能夠引人發笑的文學。詼諧一詞早見於《漢書・東方朔傳》：

　　　　久之，朔上書陳農戰強國之計，因自訟獨不得大官，
　　欲求試用。其言專商鞅、韓非之語也，指意放蕩，頗復詼
　　諧，辭數萬言，終不見用。
　　　　朔之詼諧，逢占射覆，其事浮淺，行於眾庶，童兒牧
　　豎莫不炫耀。而後世好事者因取奇言怪語附著之朔，故詳
　　錄焉。

其中用「詼諧」指斥或形容東方朔引人發笑的言語文辭，也指他喜歡、善於運用言語文辭引人發笑的性格和能力。「詼諧」，在劉勰看來乃爲「皆悅笑」之意。《文心雕龍》中曰：「諧之言『皆』也，辭淺會俗，皆悅笑也。」劉勰用「皆」來釋「諧」，他是利用字形和字音相近，也是因爲諧談具有普遍性，而「皆」字是共同、普遍的意

思。諧的內容是淺顯而通俗的，在笑聲中有全民的參與，具有社會性，人與人之間的關係是自由平等、和諧的。它語言淺顯，適合於一般大眾，大家聽了都會發笑的作品。朱光潛先生在他的《詩論》中也曾說過：

> 「諧」最富於社會性。藝術方面的趣味，有許多是為某階級所特有的，「諧」則雅俗共賞，極粗鄙的人歡喜「諧」，極文雅的人也還是歡喜「諧」，雖然他們所歡喜的「諧」不必盡同。

詼諧的能力是非常可貴的，巴赫金筆下狂歡節的詼諧享有特權，詼諧中最活躍的因素就是笑。「真正的詼諧是雙重性的，包羅萬象的，並不否定嚴肅性。而是對它加以淨化補充，清除教條主義、片面性、僵化、狂熱、絕對、恐懼和威嚇的成份；清除說教、天真的幻想、拙劣的單面性和單義性，愚蠢的瘋狂。詼諧不讓嚴肅性僵化，不讓它與存在的未完成的完整性失去聯繫。它使這種雙重性的完整性得以恢復。」〔註17〕

　　因此，詼諧不僅具有毀滅的意義，它為新的誕生掘開了大地和肉體的墳墓，更具有再生的意義，它是正反同體的。詼諧中的貶低絕不是打倒在地，拋入無底深淵，而是打入孕育誕生新生命的底層，這兒是生命的起點。在這個起點上，人們開心地送舊迎新，它強化的是生生不息。

　　這種笑揭示了物質、肉體因素的價值意義，使人看清了生命的本質就在於生生不息，並且始終站在極度歡樂的角度來看待這種生命本質。這種笑是全民性的，是大家都笑，所有人都笑，並且是笑一切事物和一切人，它不僅從外在的制度中解放出來，而且從內部的心靈中釋放出來，從人類數千年養成的對神聖事物，對專橫的禁令，對權威的恐懼心理中解放出來。因此，人們離不開笑，離不開詼諧。先秦漢

〔註17〕〔俄〕巴赫金，《巴赫金全集》〔M〕，第6卷，石家莊：河北教育出版社，1998年版，第140頁。

魏晉南北朝時期的文學作品中也離不開「笑」。這些詼諧的「笑」文學常常表現出以下幾個作用：

（一）嘲　諷

在先秦漢魏晉南北朝流傳下來的民歌中，有許多表現出嘲諷和詼諧的內容，正可謂「怨怒之情不一，歡謔之言無方」，不僅傳達出豐富的社會內容，並具有獨特的藝術風貌。

1、嘲諷黑暗的政治現象

社會政治生活中的污濁、貪鄙、愚蠢、怯懦、狂妄等等各種醜惡現象和行爲，往往又有其背謬可笑的一面，常常成爲敏銳的民眾諷刺嘲笑的對象。在流傳下來的民間謠諺中，這方面的內容是最爲突出的。因爲政治問題與民眾的生活和命運息息相關，吸引著民眾最多的目光。而且，詼諧歌謠的創作其實是一種社會活動，它的目的絕非僅僅爲了遊戲和娛樂，社會批判是一項更重要的動機。

比如《更始時長安中語》：「竈下養，中郎將。爛羊胃，騎都尉。爛羊頭，關內侯。」這是老百姓諷刺當時濫授官爵的黑暗政治，就連商人和廚師只要有錢都可以當官。

《後漢書・黃琬傳》載：「舊制，光祿舉三署郎，以高功久次才德尤異者爲茂才四行。時權富子弟多以人事得舉，而貧約守志者，以窮退見遺，京師爲之謠曰：『欲得不能，光祿茂才。』」《魏書・公孫軌傳》載：「初，世祖將北征，發民驢以運糧，使軌部詣雍州，軌令驢主皆加絹一匹乃與受之，百姓爲之語曰：『驢無強弱，輔脊自壯。』眾共嗤之。坐徵還。」《南史・臨川靜惠王宏列傳》載：「四年，武帝詔宏都督諸軍侵魏。宏以帝之介弟，所領皆器械精新，軍容甚盛，北人以爲百數十年所未之有。軍次洛口，前軍克梁城。宏部分乖方，多違朝制。諸將欲乘勝深入，宏聞魏援近，畏懦不敢進，召諸將欲議旋師。呂僧珍曰：『知難而退，不亦善乎。』宏曰：『我亦以爲然。』……魏人知其不武，遺以巾幗。北軍歌曰：

『不畏蕭娘與呂姥，但畏合肥有韋武。』武謂韋叡也。」可見社會政治生活中各種乖訛可笑的現象經常得到詼諧歌謠的迅速回應。

在《文心雕龍》中，劉勰還記載了這樣的故事：

> 昔華元棄甲，城者發睅目之謳；臧紇喪師，國人造「侏儒」之歌。並嗤戲形貌，內怨爲俳也。又「蠶蟹」鄙諺，「狸首」淫哇，苟可箴戒，載於《禮》典。故知諧辭隱言。亦無棄矣。

這裡說的華元是春秋時宋國官吏。《左傳‧宣公二年》中記載，他曾帶兵和鄭國打仗，兵敗被俘，逃回後做監督築城的官吏。百姓便編了一首諷刺他的歌謠，第一句是「睅其目」，形容他監工的眼睛睜得很大。目的是諷刺他雖然在百姓面前看上去神氣，其實是丟盔棄甲後逃回的可恥之徒。臧紇是春秋時魯國大夫，《左傳‧襄公四年》中記載，邾國攻打鄫國時，他帶領魯國軍隊去援救鄫國，卻爲邾國所敗。魯國人嘲諷臧紇的歌謠，最後兩句是：「侏儒侏儒，使我敗於邾！」侏儒這個詞就是用來形容臧紇的身材短小，這裡用來比喻他才能的短小。「蠶蟹」鄙諺指的是《禮記‧檀弓》中說：魯國成地有人死了哥哥，不願穿孝，後來聽說孔子的學生來當地做官，才勉強穿孝。成地人便做歌諷刺他——「蠶則績而蟹有匡」。意思是說養蠶要筐，蟹殼好像筐，卻與蠶筐無關，用以比喻此人雖穿孝，卻不是爲了哥哥。「『狸首』淫哇」則指的是《禮記‧檀弓》中說，原壤的母親死了，孔子來幫他辦喪事時，原壤唱起歌來，第一句是「狸首之斑然」，人們諷刺其在母喪中唱出這種不嚴肅的歌謠。

通常來說，社會政治黑暗混亂的時候，也是嘲諷類型的民間謠諺最爲活躍的時候。《後漢書‧五行志》載：「王莽末，天水童謠曰：『出吳門，望緹群，見一蹇人言欲上天。令天可上，地上安得民？』時隗囂初起兵於天水，後意稍廣，欲爲天子，遂破滅。囂少病蹇。吳門，冀郭門名也。緹群，山名也。」其中的童謠揭露了莽新末期西部軍閥隗囂妄圖割據自立的野心，也對他的不自量力進行了嘲笑。

2、嘲諷可笑人物和可笑現象

此類歌謠反映的對象在現實中對社會和歷史造成的負面影響是輕微的，因此其中的謔笑調侃重於鞭撻諷刺，讀之更覺詼諧的味道。

比如在桓譚《新論》引關東鄙語曰：「人聞長安樂，則出門西向而笑。知肉味美，則對屠門而大嚼。」此謠嘲笑了務虛忘實的可笑行為。東漢又有民謠曰：「城中好高髻，四方高一尺。城中好廣眉，四方且半額。城中好大袖，四方全匹帛。」（《後漢書·馬援傳》）目的是奚落社會上存在的盲從和奢侈現象。

《漢官儀》載：「北海周澤為太常，恒齋。其妻憐其年老疲病，窺內問之。澤大怒，以為干齋。掾吏叩頭爭之，不聽，遂收送詔獄，並自劾。論者非其激發不實，諺曰：『居世不諧為太常妻。一歲三百六十日，三百五十九日齋，一日不齋醉如泥。既作事，復低迷。』」周澤為人還是比較廉潔正直的，但有時過於迂闊矯情，因此受到了嘲諷。

《笑林》曰：「桓帝時，有人辟公府掾者，倩人作奏記文。人不能為作，因語曰：『梁國葛龔者，先善為記文，自可為用，不煩更作。』遂從人言寫記文，不去龔名姓。府公大驚，不答而罷歸。故時人語曰：『作奏雖工，宜去葛龔。』」愚人不僅是笑話中的主角，也是謠諺喜歡嘲笑的對象。

晉代士風放達任誕，不拘禮法，有時也會鬧出難堪的事情，成為眾人的笑柄。《晉書·謝鯤傳》載：「謝鯤，字幼輿，陳國陽夏人。鄰家高氏女，有美色。鯤嘗挑之，女投梭，折其兩齒。時人為之語曰：『任達不已，幼輿折齒。』」而南朝門閥的貴族習氣常會達到荒唐的地步，難免遭到民眾的笑罵。《宋書》載：「陳郡謝靈運，有逸才，每出入，自扶接者常數人。民間謠曰：『四人挈衣裙，三人捉坐席。』」

英國古典派詩人德萊登在《論諷刺》中說：「罵人為無賴與惡棍是何等容易，而且又措辭巧妙！但將一個人表現得象一個傻瓜，一

頭蠢驢，或一個歹徒，而又不用這些罵人的稱呼，又是何等困難！」
〔註18〕因此，諷刺人愚蠢的詼諧話語也是一種藝術。謔而不虐地追
求諧趣，可以緩和人與人之間因生存競爭而產生的緊張關係，成了
一種有助於改善彼此關係的幽默。因此受到民間百姓的喜愛，生活
中的文人們也樂此不疲。

應璩應該算是中國文學史上第一個創作詼諧詩歌的文人。《三國
志‧魏書‧應璩傳》裴松之注引《文章敍錄》說：

> 璩字休璉，博學好屬文，善為書記。文、明帝世，歷
> 官散騎常侍。齊王即位，稍遷侍中、大將軍長史。曹爽秉
> 政，多違法度，璩為詩以諷焉。其言雖頗諧合，多切時要，
> 世共傳之。

應璩詩的內容有針砭時事的、詼諧的風格特徵，在當時流傳很廣。應
璩最有名的作品要數他的詩集《百一詩》，其中一篇這樣寫道：

> 漢末桓帝時，郎有馬子侯。自謂識音律，請客鳴笙竽。
> 為作陌上桑，反言鳳將雛。左右偽稱善，亦復自搖頭。

這首詩十分類似一則笑話，把一個不懂裝懂，又自鳴得意的人刻畫
得聲似神肖，讀之也令人絕倒。除了應璩的嘲諷詩作之外，其他文
人也有類似的作品：

> 費禕《嘲吳群臣》：「鳳皇來翔，騏驎吐哺。驢騾無知，
> 伏食如故。」（《魏詩》卷十二）

> 薛綜《嘲蜀使張奉》：「有犬為獨，無犬為蜀。橫目苟
> 身，蟲入其腹。無口為天，有口為吳。君臨萬邦，天子之
> 都。」（《魏詩》卷十二）

> 習鑿齒《嘲道安詩》：「大鵬從南來，眾鳥皆戢翼。何
> 忽凍老鴟，腩腩低頭食。」（《晉詩》卷十四）

這些諷刺的內容都會引人不自覺地發笑。「狂歡節式的笑與上古時
期部落群體參加的宗教儀式上笑的各種形式聯繫密切，後者同死亡

〔註18〕〔英〕德萊登，《論諷刺》〔M〕，謝謙譯，北京：崑崙出版社，1992
年版，第110頁。

和復活、同生產現象、同生產力的象徵物聯繫著，它是針對太陽活動的危機、天神生活的危機、世界和人們生活中的危機（如葬禮上的笑）而發的，融合了譏諷和歡欣，它也針對崇高的事物，指向權力和真理的交替、世界秩序的嬗變、新舊事物的更替等等，所以笑聲裏有死亡與再生、否定（譏笑）與肯定（歡呼之笑）的結合。」〔註19〕不管是普通百姓還是下層文人，當他們看到了統治階級中那些令人發笑的現象時會用狂歡化的方式進行嘲諷，引人發笑。詼諧的笑是針對各種崇高事物的危機和交替的，因為「從來源上看，它同遠古宗教儀式上的形式是有聯繫的。宗教儀式上的笑是針對崇高事物的：人們羞辱並譏笑太陽（最高天神），其它天神，人間最高的權力，目的在於迫使它們洗心革面。宗教儀式上所有形式的笑，都同死亡和復活聯繫著，同生產力的象徵物聯繫著。宗教儀式上的笑是針對太陽活動的危機，天神生活中的危機（葬禮上的笑）而發的。這笑是融合了譏諷和歡快。」〔註20〕

（二）勸　諫

劉勰在《文心雕龍‧諧隱》開篇中說：

> 芮良夫之詩云：「自有肺腸，俾民卒狂。」夫心險如山，口壅若川，怨怒之情不一，歡謔之言無方。

這裡的芮良夫為周厲王的大夫，《詩經‧大雅》中的《桑柔》據記載就是他諷諫厲王而作的作品，這也是劉勰論述諧辭產生的原因。因為上層統治者的暴虐統治，百姓已經無法忍受，因此怨怒不已，表現在文字上便為「無方」的諧辭。劉勰在這裡預設了兩個世界的前提，即統治階級與平民大眾的對立。因為現實中統治階級力量強大，平民大眾無法與之正面衝突，正如神話是「借助想像以征服自然力」一樣，平民大眾便虛擬了一個話語世界，在這個虛擬的世界中借助於笑文化

〔註19〕凌建侯，《巴赫金哲學思想與文本分析法》〔M〕，北京：北京大學出版社，2007 年 10 月版，第 233 頁。

〔註20〕〔俄〕巴赫金，《巴赫金全集》第 5 卷〔M〕，石家莊：河北教育出版社，1998 年版，第 140 頁。

對統治階級加以嘲笑、諷刺，在虛擬中對上層階級進行征服，暫時顛覆了上層統治者的霸權，暫時消解了兩個階級之間的對立，實現了自由和平等。所以說，詩人用詼諧的作品諷刺的同時，還具備一個勸諫的作用。

《文心雕龍》中記載了這樣的故事：

> 昔齊威酣樂，而淳于說甘酒；楚襄宴集，而宋玉賦《好色》：意在微諷，有足觀者。及優旃之諷漆城，優孟之諫葬馬，並譎辭飾說，抑止昏暴。是以子長編史，列傳《滑稽》：以其辭雖傾回，意歸義正也。

這裡的淳于指的是戰國時齊國的淳于髡。《史記‧滑稽列傳》中記載，淳于髡以自己喝酒為例，得出「酒極則亂」的結論來勸誡齊威王。宋玉，是戰國時楚國作家，《好色》指宋玉的《登徒子好色賦》。這篇賦以守德、守禮來勉勵襄王。優旃，秦代樂人。《史記‧滑稽列傳》說，優旃「善為言笑，然合於大道」。秦二世打算漆城，優旃說：很好，雖然百姓將為此愁苦，但很好看。只是有一個困難，找不到那樣大的房子罩住城牆，以便陰乾。二世聽後取消了漆城的打算。優孟是春秋時楚國樂人，善於談笑諷諫。《史記‧滑稽列傳》載，楚莊王愛馬死了，打算用大夫的禮儀來葬馬，群臣諫不能止。優孟則故意說用大夫禮太薄，應該以國君禮儀來葬它。楚莊王感到自己的打算不合理，從而打消了這一念頭。

這些諷刺和勸諫都是在笑聲中達到了目的，這種方法消解了現實中不同等級之間的嚴肅性，「其辭雖傾回，意歸義正也」。司馬遷的《史記》中還特別寫了《滑稽列傳》這一部分，專門來記載當時社會上地位低微卻能借笑談來諷諫君主的人，以表示對這些人的重視。諷諫自古以來就是以下犯上的，如果不講求諷諫的方式方法，不但很難起到作用，就算是對諷諫之人也大為不利。雖然古之勸諫之人都有大氣節，所謂「文死諫，武死戰」，但細細想來，這樣勸諫的成本豈不是太大了？如果能用最低的「成本」獲取最大的「效益」，

那豈不是最有價值？那麼這個最低的「成本」就是以詼諧的方式來進行諷諫，諷諫的感覺自然就完全不一樣了。

（三）戲 謔

戲謔也是「笑」文學的重要作用之一。不過戲謔的目的僅僅是為了發笑，有時是自嘲，有時是對親朋好友善意的嘲諷，有時就是為了活躍氣氛隨口開的玩笑。劉勰在《文心雕龍・諧隱》中說：「夫心險如山，口壅若川，怨怒之情不一，歡謔之言無方。……諧之言皆也，辭淺會俗，皆悅笑也。昔齊威酣樂，而淳于說甘酒；楚襄宴席，而宋玉賦《好色》；意在微諷，有足觀者。……魏晉滑稽，盛相驅扇。遂乃應瑒之鼻，方於盜削卵，張華之形比乎握春杵。」人們在日常生活中為了改善人際關係會進行善意的嘲諷活動，其中「刺」的成分較少，「諷」的目的更多是為了「玩」（好玩）與「笑」（好笑）。

> 天生劉伶，以酒為名。一飲一斛，五斗解酲。婦人之言，慎不可聽。（劉伶《咒辭》）

《劉伶病酒》的故事我們都耳熟能詳，妻子為了他身體健康考慮，毀掉了酒和酒器，勸劉伶戒酒。劉伶表面上答應，說是要在神佛面前發誓，讓妻子準備酒肉，妻子信以為真。誰知劉伶見到酒肉之後竟然大吃大喝，還念了這段《咒詞》，隨後便酩酊大醉於神佛之前，真是讓人覺得好氣又好笑。

同樣愛酒的還有陶淵明。陶淵明《飲酒詩》其十三：

> 有客常同止，取捨邈異境。一士長獨醉，一夫終年醒。醒醉還相笑，發言各不領。規規一何愚，兀傲差若穎。寄言酣中客，日沒燭當秉。

作者用幽默的筆調描寫了兩個常住在一起的人，他們的志趣迥然不同：一個人長年獨自飲酒沉醉，一個人卻不飲酒，終年都很清醒；兩人你嘲笑我醉，我譏諷你醒，講的話都不為對方所理解。其實，醒者愚而醉者穎，只有醉時才是醒時，所以作者傳語醉者，希望他不但白日飲酒，夜裏還應點上蠟燭，繼續酣飲；要他時時刻刻都在

醉中，因為只有這樣才能時時刻刻都保持清醒。清人邱嘉穗云：「陶公自以人醉我醒，正其熱心厭觀世事而然耳。要之，醒非眞醒而實愚，醉非眞醉而實穎。」（《東山草堂陶詩箋》）清人馬墣云：淵明「以醉者為得，誠見世事之不足問，不足校論，惟當以昏昏處之耳。」（《陶詩本義》）陶淵明在這首詩中是用這種自嘲的方式來表達他對於社會的看法。

再看應璩《百一詩》中的兩首：

> 少壯面目澤，長大色醜粗。醜粗人所惡，拔白自洗蘇。平生髮完全，變化似浮屠。醉酒巾幘落，禿頂赤如壺。

> 古有行道人，陌上見三叟。年各百餘歲，相與鋤禾莠。住車問三叟，何以得此壽。上叟前致辭：「室內嫗貌醜。」下叟前致辭：「夜臥不覆首。」要哉三叟言，所以能長久。

這兩首詩寫得相當俚俗，並且充滿了對人生、對自己的戲謔味道，很有特色。一首寫一個人年老之後變得面目粗醜，因怕人厭惡，便著意掩飾，但又貪酒易醉，常常原形畢露。其中「醉酒巾幘落，禿頂赤如壺」一句尤為傳神。全詩短短幾句就把人的形貌、心理、個性刻畫得活靈活現，嘲戲之餘透露出順隨自然的灑脫豁達胸襟，可謂妙絕！「陌上見三叟」一首也詼諧可掬，寫詩人路遇三位長壽老人，於是下車求教養生秘訣，而老人所言「室內嫗貌醜」粗鄙不堪，卻又在情在理，此詩妙處盡在於此。

在中國古代，通俗淺俚一直被看作詼諧滑稽的一個重要特徵。《漢書·東方朔傳》說：「朔之詼諧，逢占射覆，其事膚淺，行於眾庶，童兒牧豎莫不炫耀。」《文心雕龍·諧讔》說：「諧之言皆也。辭淺會俗，皆悅笑也。」晉朝摯虞《文章流別論》說：「五言者，……於俳諧倡樂多用之。」

笑表現出的是對人性中智慧的欣賞、弱點的諒解、醜陋的否定，它是喜劇性藝術所要達到的最終效果。笑是人類精神活動的結果，「在

真正屬於人的範圍以外無所謂滑稽。」〔註21〕作爲喜劇情態的笑是人類從自然界中獨立出來，逐步發現自身優越性的產物。而「世界歷史的最後一個階段就是喜劇。……這是爲了人類能夠愉快地和自己的過去訣別」。〔註22〕從這種笑聲裏，人們能夠感受到生生不息的力量。這力量足以戰勝一切束縛，戰勝一切傳統的魔力與禁忌，把人從各種神和人的權威中，從專橫的戒律中解放出來，爲生命帶來了力與醉的體驗，帶來了自由與解放的狂歡。笑與喜劇性文藝自始至終對人類具有重要的意義。

五、狂歡的時空

「時空體」對於我們來說是一個全新的概念，它本是源自愛因斯坦的相對論，在這裡被借用到文藝理論中來，「巴赫金將文學中已經藝術地把握了的時間關係和空間關係重要的相互聯繫稱爲『時空體』。」〔註23〕意指文學作品中空間和時間的不可分割（時間是空間的第四維）。巴赫金的時空體是一種價值觀念，在時空體的範疇體系中，時間與空間相互依存。時間是心靈體驗的形式化，而空間也是時間體驗的一種否定的形式，即時間形式的空間化。在具有「時空體」的文學作品中可以出現時空倒置、時空交錯等種種現象。比如「可以稱作精神心理實驗的各種類型的精神錯亂、個性分裂、異常的夢境、『幻想遊歷』……描寫的都是越出常軌的生活，即『第二種生活』，『翻了個的世界』，這亦是狂歡化的外在特點。由於情節場景的狂歡化、即空間的狂歡化，時間也具有狂歡化的特

〔註21〕〔法〕柏格森，《笑──論滑稽的意義》〔M〕，北京：中國戲劇出版社，1980 年版，第 2 頁。

〔註22〕《馬克思恩格斯全集》〔M〕，第一卷，北京：人民出版社，1972 年版，第 457 頁。

〔註23〕夏忠憲，《巴赫金狂歡化詩學研究》〔M〕，北京：北京師範大學出版社，2000 年 11 月版，第 75 頁。

點。」〔註24〕

　　中國的詩歌從先秦發展到魏晉六朝時期，時空意識也有一個逐步演進的過程，《詩經》從整體上來說還是缺少時空意識的。「（1）詩人在詩中攝入這些時間和空間，並不是自覺意義上的對時空的能動反映，是時空表象而不是時空意象。（2）這些時空不能反映詩學中的時空所應具備的一系列特質。其時間既未伸向過去，也未走向未來，從中很難覺察到歷史的時間流程，特別是其中的生命意識；其空間既不反映現實空間的延展，又不具有詩學空間映現生命以至超越生命的意義。因此，《詩經》中的時空內容只能看作是詩學時空意識的源起，即『時空表象』。」〔註25〕不過從屈原的《離騷》開始，中國詩歌逐步開始有了時空意識，並且在這個逐步發展的過程中，展現出了中國人所特有的一種時空意識，那是對生命、對現實的不滿情緒通過轉換時空的形式被狂歡化地展現出來，正是巴赫金所說的「第二種生活」，「翻了個的世界」。

（一）狂歡化的空間

　　「中國詩學中時空意識的真正確立應該是在屈原的《離騷》裏。」〔註26〕《離騷》的空間場景已是一個具有審美意義的超越現實的主體空間。作為戰國七雄之一的偌大的楚國，竟容不下詩人的七尺之軀，遭謗被逐，流亡顛沛，有冤莫辯，於是詩人以難以阻遏的激憤呼天地，告神明，祈求公正。他到九嶷山找古帝虞舜傾訴衷情，他「朝髮蒼梧」，「昔至縣圃」，開始了艱苦的「上下求索」；

　　　　吾令羲和弭節兮，望崦嵫而勿迫；
　　　　路曼曼其修遠兮，吾將上下而求索；

〔註24〕夏忠憲，《巴赫金狂歡化詩學研究》〔M〕，北京：北京師範大學出版社，2000年11月版，第76頁。

〔註25〕張紅運，《古典詩學中時空意識的演進軌迹》〔J〕，《天中學刊》，2002年第6期，第45～48頁。

〔註26〕張紅運，《古典詩學中時空意識的演進軌迹》〔J〕，《天中學刊》，2002年第6期，第45～48頁。

> 飲余馬於咸池兮，總余轡乎扶桑；
> 折若木以拂日兮，聊逍遙以相羊；
> 前望舒使先驅兮，後飛廉使奔屬；
> 鸞皇爲余先戒兮，雷師告余以未具；
> 吾令鳳鳥飛騰夕，繼之以日夜；
> 飄風屯其相離兮，帥雲霓而來御；
> 紛總總其離合兮，斑陸離其上下；
> 吾令帝閽開關兮，倚閶闔而望予；
> 時曖曖其將罷兮，結幽蘭而延佇；
> 世溷濁而不分兮，好蔽美而嫉妒。

詩人可以隨便派遣、指使那些神靈般的人物，讓爲太陽駕車的「羲和」爲他趕車，讓龍馬在太陽沐浴的「咸池」中暢飲，將他的馬轡頭拴在神樹扶桑身上，月神「望舒」在他的前面帶路，風伯「飛廉」在他的身後緊跟，鸞皇爲他先頭警戒，雷神爲他準備車輪，他敦促「鳳鳥」趕快飛騰，命令天帝司閽爲他打開鎖鑰。最後，詩人準備要超越時空地見到三位「美人」：舜時期的「宓妃」、殷周時期的「簡狄」、夏朝的「二姚」，可是徒勞而又無果；神遊終成夢幻，六神無主的他只好求靈氛占卜，可又「心猶豫而狐疑」。眞是上天無路，入地無門，詩人的困頓迷茫在這天地相連的廣闊的主體空間裏得到了酣暢的宣泄。

漢人受神學思潮影響，追求長生。他們相信神仙世界的美好與永存，認爲現實時空有限，而神仙世界永存。魏晉時期戰火紛飛，朝不慮夕，現實生活痛苦不堪，詩人「用心靈的俯仰的眼睛來看空間萬象，用俯仰自得的精神來欣賞宇宙」，借遊仙空間抒發超越人生苦難的超逸情懷。詩人用強烈的生命遷逝意識和濃鬱的憂生之嗟，體現了世俗生活空間的狹小及其局限。在動蕩的亂世，詩人敏銳地捕捉著人生短促、命運難卜、禍福無常等等對心靈的衝擊，也深深地感到面對現實時個人迴天無力的無奈、無助和渺小。於是，人們就想到了那個虛無縹緲的蓬萊仙界，渴望成仙，企盼長生，更主要

的是在仙界時空裏安頓心靈,讓靈魂自由翱翔,這就是空間的張力。

> 四海一何局,九州安所如。(曹植《仙人篇》)

> 坎凜趣世教,常恐嬰網羅。(嵇康《答二郭詩》其二)

> 夷路值枳棘,安步將焉如。(嵇康《答二郭詩》其三)

> 京華游俠窟,山林隱遁棲。(郭璞《遊仙詩》其一)

這種空間體驗是一種情感感悟,是詩人孤寂、痛苦心靈的抒發。詩人幻想有一個超越人生苦難的神仙世界,幻想自己能擺脫世俗塵世的羈絆,自由自在的遨遊其間,讓精神得以超越。

> 將遊區外,嘯侶長鳴。(嵇康《四言詩》其八)

> 齊物養生,與道逍遙。(嵇康《四言詩》其十)

> 鴻鵠相隨飛,飛飛適荒裔,雙翩淩長風,須臾萬里逝。

(阮籍《詠懷》其四十三)

在這種心境下,天地變得更寥遠,詩人的胸懷變得更擴大。在這個自由的天空裏,詩人歡欣愜意無比,這種空間體驗,不僅是「飲吸無窮空時於自我,網羅山川大地於門戶」的空間感,同時也是「『俯仰自得』的節奏化的音樂化的宇宙感。」〔註27〕

(二)狂歡化的時間

　　東漢末年,「游子」是一個特殊的社會群體,它隨當時的遊學之風和宦遊風氣的昌盛而產生。早在西漢武帝時期就實行「治禮次治掌故,以文學禮義為官,遷留滯」〔註28〕的政策,從而誘惑大批士子紛紛離開家園,擁向長安等大都市,他們渴望通過讀書、遊學而獲得舉薦,以求顯達。但是,對於古代士人來說,畢竟成功者少,失敗者多,這種情況到東漢末年達到極致。徐幹在《中論‧譴交》中描述當時的情況說:「冠蓋填門,儒服塞道,饑不暇餐,倦不獲

〔註27〕宗白華,《美學漫步》〔M〕,上海:上海人民出版社,2002 年版,第102 頁。

〔註28〕王利器,《史記注譯》〔M〕,西安:三秦出版社,1988 年版,第 2553頁。

已……星言夙駕，送往迎來，亭傳常滿。吏卒傳問，炬火夜行，闇寺不閉。」而結果卻是「或身殀於他邦，或長幼而不歸，父母懷縈獨之思，室內人抱東山之哀，親戚隔絕，閨門分離。無罪無辜，而亡命是做」。正是這些有著如此生活體驗的文人的失意與困頓，才造成了《古詩十九首》中那彌天蓋地充塞時空的孤獨情結。這種孤獨所導引出的深層心理結構是：士子都普遍關懷未來的社會走向和「我」的前途將會怎樣的問題。薩特有一段話很能切中這些士子們的情懷：在我將來的存在和現在的存在之間的聯繫中，「一個虛無溜了進來，我現在不是我將來是的那個人。我不是將來的那個人的原因首先在於，時間把我同他分開了；其次在於我現在所是的人不是我將來要是的那個人的基礎；最後在沒有任何一個現實的存在物能夠嚴格規定我即將是什麼。然而因為我已是我將來所是的人（否則我不會關心成為這樣還是那樣），所以我以不是他的方式是我將是的那個人……以不是的方式是他自己的將來的意識正是我們所謂的焦慮」〔註29〕。也正因為這種焦慮，東漢末年的文人對時空的感悟才顯得格外敏感。日月流轉周而復始的時間連續讓人頓生時不我待的悲憫，寒暑交替斷續有別的季節變換讓人難以抑制對生老病死的恐慌：「人生寄一世，奄忽若飄塵」（《今日良辰會》）；「生年不滿百，常憂千歲憂。晝短苦夜長，何不秉燭遊」（《生年不滿百》）；「白露沾野草，時節忽復易」（《明月皎夜光》）；「浩浩陰陽移，年命如朝露」、「人生忽如寄，壽無金石固」（《驅車上東門》）；「人生非金石，豈能長壽考」（《回車駕言邁》）……

　　從詩學時空的意義上講，詩歌中的時間是對現世光陰的超越，而且是由主觀心靈向肉體生命的一種精神企盼；其空間則是以現實場景為基礎的對仙界虛空的假定，也是對現世有限空間的無限擴展。也就是說，含有時空轉換的詩歌中已經完成了由客觀向主觀的

〔註29〕〔法〕薩特，《存在與死亡》〔M〕，上海：三聯書店，1987年版，第64頁。

自覺過渡，而這種「自覺」產生的根基就是詩人們對亂世的否定和對仙界的向往。

　　穿越時間和空間在現實生活中是不可能實現的，但是在幻想的世界中可以。人的思想可以穿越時間和空間，可以任意遨遊，因此，這種思想上的任意性被巴赫金歸納爲狂歡化的時空性。狂歡化的時空性可以不受任何約束，超越了時空概念，他「彷彿是從歷史時間中剔除的時間，他的進程遵循著狂歡體特殊的規律，包含著無數徹底的更零星和根本的變化。」〔註30〕

　　在《陀思妥耶夫斯基詩學問題》中，巴赫金強調：「陀思妥耶夫斯基在自己的作品中幾乎完全不用相對連續的歷史發展的和傳記生平的時間，亦即不用嚴格的敘述歷史的時間。他『超越』這種時間，而把情節集中到危機、轉折、災禍諸點上。此時的一瞬間，就其內在的含義來說，相當於『億萬年』。換言之，是不再受到時間的局限，空間他實際上同樣也超越了過去，把情節集中在兩點上。一點是邊緣上（指大門、入口、樓梯、走廊等），這裡正發生危機和轉折。另一點是在廣場上（通常又用客廳、大廳、飯廳來代替廣場），這裡正發生災禍或鬧劇。這就是他的藝術時空觀。」在這個狂歡化的時空中，生活在不同時間、不同地點的人都可以相見、對話、交流，沒有約束，因此巴赫金說，在狂歡體的時空觀中，「一切人一切物都應該互相熟識，互相瞭解，應該互相交往，面對面走到一起，並且要互相搭話。一切均應通過對話關係相互投射，相互輝映。因此，一切分離開來的遙遠的東西，都須聚集到一個空間和時間『點』上。」〔註31〕當所有的矛盾集中在這個點上的時候，狂歡化文學中的時空體系就開始迸射出它的火花，閃耀著耀眼的光輝。

〔註30〕〔俄〕巴赫金，《陀思妥耶夫斯基詩學問題》〔M〕，白春仁、顧亞鈴譯，上海：三聯書店，1998年版，第245頁。

〔註31〕〔俄〕巴赫金，《陀思妥耶夫斯基詩學問題》〔M〕，白春仁、顧亞鈴譯，上海：三聯書店，1998年版，第247頁。

六、雙重性形象

　　巴赫金狂歡理論的核心，是關於「雙重性轉化」，即互相對立的兩種意義相互轉化的思想。巴赫金筆下的狂歡節的形象都是成對的：生與死，誇與罵、智與愚，全在對話中更替變換。它創造出輕鬆愉快的詼諧氣氛，充滿了除舊布新的精神。它善於在吃喝、色情的層面上對人生進行新的認識。把所有崇高的精神的、理想的東西，都貶入到物質和肉體的層次，貶入大地和身體的層次。這種貶低既是埋葬又是播種，是置之死地又是令其重生。貶低化還意味著靠攏生殖，亦即靠攏交配、授胎、懷孕、分娩、消化、排泄這類行為。它讓一切事物在對立中造成詼諧的組合、創造新生的機遇。它把高高在上的東西世俗化，讓其靠攏作為吸收本能和生育本能的大地，然後與其進行詼諧歡快的遊戲。

　　人們走上了狂歡節廣場，就可以拋棄常規生活、繁文縟節和一切一成不變的教條準則。歌德曾經對羅馬狂歡節有過以下的描繪：

　　　　這裡只有一種特徵，即每個人如癡如狂，隨心所欲，除了打架鬥毆，動刀刺人，幾乎一切都在允許之列。〔註32〕

譬如粗野和親昵的動作、不文明的話、男扮女裝（女扮男妝）、小男孩的惡作劇、女人用蘆葦花掃帚當作攻守的武器、美人們的糖果之戰、公誼會教徒向女人獻殷勤、舞臺和觀眾席（演員與觀眾）不分界限的演出、律師滔滔不絕地指控甚至羞辱每個行人、丑角國王的選舉、假孕婦當街分娩等等。總之，處處都是「初級的擁擠、混亂、喧鬧和狂歡」。節日的最後一個夜晚，「每個人都有義務，手裏舉著點燃的小蠟燭。在各個角落都能不止一次地聽到羅馬人最愛說的一句話：『該死』」，「該死的，修道院院長還談情說愛……該死的，好美麗的公主……該死的，父親先生」，「『該死』的吼聲在四處回響……失去可怕的意義」，咒罵與粗俗、讚賞與快樂在「該死」的身上合而為一。

〔註32〕《歌德文集》第 11 卷，趙乾龍譯，石家莊：河北教育出版社，1999
　　　　年版，第 447 頁。

歌德在「晚會」一節中客觀地寫道，在由幾個高貴人物出場的大型化妝舞會上，「顯示出埃及的神，女祭司，巴克斯和阿里亞德內，司悲劇的繆斯，司歷史的繆斯，城市、維斯塔（羅馬竈神），領事，他們多少要穿得好，炫耀一下舞衣」。布克哈特一旦論及狂歡節的某種民間因素時，則往往帶著「厭惡」的態度，如凱旋車上化妝演員，歌手和小丑們吟頌的一些詩句是「可恥的」，流傳下來的一些歌曲「有時用一種極端下流的口吻來解釋那個化裝表演」，殊不知狂歡活動中人們說一些平常所謂「可恥的」、「下流的」話，其實是內涵「雙重性相互轉化」的詼諧的一種形式。歌德對於狂歡節表現形式的客觀描寫正是爲巴赫金的「雙重性相互轉化」的觀點提供了依據。

古人對死亡的認識並不全面，但是普遍來講，人們都會認爲人死之後會生活在另外一個世界中，換句話說：死亡也就意味著重生。如何讓死去的人儘快地獲得新生，我們的祖先有一種特殊的禮儀形式，那就是——招魂。古人認爲，人死以後就會異化爲鬼；非正常死亡的人，特別是戰死沙場的鬼可能會化爲殤或煞。所以必須加以招祭，撫慰，不能讓他們成爲無家可歸的孤魂野鬼，或者翻臉不認人的殤煞。《楚辭‧國殤》就是用來祭祀這些戰死的魂靈，讓他們能夠早日獲得新生：

> 天時懟兮威靈怒，嚴殺盡兮棄原野。
> 出不入兮往不反，平原忽兮路超遠。
> 帶長劍兮挾秦弓，首身離兮心不懲。
> 誠既勇兮又以武，終剛強兮不可淩。
> 身既死兮神以靈，子魂魄兮爲鬼雄。

《國殤》又被稱爲是小招魂。「這種招祭能夠鼓舞群眾，化悲痛爲力量，還能把消極因素變成積極因素，讓陣亡者能重新獲得靈力和信念，即使在地下，也可以跟秦兵再決雌雄。」〔註33〕

〔註33〕蕭兵，《楚辭全譯》〔M〕，南京：江蘇古籍出版社，1998 年版，第60 頁。

　　他們的死亡並不是單純意義上的死亡，他們的死亡伴隨的是新
生。狂歡化文學中，死亡與新生並不是絕對對立的兩個概念，而是可
以相互轉化的，他們共同組成了一個完整的統一體。這和狂歡式的世
界感受的兩重性是相互對應的。既然在狂歡式的世界感受中有兩重性
的特徵，那麼體現在文學作品中就必然會出現雙重性的形象。

　　死亡意味著新生，而新生物過上若干時間變成舊東西時就需要更
新，如此循環往復以至無窮。因此，狂歡節廣場上與人民相關的一切
活動和事物都具有兩相對立又彼此能夠互易其位的雙重性。

　　在狂歡化文學中的許多形象都是雙重性形象。例如，死亡在狂歡
化的文學中就是雙重性的形象。巴赫金說：「哪裏有死亡，哪裏就有
降生，就有交替，就有革新。」〔註34〕同樣，生育的形象、地獄的形
象、天堂的形象、祭祀的形象等等也都帶有這樣的性質。

　　　　他們關注過去的、否定的、遭非難的、現在不配存在
　　的、過時的和無用的事物，但是他又注意到了新生命的、
　　天生未來的一員，要知道最終還是他去裁判和摧毀過去
　　的，陳腐的事物。〔註35〕

　　爲什麼需要這一切？巴赫金認爲，在中世紀基督教文化中，還殘
存著多神教時代的神話觀念，最重要的一種是「農業崇拜」。

　　　　土地被看成是生育期的母親，耕耘和播種使人聯想起
　　生物生命的誕生。有關的事實在民族志裏都說得很清
　　楚……從古希臘、羅馬時期的酒神節和農神節，到有些地
　　方至今還在舉行的歐洲民間慶典，有一條發展線索。狂飲
　　伴隨著大笑與狂歡……大地會因爲笑聲而變得郁郁蔥蔥、
　　姹紫嫣紅。〔註36〕

〔註34〕〔俄〕巴赫金，《拉伯雷研究》〔M〕，白春仁、夏忠憲等譯，石家莊：
　　　　河北教育出版社，1998 年版，第 453 頁。
〔註35〕〔俄〕巴赫金，《拉伯雷研究》〔M〕，白春仁、夏忠憲等譯，石家莊：
　　　　河北教育出版社，1998 年版，第 453 頁。
〔註36〕〔蘇〕普羅普，《滑稽與笑的問題》〔M〕，瀋陽：遼寧教育出版社，
　　　　1998 年版，第 154 頁。

綜上所述，狂歡化的形式是複雜多樣的，它不可能被定型與定性。對於每個作者來說都擁有最大的自由度，可以發揮無窮無盡的想像力和創造力。然而狂歡化的實質卻是共同的：

　　他是以狂歡式的世界感受、烏托邦的理想、廣泛的平等精神、快樂的相對性、雙重性等爲基礎的。這是更爲深刻的、開放性的觀察世界、觀察人的內在形式。他連同諸如親昵化、插科打諢、低身俯就、粗鄙化等一些特殊的範疇在狂歡化文學中起著重要的作用。〔註37〕

親昵化取消了等級，決定了狂歡具有自由隨便的姿態，決定了狂歡具有坦率的語言，在先秦漢魏晉南北朝時期的許多詩歌中體現出的就是男女之間衝破了往日的世俗禮教，可以大膽地互相表明心意；插科打諢是與親昵化有機地聯繫在一起的，他使人本質的潛在方面得以通過具體感性的形式、半現實半遊戲的形式揭示並表現出來。可以在遊戲中、筵席中、歌舞聚會中出現，插科打諢讓人們的思想暫時放鬆，互相之間以遊戲和調笑的關係暫時相處；俯身低就決定了隨便親昵的態度可應用於一切方面，無論是對待價值、思想、現象和事物。一切被狂歡之外的等級世界觀所禁錮、所分割、所拋棄的東西可以發生狂歡式的接觸和結合。人可以和神對話，人可以突破時間與空間的界限與任何時間與空間裏的人或神相互接觸與交流。

　　狂歡使神聖與粗俗，崇高與卑下，偉大與渺小，明智與愚蠢等接近起來，聯繫起來，訂下婚約，接成一體。
〔註38〕

與此相關的是狂歡式世界感受的另一個範疇——粗鄙化，即狂歡式的褻瀆不敬，一整套的狂歡的降格，降之於地，與世俗上的人進行狂歡式的嬉戲，對神聖的文本和類似箴言等進行狂歡式的諷刺。人甚

〔註37〕夏忠憲，《巴赫金狂歡化詩學研究》〔M〕，北京：北京師範大學出版社，2000年11月版，第79頁。

〔註38〕〔俄〕葉‧莫‧梅列金斯基，《神話的詩學》〔M〕，莫斯科：文藝出版社，1976年版，第144頁。

至可以藐視神聖的殿堂與所謂的神人與聖人，可以嘲笑他們的世俗、他們的不忠、他們的教條等等。

> 狂歡節的邏輯——這是反常態的邏輯，「轉變」的邏輯、上與下及前與後倒置等等的邏輯、戲謔化的邏輯，戲耍式的加冕和脫冕的邏輯……他廢舊立新，使「圭臬」有所貶抑，使一切降之於地，附著於地，把大地視爲吞噬一切，又是一切賴以萌生的基原。〔註39〕

這種狂歡精神把一切看起來荒誕而又出人意料的東西賦予了新的理解，並把他們統統組織到各種狂歡式的場面中來，創造出他們的藝術眞實。這裡有男女之間肆無忌憚的調笑，這裡有人和神的平等對話，這裡有貴族的加冕和脫冕，這裡有不受任何管制的狂歡的廣場，這裡還有可以超越時間和空間的狂歡體。這種狂歡精神使一切被等級世界觀所禁錮的東西，又重新活躍起來。神聖與粗俗，崇高與卑下，偉大與渺小，聰明與愚蠢等概念接近並融爲一體，他們之間的界限被打破了，鴻溝被塡平了。人與人之間沒有等級、年齡、地位、職業的差別，他使社會等級暫時取消，薩托耳諾斯的「黃金時代」暫時復返。在藝術和生活的交接處建立起別具一格的、節慶的、民間的、諷刺性模擬的、戲謔的、狂歡式的世界。這種狂歡精神的滲透，對文學語言風格本身，給予了改換面貌的影響，重要的是使語言的藝術功能發生了變化，他使各種語言材料依照對話關係，平行地、對立地或交叉地組織在一部作品裏。尤其是不同指向的雙聲語，在狂歡化文學中表現得極爲鮮明。總之，他使文學體裁和語言形式自由無羈、豐富多彩。

由此看來，狂歡化文學有其自身獨特的原則：第一，狂歡化文學具有新的藝術觀察形式。他以狂歡式的眼光看世界，「顛倒看」，正面反面一起看。以這種視角來觀察世界，就會發現很多以前用正常視角觀察而發現不了的東西；第二，狂歡化文學具有鮮明的指向

〔註39〕〔俄〕葉・莫・梅列金斯基，《神話的詩學》〔M〕，莫斯科：文藝出版社，1976 年版，第 144 頁。

性。他的語言都是針對高級的、權威的語言、風格、體裁等，並且將這種高級、權威踩在腳下，以玩笑和戲謔的方式動搖其權威性和等級的優越性。第三，狂歡化文學是從下層製造文學革命。以官方文化所不屑的人物、以不能登大雅之堂的民間語言、狂歡式的笑和各種低級語言、風格體裁諷刺模擬一切高級的語言、風格、體裁等，給粗俗、怪誕的意象賦予深刻的象徵寓意。第四，狂歡化文學的獨特結構是脫冕結構。這種獨特的結構讓一切高貴的因素都降格，變得庸俗不堪。第五，狂歡化文學具有獨特的手法：雜交。也就是說狂歡化文學有意地混雜不同的語言、不同的風格、不同的問題……文學性和非文學性交融、高雅與粗俗交融……因此，這種滲透著狂歡精神的作品最少獨白（他強調平等對話）、最少教條（他敢於諷刺模擬一切）、最自由（沒有虔敬、沒有畏懼）、最富有創造性（他具有深厚的民間根基、活生生的人民大眾的語言、豐富的民間創作形式……）、最富生命力（他是未完成性的、開放性的）。

因此說，「狂歡式的世界感受深入到文學中，他不是關於平等和自由的抽象觀念，而是以生活形式加以體驗的，具體感性的『思想』，這種思想幾千年來一直流傳於……最廣泛的人民群眾之中，並且在形式方面，在體裁的形成方面，給文學以巨大的影響。」〔註40〕

中國的民間狂歡化和世界範疇內的狂歡活動具有相似的精神內涵。這種狂歡的精神內涵一方面指的是通過狂歡表現出來的「心靈的歡樂和生命的激情」，一方面指的是把社會的一些事象顛倒過來看，對僵化的制度、秩序和規范進行嘲諷、抨擊和反抗。

與此同時，中國的狂歡化文化現象同歐洲的狂歡化文化現象雖然有共同之處，但也具有自己的民族特點。

雖然中國的學術界在過去還沒有將「狂歡」一詞作為學術術語進行使用，但是我國著名的民俗學家鍾敬文先生認為，在中國文化史

〔註40〕夏忠憲，《巴赫金狂歡化詩學研究》〔M〕，北京：北京師範大學出版社，2000年11月版，第81頁。

上，在中國的民間文化中狂歡現象的確存在著。「像中國保留至今的民間社火和迎神賽會，其中一些比較主要的活動和民俗表演，就同世界性的狂歡活動，在一定程度上，具有一致性。在華北，這種民俗事象，近年還普遍存在，有的甚至比過去還紅火」。〔註41〕

　　但是，中國的狂歡化文化「還有它一定的特殊之處」。首先，中國的民間狂歡「保存著宗教法術性質，它們與現實的崇拜信仰，依然有比較密切的關係」；其次，中國民間狂歡含有複雜的文化因素，「還帶有民間娛樂、民間商業等種種其他因素，從而構成中國這類活動的複雜內容，有學者把它概括爲『神、藝、貨、祀』」。〔註42〕與此同時，在中國的狂歡文化中，在民間狂歡節日的活動中，還有一種抗爭的精神被突出地表現出來，這種抗爭精神既表現爲反對扼殺人性的兩性束縛，也表現爲反對官方對百姓的欺壓。

　　中國的封建統治有非常長的歷史，兩性之間的禁錮也是極其厲害的，鍾敬文先生說：「每逢狂歡的節令，這種禁錮就鬆弛了，甚至有時還可以被衝破。拿我的家鄉廣東來說，過去，在鄉下，女子平時是不出門的，但到了元宵節，男女老少都出去了。這時，有些浮蕩子弟混雜在人群裏面，做出一些不太規矩的舉動，但總的說，平常很嚴厲的社會輿論這時就要寬鬆得多。」〔註43〕在日本的櫻花節也是一種形式的狂歡節日，這時候不少男子縱情歡樂，對於所遇見的女子偶爾有不太禮貌的言行或舉止，一般也會被諒解的。

　　至於對官方欺壓百姓的抗爭，鍾敬文先生舉了兩個生動的例子。一個例子叫「罵社火」。河南兩個村子在社火期間，東西兩個村子的村民隔河相罵，罵的內容都是指責貪贓枉法、欺壓百姓和姦淫

〔註41〕 鍾敬文，《建立中國民俗學派》〔M〕，哈爾濱：黑龍江教育出版社，1999 年版，第 154～155 頁。

〔註42〕 鍾敬文，《建立中國民俗學派》〔M〕，哈爾濱：黑龍江教育出版社，1999 年版，第 155 頁。

〔註43〕 鍾敬文，《建立中國民俗學派》〔M〕，哈爾濱：黑龍江教育出版社，1999 年版，第 156 頁。

偷盜之事。挨罵的一方除了講事實之外，不能隨便反駁。鍾先生認為「這就是群眾對於平時壓抑的意見的一種異常形態的宣泄，一種公開的社會批評」。另一個例子是「鬧春官」，華北某些地方社火期間要「鬧春官」，這時候的老百姓要選舉一個人做官，穿上官服，正像西方狂歡節上的百姓扮演國王，戴上皇冠一樣。這個人在社火的幾天內，要施展官方的威風，對百姓向他報告的冤情進行當眾審判。這種狂歡活動的時間雖然非常短暫，但是老百姓在特殊的時間和空間裏，在狂歡化的時間和空間中，顛覆了原有的制度、秩序和規範，表現了自己渴望的自由平等的生活願望和社會理想，正如巴赫金所說的，這體現了「幾千年來全體民眾的一種偉大的世界感受」。

所以說，狂歡化是一種人類共同的精神現象，同時也是一種文學現象，如果我們能夠把握文學文本，從其內部進行深入研究這種精神，那麼這對於文本本身，甚至於狂歡精神本身都是很有意義的。

第七章　狂歡化詩學觀照下的世界觀

　　儒家思想的形成和發展具有悠久、曲折的歷史。到了孔子的時代，儒家思想漸漸進入了初級形式，如果按照孔子的思想特徵向文化歷史的各個方向追索，儒家流派及其思想來源就一目了然了。在這個追索過程中，我們發現，儒家思想的起源和發展經歷了幾個階段：其一、神話階段。這個階段的神、民具有樸質的思想情感，他們對自然和社會的理解是感性的，缺乏理性的思維分析，儘管由於神的觀念和對神的崇拜已具有了服從權威的思想，但尚不具備經典儒家的道德情感；其二是巫術文化階段。人類開始探索自然和命運的奧秘，對神聖者的權威敬佩加強了，但仍然缺乏道德關懷和人文精神；其三、殷商時期的自然宗教階段。這個時期人類的眼界開闊了，在一些事物上賦予了人類的思想情感，如《洪範》所體現的統治思想中五行、五紀、五福、六極、稽疑、五事、念用庶徵等。這期間已出現了以民爲鑒的統治思想，《尚書》的夏商書中開始出現西周禮樂思想的萌芽；其四、從祭祀文化到禮樂文化，這時期儀禮法度形成。周公用道德原則制「禮」作「樂」，人文理想出現，儒家思想的基本成分也產生了。

　　在我們今天看來，儒家思想的形成是一個從蒙昧階段向文明階段過渡的過程，更多的學者可能趨向於認爲儒家思想在人們思想領

域所起到的積極作用，的確是這樣，儒家思想在封建社會的確立，讓整個社會秩序、思想道德、行爲意識都產生了深刻的變化，這種變化對於推動社會的發展起到了至關重要的作用。但是我們從另外的角度來看，隨著儒家思想逐漸佔據了人們的頭腦，這些封建的條條框框也開始束縛人們的各種意識行爲，導致的結果就是思想越來越僵化，行爲越來越中規中矩，這種趨勢在某種程度上來說其實是不大適合文藝的發展的。文藝的發展需要一個自由的思想空間，而思想一旦形成固定的思維模式就往往使原有的那些民間傳統的詼諧的藝術形式遠離社會舞臺。不過，由於儒家思想在西漢時剛剛確立，因此，在先秦漢魏晉南北朝這段時期內思想束縛是比較少的，意識形態基本上處於非官方的情境之下；西漢雖然已經開始將儒家思想列爲統治國家的官方思想，但是由於一切都還在初創階段，所以還不是特別完善，因此在官方的意識形態之下，民間的詼諧化、狂歡化還有一定程度的保留。而這種官方與非官方、統治階級與普通民眾的影響與交融也使得民間文化有了自己獨特的發展空間和領域，也就逐漸形成了先秦漢魏晉南北朝時期的民間話語結構。

> 在早期階段，即階級和國家社會制度出現之前的條件下，嚴肅和詼諧這兩種看待神靈、世界和人的觀點，顯然同樣都是神聖的，可以說，同樣都是「官方」的。……但在階級和國家制度已經形成的條件下，這兩種觀點的完全對等逐漸成爲不可能，所有的詼諧形式，有的早一些，有的晚一些，都轉化到非官方角度的地位上，經過一定的重新認識、複雜化和深入化，逐漸變成表現人民大眾的世界感受和民間文化的基本形式。〔註1〕

因此，在先秦漢魏晉南北朝時期的社會中，在這樣一個嚴肅和詼諧並存，官方和民間同舉的時期，狂歡化的意識彰顯得較爲明顯，民間的東西還沒有被官方完全同化，所以說在中和之中還存在著極端，

〔註1〕 〔俄〕巴赫金，《拉伯雷研究》〔M〕，白春仁、夏忠憲等譯，石家莊：河北教育出版社，1998 年版，第 7 頁。

有禮之中還存在著非禮，正統之中還存在著邊緣，對話之中還存在著
獨白。

第一節　中和中的極端

　　「中和」，是儒家文藝上追求的最高理想。這裡的「中」就是
「正」，就是合理、合適、合宜；「和」就是通過調節達到和諧。所
以「中和之美」就是要處理好文藝內部的各種因素，使之達到彼此
相互依存，又互相滲透。但是，其中任何一方都不許「過」，也不許
「不及」，要使藝術達到和諧適度，恰到好處的理想狀態。這其中主
要是「溫柔敦厚」的詩教：「入其國，其教可知也。其爲人也，溫柔
敦厚，詩教也。」(《禮記・經解》)

　　「中和」這一思想的產生、形成以及基本完善，主要是在春秋戰
國時期。在中國古典文學理論中，「和」是一個重要的範疇，在孔子
之前就已經有許多人從各個角度進行論述。

　　比如單穆公認爲，對於聲、色之美的感受，必須要符合「和」的
美學原則。單穆公認爲鐘的聲音就應該達到「和」，這樣才能給人以
美的感受，否則不但不能給人以美感，而且聽的時間久了還會生病，
影響人的心理和精神狀態：

> 夫樂不過以聽耳，而美不過以觀目。若聽樂而震，觀
> 美而眩，患莫甚焉。夫耳目，心之樞機也，故必聽和而視
> 正。聽和則聰，視正則明。聰則言聽，明則德昭。聽言昭
> 德，則能思慮純固。……(《國語・周語》下)

由此我們可以看出，單穆公的基本理論是：人對美的欣賞要適度，否
則會影響人的精神狀態，進而做出不合理的事情。

　　到了周景公，他對單穆公的言論有所置疑，又詢問了樂官州鳩，
州鳩也發表了同單穆公相同的意見，主張「樂從和」，「細抑大陵，
不容於耳，非和也」。並且進一步指出精神審美中的「和」，具有重
大的社會功能。它能使自然和社會得到和諧的發展，使國家安寧，

天下太平。

在單穆公和州鳩之後，晏嬰對「和」與美的關係做了闡述。他認爲，美在於「和」，即一種處於最佳狀態的美，它存在於「和」之中，這是中國古代美學對於美的法則的一個極爲深刻的認識。音樂達到了「和」，就能使「君子聽之，以平其心」，產生「心平德和」的效果。他認爲音樂要美，就必須把音的「清濁、小大、短長、疾徐、哀樂、剛柔、遲速、高下、出入、周疏」這些對立的因素恰當地統一起來。

實際上，不只是音樂如此，詩歌、書法、繪畫、舞蹈等文學藝術很多都是如此的。在孔子之前，這些學者將「和」的美學價值提高到一定的高度，他們的思想理論，應該是後世儒家，即《禮記·樂記》所說的「大樂與天地同和」、「樂者，天地之和也」所本。

由此可見，「中和思想由盛行於先秦的尙中思想、孔子中庸思想與先秦尙和思想結合而成。……中和是一種以正確性原則爲內在精神的、具有辯證色彩和價值色彩的普遍和諧觀。以先秦尙中思想、孔子中庸思想的主要精神爲其哲學基礎的有機構成之一，以先秦尙和思想的主要精神爲其哲學基礎的另一有機構成，以兩者的結合體，中和理論爲其完整的思想基礎。」〔註2〕

中和思想發展到孔子，已經漸漸與文學聯繫起來。孔子說：「質勝文則野，文勝質則史；文質彬彬，然後君子。」（《論語·雍也》）儘管這段談話談的是做人，但是由於具體討論的是表現於人身上的文與質的關係，於是對於需要處理好自身文與質關係的文學、藝術，就有著較直接的啓示意義。事實上，它也的確幫助了後世的人們對於文學、藝術的形式與內容、文飾與質樸之間的關係有了更清晰的認識。此外，孔子的「思無邪」、「樂而不淫，哀而不傷」，更是在文學藝術中直接體現了中和思想。按照孔子的觀點，一個國家如果民風溫和寬

〔註2〕周衛東，《先秦儒家文學思想研究》〔M〕，北京：中央編譯出版社，2005年4月版，第103頁。

厚，那就是用詩教化的結果。反之，如果民風溫和寬厚，其詩自然溫和寬厚。所謂詩的溫和寬厚，就是要求詩人要性情柔順，和顏悅色，就算是諷諫，也不能激烈過火。所以，對統治者的暴政惡德只能「怨刺」，要「主文而譎諫」，即運用含蓄委婉的言辭和比興寄託的手法來曲折地表達，而不能直言統治者的過失，更不能有金剛怒目式的揭露和批判。也就是說文藝作品在「怨刺」和「歌詠性情」時，不能違背統治階級的禮義之道，不能超出統治者規定的立法和道德規範，要合乎中正和平之「度」。因爲合「度」才美，才能達到中和之美。也即是孔子所說的「樂而不淫，哀而不傷」。如果不遵循「中和之美」，放縱自己的感情，這都失去了中和之美。

孔子的願望是美好的，不過從先秦一直到六朝時期，且不論孔子思想尚未普及的先秦時期，就算是漢代之後，也有很多詩歌是不包含這種「中和」思想的，而是體現了一種極端的心理狀態。這是因爲人的心理因素有很大一部分是受外界環境影響的，在常規的、理性的生活狀態之下，人們的心理狀態都會中正平和，都會不慍不火，都會按照社會秩序和等級觀念來展示。但是，當外界的環境發生了變化之時，在面對愛情、面對戰爭、面對人生的悲哀和坎坷的時候，他們沒有表現出用中和的美學思想來構建自己的價值觀，而是採用了一種極端的表現方式來抒發自己的內心情感。

比如《詩經‧小雅‧菀柳》：

> 有菀者柳，不尚息焉。上帝甚蹈，無自暱焉。
> 俾予靖之，後予極焉。
>
> 有菀者柳，不尚愒焉。上帝甚蹈，無自瘵焉。
> 俾予靖之，後予邁焉。
>
> 有鳥高飛，亦傅于天。彼人之心，于何其臻。
> 曷予靖之，居以凶矜。

程俊英在《詩經注析》中說：「這是一位大臣有功而獲罪所作的怨詩。他曾得周王信任，商議過國政，後被撤職流放，因此充滿了不

平。」〔註3〕《毛詩序》:「菀柳,刺幽王也。暴虐無親而刑罰不中,諸侯皆不欲朝。言王者之不可朝事也。」

　　《菀柳》這篇詩歌的作者很善於運用比興的藝術手法,前兩章用枯柳的不可止息興在王朝做官的不可依靠。最後一章又用鳥的高飛至天,尚可測度興周王的變化無常,令人莫測。他自己曾經被周王信任,參加治理國事,然後卻忽然被流放到邊疆,這種激憤之情在比興句中歌唱出來,發泄他的不平之氣。這首詩充分體現了儒家所謂的詩可以「興、觀、群、怨」的特徵,但是在體現之餘,我們從其用詞、用句、用語中卻可以感受到詩人面對不公平待遇的憤憤之氣。這種對於權貴的怒罵和痛斥在儒家「中和」的態度下是比較少見的,這種消除了等級意識的話語在巴赫金的理論中也被稱爲是狂歡化的一種表現形式。

　　漢樂府中還有一篇這樣的著名詩篇:

　　　　有所思,乃在大海南。
　　　　何用問遺君?
　　　　雙珠玳瑁簪,用玉紹繚之。
　　　　聞君有他心,拉雜摧燒之。
　　　　摧燒之,當風揚其灰。
　　　　從今以後,勿復相思!
　　　　相思與君絕。
　　　　雞鳴狗吠,兄嫂當知之。
　　　　秋風肅肅晨風颸,東方須臾高知之。(《漢樂府·有所思》)

一個剛烈性格的女子面對著「父母之命,媒妁之言」,不肯就這樣承認自己的命運,不肯就這樣受封建禮教的束縛,於是毅然決然地走上極端的道路。要麼我們永遠交好,幸福地生活在一起,要麼就永遠斷絕關係,從此不再相思,不再見面。這的確可以稱得上是一種叛逆,一種極端和大膽的做法。

〔註3〕程俊英,《詩經注析》〔M〕,北京:中華書局,1991 年 10 月版,第714 頁。

第二節　正統中的邊緣

　　我們在前文的論述中已經瞭解到，巴赫金之所以會對狂歡化問題予以關注並且投入極大的研究熱情，主要是因爲他對拉伯雷、陀思妥耶夫斯基、果戈理等作家的研究狀況感到不滿，力圖從全新的角度切入，從而釋放與開掘出這些作家作品背後潛藏的巨大能量和深厚內涵。但是也有學者指出，巴赫金「實際的意圖卻是要借助這樣一種特殊的研究方式和話語表達方式與蘇聯官方意識形態進行一種意味深長的對話。」〔註 4〕關於這一點，美國的學者道破了其中的玄機：

> 《拉伯雷和他的世界》特別提出了對當代蘇聯意識形態的批判。它針對 30 年代主導公共生活的價值和實踐，提供了一種反意識形態……它表達了 20 年代知識分子——首先是先鋒派和巴赫金的朋友們——的共同思想。巴赫金提出他的反意識形態，不是通過正面抨擊斯大林主義，而毋寧是通過與之對話。〔註5〕

一個叛逆性格的學者在面對社會現狀的時候選擇了用文藝問題進行宣泄，他的這種反意識形態本身就是一種狂歡化的思維，一種與社會慣有的思維方式的對立。這是巴赫金對他那個時代的俄國做出的一個巨大貢獻。他的這種思想對於我們今天的思想意識也有一種促進和覺醒的作用。在我們面臨一系列的正統話語的同時，應該用第三隻眼睛更多地去審視一下邊緣話語的內容。文藝是活的，是自由的，不是所有的話語都要體現正統的內容，那麼不光是在 18 世紀的俄國，就是在幾千年前的中國亦是如此。在封建社會的種種弊端充斥著各個階層的時候，總有一些與眾不同的邊緣的東西在衝擊著主流的東西。這些邊緣話語也許在當時顯得與時代格格不入，但是等到若干年後的今

〔註 4〕　趙勇，《民間話語的開掘與放大論巴赫金的狂歡化理論》〔J〕，《外國文學研究》，2002 年第 4 期，第 1 頁。

〔註 5〕　〔美〕凱特琳娜·克拉克、邁克爾·霍奎斯特，《米哈伊爾·巴赫金》〔M〕，北京：中國人民大學出版社，1992 年版，第 372 頁。

天，當我們重新用新的眼光、新的角度來評價的時候，或許正是這些叛逆的內容才真正暴露了那個時代的真實狀況。

> 蒹葭蒼蒼，白露爲霜。所謂伊人，在水一方，溯洄從之，道阻且長。溯遊從之，宛在水中央。
>
> 蒹葭萋萋，白露未晞。所謂伊人，在水之湄。溯洄從之，道阻且躋。溯遊從之，宛在水中坻。
>
> 蒹葭采采，白露未已。所謂伊人，在水之涘。溯洄從之，道阻且右。溯遊從之，宛在水中沚。

《詩經·蒹葭》是一首情詩，詩中描寫了一個人思慕對方，追求意中人卻沒有求得的故事。一個深秋的早晨，河邊蘆葦上的露水還沒有干，詩人在這時候、這地方尋找「伊人」，而伊人彷彿在那流水環繞的洲島上，他左右上下求索，終於是可望而不可得。

《蒹葭》中所體現的強烈追求欲的心理是十分明顯的。整首詩儘管彌漫著一種渺茫虛惘的境界與纏綿又帶傷感的悲愴之氣，儘管詩人心目中的愛人遙不可及，但是詩人卻沒有放棄希望，依然努力地追尋，詩歌將詩人心中渴望愛情的原欲心態烘托得淋漓盡致。原欲，是人內心中的一種原始欲望，這種欲望是人的一種本能反映，社會中的人會隨著道德與階級等一些條件的約束將內心的原欲壓抑和控制。但是它並不會就此消失，在一定的條件下，這種原欲還會隨著人的本能被激發出來。

中國封建的傳統思想主張「發乎情，止乎禮義」，然而詩人在面對這樣一個意中人的時候，卻顧不得禮教，一方面在他的內心中受著封建禮教的束縛，但是這種束縛在面對他的原欲的時候卻失去了效力，於是他放棄了「禮」對自己的約束力，爲了自己的目標勇敢又大膽的「越禮」追求，其中的伊人則對詩人的弱追求予以弱反映，這便造成了一種虛幻縹緲、若即若離的距離美。而這種距離美是最容易刺激追求者的情欲的，所以，他就繼續他的強追求。最後的結果雖然是求之不得，但是這個追求的過程卻顯示了一定的狂歡化成分。

　　無論是作爲群體的人在自然與社會面前表現出的行動意識、自
由觀念和主體精神，還是作爲個體的人所表現出的個體意志和情
欲，在深層次上都體現了古人在文明初期原始欲望的潛在衝動與外
觀。這種「原欲」在早期的詩歌中是被充分展現和放縱的。因此，
從文化的層面上來看，早期詩歌激蕩著人的原始欲望自由外現的強
烈渴望，蘊涵著人的生命力要求充分體現的心理動力。正是在這種
意義上，這種對於「原欲」的放縱就使得中國早期的詩歌蒙上了狂
歡化的色彩。

　　屈原在《九歌・山鬼》中描寫了一個敢於追尋自己愛情的女神
——「山鬼」的形象。

> 若有人兮山之阿，被薜荔兮帶女蘿。
> 既含睇兮又宜笑，子慕予兮善窈窕。
> 乘赤豹兮從文狸，辛夷車兮結桂旗。
> 被石蘭兮帶杜蘅，折芳馨兮遺所思。
> 余處幽篁兮終不見天，路險難兮獨後來。
> 表獨立兮山之上，雲容容兮而在下。
> 杳冥冥兮羌晝晦，東風飄兮神靈雨。
> 留靈修兮憺忘歸，歲既晏兮孰華予？
> 采三秀兮於山間，石磊磊兮葛蔓蔓。
> 怨公子兮悵忘歸，君思我兮不得閒。
> 山中人兮芳杜若，飲石泉兮陰松柏。
> 君思我兮然疑作。
> 雷填填兮雨冥冥，猿啾啾兮又夜鳴。
> 風颯颯兮木蕭蕭，思公子兮徒離憂。

詩歌中描寫了一位山中女神的愛情故事，這位山中的精靈既是自然
美的化身，又是一位人間多情女子的化身。她空靈飄逸，美麗高雅，
具備精靈的特徵；同時她又是一個多愁善感的女子，對愛情堅貞專
一，似凡間女子那樣擁有著豐富的情感世界。她渴望得到愛情，並
且爲了和情人約會，她一再地精心打扮自己：「被薜荔兮帶女蘿」，
「被石蘭兮帶杜衡」，顯得既美麗又高潔；同時她還不忘採摘一些

香花芳草，送給自己即將會面的情人。這是個勇敢追求自己愛情的女神，這與中國傳統道德中那些不食人間煙火的女神是不一樣的。山鬼有自己的感情和意志，她不為任何外力所左右。「餘處幽篁兮終不見天，路險難兮獨後來」描寫了她在赴約時匆忙趕路的心理活動。她是那麼殷切地盼望著能夠與久思的情人早點見面，但是卻因為路途險要，難以儘快趕到目的地，所以她竟然埋怨起自己所居住的處所來，而且還擔心自己的遲來會讓對方久等，從而感到內疚。這正是一個熱戀中的女子所特有的衷情。

當女神來到約會的地點而沒有看到戀人的時候，她內心的那份焦灼表現得非常強烈：「表獨立兮山之上，雲容容兮而在下。」她像一座雕像一樣一動不動地佇立在山巔，腳下就是茫茫雲海。此時的天氣也和女神的心情一樣變得暗晦陰沉起來，在這淒風苦雨中，她慨歎自己的紅顏將要凋謝，並且對心目中的「他」大膽地講出了內心世界：「怨公子兮悵忘歸，君思我兮不得閒」、「君思我兮然疑作」、「風颯颯兮木蕭蕭，思公子兮徒離憂」，這幾句內心表露讓我們看到女神對於「他」的真摯感情。山鬼，作為一個山中的女神，她娟秀中帶有著堅貞和執著——這種堅貞和執著體現在她對愛情的態度上。她認真地對待約會，努力裝扮自己，不畏艱難險阻跋山涉水地奔赴目的地，在戀人沒能赴約的情況下，她抱怨對方沒能到來；她懷疑對方想念自己的真實性；她因思慕對方而獨自悲傷……這些具體的內心刻畫將一個敢於追求愛情、敢於表白內心感受的女神形象描繪得栩栩如生。

對封建社會來說，禮是重要的，禮就是使國家安全和統一的文化。對統治階級來說，禮是安全法，對被統治階級來說，禮是教養。老百姓知禮儀、守規則、通大義、合法度，這樣的社會必然會走向和諧。當國家制度也變成禮的一部分時，「知禮」的結果就是國家民族的和諧和穩定。禮的性質使其必然具有情感節制功能，使其導向理性行為和君子風度，「禮者，因人之情而為之節文，以為民坊者也」

（《禮記·坊記》），後來也被儒家發展成「文質彬彬」、「樂而不淫，哀而不傷」、「中庸」等思想。

統治階級用禮樂文化來治理國家，約束人們的思想行為。但是當我們從另外一個角度重新審視先秦漢魏晉南北朝詩歌作品的時候，我們從中卻可以發現，在時人的潛意識中存在著狂歡化的思想。在面對祭祀、燕饗這樣的正式儀式的時候，在面對著窈窕淑女、求之不得的時候，人的本能就會促進這種狂歡化思想的爆發。

> 對待世界和人類生活的雙重認識角度，在文化發展的最初階段就已經存在。在原始人的民間創作中，有嚴肅的（就其組織方式和音調氣氛而言）祭祀活動同時還有嘲笑和褻瀆神靈的詼諧性祭祀活動（「儀式遊戲」），有嚴肅的神話，同時還有詼諧和辱罵性的神話，有英雄，同時還有戲仿英雄的替身。〔註6〕

我們的血統本身就具有一種旺盛的、健壯雄偉的基因，人性的張揚、創造力的迸發、文明的激昂都與這種血統基因有關，儘管我們千百年來的社會政治一直用正統思想來禁錮人們的頭腦，但是思想是不能完全被束縛的，在一定的時候它必定會在黑暗的夜空中擦出最亮的火花。

第三節　有禮中的非禮

在先秦漢魏晉南北朝時期的社會環境中，人們習慣於把重要的活動特殊化和鄭重化，長期以來就形成一種習慣的模式，被一代代地繼承下來；又由於這種特殊的「禮」的文化模式具有聯繫人與人之間感情、加強部落之間的友好往來、穩定社會秩序的作用，普通人和氏族長都樂於採用它。等到國家出現以後，由於禮的教化、維繫、溝通等積極作用，統治階級對各種禮加以規範，上昇為宗法制度的「禮」，

〔註6〕〔俄〕巴赫金，《拉伯雷研究》〔M〕，白春仁、夏忠憲等譯，石家莊：河北教育出版社，1998年版，第6〜7頁。

成爲國家的統治方式和普通老百姓的行爲規範。生產方面的禮儀起源更要早一些，從漁獵時代到蠶桑時代，人們在生產勞動中就應該有許多約定，以便使生產勞動成爲可能。從字源上看，王國維認爲，最早的「禮」是指用器皿盛兩串玉獻祭神靈，後來也指代用酒獻祭神靈，再後來指代一切獻祭之事，因此說，禮的起源可能追溯到三皇五帝甚至更早的時間。

根據《周禮・春官》記載，古代有五禮，即用於祭祀之事的吉禮、用於喪葬之事的凶禮、用於軍旅之事的軍禮、用於朝聘會盟之事的賓禮、用於冠婚之事的嘉禮。其中嘉禮的內容很寬泛，包括飲食、婚冠、賓射、燕饗、脤膰、賀慶等禮。禮儀是統治者用來維護統治秩序的一種政治手段。那麼既然是這樣隆重正式的禮儀，在宴會中喝酒的規範自然也應該是非常正規的。孔子在《論語》中還闡述了一系列的飲酒規範，如：「有事，弟子服其勞；有酒食，先生饌」〔註7〕的謙恭；「不爲酒困」〔註8〕的自制；「鄉人飲酒，杖者出，斯出矣」〔註9〕的敬老，然而這種燕饗的禮儀形式是否都是那麼正統的呢？我們在前面曾經提到《詩經・小雅・賓之初筵》，在這首詩中就描寫了酒醉之後的狂歡狀態：有的醉後輕薄粗鄙，很不守規矩，有的大喊大鬧，打翻了席上的碗盞杯盤，瘋瘋癲癲地跳舞。

《唐風・山有樞》寫一婦人勉其情人及時與自己行樂：

山有漆，隰有栗。子有酒食，何不日鼓瑟？且以喜樂，且以永日。宛其死矣，他人入室。

詩句中把男女相悅的迷醉通過酒漿反映出來，而品嘗「酒食」也就成爲男女交歡的隱語。一個本是羞怯的女子在此時卻表現得如此張揚，這在正統社會中，也算得上是一段邊緣話語了。這些狂態無不彰顯了當時那個歷史時期的統治階級所具有的超出禮法之外的狂

〔註7〕 《論語・子罕》。
〔註8〕 《論語・爲政》。
〔註9〕 《論語・鄉黨》。

歡表現，所以即使人們仍舊主張在燕禮上要「飲酒溫克」、「各敬爾儀」，〔註10〕卻也依然「厭厭夜飲，不醉無歸」。〔註11〕

其實，每個人都不可能一直生活在「第一種生活」裏，在巴赫金的狂歡理論中，狂歡節最突出的特點就是人回到與他人的本質聯繫中。在狂歡節廣場上，「支配一切的是人們之間不拘形迹地自由接觸的特殊形式……（這）給人以格外強烈的感覺，它成爲整個狂歡節感受的本質部分。人彷彿爲了新型的、純粹的人類關係而再生。暫時不再相互疏遠。人回歸到了自身，並在人們之中感覺到自己是人。人類關係這種眞正的人性，不只是想像或抽象思考的對象，而是爲現實所實現，並在活生生的感性物質的接觸中體驗到的。烏托邦理想的東西與現實的東西，在這種絕無僅有的狂歡節世界感受中暫時融爲一體。」〔註12〕

「非禮」的世界就如同狂歡節的烏托邦式生活。在短暫的「非禮」世界中，人與他人的關係才能達到一種「我與你」的境界，人回歸人格化存在。這種境界的特點在於它是一種感性的、當下的、對存在的認知，這使得「非禮」世界眞正呈現出完整人、解放人的意義。這種意義在理性主義美學中是無法尋覓的，因爲理性主義審美教育的目的是最後出現一個理性的世界、理性的人，如同孔子「禮樂」文化教化下的人們。這些人們處於非感性的存在，因而他們眼中的理想世界是單一的對象世界，是「惟一的生活」，即「官方生活」。但是對於「非禮」世界的人們來說，他們的面前則擺著兩種生活，一是「官方生活」，一是「非官方生活」。對於個體而言，他們有選擇的權利，他們可以排斥理性的獨斷而保持個體本身的尊嚴，因而是人性化的烏托邦。人們可以同時過著兩種甚至更多的生活，可以隨時進入不同於生活著的這個世界的另一個世界，改變自

〔註10〕《詩經·小雅·小宛》。
〔註11〕《詩經·小雅·湛露》。
〔註12〕〔俄〕巴赫金，《拉伯雷研究》〔M〕，白春仁、夏忠憲等譯，石家莊：河北教育出版社，1998年版，第12頁。

己和世界的關係。在第二個世界裏，他剝下假面，放棄等級，讚揚肉體，詛咒上帝、國家，戲謔生活中一切沉重的嚴肅的東西，卻不擔心受到懲罰。這是一個永遠會存在也是永遠無法被理性接納的一個世界，它和人的雙重本性緊密聯繫，經常被理性否認和忽略，也總在人類社會中流傳，被人們所享用。

「非禮」內容的詩歌在《詩經》中出現得不少，而且表現的角度也很全面，比如說反映土地剝削的《豳風·七月》、《魏風·碩鼠》，反映封建徭役、兵役制度的《唐風·鴇羽》、《衛風·伯兮》，反映女子悲慘命運的《衛風·氓》，揭露統治階級醜惡靈魂的《鄘風·相鼠》、《邶風·新臺》，揭露用活人殉葬的罪惡制度的《秦風·黃鳥》等等。其實，孔子早已批判過春秋時期「禮崩樂壞」。當時社會發生劇烈地動蕩和變革，平王東遷，周室衰微，天子失威，諸侯爭霸，禮樂文化開始「下行」，即從宮廷走入世俗，由此造成的結果一方面是對天子權威的褻瀆，一方面是淺近多元地表達了人的欲望和要求。至於魏晉名士的那些「非禮」之事，也是身處於司馬氏篡權，社會秩序混亂不堪之時，文人們的狂歡化表現。越是社會動亂和變革之時，社會上狂歡化的表現就越是明顯，因而在先秦漢魏晉南北朝這樣一段歷史長河之中，幾個不同階段的分裂動蕩的外部因素使得當時的人們具有了一種「有禮」中的「非禮」的狂歡色彩。

非禮性的行為可以使人張狂，但從另外一個角度來說，它也讓人活得更真實，更自我。讓人忘記世俗環境中存在的一切約束、一切教條的東西，將人的本性完全釋放。

第四節　獨白中的對話

巴赫金「對話」理論認為作品中每個人物都具有獨立的「自主意識」。文學作品中的人物是有生命力的，有自己的思想、觀念。而作家「描繪任何人」，都「把自我意識作為主導因素」，這種主導

因素「本身就足以使統一的獨白型藝術世界解體」。〔註 13〕「陀思
妥耶夫斯基好像是實現了一場小規模的哥白尼式變革，他把作者對
主人公的確定的最終的評價，變成了主人公自我意識的一個內
容」；「不僅主人公本人的現實，還有他周圍的外部世界和日常生
活，都被吸收到自我意識的過程之中，由作家的視野轉入主人公的
視野」。〔註 14〕主人公的「主體意識」是構成對話的前提條件；沒
有人物「對話化」自主意識，也就不可能有人物心靈的「微型對話」，
也不可能有人物之間、作者與人物之間的「大型對話」。

　　巴赫金「對話」理論還表現在人物與人物之間是平等的，有著自
己的「言說」權。小說中對話機制能否實現，人物之間的「平等」原
則是一個重要因素。所以，巴赫金認為陀思妥耶夫斯基的「三項發現」
之一就是：「在地位平等、價值相當的不同意識之間，對話性是它們
相互作用的一種特殊形式。」〔註 15〕每個人物都處在運動變化之中，
只有進行平等對話才能使形象不斷豐富、充實起來。作品中人物的「言
說」權也是「對話性」的一個重要問題。沒有每一個人物對他人、對
世界的言說權，作品中的「對話性」就只能限於意識內部並有導致消
退的可能。

　　巴赫金「對話」理論認為：主人公與作者同為主體而存在，應遵
從嚴格的對話關係。在巴赫金看來，作者是行為主體，一個創作的主
體；而主人公雖然是行為主體的產物，是創作主體的創造，但他卻是
作者創造的一個有生命力的個體，一種有著自主性的主體。作者與主
人公只能在「對位」之中，兩者之間才能構成「對話」關係，所以他
一再強調主人公應是「在場者」，不應是「缺席者」，是相對於作者而

〔註 13〕〔俄〕巴赫金，《陀思妥耶夫斯基詩學問題》〔M〕，白春仁、顧亞鈴
　　　　譯，上海：三聯書店，1998 年版，第 67 頁。
〔註 14〕〔俄〕巴赫金，《陀思妥耶夫斯基詩學問題》〔M〕，白春仁、顧亞鈴
　　　　譯，上海：三聯書店，1998 年版，第 64 頁。
〔註 15〕〔俄〕巴赫金，《陀思妥耶夫斯基詩學問題》〔M〕，白春仁、顧亞鈴
　　　　譯，上海：三聯書店，1998 年版，第 374 頁。

獨立平等存在的「你」。

程正民在《巴赫金的文化詩學》中也說：

> 巴赫金認爲思想有兩種類型，一類是獨白型的思想，
> 或者叫思想的獨白，一類是對話型的思想，或者叫思想的
> 對話。獨白型的思想是一元論的、凝固化的和排他性的，
> 以爲自己最正確、最權威，不同別人對話，不承認第二種
> 聲音、第二種意見。獨白型思想的存在，在相當程度上是
> 同等級和權力的存在相聯繫的，同時它也是一種思維定勢
> 和思維模式。對話型的思想則是多元論的，相對性和爭辯
> 性的，這種思想類型不是絕對化的，教條的，而是變化和
> 發展的，它承認不同意見和不同聲音的存在，認爲必須同
> 他人交流和對話才能接受眞理，只有在不同意見的交鋒和
> 對話中才能使自己具有輕鬆愉快的相對性，使自己不斷得
> 到發展，永遠保持生機和活力。這種對話型思想的存在，
> 在很大程度上是同人與人之間平等自由關係的存在相聯繫
> 的，是同對人的壓制、同絕對的權威不相容的，同時它也
> 是一種思維定勢和思維模式。獨白型的思想和對話型的思
> 想是有原則區別的，這就是思想究竟是個人的還是依靠別
> 人形成的，人對眞理的認識究竟是靠個人的思索還是靠同
> 他人的交鋒和對話，人對客觀世界的認識是凝固的還是未
> 完成的。〔註16〕

中國在先秦漢魏晉南北朝時期，占統治地位的主流思想是「獨白型」的思想模式。因爲在封建社會中，等級關係、階級地位都是相當嚴格的，上層和下層之間幾乎不可能存在著平等的對話關係，這是儒家思想統治的一個最根本的特點。然而，是否在這個時期就無法尋找到「對話型」思想模式的影子呢？我們覺得事實也並非如此。

《離騷》就可以從獨白和對話的角度進行觀照。作爲一首抒情詩，《離騷》的主體部分是獨白，是抒情主人公個人情感的抒發和宣

〔註16〕程正民，《巴赫金的文化詩學》〔M〕，北京：北京師範大學出版社，
2001年10月版，第154～155頁。

泄，但其中也夾雜著對話場面，即抒情主人公分別與女嬃、重華、靈氛、巫咸的對話。抒情主人公穿越時空，為了實現自己的理想而上天入地地尋求，與他遇到的每一個人交流。作品在對話與獨白中向前推進情感的發展。獨白與對話的抒情性，巧妙展示了抒情主人公情感的多層次性。有學者認為：「屈原的作品有不少是多聲部的，他總是在設置一種聲音的同時，旋即又設置另一種與之相反的聲音，從而形成兩種聲音的衝撞和排斥。」〔註17〕正是這種不同聲音之間的衝撞和排斥形成了《離騷》中的對話精神。面對著世俗的一切，詩人的心情十分苦悶矛盾，鬥爭與妥協、自清與隨俗，兩種不同的處世哲學在他心中交戰，使他不得安寧，對話即是這種內心矛盾的外化。

　　對話作為巴赫金敘事理論的專門術語有其特定的涵義，特別強調作者與人物間的對話關係。在這種對話關係中，「一切都要面向主人公本人，對他講話；一切都得讓人感到是在講在場的人，而不是講缺席的人；一切都是『第二人稱』在說話，而不是『第三人稱』在說話。」〔註18〕通常而言，對話可以理解為由兩個或兩個以上人物共同參與圍繞某一話題進行的交流或批判，對話的一個突出特點就是處於對話中的人「每一感受，每一念頭，都具有內在的對話性，具有辯論的色彩，充滿對立的鬥爭或者準備接受他人的影響。總之，不會只是圍於自身，老是要左顧右盼看別人如何。」〔註19〕因而對話具有開放性，它呈現的是眾多獨立或相融合或互不融合的聲音和意識。

　　　　巴赫金在談到狂歡式的世界感受對高級的思想精神領域的衝擊時，特別指出前者張揚的是人與人之間的親昵、

〔註17〕郝志達，王錫三，《東方詩魂》〔M〕，北京：東方出版社，1993年版，第216頁。

〔註18〕《文學批評術語詞典》〔M〕，上海：上海文藝出版社，1999年版，第251頁。

〔註19〕《文學批評術語詞典》〔M〕，上海：上海文藝出版社，1999年版，第251頁。

平等和對話，而不是人與人之間的等級、壓制和隔絕，而這一切反映到思想精神領域就是要提倡思想的對話，反對思想的獨白。官方眞理是獨白式的，最後只能導致思想的停滯和僵化，而民間眞理則是對話式的，只有對話才能帶來思想活力和生機。他說：「有了這種眞理對話的性質，思想才能獲得處於形成發展中的生活本身那種輕鬆愉快的相對性，從而不陷入抽象教條（獨白型）的僵化之中。」〔註20〕

因此說，如果交際的雙方都能採取對話的立場，進行平等的交流，這樣才有可能實現各自的自我存在和社會存在，這也就意味著，對話才是認識眞理的手段和途徑。

據巴赫金觀察，人們在日常說話或寫文章的時候，對他人話語通常存在兩種態度：對話的態度和獨白的態度。若採取獨白的態度，說事說人都以己見爲定論，把他人的意識和回應全納入到自己的掌握中，於是多出斷語，喜歡作不留餘地的結論。對獨白的態度來說，話語涉及的客觀事物和他人思想完全由話主蓋棺論定，他的判斷就是終極的結論。所以巴氏說，獨白型話語的要害在於「不承認人們的意識在闡發眞理這一點上具有『平等地位』」，「極端意義上的獨白性否認在自身之外還存在他人的平等意識，他人平等的應對意識，否認還存在另一個平等的我（你）」〔註21〕。而採取對話的態度，則是要商量、徵詢、同意或者反駁，以喚起他人的回應，論人論事留有餘地而少下斷語。選擇這種對話積極性的根據是承認和尊重自我以外的平等的他人意識。應該看到「一個人的意識是不夠的，是不能存在的」。〔註22〕離開對話的考慮，離開對話的前提，話主就無法正確地認識和判斷事物。

〔註20〕程正民，《巴赫金的文化詩學》〔M〕，北京：北京師範大學出版社，2001年10月版，第154～155頁。

〔註21〕〔俄〕巴赫金，《拉伯雷研究》〔M〕，白春仁、夏忠憲等譯，石家莊：河北教育出版社，1998年版，第375、386頁。

〔註22〕〔俄〕巴赫金，《拉伯雷研究》〔M〕，白春仁、夏忠憲等譯，石家莊：河北教育出版社，1998年版，第377頁。

　　古代的人們似乎過著兩種生活：一種是常規的、十分嚴肅、教條的生活，在這種生活中，他們要服從於嚴格的等級秩序，充滿了恐懼、教條、虔誠和崇敬；而另外一種生活則是狂歡廣場式的自由自在的生活，充滿了兩重性的笑，充滿了對神聖事物的褻瀆和歪曲，充滿了不敬，充滿了同一切人一切事的隨意不拘的交往。這樣的兩種生活在先秦漢魏晉南北朝時期都得到了認可，並且呈現不同的形態。

　　我們曾經多次提到過，不要脫離時代的整個文化來研究文學，如若把文學現象封閉在創造它的那個時代裏，即封閉在它的同時代裏，結果是非常糟糕的。「偉大的文學作品都經過了若干世紀的醞釀，到了創作它們的時代，只是收穫經歷了漫長而複雜的成熟過程的果實而已。」〔註23〕如果我們僅僅從作品產生的條件來理解和闡釋它，那麼我們永遠也不可能真正地去把握它的含義。一部作品要想在當今社會重新大放異彩，一定要打破自己的時代界限，生活到世世代代中去，要能跟得上時代和潮流的步伐。而且一部偉大的作品往往比在自己當代更活躍更充實，因為它在其他的時代裏更能擴大自己的意義。

　　偉大的作品在遠離它們的未來時代中發展，看起來似乎荒誕，但這卻是一個不斷充實和更新的過程。在這個過程中，這些作品可以超越它們自己，在一個更有利的文化環境中得以揭示。因此，當我們今天從一個全新的角度來重新審視先秦漢魏晉南北朝詩歌的時候，就應該站在新的時代、新的立場上來考慮這些經典，讓這些經典永遠站在時代的最前頭，永遠成為時代的最強音。

〔註23〕〔俄〕巴赫金，《答〈新世界〉編輯部問》〔A〕，轉引自程正民《巴赫金的文化詩學》〔M〕，北京：北京師範大學出版社，2001年10月版，第260頁。

結 語

　　巴赫金以他淵博的知識和廣闊的視野給現代學者提供了一個博大的研究空間，在這個空間中，先秦漢魏晉南北朝時期的詩歌也納入他的領域之內。狂歡化範疇內的狂歡節、狂歡式、狂歡化文學等多重文化概念以及它們內在的含義、特徵都給我們提供了一個很好的研究先秦漢魏晉南北朝詩歌的模板。在這塊模板之中，先秦漢魏晉南北朝詩歌的種種具體可感的意象、情感、個性都可以得到很好的張揚和解釋。瞭解了這些，我們也就可以清楚地理解狂歡式的外在特點和內在特徵。它的全民性、儀式性、等級消失、插科打諢，以及自由平等的對話精神、交替和變更的精神，根據這些特徵，我們選取了四個契合點來分析先秦漢魏晉南北朝詩歌的狂歡化色彩。

　　一、話語狂歡。文學語言包括「主體性語言」和「客體性語言」兩種，「主體性語言」指的是說者的意圖以及他對於所指事物的評價態度。這些「主體性語言」大都顯示了話語主體的內心感受，我們可以從中領悟他們堅貞果敢的愛情話語、尋求出仕的自由話語、渴望成就功名的豪放話語、尋求解脫的狂放話語，這些狂歡式的話語彰顯了那個時代的人們對於愛情、自由、功名的渴望。至於「客體性語言」指的是在文學作品中的人物所表達的內容。作者運用了賦、重章複唱、興的狂歡化言說方式和感情強烈的問句、大膽的謾罵、詛咒、隱

語等狂歡化的言說語言。

二、形象狂歡。正是這些狂歡化的言說方式和言說語言，使先秦漢魏晉南北朝的詩歌中出現了狂歡的形象：宣洩者、相思者、追求者、反抗者、被戲謔者、顛倒者。這些形象敢於突破傳統等級制度、階級觀念的局限，大膽地表達自己心中的想法，是先秦漢魏晉南北朝詩歌中閃亮的一筆。

三、精神狂歡。將弗洛伊德的人格三段論與巴赫金的狂歡理論相結合，對先秦漢魏晉南北朝時期的詩歌進行剖析，構成了先秦漢魏晉南北朝詩歌的精神狂歡。我們從瘋癲者分析了追求本我的精神狂歡，從阮籍的詩酒人生分析了自我的精神狂歡，從諷刺詩分析了超我的精神狂歡。先秦漢魏晉南北朝時期的詩歌是詩人們精神創作的成果，也向後世的人們展現出了獨特的時代風采。

四、民俗狂歡。民俗現象和觀念能夠反映出人的生活方式與審美情趣，先秦漢魏晉南北朝時期詩歌的節日狂歡、勞動狂歡、婚俗狂歡、樂舞狂歡、筵席狂歡構成了民俗狂歡的主要內容，成為華夏民族繼承和發揚民俗傳統的範本。

當我們從先秦漢魏晉南北朝詩歌的文本本身審視了其狂歡化色彩之後，需要從作品更深的層次來再次挖掘其狂歡化特徵，透過表象來審度其內部的本質。狂歡的酒、狂歡的禮儀形式、狂歡的廣場、狂歡的笑、狂歡的時空、雙重性形象六個側面的闡釋幫助我們從本質上認識了先秦漢魏晉南北朝詩歌的狂歡化色彩。

其實，將巴赫金的狂歡理論引入對先秦漢魏晉南北朝詩歌的研究領域是一個非常艱難的過程。因為先秦漢魏晉南北朝的詩歌很多都是在儒家的世界觀觀照之下的，既然如此，詩歌的內容自然有很大一部分是具有儒家思想特徵的：中和性、正統性、有禮性、獨白性。我們只是希望在中國文學相對較早的時期，在人們的思想還未完全被禁錮的時刻，能從中尋覓到一些具有狂歡色彩的詩歌內容，即中和中的極端、正統中的邊緣、有禮中的非禮、獨白中的對話。

　　只是這樣一種思路不知能否得到眾多研究者的認同。借鑒巴赫金學術思想的角度有沒有缺陷？我們提出的文本分析的方法是否合理？我們總結的先秦漢魏晉南北朝詩歌的狂歡化特徵是否還具有局限性？這些問題還有待後來的研究者們做進一步的批評。我們不懼怕批評，我們只希望這些批評能引來更多的關注，幫助中國的古典詩歌在國際的舞臺走得更遠。

參考文獻

一、專　著

1. 〔漢〕司馬遷，《史記》，北京：中華書局，1963 年版。

2. 〔三國〕曹植著，趙幼文校注，《曹植集校注》，北京：人民文學出版社，1984 年。

3. 〔晉〕嵇康著，戴明揚校注，《嵇康集校注》，北京：人民文學，1962 年版。

4. 〔晉〕阮籍著，陳伯君校注，《阮籍集校注》，北京：中華書局，1987 年版。

5. 〔晉〕郭璞著，聶恩彥校注，《郭弘農集校注》，太原：山西人民出版社，1991 年版。

6. 〔晉〕陶淵明，袁行霈撰，《陶淵明集箋注》，北京：中華書局，2003 年版。

7. 〔宋〕朱熹，《詩集傳》，上海：上海古籍出版社，1958 年版。

8. 〔宋〕洪興祖，《楚辭補注》，北京：中華書局，1983 年 3 月版。

9. 〔宋〕郭茂倩，《樂府詩集》，北京：中華書局，1979 年 11 月版。

10. 〔清〕阮元校刻，《十三經注疏》，北京：中華書局，1980 年 9 月版。

11. 〔清〕沈德潛，《古詩源》，北京：中華書局，1963 年版。

12. 〔清〕王先謙，吳格點校，《詩三家義集疏》，北京：中華書局，1987 年版。

13. 吳雲主編，《建安七子集校注》，天津：天津古籍出版社，2005 年版。

14. 逯欽立，《先秦漢魏晉南北朝詩》，北京：中華書局，1983 年 9 月版。

15. 程俊英，《詩經注析》，北京：中華書局，1991 年 10 月版。

16. 方玉潤《詩經原始》，北京：中華書局，1986 年版。

17. 陳子展，《詩經直解》，上海：復旦大學出版社，1983 年版。

18. 余嘉錫，《世說新語箋疏》，上海：上海古籍出版社，1993 年版。

19. 《諸子集成》，北京：中華書局，1954 年 12 月版。

20. 馬茂元《古詩十九首初探》，西安：陝西人民出版社，1981 年 6 月版。

21. 馬茂元編著，《楚辭注釋》，武漢：湖北人民出版社，1985 年 6 月版。

22. 陸侃如，牟世金，《文心雕龍譯注》，濟南：齊魯書社，1996 年版。

23. 錢鍾書，《管錐編》，北京：中華書局，1986 年 6 月版。

24. 《王國維文學論著三種》，北京：商務印書館，2001 年 3 月版。

25. 蕭兵，《楚辭全譯》，南京：江蘇古籍出版社，1998 年 10 月版。

26. 曹道衡、劉躍進，《先秦漢魏晉南北朝文學史料學》，北京：中華書局，2005 年 2 月版。

27. 夏忠憲，《巴赫金狂歡化詩學研究》，北京：北京師範大學出版社，2000 年 11 月版。

28. 程正民，《巴赫金的文化詩學》，北京：北京師範大學出版社，2001 年 10 月版。

29. 王巍，《詩經民俗文化闡釋》，北京：商務印書館，2004 年 3 月版。

30. 金性堯，《閒坐說詩經》，北京：中華書局，1990 年版。

31. 《聞一多全集》，武漢：湖北人民出版社，1993 年版。

32. 聞一多，《詩經研究》，武漢：巴蜀書社，2002 年 12 月版。

33. 金開誠，《屈原辭研究》，南京：江蘇古籍出版社，1992 年 6 月版。

34. 張永鑫，《漢樂府研究》，南京：江蘇古籍出版社，1992 年 6 月版。

35. 趙敏俐，《周漢詩歌綜論》，學苑出版社，2002 年 11 月版。

36. 傅亞庶，《上古祭祀文化》，長春：東北師範大學出版社，1999 年 9 月版。

37. 趙明主編，《先秦大文學史》，長春：吉林大學出版社，1993 年版。

38. 姜亮夫，《楚辭今繹講錄》，昆明：雲南人民出版社，1999 年版。

39. 周衛東，《先秦儒家文學思想研究》，北京：中央編譯出版社，2005 年 4 月版。

40. 韓經太，《中國詩學與傳統文化精神》，成都：四川人民出版社，1990 年 1 月版。

41. 陳良運，《中國詩學體系論》，北京：中國社會科學出版社，1992 年

7 月版。

42. 胡曉明,《中國詩學之精神》,南昌:江西人民出版社,1991 年 5 月版。

43. 曹順慶,《中西比較詩學》,北京:北京出版社,1988 年 9 月版。

44. 夏傳才,《詩經語言藝術新編》,北京:語文出版社,1998 年 1 月版。

45. 褚斌傑,《詩經與楚辭》,北京:北京大學出版社,2002 年 11 月版。

46. 褚斌傑,《楚辭要論》,北京:北京大學出版社,2003 年 1 月版。

47. 袁濟喜,《興:藝術生命的激活》,南昌:百花洲文藝出版社,2001 年 9 月版。

48. 〔俄〕巴赫金著,《巴赫金全集》,石家莊:河北教育出版社,1998 年版。

49. 〔俄〕巴赫金著,白春仁、顧亞鈴譯,《陀思妥耶夫斯基詩學問題》,上海:三聯書店,1998 年版。

50. 〔俄〕巴赫金著,白春仁、夏忠憲等譯,《拉伯雷研究》,石家莊:河北教育出版社,1998 年版。

51. 亞里士多德著,陳中梅譯,《詩學》,北京:商務印書館,1996 年 7 月版。

52. 《馬克思恩格斯全集》,北京:人民出版社,1972 年版。

53. 〔英〕詹·喬·弗雷澤著,徐育新,汪培基,張澤石譯,《金枝》,北京:大眾文藝出版社,1998 年版。

二、學術論文

1. 王贈怡,國風中女性心理剖釋,宜賓學院學報,2003 第 4 期。

2. 萬建中,關於民俗生活魅力的隨想,山東社會科學,2010 年第 7 期。

3. 魏鳳蓮,略論希臘戲劇的宗教性,齊魯學刊 2004 年第 1 期。

4. 黃元英,詩經婚戀詩的民俗文化觀,延安大學學報(社會科學版),2004 年第 2 期。

5. 趙一凡,巴赫金研究在西方,外國文學研究集刊,中國社會科學出版社,1990 年版,第 14 輯。

6. 李兆林,巴赫金論民間狂歡節笑文化和拉伯雷的創作初探,俄羅斯文藝,1998 年第 4 期。

7. 寧一中,論狂歡化,理論與創作,1999 年第 2 期。

8. 洪曉,狂歡:自由生命的彰顯——論巴赫金的狂歡理論,巢湖學院學報,2004 年第 5 期。

9. 張毅榮,「狂歡化」與《紅樓夢》的非等級意識,龍岩師專學報(社會科學版),1999 年第 1 期。

10. 朱守英,論諧與狂歡——劉勰與巴赫金「笑」理論之比較,語文學刊(高教版),2007 年 1 期。

11. 夏忠憲,紅樓夢與狂歡化、民間詼諧文化,紅樓夢學刊,1999 年第 3 期。

12. 秦勇,狂歡與笑話——巴赫金與馮夢龍的反抗話語比較,揚州大學學報(人文社會科學版),2000 年第 4 期。

13. 王振星,《水滸傳》狂歡化的文學品格,濟寧師專學報,2001 年第 1 期。

14. 雷豔萍,淺談晚清小說的狂歡化色彩及內涵,克山師專學報,2003 年第 1 期。

15. 劉衍軍,從節俗詩歌看中唐婦女的狂歡,求索,2004 年第 1 期。

16. 俞允堯,七夕乞巧女兒節,文史雜誌,1997 年第 4 期。

17. 李然,上巳節俗演變的文學軌迹,華南農業大學學報(社會科學版),2004 年第 1 期。

18. 吳賢哲,李瑞,先秦婚制和婚俗在詩經婚戀詩中的反映,西南民族學院學報(哲學社會科學版),1998 年 2 月增刊。

19. 黃維華,《七月》與古代桑蠶行爲敘事,民族藝術,2002 年第 2 期。

20. 於雪棠,《周易》《詩經》及漢賦狩獵主題作品之比較,中州學刊,2000 年 1 月。

21. 劉貴華,先秦狩獵詩論,瀋陽師範學院學報(社會科學版),2001 年第 6 期。

22. 過常寶,「風」義流變考,北京師範大學學報(社會科學版),1998 年第 2 期。

23. 雒三桂,《詩經》祭祀詩與周代貴族政治思想,北京師範大學學報(社會科學版),1995 年第 3 期。

24. 張承媛,秦漢樂舞文化的「大美」氣象,體育文化導刊,2003 年第 2 期。

25. 龍文玲,論楚辭與禮樂文化,職大學報,2002 年第 3 期。

26. 吳賢哲,民族民間樂舞的繁興與漢樂府體詩歌的產生,內江師範學院學報,2004 年第 1 期。

27. 沈偉東,淺論《詩經》有關酒習俗的描寫,廣西師範大學學報(研究生專輯),1996 年增刊。

28. 紀洪濤，生長在民間的詩學：狂歡詩學——巴赫金詩學思想論綱，曲阜師範大學學報，2003 年。

29. 段平山，從「文學語言」到「文學話語」，韓山師範學院學報 2005 年第 1 期。

30. 韓鳳鳴，「禮」的產生和文明的起源，河海大學學報（哲學社會科學版），2005 年第 3 期。

31. 白春仁，邊緣上的話語——巴赫金話語理論辨析，外語教學與研究，2000 年第 3 期。

32. 陳洪波，由反抗到認同——論漢樂府怨憤詩的文化心態，湖北教育學院學報，1998 年第 3 期。

33. 吳萍、底同文，複沓的文學意義及美學效果，河北地質學院學報，1996 年第 5 期。

34. 劉英波，試論漢樂府愛情詩中的女性形象，山東省農業管理幹部學院學報，2005 年第 3 期。

35. 王柏中，試論傳統祭祀的社會功能——以兩漢國家祭祀爲例，社會科學戰線，2005 年第 5 期。

36. 王亞林，淺談漢代婚姻愛情詩中的女性形象，社科縱橫，2001 年第 5 期。

37. 鄔慧玲，巫術思維：狂歡化精神的起源——兼論中西狂歡文化之比較，河南師範大學學報（哲學社會科學版），2009 年第 5 期。

38. 郭貴麗，張立玉，中西方傳統節日的文化差異，武漢工程大學學報 2010 年第 8 期。

39. 馮建民，許麗紅從傳統節日看中西文化差異與交融，唐山職業技術學院學報，2009 年第 1 期。

40. 安丹丹，周曉琳，建安動蕩的政局與詩歌主題的嬗變，四川文理學院學報（社會科學），2009 年第 6 期。

41. 曹書傑，稷祀與民間社日研究，山西大學學報（社會科學版），2007 年第 2 期。

42. 卞良君，古代的諷刺詩與俳諧詩，延邊大學學報（社會科學版），1994 年第 3 期。

43. 鄭凱，論南北朝幽默文學，華南師範大學學報（社會科學版），2003 年第 5 期。

44. 王珂，中西方諷刺詩的諷刺風格比較研究，延安大學學報（社會科學版），2002 年第 6 期。

45. 王文君，詩經世俗諷刺詩研究，昆明師範學院學報（哲學和社會科

學版），1983 年第 2 期。

46. 陳華，創作主旨的「補察時政」與「變革現實」——關於中國古代諷刺詩的探索，渤海學刊，1989 年第 2 期。

47. 陳華，主諷方向上的階級與階層——中國古代民間諷刺詩與文人諷刺詩的區別，徐州師範學院學報（哲學社會科學版），1991 年第 1 期。

48. 王林莉，本我、超我和自我的鬥爭——用弗洛伊德人格理論解釋宋江形象的複雜性，新餘高專學報，2010 年第 1 期。

49. 毛德勝，論陶淵明的三重人格，華中師範大學研究生學報，2008 年第 2 期。

50. 趙婧，陶淵明的人格結構，九江學院學報（社會科學版），2006 年第 4 期。

51. 顧農，從《詠懷詩》看阮籍的理想及其幻滅，集美大學學報（哲學社會科學版），2004 年第 3 期。

52. 劉榮琴，阮籍《詠懷詩》的時代背景，南都學壇（人文社會科學學報），2003 年第 5 期。

53. 李晉棠，漢魏六朝愛情詩簡論，海南大學學報（社會科學版），1984 年 3 月。

54. 莊新霞，魏晉南北朝遊仙詩的淵源與內容分類，西華師範大學學報（哲社版），2004 年第 1 期。

55. 劉貴生，七夕詩歌中的民俗文化意義，衡水學院學報，2010 年第 6 期。

56. 劉學智，李路兵，七夕文化源流考論，陝西師範大學學報（哲學社會科學版），2007 年第 6 期。

三、畢業論文

1. 劉紅寧，論魏晉名士的自然人格，青島大學，2007 年。

2. 徐可超，漢魏六朝詼諧文學研究，復旦大學，2003 年。

3. 王文成，論魏晉酒風影響下的酒詩意蘊，江西師範大學，2012 年。

4. 劉平，狂歡視域下的魏晉南北朝小說，蘭州大學，2011 年。

5. 董雪靜，詩經男女春秋盛會與周代禮俗，河北大學，2003 年。